L'Amour

Alexandra De Taddeo

L'Amour

privé©

Ce livre est imprimé en France par
un imprimeur soucieux de préserver l'environnement
à travers des actions d'économie d'énergie, de valorisation
des déchets, d'utilisation de produits moins nocifs
pour la santé des travailleurs.

1, rue de Stockholm – 75008 Paris

L'AMOUR EST MORT

Je suis née à l'âge de quinze ans, lorsque j'annonçai à mon père que je n'étais plus une enfant et que j'irais au lycée avec Miralem.

Miralem

Le ton de la voix était sagement assuré. C'était le ton d'une jeune fille qui prétendait savoir ce qui était bon pour elle, mais pas trop non plus – le père devait sentir que son autorité n'était pas défiée, qu'elle comprenait qu'il aurait fatalement le dernier mot. Le regard paraissait innocent – il devait le percevoir comme naïf. C'était pourtant un regard redoutable. Un regard qui soutenait un message de rupture.

«Je ne suis plus une enfant... Et j'irai dans le lycée dans lequel je veux aller, pas celui que vous avez choisi pour moi. »

Mon père, qui avait bien mieux à faire que de discuter de ces questions d'orientation scolaire, me dit de *faire ce que je voulais, mais de ne pas venir me plaindre après.* J'étais surprise d'avoir obtenu gain de cause si facilement, sans même avoir eu besoin de crier, rager, le faire culpabiliser ou appeler ma mère à la rescousse. Je lui garantis de faire le meilleur choix pour mon avenir et me levai de table pour retourner dans ma chambre. Je ne le remerciai pas.

« Pas si vite ! Il faut fixer une contrepartie. »

Je lui demandai laquelle. Il m'imposait d'étudier une langue rare qui puisse également être considérée comme une langue d'avenir. Il soutenait que c'était important, puisque le lycée que je choisirais serait forcément *moins coté* que le lycée Fabert, réputé être le meilleur lycée public de Moselle, où j'étais, jusqu'à ce jour, destinée à poursuivre mes études.

J'acceptai sans hésiter un seul instant. J'aurais pu tout supporter pour que mon père me donne son accord... Une interdiction de sortie en semaine, le week-end, ou toute l'année... L'obligation de regarder des films de vieux, de lire les livres de vieux qu'il jugeait *bons pour mon éducation* mais qui m'emmerdaient... Le faire avec le sourire... J'aurais même pu me résoudre à couper les ponts avec ceux qu'il considérait comme de *mauvaises fréquentations* pour moi – mes meilleurs amis... La perspective d'endurer quelques cours inutiles d'une langue que je ne pratiquerais jamais ne me rebutait donc pas le moins du monde.

Fière de cette issue favorable, je choisis de m'inscrire en seconde, option langue chinoise, au lycée Louis de Cormontaigne, le lycée de Miralem. Miralem, ce jeune homme timide que j'avais croisé quelques semaines plus tôt et que je ne parvenais pas à oublier.

*

Quelques semaines plus tôt – nous étions alors en mai 2006, j'avais accompagné mon père à un match de football au Luxembourg. Je n'avais rien regardé de la démonstration, les messages reçus sur mon téléphone – un Motorola à clapet peinturluré de vernis à ongles pailleté – mobilisant toute mon attention. Il faut dire qu'On 3criv3yy cOmm3 sa 3n 2Oo6. Le décodage d'un message prenait presque autant de temps que son écriture – son codage. Je savais que tous les messages envoyés et reçus sur un numéro français à l'étranger étaient surtaxés et que ma mère allait m'engueuler lorsqu'elle recevrait ma facture le mois suivant, mais je m'en foutais. Je ne pouvais pas me priver d'une soirée de bavardage avec ma copine Alice.

Alice :
Tu f3yy QuOii ?

Alexandra :
EncOre o mAtch & tOii ?

Alice :
Ri3n. Jm3 brOSs3 l3y dd3ntS mDr !!

Alexandra :
MdRR... Okayy

D'ailleurs, qu'est-ce qu'elle allait faire, ma mère, à part me dire que je devais faire attention avec le hors-forfait ? C'était elle qui, à la base, m'avait mis un téléphone entre les mains. Elle avait dit que c'était « en cas de problème », mais il n'y avait jamais eu aucun problème et elle avait pourtant fini par m'appeler plusieurs fois par jour, parce qu'elle angoissait facilement et qu'elle avait besoin d'être rassurée à la moindre minute de retard. Je me disais que je pourrais lui écrire depuis le Luxembourg pour faire valoir que si j'étais en hors-forfait, c'était parce que je lui avais envoyé des messages... Qu'est-ce qu'elle allait répondre à ça ? « Ne m'écris plus pour me tenir au courant et me rassurer... » Bien sûr que non, elle ne dirait jamais cela !... Et elle ne me sermonnerait pas pour le hors-forfait.

Alexandra :
Coucou ! Le match est fini !
On rentre ! A tte ! Bisous

Tout en suivant mon père vers la sortie du stade, j'en profitais pour demander à Alice ce qui l'occupait, parce que c'était mon tour de le faire et qu'elle avait certainement fini de se brosser les dents :

Alexandra :
C bOn c finii... Tu f3yy Q...

Je levai brusquement les yeux de l'appareil. L'ombre de mon père n'était plus à mes côtés. Je revins dix mètres sur mes pas pour tenter de le retrouver. Sa grande carrure s'était greffée à un petit groupe composé d'un couple d'adultes et d'un mec de mon âge. Yeux verts, nez en trompette, des traits du sud-est de l'Europe. À la demande du couple – ses parents –, nous l'avons embarqué pour une heure de route sur l'A31, direction Metz, où nous habitions.

Je n'ai pas décroché un seul mot de tout le trajet. Le mec de mon âge non plus. J'ai pourtant envisagé de lui parler à plusieurs reprises... De lui demander comment il s'appelait... Pourquoi il était au match... Ou s'il allait bien, tout simplement... Mais il m'a semblé que le moment n'était jamais le bon.

Le mec de mon âge était assis juste à côté de moi, à l'arrière du véhicule que mon père, témoin incontournable du moindre de nos faits et gestes, pilotait comme un fou furieux. Je regrettais de ne pas être montée à l'avant parce que m'asseoir à l'arrière, alors que le siège avant restait vide, pouvait paraître bizarre, suspect, trop éloquent... Mais surtout parce qu'être assise si près de lui me tourmentait trop. Mon corps se contorsionnait, animé par deux forces contraires : mon envie de contact physique – mon genou appelait le sien –, et la gêne d'imaginer que nos regards puissent se croiser – je regardais par la vitre, l'air faussement rêveur. Lui était crispé, raide comme un piquet, les mains vissées sur les cuisses, le regard fixé droit devant lui.

Mon père finit par intervenir, déterminé à briser le silence qui rageait dans l'habitacle et le faisait somnoler. Il alluma l'autoradio, sortit un CD de la portière et nous attaqua, le mec de mon âge et moi, à coup de chansons démodées. Démodées du genre Brassens.

Les amoureux qui s'bécotent sur les bancs publics...
Bancs publics...

« Bancs publics ! » Mon père chantait à tue-tête cette chanson qu'il connaissait par cœur et qu'il m'avait trop souvent imposée lorsqu'il me déposait au collège pour me faire honte devant mes amis. Il simulait une voix grave, une voix de crooner qui n'avait rien à voir avec la sienne, et s'amusait tout seul de cette performance ridicule. J'étais catastrophée. *Pourquoi mon père n'était-il pas assez cool pour écouter du rap ou du R'n'B, comme tout le monde ? Et pourquoi le mec à côté de moi devait-il savoir que mon père n'était pas cool ?* J'espérais qu'il ne croirait pas que j'étais comme lui.

L'humiliation prit fin lorsque mon père déposa le mec de mon âge au centre de formation qu'il dirigeait. Je m'étais doutée qu'il était footballeur. Il lança un « au revoir » auquel je ne répondis pas, puis sortit de la voiture en rabattant la portière si doucement que je dus vérifier qu'elle était bien fermée avant que le véhicule ne redémarre. Je demandai immédiatement à mon père quel était le prénom du jeune homme. Celui-ci ne l'avait pas dit puisqu'il n'avait pas parlé, lui non plus.

Miralem.

« Chelou comme prénom », dis-je, en feignant une grimace qui trahissait un attachement précoce, tout innocent, à Miralem. Mon père avait capté. Il a remis la musique. Pas pour me faire honte cette fois, mais pour me mettre en garde. Pour m'éduquer.

Mon bel amour, mon cher amour, ma déchirure, je te porte dans moi comme un oiseau blessé...

Il chantait.

« Il n'y a pas d'amour heureux ».

J'entendais.

Mais à quinze ans, il y a bien longtemps qu'on n'écoute plus les conseils de ses parents. De tout l'été, Miralem ne quitta pas mes pensées, ni les pages de mes carnets – entièrement couvertes de son drôle de prénom.

*

Le jour que j'avais tant attendu arriva avant que j'aie oublié le visage de Miralem. Je l'aperçus – le reconnus dès que j'entrai dans la cour bétonnée de mon nouveau bahut. Il ne m'avait pas oubliée, lui non plus. Facebook et Instagram n'existaient pas et Google Images ne recensait pas encore les portraits de tout un chacun, mais nous avions bonne mémoire à cette époque, surtout pour identifier les personnes qui devaient compter.

– Bonjour, chantonna Miralem avec un accent mouillé, lorsque je le croisai sous le préau.
– Salut ! répondis-je, dans la chaleur d'un sourire interminable.
– Ton père va bien ? enchaîna-t-il.

Mon père... Qu'est-ce que mon père venait foutre entre nous ?

– Oui et toi ? articulai-je lentement, figée par la contrariété.
– Ouais, dit-il, avec un accent mouillé, et le /ɛ/ qui traînait.
– OK... Bon... À plus ! abrégeai-je.

Je passai le reste de la journée à me remémorer la scène de nos retrouvailles, pensant à toutes les bonnes répliques que je n'avais pas dites – celles que je ne dirais jamais. J'étais trop timide. Et Miralem était poli. C'était encore pire.

*

Jusqu'à ce qu'Alice me rapporte les rumeurs qui circulaient au lycée, je n'avais jamais pensé qu'être la fille de mon père puisse être un obstacle à mon amour pour Miralem. On m'avait toujours dit que rien n'était plus fort que l'amour et je le croyais vraiment, jusqu'à ce que j'entende que non, c'était faux, la peur était plus forte que l'amour. Jusqu'à ce qu'on me répète que le jeune homme que je voulais ne pouvait pas m'aimer en retour car il craignait la réaction de mon père. Mon père qui décidait de son avenir. Mon père qui régnait en despote sur son petit monde du ballon rond. Mon père. Mais moi, je ne respectais jamais les interdictions de mon père ! Et je n'avais pas l'intention de me soumettre à celles que son autorité imposait aux autres. Je décidai de redoubler d'efforts pour dévoyer Miralem du chemin de la déférence, me faisant l'écho de la tentation depuis le bas-côté.

Même si j'habitais à seulement deux rues du lycée, l'équivalent de dix minutes de marche à pied, je me levais chaque jour de la semaine à l'aube et faisais le tour de la ville de Metz en prenant trois bus, dans l'espoir de partager le dernier trajet avec Miralem. D'abord, le bus 4 à 6 h 32. Il fallait que j'arrive un peu en avance à la station, car il ne marquait pas tous les arrêts et il passait parfois plus tôt que prévu devant chez moi, route de Plappeville. L'hiver, j'espérais que le bus jaune viendrait – il était chauffé, contrairement aux vieux bus blancs. Je m'asseyais toujours dans le bloc de quatre places, à gauche, côté fenêtre, sauf s'il y avait déjà quelqu'un. Dans ce cas, je prenais le bloc de droite. Le bus passait devant l'appartement d'Alice – les volets de sa chambre étaient fermés mais il y avait de la lumière dans la chambre de ses parents –, puis devant le collège Jean Bauchez où j'avais été scolarisée pendant quatre ans – sur un mur adjacent, s'étalait un tag « Jean Bachez prison » qui avait toujours été là, et ne serait sans doute jamais effacé. Le bus tournait ensuite devant le bureau de poste – fermé –, la mairie – fermée –, le prétendu bar à putes – fermé –, lui aussi. Il montait sur le pont de Verdun. À gauche, le *Portofino* – papi Angelo y engloutissait deux assiettes de profiteroles chaque dimanche, puis c'est mon frère qui a pris la relève. À droite, la plaine de jeux – les terrains d'entraînement du FC Metz. Le bus remontait ensuite le boulevard Saint-Symphorien qui, sous le coup de 7 heures, était encore peu fréquenté. Il passait devant le stade et le centre de formation – quelques jeunes en sortaient déjà, capuche sur la tête, écouteurs dans les oreilles, sac à dos excessivement remonté au niveau des omoplates. Je descendais rue Verlaine et attendais un autre bus 200 mètres plus loin, place Jean-Moulin. C'était là que Miralem prenait le sien chaque matin – *là*, à l'arrêt qui faisait face à la seule épicerie de la ville qui vendait des Oreo avant que ça ne devienne populaire et qu'on puisse en trouver en grande surface. Le problème était que Miralem était souvent en retard et que je ne savais jamais quel jour il avait décidé de l'être. J'attendais donc un bus – le 29 ou le 35 – pendant environ dix minutes, mais jamais plus de douze, sinon ses coéquipiers les plus ponctuels auraient compris que je guettais quelque chose, ou plutôt quelqu'un. La plupart du temps, la pression inconsciente que les coéquipiers exerçaient sur moi était trop forte, et je montais dans le bus avec eux, avant que Miralem ne soit arrivé. Le bus passait devant la station Esso, la porte Serpenoise, et nous déposait devant le Virgin Megastore, place de la

République. À ce moment, toutes les techniques devenaient bonnes pour semer ses coéquipiers :

« J'ai trop faim, je vais prendre un croissant chez *Gilet*. Non, non, ne m'attendez pas si le bus passe... C'est pas la peine, je prendrai le prochain ! » Très efficace, sauf quand ils avaient faim, eux aussi.

« J'ai l'impression que je connais cette fille là-bas... De l'autre côté de la place... Je vais voir si c'est bien elle ! » fonctionnait très bien lorsqu'un bus était sur le point d'arriver. Je pouvais revenir sur mes pas sans même importuner la pauvre inconnue qui me servait de couverture, une fois que le bus avait démarré avec les coéquipiers à bord.

« Allô, quoi ? Désolée, je ne t'entends pas... Oui, oui, dis-moi, je t'écoute. Mais non !... T'es où là ? » Ma technique préférée. Mon portable à l'oreille, je m'éloignais de l'arrêt de bus avec un air sérieux, du genre « ne m'adressez pas la parole, ne me demandez pas si je monte avec vous ou pas, ma copine et moi avons une urgence à régler ». Je parlais toute seule.

Une fois les coéquipiers semés, je pouvais attendre une dizaine de minutes de plus à l'arrêt de la place de la République, mais pas davantage, au risque d'être significativement en retard au lycée. Et puis, d'autres coéquipiers arrivaient entre-temps, exerçant à leur tour une pression inconsciente sur ma volonté de ne pas perdre la face, de rester digne, malgré l'élan passionnel que Miralem avait initié en moi. Lorsque j'avais de la chance – une à deux fois par semaine –, Miralem était avec eux.

– Salut, ça va ? (accent mouillé)
– Oui et toi ? (sourire interminable)
– Ouais. (accent mouillé, /ɛ/ qui traîne)

Nous montions dans le même bus, lui par l'arrière, moi par l'avant, faisions dix minutes de route, les yeux rivés sur nos téléphones, pour rejoindre l'île du Saulcy et enfin, Cormontaigne. Nous descendions tous les deux par l'arrière, échangions parfois un sourire et ne nous parlions plus jusqu'au lendemain, au jour d'après, ou parfois la semaine suivante. Même configuration : une heure trente de bus, le cul écrasé sur des sièges au tissu lustré, un « Salut, ça va ? » et dix petites minutes à l'épier discrètement alors que je prétendais l'ignorer. Ce rituel m'épuisait – je m'endormais trop souvent en cours en début d'après-midi –, autant qu'il me satisfaisait – il nourrissait ma passion pour Miralem de détails : la couleur de sa nouvelle veste, les marques de bronzage sur ses bras, les cernes qu'il avait toujours en fin de semaine. Surtout, il me donnait de l'espoir. J'espérais que Miralem pensait également à moi en dehors de ces rencontres distantes et qu'il était, lui aussi, sensible à mes détails : mes cheveux blondis par le soleil, le bustier corail qui me donnait bonne mine, la façon dont je léchais mes doigts pleins de miettes de croissant. Je continuai à prendre les trois bus chaque jour de la semaine, jusqu'à la fin de l'année scolaire.

*

Les week-ends étaient douloureux. Pas d'école, pas de bus, pas de Miralem. Il existait néanmoins MSN Messenger – une messagerie instantanée que les moins de vingt ans ne peuvent pas connaître, et que les plus de quarante ne devraient pas connaître, eux non plus. Je passais toutes mes soirées et le début de mes nuits sur MSN, à espérer que *(étoile) Miré (étoile)* se connecte et daigne venir me parler. Je pouvais attendre des heures – des heures à fixer son pseudo à travers l'écran de mon ordinateur, *allait-il le changer ?* (il ne l'a jamais changé) – et à analyser le moindre de ses mouvements numériques. *Pourquoi se déconnectait-il ? C'était rapide ! Ah non, il revenait – un simple bug. Une autre déconnexion ? Il était peut-être seulement hors ligne... Non, ce n'était pas son genre de se mettre hors ligne pour pas qu'on lui parle. À qui avait-il pu parler pendant ces quarante-huit minutes de connexion ?* Alice me disait qu'une fille du bahut l'aimait bien. On l'appelait « dents de fer ». Alice supposait que c'était surement avec elle qu'il parlait. Elle me suppliait de me faire une raison et de lâcher l'affaire « Miré ». Elle pensait que *c'était mort*. Mais Alice ne comprenait rien à l'amour, puisqu'elle était raisonnable.

Je rejetais ses conseils en bloc, et me fiais à ce que je connaissais : une gêne partagée, fiévreuse, antinomique à toute forme d'indifférence – mon premier souvenir, le plus précis. Je me raccrochais aussi aux sourires que nous échangions parfois dans le bus, à de brefs regards qui devinrent plus soutenus, au fil des mois qui passaient, une tension pesante chaque fois que nous nous voyions au bahut – exceptionnellement, puis quotidiennement, depuis que nous connaissions les itinéraires à suivre pour nous croiser dans les couloirs, une complicité de plus en plus évidente qui faisait écho aux blagues, puis aux confidences que nous partagions sur MSN avant de nous endormir... Peu importait ce que disait Alice. Je ne doutais pas. Je n'ai jamais douté. J'allais abattre l'interdit.

*

Après quatorze mois de pudeur, j'ai finalement abattu l'interdit. Miralem et moi nous embrassions en bas de sa chambre du centre de formation, où mon père l'avait déposé le jour de notre rencontre. Sa salive était édulcorée par le chewing-gum qu'il mastiquait à longueur de journée et que je découvrais du bout de la langue. Il posa sa main moite sur ma nuque tiède. Je fermais les yeux. Je me demandais s'il faisait pareil. J'entrouvris les miens pour vérifier, et me raidis subitement. La vieille surveillante aux cheveux rouges était plantée là, sous le porche du centre de formation, à une dizaine de mètres de nous. Les mains sur les hanches, elle s'indigna :

– Quelle honte ! Non... Mais quelle honte, vraiment ! Stop... Ça suffit maintenant !

Miralem la provoqua un peu :

– Deux minutes, seulement deux minutes !
– Tout de suite !
– Allez, madame... Vous n'allez pas rester à nous mater ! répondit-il sans montrer la moindre tension.

Miralem était devenu footballeur professionnel. Il n'avait plus rien à craindre, pas même les foudres de mon père. La surveillante continuait pourtant de crier afin de nous faire respecter le règlement du petit bout de territoire qu'elle administrait – règle numéro 1 : pas de filles, et surtout pas la fille du directeur.

– Dans votre chambre, j'ai dit ! Tout de suite ! Et vous... Vous... Je vais le dire à votre père !

Je rigolai un peu, parce qu'elle ressemblait à une vilaine sorcière hystérique et que je sentais que la situation était propice à développer ma complicité avec Miralem. Mais lui n'était déjà plus avec moi. Il me regarda d'un air désolé, avant de céder à l'injonction répétée de la surveillante. La déférence envers l'autorité qu'on lui avait trop longtemps imposée avait muselé la fougue de sa jeunesse et, par là même, l'élan de notre premier baiser.

Je rentrai chez moi dans le bus 4, en pensant à ses yeux que je n'avais jamais vus de si près. Je m'étonnais de n'avoir pas encore remarqué qu'ils étaient d'un vert un peu vaseux, alors que je les avais toujours imaginés éclatants. *C'était peut-être juste un effet du soleil*, pensai-je, pour me rassurer. Mais aucun soleil ni aucun astre ne devaient jamais rendre éclatant le vert des yeux de Miralem.

J'ai cherché d'autres sources d'émotion. Le goût sucré de nos baisers. Mais trop vite, ceux-ci n'eurent plus aucune saveur, malgré les couches de Labello fruité que j'appliquais religieusement avant chacun de nos rendez-vous. Ils n'ont duré qu'un mois. Il me semblait que c'était déjà trop. Je me demandais comment j'avais pu vouloir si longtemps quelque chose de si fade. Je n'en savais rien.

J'écrivis une lettre à Miralem pour lui dire que la course avait été belle. Il répondit, par SMS, que nous nous retrouverions peut-être plus tard, si la vie le voulait bien. Nous savions tous les deux que c'était faux. Et même s'il aurait pu être rassurant de croire qu'au pire, nous ne finirions pas seuls, le romantisme pragmatique que Miralem m'offrait en guise d'adieu m'apparu comme un cheminement profondément malheureux.

Alexandre

Alexandre venait de Saint-Mihiel, une petite ville de l'Est de la France dont ma mère était originaire et où je ne voulais jamais aller lorsque j'étais enfant. Y être traînée pour des réunions de famille me faisait *mal à la tête*... C'est en tout cas ce que je répétais de mes cinq à mes seize ans, chaque fois que nous passions devant le panneau d'entrée de l'agglomération de Saint-Mihiel à bord de notre Opel Vectra verte, puis de notre Mercedes grise tout équipée.

Les maisons mitoyennes aux façades dégradées, les rideaux en dentelle poussiéreuse, les commerces aux devantures criardes, l'auto-école Jacky, la bande d'âmes en peine du Cygne – le bar-PMU que ma tante gérait à la place de son mari qui picolait à l'œil –, et les quelques vieux fous qui tentaient de fuir le cœur de la ville : la maison de retraite dans laquelle leurs héritiers les avaient cloîtrés. Partout, l'odeur du linge piqué – l'odeur de l'oubli, et à l'approche de certains pavillons, celle du chat crevé... Je n'ai jamais aimé l'air dépérissant de Saint-Mihiel. Alexandre non plus, d'ailleurs. À dix-huit ans, il était parti vivre à New York, des rêves de grandeur entrepreneuriale plein la tête. Il était revenu au bercail après seulement quelques mois. Je ne comprenais pas sa décision. Quitter New York pour revenir à... Saint-Mihiel, ce patelin qui le ferait mourir d'ennui ? Le problème était qu'à New York, Alexandre n'était personne. Il ne le supportait pas.

Alexandre avait grandi en étant la mascotte de son bahut, le beau gosse issu d'une illustre famille de bouchers de la région.

Il ressemblait à son père – visage joufflu, fossette au menton, sourcils droits –, mais avait hérité de quelques arguments de beauté maternels – des yeux clairs et des lèvres fines, toujours humides à force de trop sourire. Toutes les filles qui le rencontraient voulaient l'épouser et leurs mères, le câliner à l'arrière de son SUV Buick aux vitres teintées. Mais voilà, Alexandre m'aimait. C'est du moins ce qu'il clamait à tout-va – à mes amis, mes connaissances, à Miralem et aux flirts sans importance ni conséquences qui suivirent... Il n'y avait aucune chance que je ne sois pas au courant puisque tout le monde, absolument tout le monde autour de moi, avait entendu dire qu'Alexandre m'aimait. Je faisais pourtant semblant de l'ignorer. Alexandre et moi pouvions ainsi être amis. Meilleurs amis.

Il faut reconnaître que nous partagions une sacrée complicité. Une complicité qui se révélait satisfaisante dans les moments décisifs de notre jeunesse frivole, rythmée de soirées et autres festivités. Lorsque nous assistions à des événements sportifs ou musicaux, notre petit plaisir consistait à être invités dans une loge pour gâcher le moment des autres convives à notre profit. Nous n'avions même pas besoin d'élaborer de stratégie ni de nous organiser à dessein... Alexandre et moi étions, spontanément, parfaitement coordonnés. Une fois nos affaires déposées dans le vestiaire des salons qui devaient nous accueillir, nous nous précipitions chacun de son côté pour récupérer le maximum de petits fours briochés au saumon et autres bouchées délicates, avant de capturer deux places assises. Nous évaluions ensuite notre butin, puis le partagions, sous l'œil envieux des rageux restés debout à picorer les sandwichs au thon tout dégueulasses dont nous n'avions pas voulu. Nous pouvions, dans ces conditions, refaire notre petit monde, abreuvés du champagne qui nous était servi en coupes sur un plateau. Lorsque celui-ci commençait à nous écœurer – en général lorsque les salons se vidaient et que les sujets de médisance venaient à manquer –, nous partions, bras dessus, bras dessous, en boîte de nuit – où la bienveillance d'Alexandre, qui s'assurait toujours que mon verre soit plein et l'alcool bien frais, garantissait des soirées, sinon mémorables, du moins grisantes.

Mais voilà, une nuit, Alexandre a décidé de tout gâcher. En me déposant chez moi, aux alentours de 4 heures du matin, après une énième soirée au Tiff, il craqua et m'avoua ses sentiments. Pire, il me confronta. *Est-ce que je l'aimais, moi aussi ?* Je temporisai. Il klaxonna à fond pour que je lui donne une réponse. Je le suppliai d'arrêter pour ne pas réveiller ma mère – je savais qu'il était sensible à ce genre d'arguments – avant de fuir poliment, en espérant qu'il voudrait que nous oubliions cet excès d'enthousiasme, une fois à jeun. Ce n'était pas dans ses intentions. Dès l'heure du déjeuner, Alexandre réitéra. *Est-ce que je voulais être avec lui, comme dans un couple ?* Il avait besoin d'une réponse.

Je ne pouvais lui offrir qu'une réaction décevante et quelque peu malhonnête : je lui demandai d'attendre encore un peu, le temps que je réfléchisse à la question, puis disparus, décidée à ne plus lui donner de nouvelles.

Mes proches ne comprenaient pas pourquoi je ne voulais pas laisser sa chance à Alexandre. *Il était un si gentil garçon, et nous formerions un si joli couple, et il était si amoureux de moi, ce si gentil garçon – pourquoi donc le tourmenter ainsi ?* Cette entreprise de culpabilisation n'avait pas le moindre effet sur mes intentions. Je voulais être amoureuse moi aussi, mais je ne pouvais pas aimer Alexandre *comme un homme. Mais c'est un homme !*, m'opposaient-ils en chœur, avant d'argumenter sur la prétendue maturité d'Alexandre. Alors oui, Alexandre avait deux ans de plus que moi. Et oui, Alexandre était déjà parti vivre loin de ses parents alors que je n'avais jamais quitté ma chambre d'enfant. Et oui, Alexandre avait déjà un plan de carrière tracé, comme tous les jeunes hommes ambitieux qui ne veulent pas perdre de temps pour faire fortune, pour s'émanciper de l'autorité parentale, de la réussite paternelle, etc. Alors que moi... eh bien moi, je n'avais aucune idée de ce que j'allais devenir, de que je voulais devenir, et d'ailleurs rien ne me plaisait vraiment, et j'étais bien contente que mon papa accepte de subvenir à mes besoins pendant que je cherchais un sens à ma vie... *Mais ce n'était pas ça, le problème*, maintenais-je, sans toutefois pouvoir identifier les raisons précises qui m'inspiraient un profond rejet des émois d'Alexandre. Puis, un soir de mai, alors que j'ignorais ses messages depuis plusieurs semaines, Alexandre décida de m'imposer sa présence à La Place Caffe, un restaurant où je dînais en compagnie de mon grand frère et quelques-uns de ses collègues footballeurs. Ce soir-là, le *problème* est devenu évident.

*

Je représentais la seule présence féminine à la table. Autant dire que je ne comptais pas vraiment. D'autant plus que je n'étais qu'une fille, pas encore une femme, aux yeux de cette équipe de trentenaires exclusivement masculine. Je n'étais donc même pas une proie. Mais je n'étais pas une subordonnée non plus – aucun d'entre eux n'aurait osé me traiter de la sorte puisque j'étais la fille de mon père : leur ancien coach, leur supérieur à vie. Bref, j'avais un statut ambigu pour les membres de cette *dream team* qui préféreraient ignorer ma présence, du fait de l'inconfort qu'elle générait. Je passais ainsi l'ensemble de la soirée à les écouter parler, le nez plongé dans mon assiette de pâtes, sans que jamais l'un d'eux ne m'adresse la parole.

– Mec, regarde ! lança mon frère, en montrant à Alexandre des messages reçus sur son téléphone.

– C'est la serveuse de la dernière fois ? La blonde ?

– Chloé ? Non. Elle, laisse tomber. Je l'ai baisée pendant quoi... Deux semaines max... Elle casse la tête... Non, là c'est sa pote Julie. Mais je sais pas... Je crois que j'aime pas trop.

– Arrête, elle est bien... Mate ses..., répondit Alexandre, en se pâmant d'excitation, la main dissimulant sa bouche pour que je n'entende pas les commentaires qu'il émettait sur la plastique de Julie.

– Ouais, ouais... Mais je sais pas. La dernière fois, elle me mettait des coups de pied pour que je la baise, mais je l'ai pas fait. Seb, t'en penses quoi de Julie ?

– Je sais qu'elle est très bonne.

– Chacal !

Toute la table rit, y compris moi. Je savais pourtant que c'était mon frère qui courait après Julie et que celle-ci le recalait tout le temps. J'avais vu les messages dans son téléphone. Mais bon, les membres de la *dream team* étaient comme ça, ils méprisaient toutes les femmes – celles qu'ils avaient eues, bien sûr, et encore plus celles qu'ils ne pouvaient pas avoir. Moi, j'essayais juste de m'intégrer à ce groupe qui tolérait ma présence, sans toutefois l'accepter.

Alexandre, au contraire, était en phase totale avec la *dream team*. Il rencontrait certains de ses membres pour la première fois mais était accueilli par tous comme un vieil ami, avec qui il était naturel d'échanger conseils, avis et éclats de rire à profusion. Dans le même temps, il était évident qu'ils avaient beaucoup de points communs. Alexandre avait l'âge d'être un jeune footballeur professionnel et partageait les mêmes valeurs qu'eux, celles qui régulaient le ghetto footballistique qu'il avait touché du doigt, plus jeune, mais dont il avait été exclu, faute de talent.

– Pas mal ta montre, mec... Ça rapporte bien la boucherie, chargea mon frère en louchant sur la montre d'Alexandre.

– On en parle de ta Carrera ?

– Je vais la vendre pour prendre une BMW. Mon ex rage trop sur la Porsche. Elle veut me dépouiller.

– C'est sale...

– Ouais... Elle a eu la belle vie avec moi et maintenant, elle se barre avec un banquier et veut tout me prendre, cette michto... C'est toujours comme ça, hein Daniel ?

Daniel, qui pianotait sur le clavier de son téléphone, répondit par un signe d'incompréhension.

– Son ex aussi lui a fait la misère, glissa mon frère à Alexandre, en le prenant par l'épaule.

Daniel était un membre respecté de la *dream team*, mais je le percevais comme un peu à part, dans son monde. Il n'avait pas parlé, sauf pour répondre aux questions qui lui étaient posées, et ne cherchait pas l'interaction. Pas avec moi, pas avec les autres non plus. J'ai essayé, à plusieurs reprises, d'avoir l'air aussi détendue que lui dans ce contexte. Comme si le fait de demeurer silencieuse résultait de ma volonté, et non de mon exclusion. J'aurais voulu détendre ma mâchoire sanglée, avoir des yeux de louve plutôt que de petit lapin, endosser un air ironique, du genre « vous êtes là pour me distraire, bouffons, alors, parlez maintenant ! »... L'air de celle qui est à sa place, parmi les autres – voire supérieure à eux. J'essayais, j'essayais, mais n'y parvenais pas, j'essayais et je buvais pour me donner du courage, mais alors mon frère et Alexandre avaient subtilement enclenché le jeu de l'étiquetage auquel ils se prêtaient tous avec fureur, m'empêchant d'en placer une, m'excluant une fois de plus, encore et toujours.

Le jeu de l'étiquetage consistait à référencer les femmes comme les bovins de l'abattoir de la famille d'Alexandre. Dans ce jeu, les femmes comme Julie étaient des *salopes* et celles comme mon ancienne belle-sœur, des employées recrutées au sortir de l'adolescence, payées en articles de luxe pour gérer les gosses, tenir la maison, attendre que leur vie passe, tout simplement. Finalement, les employées devenaient toujours des *michetonneuses* qui *leur faisaient la misère* au moment du divorce, après des années de bons et loyaux services qui étaient, sitôt la séparation actée, oubliés. J'avais moi-même accepté cette dialectique salope/michetonneuse comme une réalité sociale et n'avais d'ailleurs jamais manqué une occasion de critiquer l'ex-femme de mon frère ni d'insulter copieusement les filles qui lui *cassaient les couilles* lorsqu'il les trompait. Ma croyance dans le bien-fondé de cette dialectique était intransigeante, implacable. Elle condamnait sans pitié – en toutes circonstances, sans jamais faillir. C'était pourtant différent, ce soir-là. Le jeu de l'étiquetage m'apparaissait comme une injustice, et la solidarité des membres de la *dream team* dans leur volonté de m'en exclure, comme une agression. Une attaque en bande organisée à laquelle Alexandre prenait part en toute légitimité.

– Celles qui peuvent l'être sont des michtos, les autres sont des salopes ! Je préfère les salopes, car au moins, c'est moi qui les baise !, assura l'un d'eux, après que Julie, Camille, Sophie,

Béatrice, les ex de mon frère et de Daniel, et encore quelques autres filles que je ne connaissais pas avaient déjà été étiquetées.

L'un des membres de la *dream team* qu'on appelait par un diminutif de son nom de famille interrompit le jeu pour brancher la serveuse qui se présentait à notre table.

– J'ai pas fini, dit-il au moment où elle s'apprêtait à débarrasser.
– Mais votre assiette est vide.
– Non... J'ai pas fini de vous regarder.

La réplique fut ponctuée d'un éclat de rire collectif de tous les membres de la *dream team*, en plus d'Alexandre, qui tapa dans la main de celui qu'on appelait par un diminutif de son nom de famille. La serveuse semblait flattée, mais aussi gênée de toute l'attention dont elle était l'objet. Le jeu de l'étiquetage reprit lorsqu'elle s'éclipsa. Il fut alors question du sort de Marine, une fille qu'Alexandre avait essayé de choper pour tenter de me rendre jalouse.

– Elle n'était pas sérieuse, laisse tomber... Elle m'écrivait en même temps qu'à Fred... Tu vois qui c'est ?
– Fred, le p'tit du centre ?
– Ouais, le black. J'veux pas de ce genre de filles. Moi, j'veux une femme comme ma mère, tu vois ? analysa-t-il.
– Tu veux baiser ta mère ? répondit Daniel.

Silence de mort. Tout le monde à table était scotché. Par Daniel. Sa sortie n'était pas attendue, puisqu'il ne parlait jamais. Par sa réplique, gênante au point de stopper net la fureur d'Alexandre et des membres de la *dream team*. Alexandre était blême. Les autres attendaient une réaction qui n'arrivait pas. Mon frère intervint :

– Ça va... Il dit juste qu'il veut une bonne fille, une fille sérieuse. Normal, non ?

Réponse facile, qui eut pour mérite de dissiper le malaise. Tout le monde semblait d'accord avec lui. *Ben ouais, bien sûr que c'était normal*. Daniel acquiesça, peut-être pour ne pas faire d'histoires, ou parce qu'il était d'accord avec ce propos, lui aussi. Il tira une latte sur sa clope. Ses lèvres bougeaient à peine lorsqu'il expirait la fumée. Je le regardais en souriant comme une petite fille, mais avec un désir de jeune femme.

*

Nous nous sommes passé de dessert et avons quitté le restaurant pour récupérer Porsche et SUV. Les pièces de monnaie d'Alexandre furent refusées par l'horodateur. Mon frère lui proposa de monter dans notre voiture et de laisser la sienne au parking pour la nuit. Il refusa. La simple idée d'abandonner son bolide le faisait paniquer. Daniel observa la scène avec recul, en hochant la tête d'un air amusé, avant de décider de prendre les choses en main. Il récupéra les pièces d'Alexandre et les frotta contre la structure métallique de l'horodateur. La première pièce passa, la deuxième aussi... Et ainsi de suite.

– C'est magique !, m'écriai-je.

Le compte était bon. Alexandre était trop content de pouvoir récupérer sa voiture. Il se dirigea vers elle en crânant et la fit démarrer en trombe, pied au sol. *Vroom, vroom*. Je roulais des yeux. Ceux-ci se posèrent sur Daniel. Nous avons échangé un regard que je voulais complice. Alexandre pouvait bien foncer dans les jupes de sa mère ou de n'importe quel autre substitut qui signerait un CDI en plaqué or avec assignation à Saint-Mihiel pour élever ses vaches et ses petits veaux... Moi, je voulais vadrouiller.

Ludovic

Je voudrais te voir crever en te faisant empaler le cul à coups de pioche chauffée à blanc – pensai-je, en pissant mon sang dans les chiottes. L'eau des chiottes était rouge vif. Je tirai la chasse mais il restait la trace d'un amas de sang au fond de la cuvette. Je tirai une deuxième fois pour la faire disparaître. J'espérais que ça n'allait pas *la* réveiller. Le sang continuait de couler. Il se répandait désormais en gouttes noires sur le carrelage blanc. Une ligne rouge dégoulinait le long de ma cuisse. Je rassemblai mes mains au niveau de mon entrejambe pour ne pas en mettre partout en me déplaçant. Je plongeai dans un bain chaud et me relevai dans une pataugeoire rose. Je passai précautionneusement le creux de ma main droite sur ma vulve. La déchirure ne saignait plus. Je compris que le sang venait de l'intérieur. Je m'accroupis et essayai d'introduire un doigt humide dans l'orifice. La déchirure me stoppa net. Je serrai les dents et essayai une nouvelle fois. *Ça fait mal, putain, putain, putain.* Putain. Le doigt ne passait pas. Je contractai le périnée pour tenter de vider l'orifice. Un peu de sang coulait encore. J'utilisai la douchette pour rincer mon corps et finis par un jet d'eau tiède sur ma vulve. Je sortis de la baignoire trempée et attrapai une serviette blanche, rêche comme du papier de verre. Je tapotai prudemment la zone meurtrie pour ne pas tacher le linge, enfilai ma culotte et la bourrai de papier toilette. Ça continuait de brûler – pas seulement au niveau de la déchirure, mais aussi dans tout le bas-ventre... Mais *le pire était passé*, je supposais. *Je finirai par arrêter de saigner et elle n'entendrait jamais parler de ce premier outrage. Du moins, elle entendrait parler de l'outrage, mais pas de la première fois* – ma première fois.

Elle, c'était Manon. Elle était devenue mon amie la plus proche au lycée. Elle dormait à poings fermés sur le canapé blanc de l'appartement de mon grand frère pendant que j'effaçais toute trace de la première fois. Elle se réveillerait quelques heures plus tard et pleurerait, réalisant qu'elle n'avait plus aucune chance de conclure avec Mickey. Plus aucune, parce que Mickey ne voudrait jamais d'une fille qui s'était fait déglinguer par ses meilleurs potes, en même temps que sa meilleure amie – moi. Comment en étions-nous arrivées là ? Manon n'est pas d'accord avec moi sur ce point... Et je dois avouer que je ne le suis pas toujours, moi non plus.

*

Ma première fois eut lieu un soir de décembre. J'avais alors dix-sept ans, presque dix-huit, si je calcule bien. Manon et moi étions au Tiff, comme d'habitude. Le Tiff était la seule boîte de nuit du centre-ville de Metz. Il concentrait tous les clichés du club de province : le tapis rouge, les gros bras à l'entrée qui buvaient du Red Bull, la caisse gérée par une fille quelconque – tellement quelconque que nous ne la reconnaissions jamais –, le vieux patron accro au cul surveillé par sa trop jeune copine ivre de jalousie, les serveuses bronzées aux gros seins, la petite bourgeoisie qui buvait du champagne dans le carré VIP – mèche sur le côté à la Bieber, putes à frange, mocassins Tod's – en toisant les *poufs* tatouées et piercées qui dansaient sur la piste au son de DJ K.Lass. Manon portait une robe kaki sur le devant de laquelle était incrusté un motif en strass – un casque audio avec des notes de musique. Ses lèvres fines étaient teintées d'un ton cuivré et ses yeux de biche rehaussés de cils interminables qu'elle colorait systématiquement de trois couches de mascara noir. Je portais une robe rouge et ample qui n'avait pas quitté mon dressing depuis que je l'avais acquise, plusieurs semaines auparavant. J'achetais plus vite que je ne pouvais porter. C'était une chance – je pouvais ainsi porter une nouvelle tenue à chaque soirée. Si la fête était bonne, il m'arrivait de choisir de porter une tenue avec laquelle j'avais déjà été vue, car elle avait contribué à un bon moment et je voulais vivre, une nouvelle fois, un autre bon moment. C'était ma seule mystique.

Je n'ai plus jamais porté cette robe rouge. Je ne l'ai pas vendue, ni jetée, pour éviter que le fléau ne se propage.

Ce soir de décembre, Manon et moi dansions pieds nus sur les banquettes pleines du champagne que nous gaspillions, cassant des verres, nous embrassant à pleine bouche et feignant une liberté d'esprit caricaturale pour nous faire remarquer. Pour plaire. Un truc de jeunes filles semblable au truc des garçons qui jouent aux *golden boys* avec l'argent de leurs parents pour se féliciter de pouvoir tirer un coup. Manon ne faisait pas confiance aux merdeux de notre âge. Elle visait plus vieux. Entre deux chansons, elle guettait l'arrivée de Mickey, un mec de vingt-six ans qu'elle *kiffait*. Mickey était petit – Manon le dépassait de cinq bons centimètres lorsqu'elle était chaussée de talons hauts. Il portait un bouc noir et des cheveux mi-longs plaqués sur le côté. Il avait de vagues origines italiennes mais jouait à fond la carte du bellâtre latin. Mickey était le genre de mec qu'on ne pouvait voir que dans les bars et les clubs, mais qu'on voyait toujours dans les bars et les clubs. Son existence ne réservant aucune surprise, il débarquait au Tiff vers 1 heure du matin, accompagné de deux compères. Tous les trois étaient vêtus dans un style qu'on qualifiait alors de *classe* – bottines en cuir, jean foncé, ceinture de marque, blazer noir par-dessus une chemise blanche. Manon fit signe à Mickey de nous rejoindre à notre table. Il s'approcha et participa à la parade que mon amie engageait avec lui. Je regardai qui étaient ses potes. J'en connaissais un de vue – Michael –, car j'étais allée au collège avec son petit frère. Michael était un brun aux cheveux courts. Il portait une barbe de trois jours, ainsi que des sourcils épais et touffus qui surmontaient des yeux enfoncés. Il s'approcha de moi.

– Tu veux parler ? initia-t-il.
– Pas trop là, maintenant...
– Tu veux qu'on danse ?
– Je ne sais pas danser avec quelqu'un.
– Ça, j'ai du mal à le croire, dit-il en souriant.

Je lui tournai le dos, le laissant seul avec ses certitudes... et sans doute une vue en contre-plongée de mon cul qui bougeait au son de la musique mixée par DJ K.Lass. Peu de temps après, alors que je réalisais un pas de danse mal défini, j'assistai au moment perturbateur de notre soirée : Mickey abandonnant Manon, esquivant même l'accolade qu'elle lui offrait en guise de salutations.

D'une énergie fracassante, mon amie s'écroula sur la banquette et vida 50 ml de vodka, manifestant ainsi son besoin de boire pour oublier cet affront. Michael et son pote, qui se présentait comme un certain Ludovic, vinrent la consoler. Elle apprécia l'attention, surtout celle de Ludovic qu'elle trouvait *charismatique*. C'est ce qu'elle me confia lorsque les compères s'éclipsèrent pour commander à boire au bar. Je n'étais pas d'accord. Ludovic ressemblait à une bête – le visage buriné, la peau épaisse, le nez écrasé. Elle répliqua qu'il avait de beaux yeux. Je n'ai jamais aimé les hommes aux yeux bleus.

Les compères sont revenus avec quatre coupes. J'en acceptai une, même si leur présence pesait sur ma fin de soirée. Ils voulaient dialoguer mais j'étais ivre et je n'avais pas envie de faire l'effort de participer au semblant de conversation qu'ils entretenaient avec Manon. Assise sur le dossier d'une banquette, je regardais le club se vider, en trempant mes lèvres dans le champagne qu'ils m'avaient offert. Manon riait avec eux – ses yeux étaient fermés et ses dents blanches brillaient à cause de la lumière bleue qui ambiançait le lieu. Les chemises blanches de Michael et Ludovic brillaient, elles aussi. Tous les trois ont trinqué et se sont tournés vers moi pour que je fasse de même. Ils ont descendu leurs verres d'une traite. Je les ai imités. C'était le verre de trop, bu après trop de verres qui nous avaient fait oublier qu'on ne devrait jamais accepter de se faire offrir à boire par des inconnus.

*

Nous sommes sortis tous les quatre du club, sans réelle cohésion de groupe. Je titubai jusqu'à tomber par terre, sur le côté du tapis rouge qui menait au club. Ils se mirent à trois pour me relever.

– Elle va dégueuler, présuma Michael.
– On ira plus vite si je la porte, non ? suggéra Ludovic.
– Tranquille. Elle est drôle comme ça...
– Eh ! C'est pas gentil, ça ! Et d'abord, je ne vomis jamais... Jamais ! assumai-je.
Manon confirma.

Nous sommes tant bien que mal arrivés devant une Ford Fiesta noire. Ludovic s'installa sur le siège conducteur. Manon et Michael montèrent à l'arrière. Je m'écroulai sur le siège avant. Ludovic alluma l'autoradio. *Brandy et Monica, The boy is mine.*

– J'aimais trop cette chanson quand j'étais petite ! m'exclamai-je.
– T'es une grande maintenant ? tenta Ludovic.
– Petite... Quand j'avais genre sept ans, pondérai-je, sans savoir pourquoi sa remarque me mettait mal à l'aise.

Je me retournai pour partager ce souvenir avec Manon. Michael et elle se dévoraient la gueule. Je m'enfonçai dans mon siège et fermai les yeux. J'avais des vertiges. Ça tournait vite. La voiture roulait vite aussi. J'avais chaud. Je collai ma joue droite contre la vitre de la fenêtre... *Hum...* Manon et Michael parasitaient la bande originale de mon enfance avec leurs râles de plaisir. J'entendis une fermeture éclair être dézippée. Un membre chaud s'introduisit sous l'élastique de mon collant, puis dans ma culotte. La main de Ludovic. Je ne bronchai pas. Je gardais les yeux fermés et la joue écrasée contre la vitre comme si rien ne venait de se passer. Ludovic me doigtait activement de la main droite et conduisait mollement de la gauche, en faisant de nombreux écarts. J'entrouvris discrètement un œil. La voiture s'engageait sur un parking désert. Ludovic freina brusquement. Je fermai les yeux, en faisant semblant de... Je ne sais pas quoi – peut-être semblant d'être endormie, ou évanouie, ou juste malade... L'un des doigts s'enfonça plus profondément dans mon vagin. Il essaya ensuite d'introduire plusieurs autres doigts. Ça bloquait. Il les retira du trou. J'entendis qu'il crachait. J'avais la tête tournée vers la vitre et je fermais toujours les yeux mais je devinai qu'il crachait dans sa main. Puis il força pour faire entrer deux de ses doigts pleins de bave dans mon trou. Je gardais les yeux fermés. J'entendais le bruit de la bouche de Manon qui pompait la bite de Michael. Puis, une voix a dit : « Enlève ta culotte. » Ludovic avait retiré ses doigts. Il s'était reculé. J'ai ouvert les yeux et j'ai regardé vers le siège conducteur. Le dossier du siège était incliné vers l'arrière. Ludovic a relevé son bassin pour faire glisser son jean et son boxer. Sa bite était en érection. C'était une bite foncée, courte et épaisse comme un poing fermé. Une fois dévêtu, il a retiré ma robe. C'était une robe ample, sans bouton ni fermeture. Il n'avait qu'à la tirer vers le haut pour la faire glisser. Je l'ai laissé faire. Il a ensuite agrippé la ceinture de mes collants pour les retirer. Les collants ne glissaient pas puisque j'étais assise dessus et que je ne bougeais pas. Il a donc utilisé ses deux mains pour les déchirer. Il dut s'y prendre à plusieurs reprises. Il a tiré sur l'élastique de ma culotte et l'a arraché en même temps que les collants. Il n'a pas enlevé mon soutien-gorge. Ensuite, il a attrapé mes jambes. Il a enlevé les derniers bouts de collant qui les recouvraient et balancé ma culotte distendue sur le tapis du siège avant. Puis il m'a attirée d'un coup sec vers lui. J'étais à moitié allongée. La boîte de vitesse me perforait le bas du dos. C'était inconfortable, mais je n'avais pas mal. Je serrais les jambes. Il les tenait vers le haut, un peu inclinées sur le côté, vers le tableau de bord. J'ai senti sa bite dure qui tapait contre ma vulve. Elle a tapé plusieurs fois, à plusieurs endroits, jusqu'à ce qu'il trouve le trou qu'il cherchait. Alors, il a commencé à me baiser. Il agitait son bassin d'avant en arrière, d'avant en arrière... Parfois, il essayait d'écarter mes jambes ou de les déplacer pour trouver un meilleur angle sous lequel me fourrer. Puis il m'a enculée. Et il m'a baisée à nouveau. Et il m'a enculée plus fort. Je n'avais pas mal. Je ne ressentais aucune douleur. Aucune sensation, non plus. Il s'est retiré juste après que Michael eut fini dans Manon. Il a éjaculé mécaniquement sur mon ventre, puis s'est écarté.

Je me suis redressée en mettant un coup de pied dans l'autoradio. Le son a changé. Chacun de nous s'est rhabillé de son côté. La voiture a démarré. Les vitres étaient pleines de buée. Ludovic a demandé à Manon et Michael d'essuyer le pare-brise arrière parce qu'il n'y voyait rien. La voiture a commencé à rouler. Silence assourdissant sur fond de France Culture.

– Sympa ton choix, ironisa Ludovic.
– Tourne à droite, murmurai-je.

*

7 h 43. Ludovic se gara devant l'immeuble dans lequel habitait mon grand frère, où Manon et moi avions prévu de dormir. Nous sommes toutes les deux sorties de la voiture, sans dire un mot. Pas *d'au revoir*. Surtout pas d'*à bientôt*. Manon tenait sa culotte dans la main.

– Tu t'es tapé le plus beau des deux ! Je te déteste ! dit-elle en plaisantant.
– C'est pas drôle, je me sens trop mal.
– Ça va, ça aurait pu être pire...
– Ah bon ? Je ne vois pas comment.
– Ils auraient pu nous jeter une pièce en partant.

Je dois l'avouer, il m'a fallu de nombreux mois pour panser les plaies de cette première fois. Puis j'ai préféré penser que c'était quand même un sacré soulagement de ne plus être vierge à dix-sept ans, presque dix-huit, si je calcule bien.

Michel

Tout le monde à Metz et Luxembourg connaissait le visage enfantin de Charline – ses yeux céruléens, ses cheveux platine, son ventre rond, ses jambes courtes et musclées. Mes proches m'avaient conseillé de ne pas la côtoyer car elle avait mauvaise réputation. Malheureusement pour eux, j'ai toujours aimé les gens qui ont mauvaise réputation. J'ai donc commencé à passer beaucoup de temps avec Charline. Et elle avec moi. Trois à cinq soirées de fête par semaine assorties de journées entières à cuver nos gueules de bois, aussi bien à Metz – chez elle –, que chez moi – à Paris, où je venais d'emménager pour commencer mes études supérieures. Suivirent des vacances à New York pour dévaliser Alice+Olivia et se saouler au New York Palace, accoudées au comptoir du bar sur lequel Chuck avait tenté de sauter Serena... Après seulement quatre mois de complicité, Charline m'appelait *sa meilleure amie*. Cela ne me dérangeait pas. Charline était légère et sympa, et nos intérêts personnels convergeaient vers un but commun. La capture d'un monstre bicéphale chassé par toutes les amazones du Grand-duché – un Orthos, deux esprits malades. Jonathan et Michel.

Jonathan et Michel prétendaient également être meilleurs amis. Sans doute l'étaient-ils aussi peu que Charline et moi ne l'étions réellement. Charline ne m'a d'ailleurs jamais confié ce qui lui plaisait chez Michel, ce grand blond qui me paraissait un peu trop simplet pour être attirant. Il faut dire que je ne lui ai jamais posé la question. Cela ne m'intéressait pas beaucoup. Tout ce qui m'importait, c'était que Charline se foutait du devenir de ses ex. Elle ne les considérait pas comme faisant partie de son domaine réservé et n'était donc pas heurtée que je veuille conquérir Jonathan, dont elle avait brièvement partagé l'intimité, un an plus tôt. Charline et moi nous étions d'ailleurs accordées très facilement, sans aucune réserve : ce coup-ci, Jonathan était pour moi et Michel, pour elle. Nous avons scellé notre pacte autour d'un lobster roll et d'un thé glacé, dans la fraîcheur de l'air conditionné d'un restaurant branché de Tribeca.

*

Tout se compliqua lorsque notre séjour à New York prit fin, et que Charline annonça, à notre arrivée en France, vouloir poursuivre nos vacances à Cannes. Je n'avais aucune envie d'aller à Cannes, où toutes nos connaissances avaient prévu de se retrouver – toutes sauf Jonathan et Michel, qui avaient choisi de rester à Luxembourg. Elle insista. Je résistai un peu. Nous sommes finalement tombées d'accord sur une semaine à Cannes puis une fin d'été à Luxembourg – *un peu de repos avant que les choses sérieuses commencent*, avais-je pensé. Jamais je n'aurais accepté d'accompagner Charline à Cannes si j'avais soupçonné que notre appartement du Vieux-Port deviendrait le lieu de rendez-vous de toutes les âmes en peine de la côte d'Azur. Des âmes en peine bruyantes, incommodantes. Il m'était impossible de fermer l'œil plus de dix minutes sans être réveillée par des cris, des pleurs, des éclats de rire, ou les interférences d'une quelconque entité en manque d'amour guettant un bref instant de relâche pour tenter d'approcher ma chair inerte. Ces veilles forcées m'épuisaient et m'irritaient, tout autant que Charline, que je tenais pour responsable de la situation.

À Cannes, Charline et moi ne vivions pas au même rythme et n'étions plus d'accord sur rien. Sa mauvaise habitude de mettre des glaçons dans son champagne m'agaçait, alors qu'elle m'amusait deux semaines plus tôt. Après trois nuits de résistance au sommeil et aux approches des mecs en manque qu'elle invitait chaque soir dans notre appartement, le malaise que je ressentais dans cette ville ne me permettait même plus de trouver le repos au petit matin.

Ce matin-là, il était 6 heures. Charline s'était glissée sous mes draps. Un inconnu était au bout du lit, d'autres étaient étendus sur le tapis. Je savais que je ne dormirais pas mais choisis de rester allongée pour profiter du calme. *Cannes, calme*. Un gros porc ronflait sur le tapis. J'avais envie de sauter à pieds joints sur son bide plein de bière, mais j'étais consciente qu'un nuisible en K.O. technique valait mieux qu'un nuisible éveillé. Je pris mon téléphone pour scroller le fil d'actualité de mon compte Facebook. Michel venait de poster une photo de lui avec Jonathan. Je *likai*, et reçus une notification quasi immédiate sur BBM.

Michel :
Tu ne dors pas ?

Nous étions amis sur les réseaux sociaux et il faisait partie de mes contacts sur BBM, mais c'était la première fois que nous échangions concrètement, directement. Trois heures de discussion ininterrompue, ponctuées d'une révélation chatoyante.

Michel :
Tu sais, si j'ai commencé à parler à Charline,
c'était seulement pour me rapprocher de toi.

Charline renifla bruyamment à mes côtés, comme pour me sermonner de trouver cette confidence charmante, quoique embarrassante ; et pour annoncer son réveil... *Avait-elle entraperçu mon sourire ? Allait-elle m'interroger ? Peu importait le protocole d'interrogatoire qu'elle choisirait, je ne cracherais rien. Michel était peut-être juste bourré. Pourquoi causer des problèmes ? Pourquoi priver Charline de sa belle histoire d'amour ?* Je préférai oublier ce dernier message, et par la même occasion, l'ensemble de mon échange avec Michel.

*

Quinze heures. L'heure à laquelle les alcooliques mondains émergent. Je reçus un nouveau message de Michel.

– C'est Jonathan ? demanda Charline, avec une curiosité que je perçus comme suspicieuse.
– Oui, répondis-je, concluant sur un sourire coupable.

Sans doute écrivait-il pour s'excuser, sans doute écrivait-il pour s'excuser, sans doute écrivait-il POUR S'EXCUSER...

Michel :
Je pense à toi.

J'étais foutue. J'aimerais pouvoir dire que j'ai été assez courageuse pour envoyer Michel se faire foutre, ou assez intrépide pour prendre le risque de continuer à lui parler et voir où cette histoire allait me mener, mais je n'étais ni courageuse ni intrépide. J'étais prudente. Je ne voulais pas prendre le risque d'envoyer Michel se faire foutre de peur qu'il m'en veuille et me dénigre auprès de Jonathan. Jonathan était ma priorité. Je décidai donc de ne pas envoyer Michel se faire foutre et de rentrer à petits pas dans son jeu, en espérant qu'il finirait par être séduit par Charline et me laisse tranquille.

Michel et moi avons ainsi commencé à nous écrire en permanence, de trop tôt le matin, jusqu'à très tard dans la nuit. Je dois avouer que discuter avec lui n'était pas désagréable. Il était comme un bon copain avec qui je parlais de tout, de rien, et à qui je cessais de répondre lorsqu'il devenait trop sentimental. Michel a d'ailleurs rendu la seconde partie de mon séjour azuréen beaucoup plus sympathique. Je n'étais plus seule face à Charline et aux nuisibles qui squattaient notre appartement. Je les ignorais presque complètement, puisque toute mon attention était axée sur notre échange épistolaire. Et puis, Michel me faisait penser à mes retrouvailles avec Jonathan. Il me rappelait que mes jours à Cannes étaient comptés et qu'il était temps pour Charline et moi d'organiser notre retour à Luxembourg.

*

Charline m'avait demandé de m'installer chez elle pour la fin de l'été. Elle redevenait supportable. Reprenait nos anciennes habitudes. Se recentrait sur nos intérêts communs. Jonathan et Michel.

Dès notre retour de Cannes, elle les invita à passer une soirée chez elle. Jonathan ne pouvait pas venir car il bossait. Il nous proposa toutefois de le rejoindre dans la boîte de nuit qu'il dirigeait, plus tard dans la soirée. Michel, lui, m'écrivit sitôt l'invitation reçue.

Michel :
Tu seras là ?

Alexandra :
Oui, mais ne passe pas par moi
pour l'organisation de la soirée.
On n'est pas censés se connaître
et encore moins se parler.

Michel :
OK. T'es sûre que tu seras là ?
Si je viens, c'est seulement
pour te voir.

Alexandra :
Je serai là.
Supprime les messages.

Michel répondit également à Charline en lui demandant son adresse. Il venait avec deux amis. Charline avait préparé un dîner libanais. Il était servi dans son jardin, au bord de la piscine. L'ambiance était détendue. Je parlais beaucoup avec l'un des deux amis. Mon téléphone n'arrêtait pas de vibrer. Je devinais que l'expéditeur des messages que je recevais était Michel, assis juste à côté de moi, les pouces scotchés à son clavier. *Arrête d'écrire. Arrête.* Charline le surveillait d'un œil mauvais. Elle se dressa subitement sur ses talons de douze centimètres qui mettaient en valeur ses jambes caramélisées par le soleil cannois et me demanda de la suivre dans la cuisine.

– Il a une meuf, décréta-t-elle.
– Mais non... Pourquoi tu dis ça ? demandai-je, soulagée qu'elle ne s'en prenne pas à moi.
– Il n'arrête pas d'écrire. Il faut qu'on choppe son téléphone pour voir à qui il écrit.
– T'es parano. Il ne serait pas venu s'il avait une meuf.
– Je suis sûre que c'est sa connasse d'ex.
– Mais non... T'inquiète... Tu l'auras, ton Michel, dis-je en la serrant dans mes bras.

Je m'empressai de récupérer mon téléphone, laissé sur la table autour de laquelle nous dînions. Charline était plus attirée par les problèmes qu'un papillon par la lumière et mon téléphone clignotait comme une 120 W dans la nuit noire. Elle s'assit à côté de la grande carcasse de Michel qui me regardait partir. Je me réfugiai aux toilettes. Vingt-sept messages non lus.

Michel :
Tu es belle.

Trop belle.

J'ai envie de t'embrasser.

J'ai envie d'être seulement avec toi.

Rdv dans le bureau.

OK ?

Beaucoup de points d'exclamation.

Je compris que seules deux options se présentaient à moi : retourner avec les autres et boire pour rire du désastre qui se profilait ou m'enfermer dans la chambre en prétendant que j'étais malade. Je voulais voir Jonathan. Je choisis donc d'y retourner, mais de ne pas boire. Puis d'aller voir Jonathan. Je pensais que Michel comprendrait peut-être enfin que ce n'était pas lui que je voulais.

Je déverrouillai la porte des toilettes. Elle s'ouvrit à la volée. Une force animale me tira vers elle. Michel, la mâchoire béante, les joues rouges de désir. Je le repoussai en soufflant : « T'es malade ou quoi ? » et me précipitai vers l'espace extérieur, où les autres étaient réunis. Michel me suivit, tout penaud. J'espérais ne pas avoir été trop dure avec lui... Un verre... J'espérais qu'il ne m'en voulait pas de l'avoir repoussé en le traitant de malade... Deux verres... J'espérais qu'il ne m'en voulait pas au point de casser mon coup avec Jonathan... Trois verres... J'espérais qu'il n'allait pas tenter une nouvelle connerie... Il buvait beaucoup, lui aussi... Quatre... Ça suffisait.

– On y va ?

*

Club de Jonathan. Soirée de merde. Il était occupé. Je restai assise toute la soirée. Charline était en transe, debout sur les banquettes. Elle agitait ses majeurs dans tous les sens et me glissait que c'était *pour l'ex*. Celle à qui elle pensait que Michel écrivait. Je ne le pris pas mal.

Michel restait assis, lui aussi. À côté de moi. Charline me demanda de glaner des informations sur ce qu'il pensait d'elle.

– Il ne dit rien de spécial. Il est mystérieux...
– Pauvre con.
– En même temps, il ne me connaît pas... Il n'a aucune raison de se confier à moi, précisai-je.
– Pauvre con quand même.
– Oui... C'est un peu de la merde ce soir, non ? On devrait peut-être rentrer, proposai-je, déterminée à profiter de la crispation de mon amie à l'endroit de Michel pour fuir loin de lui.
– Ouais, c'est de la merde. On bouge !

Enfin, pensai-je, juste avant de réaliser que Michel n'avait pas dit son dernier mot. Il proposa de nous ramener. Je répondis que *ce n'était pas la peine, qu'on prendrait un taxi*, mais la proposition de Michel plaisait à Charline. Je lui fis remarquer *qu'elle habitait trop loin, que c'était abusé de lui demander de faire toute cette route pour nous ramener*. Michel assura que ça ne le dérangeait pas de rouler. Charline dit qu'elle n'avait pas envie de mettre 200 balles dans un taxi. Je proposai de payer. Elle offrit à Michel de rester dormir chez elle. Il accepta sans hésiter, en me fixant avec un sourire débile. Je lui rendis un regard contrarié, puis avançai vers la voiture en les distançant tous les deux de dix mètres.

*

La route entre le club de Jonathan et la maison de Charline me parut interminable, après une si longue soirée. Michel conduisait. Charline était assise sur le siège avant et moi, à l'arrière. Nous étions tous les trois absolument silencieux, chacun de nous élaborant sa propre stratégie pour gagner aux chaises musicales de la baise. Michel voulait virer Charline et me baiser. Charline voulait baiser Michel et me virer. Je voulais virer Michel et Charline et les laisser se baiser entre eux.

*

Après quarante minutes de route, la voiture pénétra enfin dans l'allée de la maison de Charline. Je simulais le sommeil mais mon attention était à vif. Michel coupa le moteur. J'ouvris la portière et commençai à courir comme une dératée. Je courais aussi vite que je le pouvais. Pieds nus jusqu'à la porte d'entrée, trouver la clé, ouvrir la porte. Monter les escaliers, couloir, deuxième couloir, je pris ma brosse à dents dans la chambre que je partageais habituellement avec Charline. Sortir. Troisième couloir. La chambre du petit frère, je fermai à clé. Je n'allumai aucune lumière. Je passai mon téléphone en mode silencieux. À poil. Je me glissai sous la couette. *Ouf !* Sauvée. *Charline aurait Michel. Michel serait content. Au réveil, tout serait réglé.* Je m'endormis.

*

9 heures du matin. Je me réveillai. Sur mon téléphone, trois messages reçus à 6 h 32, 6 h 44, 6 h 48.

Michel :
Ne me laisse pas avec elle s'il te plaît.

On va à la piscine, viens !!!

Stp.

J'enfilai une robe longue, puis je sortis de la chambre aux aguets. La voie paraissait libre. Coup d'œil au dehors, la voiture de Michel n'avait pas bougé. Je descendis à pas de loup dans le séjour. Personne. *Sans doute dormaient-ils encore. Ensemble ?* Les cadavres de bouteilles qui traînaient au bord de la piscine me laissèrent penser que oui. Soulagement. Mon plan avait marché.

Je passai la plus grande partie de la journée seule, à lire un bouquin de Fitzgerald, dans le séjour baigné de lumière de mon amie.

*

Ce fut seulement en fin d'après-midi que des bruits de pas se firent entendre. La grande carcasse de Michel apparut. Il ne me salua pas, s'assit à l'autre bout du canapé sans m'adresser un mot, pas même un regard. Je fis semblant de continuer à lire mon livre. Il pianotait convulsivement sur le clavier de son ordinateur. Je me demandais ce qui pouvait bien le mettre dans un tel état, mais aussi – surtout – pourquoi il n'était pas déjà parti. *Qu'attendait-il ? Pourquoi Charline n'était-elle pas descendue avec lui ? Dormait-elle encore ?* Je n'osais pas questionner Michel à propos de Charline. Je ne voulais pas paraître trop curieuse, même si son comportement m'intriguait. J'envoyai un message à Charline pour essayer d'en savoir plus :

Alexandra :
Ça va ? Tu l'as eu ?

Charline :
Trois fois. Il est monté comme un cheval.

Alexandra :
Trop cool !

Je suis trop contente !

Charline :
Pourquoi ?

Alexandra :
Je t'avais dit que tu l'aurais.

Jonathan

Je rencontrai Jonathan dans son club en avril de l'année 2009. Les nuits étaient encore fraîches mais les fêtards faisaient la queue en tenues légères – robes courtes, jambes nues, chemises ouvertes et portefeuilles épais apparents. Jonathan portait une grosse doudoune avec une capuche en fourrure qu'il laisserait tomber au cours de la soirée – pour le style. T-shirt basique noir, type American Apparel, mais qui coûtait 300 euros de plus – pour le statut. Bras frêles comme des bâtons de craie, parsemés de quelques tatouages qui deviendraient plus nombreux de semaine en semaine – pour la virilité. Beau visage, une fossette au menton cachée par une barbe de trois jours, mettant en avant de grands yeux de chien battu.

Jonathan m'avait repérée dès que j'étais arrivée avec Charline, qu'il avait baisée quelques mois plus tôt dans un bois. C'était une drôle d'histoire que je n'avais pas vraiment comprise et dont je ne voulais pas connaître les détails.

Ce soir-là, je portais une robe blanche vaporeuse et une paire d'escarpins rouges vernis. Une cible immanquable. Je contrastais parfaitement avec le lieu sombre et encrassé. Je m'approchai du bar pour commander une coupe. Les miroirs qui recouvraient les murs ne reflétaient que des ombres embrumées dans une épaisse fumée de cigarette. Jonathan en émergeait. Il me regarda avec un désir hurlant – un désir trop éloquent pour être tout à fait sincère, mais qui n'en demeurait pas moins flatteur. Il décida que la coupe me serait offerte et se glissa à mes côtés. « Jonathan », murmura-t-il en enveloppant de ses mains fermes, mes bras nus. J'en eus des frissons. Il pressa fermement ses doigts sur ma peau – une seule pression qui aboutit en un semblant de caresse –, puis il disparut, me laissant seule, face à ma coupe pleine à ras bord. Je continuais de sourire encore quelques instants. Je n'avais jamais ressenti une telle chaleur auparavant. J'en voulais plus.

*

Nous étions au moins une dizaine sur le coup. Toutes animées par la même foi égocentrique d'être exceptionnelles – l'être exceptionnel qui parviendrait à dompter le mauvais garçon. Chacune de nous avait sa propre stratégie pour devenir la favorite de Jonathan. Certaines tentaient de se démarquer avec un style plus ou moins extravagant, plus ou moins branché, plus ou moins classique... Mais dans l'ensemble, nous faisions toutes de notre mieux pour être toujours désirables, pour toujours plaire à Jonathan. Certaines misaient sur leur sincérité tandis que d'autres cultivaient l'ambiguïté, soufflant plus ou moins le chaud, plus ou moins le froid, mais aucune de nous ne pouvait s'empêcher d'organiser son temps autour de l'idée qu'elle serait un jour aimée de lui.

Pendant notre temps libre – penser à Jonathan, suivre l'évolution de la liste d'amis du compte Facebook de Jonathan, regarder les profils des nouveaux amis, les femmes, et pourquoi pas les hommes (il pourrait être judicieux de sympathiser avec eux pour lui plaire davantage). En cours ou au travail – ramener toute chose à Jonathan, et si Jonathan n'avait aucun rapport, le remarquer, puis le faire remarquer aux autres, même si ceux-ci ne connaissaient pas Jonathan. Le dimanche – se souvenir de la soirée de la veille, du comportement de Jonathan à notre égard, attendre le réveil de nos copines pour débriefer la soirée, c'est-à-dire le comportement de Jonathan à notre égard, attendre confirmation que la façon dont il nous avait regardée était spéciale, intense, ou encore mieux, qu'il n'avait pas arrêté de nous regarder, tout le temps, même si ce n'était que furtivement. Le lundi – J-3 avant de revoir Jonathan. Lassitude, manque d'intérêt pour tout sauf pour lui, encore que... doute, il fallait faire davantage pour plaire à Jonathan. J-2 – chercher la tenue qui le ferait baver de désir et... J-1 – gommage, épilation, crème pour avoir la peau douce, ongles, ou plutôt ongles à J-J, pour être impeccable pour Jonathan. J-J – préparer les répliques, le maquillage, la robe, les talons, pas de collants (ce n'est pas sexy, les collants). J+1 – débriefing avec les copines. Pousser les copines dans les bras de types qui sortaient à J+1 ou J+2 pour revoir Jonathan plus vite, plus souvent. Sympathiser avec des gens qui sortaient beaucoup pour ne jamais faire face à la déception de ne pas le voir, alors qu'on attendait tellement de le voir, au cas où une copine malade, une copine fatiguée ou une copine démotivée nous ferait faux bond... Oui, plaire à Jonathan rythmait notre quotidien – tout notre quotidien de concurrentes.

Et pourtant, si la définition de ces quelques nuances de style et de comportement avait une importance considérable à nos yeux aveuglés par les gros titres de *Vogue*, *Elle*, *Cosmopolitan* et autres revues ayant bousillé notre rétine, c'était un tout autre argument qui se révélait primordial dans le dessin de nos stratégies respectives. L'argument le plus discriminatoire pour une jeune femme. L'argument sexuel. Sur ce point, pas de nuances, mais des trajectoires nettes et différenciées.

Les plus expérimentées, ou du moins les plus sûres d'entre nous, celles qui pensaient que leur maturité leur permettrait de partager des moments privilégiés avec lui, baisaient avec Jonathan le plus rapidement possible – plus rapidement que les autres concurrentes, celles qui les traitaient de *filles faciles* parce qu'elles couchaient *trop vite*, parfois même dès *le premier soir*. En réalité, ces autres concurrentes rageaient contre l'injustice de la situation, contre les expérimentées qui avaient assez confiance en elles pour utiliser l'argument sexuel comme une arme de premier choix pour attraper Jonathan, contre Jonathan qui n'était pas assez sélectif, trop comme *tous les autres*, prêt à se satisfaire de n'importe qui, même des *filles faciles*. Mais plus que tout, les autres concurrentes rageaient contre elles-mêmes, contre leur inaptitude, contre leur lâcheté qui les contraignaient à toujours repousser l'échéance, parce qu'elles craignaient de ne pas être à la hauteur, que Jonathan ne soit pas assez satisfait et qu'il les répudie après avoir tiré son coup – un seul coup... En plus, comment pourraient-elles lui en vouloir de préférer un bon coup à un mauvais coup, après coup ?

Je faisais partie des autres concurrentes. Je me considérais même comme faisant partie des plus nulles d'entre elles face à l'argument sexuel. Ma vie intime passée, que je qualifiais alors de *désenchantée*, était en réalité inexistante, puisque ma seule expérience en la matière ne m'avait rien appris d'autre que la force de l'oubli. Et pourtant, je voulais vraiment, romantiquement, attraper Jonathan. Je tentais donc de me démarquer de mes concurrentes en faisant tout pour être toujours la plus désirable, mais la moins accessible. Avoir l'air d'être la plus salope, sans coucher avec lui. Devenir la proie, dans ma chasse au Jonathan. C'était un choix contraint, un choix de dépit, que je présentais comme une décision sage, raisonnée. Plaire en étant jolie, je savais faire. Plaire en baisant, je ne savais pas.

*

J'exposai mon plan à Charline alors que nous étions en route pour une énième soirée. Elle prétendit ne pas comprendre comment on pouvait vouloir un homme sans avoir envie de coucher avec lui. Elle consentait toutefois que Jonathan était...

– ... le plus gros queutard du Luxembourg... T'es la seule fille que je connaisse qu'il n'ait pas baisée.

– En même temps, tu ne connais pas toutes les filles du Luxembourg...

– Ce que je veux dire, c'est qu'il a toutes les filles qu'il veut, et qu'il veut toutes celles qu'il croise... Il fallait juste qu'il te croise pour qu'il puisse t'avoir.

– C'est vrai qu'il est irrésistible, en déduisis-je. Pourquoi t'as couché avec lui qu'une seule fois ?

– Parce que c'est son genre... Et puis, j'ai juste couché avec lui pour faire chier Max à l'époque.

Max était son ex. Il lui avait pardonné ce coup-là, mais pas celui avec son meilleur pote, Thomas.

– On ne reste pas longtemps, OK ? répétai-je une énième fois, tandis que je payais notre course au chauffeur de taxi.

Charline ne prit pas la peine de me répondre. Elle était déjà en marche vers le Boos Kfé, devenu le Boos Beach Club, parce que plus chic, plus luxembourgeois, plus petite bourgeoisie qui part en week-end à Genève, Londres et Saint-Tropez, pas dans les villes de « ksos ». On n'écrivait d'ailleurs plus « ksos », pas même par texto, pour aller plus vite. On écrivait alors « cas sociaux », et puis on a finalement éradiqué ce terme de notre vocabulaire parce que *ça ne faisait pas bien* de parler de la sorte.

Charline offrit une triple bise et un immense sourire à ses copains luxembourgeois que nous avions rejoints. Les Luxembourgeois étaient comme toujours accompagnés de Luxembourgeoises, en moyenne 2,5 Luxembourgeoises pour un Luxembourgeois. Charline ignorait complètement les Luxembourgeoises, sauf la sœur de Thomas qui lui reprochait de ne pas lui avoir dit « moien » tout de suite, en arrivant. Je ne connaissais aucun des Luxembourgeois, ni aucune des Luxembourgeoises présents. Je ne voulais d'ailleurs en connaître aucun. J'avais prévenu Charline que je ne ferais pas d'effort, qu'en gros, *je n'aimais pas les « Lulus »*. Je les saluai timidement de la main et payai une bouteille de Laurent-Perrier rosé avec la carte de mon père pour ne rien devoir à ces Lulus que je n'aimais pas, surtout les filles pas vraiment belles, mais pas complètement moches non plus, tout à fait baisables. J'espérais que ces Lulus ne nous suivraient pas au club de Jonathan ensuite. *Elles pourraient devenir de nouvelles concurrentes. Pire, elles pourraient faire partie des expérimentées qui coucheraient avec Jonathan dès le premier soir, si elles en avaient envie.* Si j'en croyais Charline, il semblait que la question n'était pas tant de savoir ce que Jonathan voulait – il les voulait toutes –, mais qui étaient celles qui le voulaient – il les prenait toutes.

Quelques minutes seulement après que la bouteille nous eut été servie, je remarquai que Charline était contrariée. Je lui demandai si ça allait.

– C'est nul. Y a personne.

Cela signifiait qu'aucun homme, parmi la bande de Lulus du Boos, ne l'intéressait, qu'elle ne voyait pas l'intérêt de perdre son temps avec eux, que nous ferions mieux d'aller ailleurs pour voir ce qu'il s'y passait, notamment ce qu'il pouvait s'y passer avec des hommes qui l'intéresseraient.

– Tu veux qu'on aille chez Jonathan ? proposai-je, d'un ton bienveillant, faussement dévoué.

Charline acquiesça malicieusement. Nous nous sommes serrées dans les bras l'une de l'autre et avons ri, soudées par la convergence soudaine de nos intérêts. Elle proposa de commander un taxi pendant que je faisais un tour aux toilettes pour vérifier que tout allait bien, que le champagne n'avait pas fait gonfler mon ventre, que mes jambes n'avaient pas épaissi à cause des talons de quinze, que mon maquillage n'avait pas coulé, que ma peau ne brillait pas trop. Tout était bien. Le ventre était plat, j'allais même pouvoir boire une autre coupe avant de partir. Je me disais que j'avais bien fait de ne pas m'alimenter depuis J-2 pour être belle dans ma robe colorée, dénudée, extravagante de féminité... Une robe beaucoup trop serrée mais qui me faisait un beau cul. Un peu plus de rouge à lèvres et retour auprès de Charline. Elle m'annonça que le taxi arriverait dans trois minutes, me servit un fond de coupe et proposa le reste de la bouteille que mon père avait payée aux Lulus.

– Vous partez déjà ? s'étonna l'un d'eux.
– Elle veut voir Jonathan, justifia Charline.

Je lui fis les gros yeux. Tout se savait trop vite au Luxembourg et je ne voulais pas que tout le monde soit au courant, surtout pas de potentielles concurrentes, que je voulais Jonathan. J'étais prête à intervenir pour faire valoir que ce n'était pas moi, mais Charline qui avait demandé à partir, mais une Lulu en robe Pucci me devança.

– Oh non ! Pas lui... J'te jure, ma chérie, il n'en vaut pas la peine, dit-elle, de façon faussement amicale. Tu ne le sais peut-être pas encore, mais le bonheur ne dure que quelques secondes avec lui ! ajouta-t-elle ensuite, dans un éclat de rire qui amusa l'ensemble des Lulus, surtout les garçons.

Je reçus cette remarque avec un sourire excédé. Charline me dit de ramasser mes affaires, que le taxi était arrivé. Elle toisa la fille à la robe Pucci en grimaçant – une provocation que la principale concernée préféra ignorer avec la hauteur de qui prétend être *au-dessus de tout cela*. Une fois dans le taxi, je demandai à Charline qui était la fille à la robe Pucci. Elle me répondit que c'était une *grosse rageuse de merde*.

– Mais elle a eu un truc avec Jonathan ? insistai-je.
– Ben oui, lâcha-t-elle sur le ton de l'évidence.
– Mais plus maintenant ?
– Ben non ! reprit-elle, agacée – sans doute parce que je l'ennuyais avec mes questions, alors qu'elle était en train d'écrire à l'un ou l'autre de ses prétendants.
– Max m'a dit qu'elle était connue pour tailler les meilleures pipes du Lux, ajouta-t-elle enfin, lorsque notre taxi arriva à destination.

*

Il était à peine minuit lorsque nous sommes entrées dans le club de Jonathan, encore vide, à l'exception d'une blonde en robe fuchsia satinée qui faisait le guet depuis la cabine du DJ. *La première concurrente de la soirée*, je devinai. Jonathan apparut peu de temps après par la porte dérobée qui menait à son appartement. Il sourit en me voyant, se précipita vers moi, me salua d'une accolade intime, chaleureuse et me prodigua les marques d'attention, les compliments, le soin qu'on lui avait appris à accorder à une femme pour obtenir ce qu'on voulait d'elle – pour la faire céder. Je dois le reconnaitre, Jonathan était irréprochable dans son intention de se présenter comme un parfait *gentleman* – un homme en qui je pouvais avoir confiance. Je remarquai qu'il ignorait les autres concurrentes qui arrivaient au cours de la soirée, celles qui déambulaient devant lui en robes de soirée colorées, dénudées, extravagantes de féminité, faisaient des allers-retours incessants entre les toilettes et le bar, espérant lui tomber dessus *par hasard*, celles qu'il regardait à peine ou plus du tout, malgré l'intimité toute récente que je devinais entre eux – un an plus tôt, un mois, un jour peut-être ?

– Arrête de les surveiller... Tu saoules ! me reprocha Charline.
– Je ne peux pas les surveiller, elles sont trop nombreuses.
– Faut pas exagérer, toutes les filles ne veulent pas de la bite de Jonathan non plus.

J'avais envie de répondre qu'elles ne pouvaient peut-être simplement plus l'avoir, mais je craignais de la vexer. Après tout, elle avait été une concurrente, elle aussi – une concurrente désormais répudiée.

– J'ai soif, dis-je, pour clore le sujet.

Même si j'essayais de me contrôler, je ne pouvais pas m'empêcher de loucher vers la blonde à la robe fuchsia, puisque j'avais remarqué qu'elle pistait le moindre des déplacements de Jonathan. Elle ne lui parlait pas vraiment, ne cherchait d'ailleurs pas toujours l'interaction – elle avait à peine tenté quelques sourires, mais elle le suivait partout où il allait, depuis le début de la soirée, quand il était venu me saluer, puis lorsqu'il était allé vers l'entrée de l'établissement, le bar, la cabine du DJ... Elle avait continué de le suivre lorsqu'il avait parlé à un client dans la salle, qu'il était revenu vers l'entrée, puis près de moi, pour s'assurer une énième fois que tout allait bien, que je ne manquais de rien. La fille en robe fuchsia tapa alors sur l'omoplate de Jonathan pour attirer son attention. Elle murmura quelque chose que je ne parvins pas à comprendre – peut-être en luxembourgeois.

– Non mais Natacha… Tu vois pas que je suis occupé là ? répondit-il avec une agressivité que je ne lui connaissais pas.

La fille en robe fuchsia – Natacha – murmura autre chose que je ne pouvais pas entendre.

– Tu ne comprends rien ou quoi ? J'ai dit : non. Non ! répéta-t-il avant de lui tourner le dos.

Le visage de Natacha se décomposa. Ce n'était plus le visage d'une concurrente confiante, prête à en découdre, pas plus que celui d'une concurrente un peu malmenée. C'était le visage d'une fille qui avait tout donné, qui y avait cru, qui avait peut-être même aimé – je ne voulais pas le savoir –, le visage d'une concurrente répudiée, dans les premiers instants du rejet, avant que la colère et le ressentiment ne gagnent du terrain – la colère de n'être plus regardée comme elle l'avait été avant de se donner à lui, la colère d'avoir perdu le contrôle de la situation, de ne plus l'intéresser assez pour pouvoir se venger, pour lui faire croire qu'elle ne le laisserait plus la toucher, la colère que Jonathan ne fasse plus rien pour que leurs corps s'emboitent à nouveau, encore et plus encore, pas une seule fois, mais plein de fois, parce qu'il la voudrait plus que toutes les autres, parce qu'elle était mieux que toutes les autres, parce qu'elle était *spéciale* – la colère qui laisserait finalement place à l'indifférence, l'indifférence que Jonathan lui préfère d'autres filles, peut-être même ses amies les plus proches… Natacha, Charline, la fille à la robe Pucci… Je ne pouvais pas envisager d'être un jour reléguée à la condition dégradante de concurrente répudiée. Il me semblait préférable de botter en touche aussi longtemps que possible, et de ne pas me laisser emporter par les innombrables tentatives de Jonathan pour me conquérir.

*

Les semaines passant, je me trouvais dans une situation de plus en plus inconfortable, avec un défaut infirmatif d'expérience sexuelle et une monotonie galopante dans l'effet que je produisais, le port de mes robes colorées, dénudées, extravagantes de féminité s'étant imposé comme un phénomène usuel, fatalement destiné à être réduit au rang de non-événement.

En réaction à cette situation malheureuse, je décidai d'éprouver Jonathan sur le terrain de la jalousie. Ce faisant, je prétendais lui faire comprendre ma *valeur*, lui faire admettre que je n'étais pas comme les autres concurrentes, pas comme la fille à la robe Pucci qui rageait désespérément sur son histoire passée avec lui, ni comme Natacha qui le pistait alors qu'il la fuyait encore et toujours... Je prétendais le convaincre que non, je n'étais pas ce genre de filles et que si ce n'était pas lui, ce serait un autre, car j'avais le choix, moi aussi. Peut-être voulais-je également être rassurée, que Jonathan témoigne qu'il me voulait vraiment et ce, pour plus qu'une simple nuit. Peut-être était-ce un peu de tout cela, et d'autres choses encore... Ce qui est certain, c'est que j'avais une vision un peu trop romantique du sentiment de jalousie – une vision qui n'était pas soutenue par le principal intéressé.

Au début, mon stratagème fonctionna pourtant à merveille. Il me suffisait de discuter quelques instants avec Théo sous les yeux de Jonathan pour que ce dernier décide de nous interrompre et me complimenter sur mon teint hâlé et mes cheveux décolorés qui s'éclaircissaient de plus en plus, à mesure que le temps passait et que j'essayais de lui plaire plus que toutes les autres concurrentes. Théo acquiesçait. *Oui, c'est vrai qu'elle est belle*, ne pouvait-il que répondre, étouffé par les louanges de Jonathan à mon égard. Mais c'était avec Raphaël que mon plan était le plus efficace. Raphaël et moi nous entendions véritablement bien. Nous passions donc la plupart de nos journées à saturer nos pages Facebook respectives de messages privés et commentaires publics. Créer du lien, à l'aube des années 2010. Je me doutais que Jonathan constatait notre complicité affichée sur les réseaux sociaux et qu'il voyait tous ces messages d'un mauvais œil. Il commençait, lui aussi, à aimer mes photos et à les commenter de façon triviale, quoique expressive. « Yesssss » – c'était son commentaire préféré, avec une variation dans le nombre de « s ».

Bien sûr, ma stratégie ne se jouait pas seulement sur les réseaux sociaux. Sur le terrain du réel, elle se révélait d'autant plus satisfaisante que Raphaël avait toujours le goût de me faire découvrir de nouveaux endroits – des endroits qui étaient en réalité bien plus sympas que le club de Jonathan. Or, chaque fois que nous quittions le club de Jonathan pour découvrir un nouvel endroit sympa, mon téléphone vibrait et sonnait comme en situation d'extrême urgence.

Jonathan :
T'es où ?

Reviens stp.

!!!

Nous revenions tranquillement chez Jonathan qui nous attendait, aux aguets. Celui-ci m'isolait aussitôt de Raphaël et posait sa main sur ma cuisse d'un air protecteur, pour signifier à son concurrent, et à tous les autres, que j'étais sa chasse gardée. Jonathan semblait craindre de ne pas être le premier à m'avoir, malgré tous les efforts qu'il déployait à dessein. Je trouvais cela attendrissant et rassurant, et je comptais poursuivre ma stratégie aussi longtemps qu'elle serait efficace... Jusqu'à ce qu'un élément perturbateur vienne bouleverser mes plans.

Ce jour de la toute fin du mois d'août, Jonathan n'avait réagi à aucune de mes publications sur Facebook et ce, malgré l'activité significative de Raphaël sur ma page. Il n'avait pas non plus répondu au message qui l'informait que je passerais faire un tour dans son club le soir même. Je soupçonnai que quelque chose ne tournait pas rond, mais me rassurai en supposant qu'il était peut-être tout simplement occupé. Cette éventualité vola en éclats lorsque je le retrouvai et qu'il ne prit pas la peine de venir me saluer, passant à côté de moi sans même me regarder. Je jetai un coup d'œil alentours. *Y avait-il une autre fille qui pourrait lui plaire plus que moi ?* Aucune beauté, aucune nouveauté non plus. Le problème ne venait pas de là. Pour comprendre ce qui se tramait, je me risquai à le confronter.

– Ça va ? lui demandai-je en essayant de prendre la main qu'il cachait dans la poche de son jean.

Il esquissa un sourire crispé de bout en bout. Son visage se referma aussitôt. Non, ça n'allait pas.

– Il y a un problème ?
– Ça va avec Michel ? répondit-il agressivement.
– Je ne comprends pas...
– Charline m'a dit que tu parlais avec Michel.
– C'est faux, je ne parle pas avec Michel.
– Elle a vu des messages dans le téléphone de Michel. C'est ce qu'elle m'a dit.

Je n'en voulais pas à Michel d'être un gros con et de n'avoir pas supprimé nos messages. Après tout, pouvais-je blâmer un con pour sa connerie ? En revanche, j'en voulais à Charline de se venger de façon si sournoise. C'était à Michel qu'elle devait en vouloir, pas à moi. J'avais tout fait, tout mon possible pour le repousser dans ses bras, et j'y étais parvenue ! Une décharge de tension matraqua ma poitrine. Le comportement de Charline me révoltait.

– Cette fille est complètement tarée ! La seule fois que j'ai parlé à Michel, c'était ici, en sa présence ! En ta présence aussi ! Parce qu'elle m'a demandé de le faire ! C'est tout ! À part cette fois, je ne lui ai jamais parlé ! À aucun autre moment.

Jonathan ne bronchait pas. Je poursuivis ma tirade dans un élan d'hystérie coupable – ou un élan coupable d'hystérique, question de point de vue :

– J'hallucine ! Elle est complètement folle et mytho ! Pourquoi je voudrais parler à Michel ? Il est dégueulasse. C'est son type de mecs, les dégueulasses. Pas le mien. Franchement, c'est trop insultant !

Jonathan sourit gentiment. Je sentais qu'il s'était laissé convaincre par le compliment. Il avait pourtant oublié avoir lui-même été le type de Charline, un an plus tôt.

– OK, mais pourquoi elle mentirait ? tenta-t-il quand même, pour la forme.

– Je n'en sais rien ! Tout ce que je sais, c'est qu'elle ment ! Je te jure qu'il n'y a aucun – absolument aucun – message. Je te le jure.

Il hésita quelques instants.

– Sérieusement, tu ne vas pas croire Charline plutôt que moi ?

Bien sûr que non. Charline avait mauvaise réputation, après tout. J'étais plus crédible qu'elle. Jonathan me prit dans ses bras couverts par sa grosse doudoune, en geste de réconciliation. Je l'avais échappé belle, mais je demeurais anxieuse... J'espérais que Jonathan n'aurait pas la mauvaise idée de vérifier mes dires auprès de ce con de Michel ou, s'il le faisait, que ce con de Michel n'essaierait pas de se venger, lui aussi.

*

Vautrée dans ma culpabilité, je commençai à envisager la perspective de coucher avec Jonathan comme la seule façon de lui prouver qu'il était celui que je voulais vraiment. Mais la problématique liée à mon manque d'expérience sexuelle ne s'était pas résolue durant ces semaines, puis ces mois de concurrence acharnée avec mes rivales. Le pénis demeurait pour moi un organe énigmatique dont je méconnaissais les tenants et aboutissants – que je ne savais ni manier ni combler. Je n'avais d'ailleurs pas réellement envie de savoir le manier – tout ce que je voulais, au fond, c'était limiter la casse pour que Jonathan ne pense pas que j'étais un trop *mauvais coup*.

Fort heureusement, je faisais partie de la première génération à avoir grandi avec un accès facile et gratuit au web, et donc aux films pornographiques. Je n'avais jamais regardé de film porno sur Internet car on m'avait rapporté qu'une simple visite sur l'un d'eux impliquait de recevoir ensuite des dizaines de *pop-ups* de filles aux seins à l'air et aux cuisses écartées, dès qu'on ouvrait une page web – aussi innocente soit-elle. En somme, visiter ne serait-ce qu'une fois un site porno nous marquait honteusement au fer pour le reste de notre vie numérique. Il était bien sûr possible d'éviter cela en ayant recours à des modes de lecture plus traditionnels comme les VHS ou les DVD, mais je ne savais pas comment m'en procurer, et je n'avais d'ailleurs jamais pensé à le faire. Jusqu'alors, mon point de vue était que les films porno étaient des trucs de mecs. Ce n'était donc pas pour moi. Le seul intérêt qu'avaient les films porno pour les filles était de voir, pour ensuite imiter, des comportements excitants pour les mecs. Pour le plaisir des mecs. Je pensais que c'était surement grâce à eux que les filles de mon âge plaisaient davantage aux hommes que celles des générations antérieures. Nous pouvions apprendre le cul sur Internet et ressembler à de mini *pornstars* dès l'adolescence, opportunité dont les filles nées avant 1990 avaient été privées.

Je découvris la jungle du porno sur Internet par le biais d'une simple recherche sur Google. « Film porno ». Les résultats comprenaient beaucoup de « XXX » et de lettres capitales. Je cliquai sur les premiers liens et choisis de regarder YouPorn, dont le logo était vraiment *cheap*, mais composé de petits cœurs. Ma formation débuta avec ce qui m'effrayait le plus. La pipe. Je regardai une vidéo de fille blonde qui suçait une bite grosse comme un avant-bras piqué aux hormones. Elle disait, en anglais, qu'elle aimait ça et qu'elle en voulait encore. Le mec à la grosse bite lui caressait le dessus de la tête comme si elle était un bon chien. Je me dis que c'était peut-être pour ça que les mecs traitaient communément les filles de *chiennes. Bon, la fille salivait beaucoup, mais n'enfonçait pas la bite très profondément dans sa bouche.* Ça s'éternisait. Plus de trois minutes... Long. Mais le mec n'avait pas l'air lassé, il avait même l'air d'aimer ça. Surtout quand elle promenait sa langue baveuse sur le pourtour de son gland.

Je poursuivis mes recherches sur la pipe directement sur le site de YouPorn. Il y avait beaucoup de vidéos, mais pas tellement de différences entre celles que je visionnais. La blonde avait visiblement une bonne technique.

Dans ces vidéos, les mecs n'éjaculaient jamais avec une simple pipe. Non, ça finissait toujours en pénétration vaginale et anale. Parfois par le même mec, parfois avec deux. Ce qui m'interpellait le plus était la position des filles qui se faisaient pénétrer. La tête dans le matelas et le cul dans les airs. J'essayais de me cambrer de la sorte devant mon miroir. Impossible. J'avais besoin d'entraînement. Je me demandais si les filles se cambraient juste parce que les mecs aimaient leur silhouette sous cet angle ou si c'était pour étouffer le son de leurs couinements dans l'oreiller ou le matelas. Ces couinements me déstabilisaient. Elles couinaient toutes comme des petits cochons quand elles se faisaient baiser et enculer. Je pensais que c'était peut-être pour ça que les mecs traitaient communément les filles de *cochonnes*. Elles couinaient trop ! Même la rousse avec la bite dans la bouche qui, du coup, devenait un drôle de spécimen, à cheval entre la chienne et la cochonne. Je ne captais pas ce qu'il y avait d'excitant dans le comportement de bonne chienne ou de petite cochonne. Vraiment pas. Mais je n'étais pas un mec. Je ne pouvais donc pas comprendre. Je me disais aussi que c'était peut-être parce que je n'étais pas un mec que le porno me dégoûtait. Mais bon, mon opinion n'avait pas d'importance. Tout ce qui comptait, c'était d'être bonne pour Jonathan.

*

Je cédai finalement à Jonathan après six mois d'efforts pour lui plaire, une nuit de septembre, lorsque je fus certaine qu'il en avait trop bavé et qu'il n'attendrait pas davantage pour m'avoir. Il s'excusa que cela ait duré si peu de temps. Trois secondes, en tout et pour tout. Je lui dis que ça arrivait, qu'il était sûrement trop excité, mais je n'en savais rien, en réalité.

Jonathan s'endormit à mes côtés. Je ne trouvais pas le sommeil car il ronflait trop fort et que son BlackBerry n'arrêtait pas de vibrer et de s'allumer. J'avais trop envie de découvrir ce qui se passait là-dedans. Il vibrait et s'allumait encore et encore et c'était trop tentant de regarder, alors je me suis levée tout doucement et j'ai subtilisé le téléphone. Je suis allée dans la pièce d'à côté pour y fouiller tranquillement, sans risquer de le réveiller. Je tapai « 2707 », sa date de naissance, si je me souviens bien. J'avais identifié son code d'accès dès nos premières rencontres, pas dans l'optique d'inspecter l'appareil, mais pour mieux cerner Jonathan, parce que je voulais tout savoir, tout comprendre de lui. L'appareil se déverouilla. J'étais excitée par les innombrables perspectives qui s'ouvraient à moi... SMS ? BBM ? BBM me tentait plus. Cinquante-huit conversations en cours. Je parcourus rapidement les pseudos des interlocuteurs... Au moins 80 % de filles, moi incluse. Je décidai de consulter les plus récentes. Même si la conversation de Natacha – qui était visiblement l'intrus qui avait envoyé des messages toute la nuit et continuait d'ailleurs d'en envoyer pendant mon entreprise prospective – m'intriguait beaucoup, je ne pouvais pas l'ouvrir sans risquer de me faire cramer par Jonathan. Je ne voulais pas qu'il pense que je n'avais pas confiance en lui. Tant pis pour Natacha. Il y avait déjà beaucoup à faire avec le reste, notamment avec trois conversations sans notifications. Trois filles, une même demande.

Jonathan :
On se voit ce soir, bb ?

« bb ». C'était moi, « bb ». Il m'avait envoyé le même message. J'avais juste été la plus rapide des quatre à répondre. Je retournai dans la chambre et claquai le téléphone sur la table basse. Jonathan ne se réveilla pas. Je m'écrasai dans le lit et tirai brusquement la couverture vers moi. Il se tourna sur son flanc droit et continua de dormir. Je me couchai sur le côté, face à lui. J'avais mal à la poitrine. Un poids lourd. Peut-être avais-je mal au cœur. Ou plutôt à l'estomac. Oui, c'était l'estomac... Parce que j'avais faim – je n'avais pas mangé depuis la vieille, afin que mon corps soit ferme et tonique pour Jonathan – et peut-être parce qu'il m'écœurait, avec sa bite sale et les mêmes mots vaseux qu'il répétait à toutes les filles. « bb ». À toutes les autres. Et à moi aussi. Je décidai qu'une fois partie de chez lui, je ne lui parlerai plus jamais. Je ne le verrai plus jamais. Je ne le voulais plus. Je me doutais qu'il n'essaierait pas de comprendre pourquoi. Qu'il s'en foutrait. Ça m'écœurait encore plus. *Ou peut-être serait-il déboussolé de ne pas être le premier à disparaître, pour une fois ? Peut-être continuerait-il de me courir après, comme il l'avait fait pendant ces six derniers mois, lorsqu'il rivalisait de compliments et d'attentions pour me conquérir ? Peut-être avais-je été trop dure avec lui, en le faisant attendre trop longtemps et surtout, en essayant de le rendre jaloux ?* La fin de cette histoire avec Jonathan me rendait triste, d'une certaine manière, et je voulais trouver des excuses à son comportement.

Jonathan ouvrit les yeux alors que j'observais, émue, les traits reposés de son visage. Il me prit dans ses bras et se mit sur moi. Il me pénétra en m'embrassant, puis s'excusa que cela ait duré si peu de temps. Trois secondes, en tout et pour tout. *Encore une fois...*

Ainsi, Jonathan m'a-t-il appris que les filles en robe Pucci étaient souvent des rageuses, parfois même des menteuses, mais qu'il y avait toujours une part de vérité dans leurs méchancetés.

Johann

Johann n'était personne, mais prétendait être tout le monde. Johann était un *model scout* réputé, attiré par les jeunes filles en fleurs comme une mouche à merde s'enivrant de nectar. Johann était un *agent*, habilité à exploiter la beauté et le charisme des filles qu'il « scoutait » à des fins économiques et sociales. Johann était une *agence mère* et en *droit* d'exploiter la beauté et le charisme de *ses filles* à des fins personnelles, parce qu'il avait autorité.

J'habitais à Paris depuis quelques mois seulement lorsque Johann décida de me pourchasser dans un centre commercial du boulevard Haussmann. C'était un 31 décembre exceptionnellement pluvieux. Le lieu était bondé. Je l'entendis beugler des « Mademoiselle, mademoiselle » suppliants parce qu'il ne parvenait pas à m'atteindre à travers la foule compacte de consommateurs qui finalisaient les préparatifs de la dernière soirée de l'année – une taille de robe à changer pour un peu plus de largeur, un bon cadeau à troquer contre une eau de toilette sucrée, une paire de chaussettes neuves pour remplacer les trouées... La voix de Johann résonnait plus fortement à mesure qu'il approchait de moi. Je slalomai entre les consommateurs pour tenter de le semer. Nicki – alter ego féminin de mon éphémère meilleur ami Nicolas – m'accompagnait docilement dans mon chalandage festif et commençait à avoir du mal à me suivre. Elle me pria de m'arrêter pour savoir ce que Johann voulait. « Plus vite ! » ordonnai-je. Je supposais que Johann n'était qu'un branleur qui voulait mon numéro pour tenter de me draguer. Comme j'étais blasée par les branleurs qui voulaient toujours mon numéro pour tenter de me draguer, je préférais l'ignorer. Mais Johann était un pro et il obtenait toujours ce qu'il voulait. Et il me voulait. Alors, il m'a attrapée.

L'homme qui se présenta à moi était petit, maigre et banal. Il avait l'air médiocre. Il me regardait pourtant avec une confiance déconcertante, une confiance qui me neutralisa et me mit à sa portée, tout à fait à l'écoute. Il expliqua que j'étais jeune et jolie et qu'un petit quelque chose de trop audacieux en moi l'avait fait me remarquer – moi, parmi tous ceux qui composaient cette foule compacte. Je pensais faire valoir que c'était normal, puisque j'étais plus grande que la plupart des autres, mais je ne bronchai pas. Il me tendit sa carte de visite en me faisant promettre de l'appeler. Nicki lui assura que nous le ferions. Je hochai la tête en lisant les coordonnées. C'était un hochement qui ne voulait rien dire, mais qui rassura le dénommé Johann, *model scout* chez *Silent Models*, quant au fait que j'allais l'appeler. Il s'éloigna en me précisant de le faire *rapidement, d'accord ?* Je continuais de hocher la tête. Un hochement qui ne voulait rien dire non plus, mais qui ne trahissait pas que non, je ne l'appellerais pas. Au fond, je savais que ce petit quelque chose de trop audacieux qui avait alerté Johann était le pendant de ma vulnérabilité. Ce que j'ignorais, c'était que Johann le savait, lui aussi. Il le savait et c'était précisément ce qui l'intéressait.

*

Nicki envisagea la date de cette rencontre inattendue avec Johann comme un signe que l'année à venir serait remarquable. Elle racontait à tous ceux qui voulaient l'entendre que nous avions été repérées par l'agent de Laetitia Casta. C'était ce qu'elle avait voulu lire en tapant le nom de Johann sur Google. En réalité, Johann était un *scout* qui travaillait pour l'agence ouverte par l'agent de Laetitia Casta. Je ne corrigeais pas Nicki et la laissais crier le nom de Casta aussi souvent et aussi fort qu'elle le voulait pour ne pas casser son délire. C'était de plus en plus souvent et de plus en plus fort au cours de la soirée où nous nous trouvions ce soir-là, et pourtant personne ne réagissait à l'information. Personne pour dire à Nicki que c'était incroyable, génial, mais pas surprenant, car Nicki était elle-même incroyable, géniale, et qu'elle le méritait. Elle cessa enfin d'invoquer le nom de Casta lorsqu'elle monta sur le podium à côté du DJ, lui préférant les paroles des chansons électro-pop sur lesquelles elle se mit à danser.

Sa performance n'échappait à personne et amusait tout le monde. Elle m'amusait aussi, un peu – pas tant que cela, mais je restais seule tandis que Nicki performait sur le podium. Seule, et entourée de duos, trios, groupes d'amis qui se moquaient d'elle. Je riais aussi, avec Nicki, lorsque son regard se posait sur moi, au gré de ses mouvements de chevelure agressifs. Je riais aussi, avec les yeux qui s'écarquillaient quelquefois, lorsque les autres louchaient vers moi pour voir comment réagissait l'amie de la *freak* qui s'agitait sur le podium. *Était-elle aussi tarée qu'elle ? – Non, non, non l'exubérance de Nicki m'amusait, mais jamais je ne pourrais me comporter de la sorte*, tentai-je d'exprimer par le biais de quelques grimaces. *Un peu comme vous, non ?*

Le pantalon de Nicki était tombé à mi-cuisses, sa queue pointait en demi-molle à travers son slip, à force de déhanchés trop énergiques. Être isolée au sein de cette foule de duos, trios et groupes, et identifiée par tous comme l'amie de la *freak* du podium à moitié à poil me pesait. Je lui fis signe de partir. Des signes de la tête, des signes de la main. Nicki les ignorait, passait son bras sous son T-shirt, dévoilait des poils noirs sur son bas-ventre... « Non mais c'est plus possible là... Faut l'arrêter ! » clamèrent les membres d'un groupe de quelques filles en se tournant vers moi. Je m'approchai de Nicki, tirai sur le bas de son pantalon pour attirer son attention, criai qu'*on bougeait* !!!, tournai les talons et avançai vers la sortie sans me retourner. Nicki n'avait pas d'autre choix que de me suivre puisqu'elle avait laissé toutes ses affaires chez moi. Elle me courut après, me rattrapa après quelques pas, ne contesta même pas ma décision de partir – sans doute était-elle trop bourrée pour contester quoi que ce soit. Elle se rhabillait négligemment dans la rue tandis que je hélais un taxi. Elle hurla un « bye bitches ! » de type aigu en montant dans la voiture. Quelques personnes qui étaient là pour fumer ou commander un taxi lui sourirent. Je me demandai si elles avaient entendu le « bitches ».

Une fois chez moi, je lui servis un verre de jus de pomme. Je lui assurai qu'il y avait de la vodka dedans, même si c'était faux. Elle leva un ultime verre à notre rencontre avec Johann, se félicita d'avoir tellement dansé – « l'équivalent d'une grosse séance de cardio » –, se coucha le ventre vide, en rêvant de tenues de haute couture qui méritaient bien un jeûne, objectif taille 34.

*

Dès son réveil à 13 heures le lendemain, Nicki appela Johann. Elle activa le haut-parleur, pour pouvoir s'exprimer plus naturellement. Nicki parlait toujours en faisant de grands gestes avec les mains. Je prétendis, pour ma part, être occupée dans la salle de bains, mais j'écoutais ce qu'ils se disaient.

– Mais vous êtes qui au juste ? dit Johann.

– Je vous ai rencontré hier, aux Galeries Lafayette, avec Alexandra.

– J'ai compris. Mais vous êtes qui ? Son agent ? Je ne comprends pas pourquoi vous m'appelez.

– Parce que vous avez dit d'appeler si on était intéressées pour être mannequin et oui, je suis intéressée. Je veux être mannequin. J'ai toujours voulu être mannequin.

– Écoutez, ça ne marche pas comme ça. J'ai demandé à Alexandra de m'appeler, pas à vous.

– On pourrait au moins se rencontrer pour que je vous montre quelques photos.

– Dites à Alexandra de m'appeler, abrégea Johann.

Bip, bip, bip. Plus aucun bruit. Je rejoignis Nicki dans le séjour.

– Il m'a raccroché au nez, ce bâtard ! s'indigna-t-elle.

– Ah bon ? Mais qu'est-ce qu'il t'a dit avant de raccrocher ? demandai-je, l'air de rien.

– Qu'il n'en avait rien à foutre de moi et qu'il voulait que ce soit toi qui l'appelles, résuma Nicki avec une certaine défiance.

– Je ne le ferai pas, t'inquiète.

– Tu fais ce que tu veux, je m'en fous de ce pauvre type et de son agence de merde. C'est pas comme s'il bossait pour Elite.

Nicki et moi avons englouti une galette des rois à la frangipane pour le petit déjeuner. Nous avions glissé une deuxième fève dedans pour qu'il n'y ait *pas de jalouse*. Elle a trouvé une étoile et moi, un bonhomme cassé – il lui manquait la tête. En début d'après-midi, elle ramassa ses affaires et disparut en emportant ma fève cassée, en plus de la sienne. Elle ne me donna plus de nouvelles après ce jour.

*

Je me retrouvai donc seule à Paris, une ville qui m'ennuyait comme une journée au Louvre et me déprimait comme un 1er novembre au Père-Lachaise. J'étais blasée par les Parisiens qui, voulant paraître bobos, ressemblaient à des clodos et par mes camarades de classe qui pensaient avoir l'air sérieux parce qu'ils faisaient la gueule. Personne ne me plaisait vraiment. Et je n'avais plus aucun ami à qui me confier ou avec qui sortir pour rencontrer de nouvelles personnes qui auraient pu me plaire. J'étais complètement seule. Je me sentais complètement seule. Tellement seule qu'après quelques semaines – ou peut-être étaient-ce quelques mois –, j'envisageai d'appeler Johann pour lui proposer de se voir et discuter. Je ne savais pas de quoi. Je voulais juste voir quelqu'un de nouveau. Je doutais qu'il se souvienne de moi. Je doutais même qu'il me réponde. Mais j'étais complètement seule, et rien ni personne ne me plaisait. En désespoir de cause, je me dis que je n'avais rien à perdre à lui envoyer un message. Il me répondit dans la demi-heure et me convoqua au 117 rue Vieille-du-Temple, le lendemain, à 11 heures. Je ne savais pas à quoi m'attendre, mais je m'y rendis le cœur un peu plus léger que la veille à l'idée qu'il puisse me libérer de la solitude et de l'ennui qui plombaient ma vie.

*

Je passai la lourde porte cochère bleu acier du 117 et traversai la cour pavée de pierres grises pour rejoindre un deux pièces du deuxième étage. L'appartement de Johann. Cinq autres filles étaient présentes. Je compris rapidement que certaines – celles qui se succédaient dans la salle de bains pour faire leur toilette – vivaient avec Johann et partageaient avec lui la seule chambre de l'appartement. Les filles avaient l'air plus jeunes que moi – l'air d'avoir tout juste seize ans. Elles étaient d'une beauté évidente, une beauté glacée – inerte, d'une certaine manière. Deux d'entre elles feuilletaient les magazines de mode piochés dans la pile désorganisée qui remplissait tout l'espace de la table basse du séjour. Je devinai qu'elles les avaient déjà consultés des dizaines de fois pour donner l'impression d'être occupées, lorsqu'elles n'avaient rien à faire. Leur attitude lasse me laissait penser que cela arrivait souvent. Je les analysai sans pouvoir m'empêcher de penser que j'étais trop différente d'elles – toutes excessivement naturelles, cernes apparents, lèvres nues, cheveux en bataille. Il m'était alors impensable de me présenter de la sorte en public. J'avais une allure beaucoup plus sophistiquée et, de fait, artificielle – toujours coiffée, maquillée, parée de talons hauts –, héritage culturel de ma mère, modelée aux canons des années 1960 et 1970. Pourtant, et même si j'estimais qu'*elle aurait pu s'arranger un petit peu mieux*, je reconnaissais à Zoé une beauté aristocratique, alors qu'elle était vêtue, ce matin-là, d'un bas de pyjama informe. Quant à Justine, elle endossait un charme intemporel, délicat, à toute épreuve – même celle du chignon boule négligemment noué sur le dessus de son crâne qui ressemblait à un nid de pigeon.

Johann me fit attendre longuement, tandis qu'il retouchait une photo d'Inès – peau mate et cheveux crépus, yeux bleus, l'air mutin, la seule à laquelle il prêtait attention. Pour patienter, j'imitai Léa et Jade qui prétendaient être captivées par un film diffusé sur un tout petit écran, coincé entre plusieurs livres dans un angle de la pièce – *Le Nom de la rose*. Je l'avais vu lorsque j'étais enfant et avais souvent voulu le revoir. Mais ce moment ne s'y prêtait pas. J'étais mal à l'aise dans ce nouvel espace, entourée de toutes ces nouvelles personnes que je ne connaissais pas. Je louchai sur Jade, elle incarnait l'archétype de la Parisienne des beaux quartiers – longs cheveux blond vénitien, moue boudeuse, un petit air de peste pas bien méchante –, et contemplai Léa, dont la peau laiteuse était toute parsemée de grains de beauté. Elle était la plus fascinante de toutes. Elle dégageait un truc doux auquel il était impossible de rester insensible et qui la rendait agréable en dépit de son attitude dédaigneuse. Elle me toisait d'un regard acide. Je détournai le mien.

Je me demandai combien de temps Johann me ferait encore attendre, et si mon tour viendrait après celui des cinq autres filles. *Et d'ailleurs, pourquoi aucune d'elles ne pianotait sur le clavier de son téléphone pour tuer le temps ? Les téléphones étaient-ils interdits au 117 ?* Je n'osais pas regarder le mien.

*

Après ce que j'estimai être deux heures d'attente, Johann nous présenta le portrait d'Inès. Nous nous sommes toutes extasiées en chœur, sans aucune nuance, devant son œuvre photographique. C'est à cette occasion que j'appris que Johann était également un photographe hors pair, un professionnel qui savait transformer les lolitas qui passaient devant son objectif en vamps wellesiennes. Et surtout, que Johann aimait qu'on rende grâce à ses talents.

Johann constata qu'il était en retard pour un rendez-vous et qu'il devait partir. Il me demanda de revenir le lendemain pour *travailler*. Je ne compris pas ce qu'il entendait par là, mais n'osai pas le questionner, surtout pas devant les autres filles qui savaient précisément ce qu'elles faisaient là, et ce que Johann voulait dire. Je quittai l'appartement perplexe. *Qui étaient ces filles, les unes pour les autres ? Des rivales ? Non, elles ne traîneraient pas ensemble si elles l'étaient. Encore que...* Elles traînaient dans le même endroit, mais pas vraiment ensemble. *Des amies ? Non, il n'y avait aucune chaleur ni complicité entre elles.* Pas plus qu'avec moi. Aucune de ces filles ne m'avait témoigné la moindre marque d'attention. Elles ne m'avaient même pas demandé mon prénom. Le 117 avait ses propres normes, ses propres codes, et je ne comprenais pas vraiment ce qui se tramait là-bas – mais je m'en foutais. Je sentais que Johann et les filles pouvaient apporter quelque chose de nouveau dans ma vie, quelque chose qui m'avait manqué – le contact humain, l'inconnu, la découverte de l'inconnu. Ça me faisait du bien.

*

Je revins au 117 le lendemain, à la même heure. Mêmes filles – moins trois. Disposition différente. Léa pédalait mollement sur le vélo d'appartement qui trônait à côté du canapé. Elle y allait tranquillement, comme si elle voulait juste se donner bonne conscience d'avoir fait sa séance d'exercice quotidienne. Jade arpentait le couloir qui desservait les deux pièces de l'appartement sur de hauts talons à bride. Elle s'entraînait à défiler, sous l'œil aigu de Johann qui guettait chacun de ses faux pas. Dans le même temps, il était au téléphone. Il raccrocha quelques instants après mon arrivée et s'excusa pour son indisponibilité de la veille.

Le rendez-vous commença par un entretien durant lequel j'écoutai Johann se raconter. Raconter son parcours. Johann prétendait être le petit-fils d'une princesse ghanéenne, mais il n'avait jamais rien connu de l'Afrique. Il était né à Saint-Étienne, puis *monté* à Paris après avoir « scouté » les plus belles filles de Lyon. Raconter ses projets. Johann était un créateur obnubilé par le lancement imminent de son magazine de mode, la réalisation de son court-métrage avec une actrice prometteuse, et l'écriture d'un scénario de long-métrage sur un thème scientifique. Raconter sa réussite. La couverture de *Vogue* pour l'une de *ses filles*, les vingt shows de fashion-week la saison dernière pour l'autre, la campagne Hermès, le 4x3 du Sephora des Champs-Élysées... Johann marqua un temps d'arrêt après avoir déclaré que *ses filles* lui devaient tout. Léa et Jade ne répliquaient pas. J'imaginai qu'il disait vrai.

– Il s'appellera comment, ton magazine ? demandai-je pour paraître plus intéressée que je ne l'étais vraiment.

– *Reckon Albums*.

– Pourquoi ?
– Ne demande pas pourquoi, répliqua-t-il avec sérieux.
– Pourquoi pas ? tentai-je avec espièglerie.

Johann me condamna du regard. Je baissai les yeux tandis qu'il confrontait mon air penaud, celui d'une petite fille prête à se faire taper sur les doigts après avoir dit une bêtise... ou posé trop de questions.

– C'est de l'art, trancha-t-il.

Son regard sombre s'adoucit après qu'il eut passé de lourds instants à fixer mon visage. Il s'approcha et le toucha, techniquement, mais avec délicatesse. Je remarquai qu'il avait les doigts très secs. Son pouce et son index droits saisirent mon menton. Son regard analysait mes profils, la façon dont chacun prenait la lumière du jour. Il sourit finalement, avec satisfaction.

– Je vais faire des polas de ton visage, et de ton corps. J'ai aussi besoin de tes mensurations. Déshabille-toi.

La luminosité du séjour me sembla tout à coup très agressive. Trop franche. Cruelle. *Johann allait voir tous mes défauts.* J'enlevai mes talons – il allait voir que j'étais moins élancée sans eux –, puis retirai le collant qui dissimulait la cellulite sur le côté de mes cuisses, les vergetures à l'intérieur, le petit amas graisseux sous le nombril, mes mollets mal dessinés. Je me dis que j'aurais dû faire un régime express avant de venir. Je me positionnai devant l'un des murs blancs du séjour, en culotte noire avec un liseré de dentelle et brassière assortie. Je remarquai que les filles continuaient de défiler, de pédaler et qu'elles ne me regardaient pas. La douleur d'être examinée en public, à demi nue, devait leur être familière.

– T'inquiète pas, j'ai vu des centaines de filles en culotte.

Cette remarque ne me rassurait pas. Au contraire. Je pensais que les centaines d'autres filles étaient certainement mieux foutues que moi. Johann s'approcha, me menaça avec son mètre ruban comme avec une rapière. Premier coup, à la poitrine – 94 cm. Deuxième, à la taille – 66 cm. Il fronçait les sourcils. Je souffrais. Il lacérait mes hanches – 96,5 cm. Il pinçait les lèvres.

– Monte sur la balance, ordonna-t-il.
– 62, me désolai-je.
– Tourne-toi ! poursuivit-il, imperturbable.

Je m'exécutai sans broncher, en me cambrant du mieux que je le pouvais pour que l'espace entre mes cuisses soit accentué, et que mon ventre ait l'air le plus plat possible.

– T'as les bourrelets qui font des plis sous les fesses. C'est très mignon... Mais tu dois perdre du poids. T'as déjà fait un régime ?

Bien sûr, j'avais déjà fait un régime. J'avais perdu 15 kilos à l'adolescence. À cette époque, mon estomac était tellement vide qu'il restait creux lors des exercices de respiration qu'on faisait en cours de musique. J'en avais repris la moitié à cause de crises de boulimie qui me faisaient ingurgiter 8 000 calories à la journée, souvent le dimanche, après mes crises d'hypoglycémie du samedi, dont la plus mémorable m'avait fait tomber dans le sapin de Noël soigneusement préparé par ma mère, au point de le détruire complètement. Je racontai cette histoire à Johann, pour le distraire et dédramatiser le coup du poids en trop. Il s'en foutait. Il était trop occupé à vérifier les réglages du reflex qu'il comptait braquer sur moi.

– Regarde-moi fixement... Sans sourire... Sans sourire, j'ai dit !

Je grimaçai maladroitement, ce qui l'agaça.

– J'ai dit de ne pas sourire. Et arrête de fermer les yeux.

Même si je voulais sincèrement obéir et les laisser grands ouverts, mes yeux clignaient à chaque flash que Johann tirait sur moi comme des balles de révolver. Je détestais les photos. Les seuls moments durant lesquels je me laissais photographier, c'était lorsque j'étais ivre. Je devais ensuite écrire à mes amis pour qu'ils suppriment ces photos de leurs comptes Facebook. Non pas parce que je pensais qu'elles pourraient m'être *préjudiciables* – personne ne raisonnait de la sorte à cette époque et, avouons-le, il est stupide de penser que faire la fête devrait être considéré comme honteux ou *préjudiciable* –, mais parce que je détestais véritablement ma représentation en photo. La vision de mon visage asymétrique, avec mes petits yeux sombres et mes lèvres mal proportionnées qui souriaient vers le bas, comme un pantin. Je détestais ce que Johann exigeait de moi et jugeait de son œil de pro... *Putain, mais qu'est-ce que j'étais venue foutre là ?*

– On a du boulot, mais ça va marcher, dit-il finalement, à ma grande surprise. Reviens demain après-midi.

C'est ainsi que je commençai à venir à l'appartement du 117 de façon régulière, pour *travailler*. *Travailler* ne signifiait pas seulement écouter la mise en récit permanente, incessante de l'ego trip maniaque tartiné de bon goût du jour de Johann, cela voulait surtout dire l'attendre indéfiniment. J'attendais parfois toute la journée, à regarder les autres filles attendre – elles aussi –, les autres filles marcher, les autres filles faire du vélo. La plupart du temps, travailler voulait dire attendre des heures que rien ne se passe, en espérant que les foudres de Johann s'abattraient sur une autre que soi. Un jour, l'une d'elles m'a rapporté que Justine s'était fait détruire pour avoir acheté, puis mangé, une barre de chocolat en cachette et qu'elle n'était plus autorisée à *travailler* jusqu'à ce qu'elle perde assez de poids pour satisfaire Johann. Elle a perdu 7 kilos en une semaine. Je culpabilisais de ne pas perdre de poids aussi vite que Justine et angoissais à l'idée que Johann décide de me le reprocher devant toutes les autres. Heureusement, Johann ne me pressait pas trop sur les questions de poids, même s'il surveillait scrupuleusement mes mensurations. Je ne lui avais encore jamais rapporté d'argent et ne lui en ferais donc pas perdre, si je devenais ou restais trop grosse. Mais le couperet n'était jamais loin – un rien pouvait le faire exploser, surtout une mauvaise remarque.

*

Johann était un con. C'est ce que je lui ai dit, nonchalamment assise sur le canapé de son séjour, parce que je ne connaissais pas la valeur des mots, et que je pensais pouvoir qualifier toute personne me faisant rire, comme tel. Il est entré dans une rage folle parce que le mot *con* correspond aux organes génitaux féminins. L'insulte ultime. Il me fixait, les yeux écarquillés, les narines dilatées. Il expirait de la rage. Puis sa mâchoire se desserra et il se mit à hurler. Il hurla *qu'il se démenait pour ses filles, que grâce à lui, elles avaient fait tellement de choses, tellement de choses que les autres filles ne feraient jamais...* Il hurla *que grâce à lui, elles avaient déjà 70 000 euros d'économies sur leurs comptes bancaires, que c'était énorme, que je ne me rendais pas compte...* Il hurla *qu'il me consacrait du temps qu'il n'avait pas pour que j'aie cette chance, moi aussi, qu'il ne faisait pas tout ça, tout ce qu'il faisait pour moi, pour elles, pour se faire traiter de con...* Il hurla *qu'un con ne pourrait pas faire tout ce que lui !, réussissait à faire !* Je répondis que *non, mais ce n'était pas une question d'argent, qu'il ne fallait pas voir l'argent partout enfin, que moi je n'avais pas besoin d'argent, que mon père me donnait déjà tout l'argent dont j'avais besoin et même plus, en réalité...* « Dégage avec l'argent de ton père, alors ! » hurla-t-il encore plus fort, avant de m'accuser d'être *vraiment une sale gamine, une sale gamine ingrate qui ne faisait aucun effort et qui n'arriverait à rien dans la vie*. Les autres filles assistaient à la scène, pétrifiées, sans même oser nous regarder... J'aurais dû comprendre. Mais je n'ai pas pu. J'étais complètement lessivée par son lavage de cerveau. Et alors, j'ai dit à Johann que j'étais *désolée*, et que *je m'excusais*. Et je me suis vraiment sentie désolée. Johann me répondit que *ce n'était pas assez, d'être désolée*.

*

Après quelques mois, travailler voulait dire venir trop tard le soir pour *faire des polas* à demi nue, parce que *la mode, c'est vendre du cul* et que la seule fonction des mannequins, c'est de montrer le leur. *Travailler*, c'était entendre Johann dire que j'étais une *gamine*, une *fille à papa* surprotégée *qui ne connaissait rien de la vie*. *Travailler*, c'était devenir adulte. *Travailler*, c'était accepter ses caresses sur mes seins et mes fesses pour ne pas rester une *gamine coincée*. *Travailler*, c'était recevoir des cunnilingus et des doigts dans le vagin pour *me libérer*, et faire enfin une bonne série de photos. *Travailler*, c'était boire les paroles de Johann, arrosées de shots de vodka bas de gamme. *Travailler*, c'était rentrer chez moi quand une autre fille arrivait pour travailler à son tour, en pensant que la vie d'adulte était sale, mais que j'étais condamnée à la vivre. Nous l'étions toutes, après tout. Et puis, Johann était peut-être petit, banal et médiocre, mais il était convaincant. Il avait réponse à tout et n'affirmait jamais rien sans argument. C'était vrai, j'étais une gamine qui appelait sa maman chaque jour pour prendre de ses nouvelles et lui demander de l'aide dès que la plus petite difficulté se présentait à elle. Et j'avais baisé avec seulement deux mecs, à presque dix-neuf ans... « Impossible ! Combien d'orgasmes t'as eus ? » me demanda-t-il, une fois, sur le ton du reproche. Je pensais n'en avoir eu aucun. Comme toujours, Johann avait raison. Je ne pouvais pas, dans ces conditions, devenir une femme sensuelle et libérée. Devenir une femme, tout simplement. Bref, *travailler* c'était satisfaire le gourou et tout croire – sans réserve –, tout accepter – sans résistance –, puis toujours revenir – sans hésiter –, en espérant trouver, un jour, une porte de sortie.

*

Un soir, je rejoignis Johann dans le studio d'une de ses amies photographe, rue de la Harpe. C'était la première fois qu'on se voyait à l'extérieur pour *travailler*. Ce soir-là, je lui confiai que même si c'était dur, même si je me sentais *bizarre depuis* quelque temps, même si je pleurais tous les deux soirs dans mon lit, je savais que *tout* ce que Johann faisait était *bon pour moi*. Je reconnaissais que son travail sur mon image m'avait rendue plus belle. Je lui montrai une photo de mes sourcils avant de l'avoir rencontré pour lui rappeler à quel point ceux-ci étaient alors mal épilés. J'en profitai pour me moquer de mes anciennes *joues dans lesquelles j'avais dû stocker au moins 300 g de graisse*, ainsi que de ma peau trop bronzée, parce que j'avais lu que le bronzage donnait l'impression d'un corps affiné, mais que c'était n'importe quoi, que j'étais beaucoup *mieux pâle, avec des kilos en moins.* J'ajoutai que ce n'était pas qu'une question physique, que ses conseils sur l'attitude, la démarche, le style et sans doute les dizaines d'exercices que j'avais pratiqués m'avaient rendue plus séduisante... J'aimais cette *nouvelle version de moi-même – moi-même, version Johann.*

Je lui dis aussi que je lui serais toujours reconnaissante pour ce qu'il avait fait mais que j'avais le sentiment que *tout ça* n'était pas vraiment pour moi. Que je n'avais jamais eu envie de *tout ça*. Que je n'avais pas envie de devenir adulte et de travailler. Pas tout de suite. Après plusieurs mois d'égarement, je pensais vouloir étudier le droit.

– Si t'es même pas capable d'être mannequin, comment tu peux espérer devenir juriste ?

Touché. Johann braqua son appareil sur moi. Il fumait de l'herbe et baladait ses mains fumeuses sur mon corps. Il m'embrassait entre deux photos. Il disait que c'était pour me décoincer et me défaire de cette mauvaise habitude que j'avais de toujours sourire devant l'appareil. C'était efficace. Je ne souriais plus du tout. Johann avait raison. Comme toujours. Il me déshabilla progressivement, tout en prenant davantage de photos. Il me demanda de me peloter les seins. Je baladai simplement mes mains sur eux, ne sachant pas vraiment comment me peloter puisque ma poitrine ne m'avait jamais procuré la moindre sensation de plaisir. Il m'ordonna d'y mettre plus de passion et d'arrêter de grimacer. Je ne parvenais pas à appliquer les deux ordres à la fois – ne pas sourire et me toucher les seins – et tentai de me justifier pour mon incompétence : « Les filles ne peuvent pas être en transe en se touchant simplement les seins... Je ne sais pas comment faire ça. » Il rit et plongea vers mes lèvres en me pressant la poitrine. Il m'attrapa par la taille et, dans un élan, me força à me tourner. Il me poussa face contre le dossier du canapé-lit, descendit mon collant sous mes fesses et me pénétra à sec en une dizaine de coups. De vrais coups de reins. Francs, entiers, profonds. Sa bite sortait intégralement de mon vagin à chacun d'eux. Il reprit ensuite son souffle et enfonça sa bite jusqu'aux couilles. Elle était dure comme une barre de fer. Il la ressortait, reprenait son souffle, l'enfonçait à nouveau jusqu'aux couilles, et répéta la procédure jusqu'à ce qu'il décharge.

– Tu vois que t'es pas une coincée, dit-il, après s'être écarté de moi. T'es même excitante.

Johann déplia le canapé-lit tandis que je me réfugiais aux toilettes. Il y avait une boîte de capotes Manix taille XL à côté du PQ, mais je n'étais pas sûre qu'il en ait utilisé une avec moi. Je restais de longues minutes dans la salle de bains pour réfléchir à la meilleure formule de salutation. Une formule qui ne le vexerait pas, mais qui me permettrait de partir rapidement. J'optai pour « Je dois y aller, on se revoit quand ? ». « On se revoit quand ? » était important, sinon il comprendrait que quelque chose clochait. Je revins discrètement dans le studio. Johann était étalé sur le canapé-lit déplié, les yeux clos. *Idéal*, pensai-je. *Même pas besoin de dire quoi que ce soit.* Je pris mon sac, ramassai mes chaussures – une sous le bras droit, l'autre dans la main gauche –, et me glissai jusqu'à la sortie. J'étais chargée et débraillée et je galérais à ouvrir la porte, mais je voulais sortir de là le plus vite possible. Je pris un instant pour vérifier que mon téléphone était bien dans mon sac. Il fallait que je puisse appeler un taxi, une fois dehors... Mes collants étaient crades et tout filés... Et je ne voulais pas revenir... Je cherchai dans le sac, fermeture, petite poche et... Johann bondit entre moi et la porte de sortie. Il la verrouilla et se recoucha sans rien dire, en prenant soin de glisser la clé sous son oreiller. J'étais coincée.

– Il faut que je rentre chez moi, murmurai-je.
– Non, tu dors ici. Viens te coucher maintenant.

Je ne répliquai pas et m'allongeai habillée, mais débraillée, à côté de lui. Je restai étendue le reste de la nuit, sans dormir mais sans faire le moindre bruit non plus. Je ne voulais pas qu'il se réveille. Il risquait de vouloir me baiser à nouveau. Je me demandais combien de temps j'allais rester comme ça, sans bouger, en respirant à peine. J'espérais qu'il se réveillerait tôt pour que je puisse partit tôt, moi aussi. Mais il était peut-être préférable qu'il se réveille tard. Il serait alors à la bourre pour l'un de ses rendez-vous et partirait à l'arrache sans me calculer. Je me demandais combien de temps ce studio lui était prêté. *Et s'il décidait de m'y garder jusqu'à ce que le propriétaire revienne ?* J'étais certaine que mon téléphone n'avait plus beaucoup de batterie et je doutais qu'un chargeur puisse traîner quelque part. *Au pire, le studio était seulement au premier étage avec des fenêtres qui donnaient sur la cour.* J'avais souvent imaginé, lorsque j'étais enfant, comment m'enfuir si ma maison prenait feu. *Utiliser les draps du lit comme corde et sortir par la fenêtre. Mais c'était compliqué de trouver un point d'accroche stable. Ou me pendre au rebord de la fenêtre, pour atterrir sur celui de l'étage du dessous ? C'était faisable dans ce studio. Et c'était facile, dans l'idée. Il n'y avait pas le feu et je pourrais prendre le temps de balancer les coussins du canapé par terre pour amortir ma chute. Au pire, je pourrais crier à l'aide. Un voisin viendrait sûrement m'aider. Mais je ne voulais pas lui raconter ce qu'il s'était passé... Jamais je ne raconterais ce qu'il s'était passé.*

*

Le soleil se levait et Johann dormait toujours. L'attente était interminable. Je sortis tout doucement du lit pour vérifier s'il n'y avait pas une autre clé, quelque part dans l'appartement. Je commençai par le petit meuble à côté de la porte. J'étais aimantée par cette putain de porte. *Combien de clés fallait-il pour l'ouvrir ?* Une seule. La serrure était petite et dorée. Une petite clé dorée. Il y avait du bordel partout. *Comment allais-je trouver cette putain de petite clé dorée ?*

– Tu fais quoi ?

Johann m'intercepta, arracha le reste de mes collants et m'encula. Après trois coups ponctués d'un « c'est », d'un « moi » et d'un « qui » si sereins qu'ils en étaient terrifiants, je le suppliai de ne pas continuer dans le cul. Il poursuivit dans le vagin. *Johann.* Coup. *Décide.* Coup. *Quand.* Coup. *Je.* Coup. *Pars.* *Johann.* Coup.

Décide... Coup vif, qui bouscula tout mon corps. Je ne crois pas qu'il ait éjaculé, cette fois. Ce n'était pas le but de cette punition.

– Tu peux partir. Mais tu viens demain. Je t'écrirai plus tard pour l'heure, dit-il en se dirigeant vers la salle de bains.

Je m'emparai de la clé qui traînait sur le matelas, entre les deux oreillers, ouvris la porte et descendis les escaliers de l'immeuble pieds nus, à toute vitesse, pour retrouver l'air fétide des ruelles pleines de pisse de Saint-Michel. Un cafetier qui installait des tables en terrasse me demanda si je n'avais pas mal aux pieds. Je ne répondis pas. Il cria de faire *attention au verre par terre*. Je m'en foutais d'avoir les pieds coupés par le *verre par terre*. Ma tête allait exploser. J'avais tellement honte. Honte de penser que Johann avait fait quelque chose de mal. Honte de ne pas être assez libre d'esprit et de corps. Honte de n'être qu'une sale gamine. Honte de me demander si les filles du 117 et les autres subissaient ça, elles aussi. Honte de penser qu'elles ne pouvaient pas aimer ça, elles non plus. Honte d'avoir été docile et de m'être laissée faire. Honte d'être incapable de dire *non*. J'avais tellement, tellement honte... Et je n'arrivais même pas à pleurer. Et ma tête allait vraiment, vraiment, finir par exploser.

Jean

D'aussi loin que je me souvienne, j'ai toujours entendu dire que les hommes étaient des connards et les femmes, des salopes.

Papi Angelo avait quitté Mamie Sophie pour Salomé, et même si celle-ci l'avait porté à bout de bras pendant des années, suite à un AVC qui l'avait rendu hémiplégique, Salomé était une « salope ». Enfin, elle était une « pétasse », d'après Mamie Sophie. C'est un synonyme. Et pour les autres, elle était une « salope ». Une « salope » qui avait « volé » Papi. D'après ses enfants, Papi Angelo était un « connard » qui avait dilapidé la fortune familiale car il aimait trop les femmes et la fête, mais pas assez leur mère et le travail. Mais bon, je dois reconnaître qu'on parlait quand même de Papi Angelo avec une certaine affection, lors des repas de famille. Papi Angelo était *un Italien qui avait le sang chaud et qui avait brûlé la chandelle par les deux bouts*. En plus, Papi Angelo m'adorait. J'étais « son petit trésor ».

Après son divorce avec Papi Angelo, Mamie Sophie a fréquenté le pâtissier Roy, celui qui tenait l'un des commerces les plus réputés de la ville de Metz. Leur relation a duré de nombreuses années. Une ou deux décennies, et ce bien que le brave homme fût déjà marié. J'ai entendu dire que les enfants Roy détestaient Mamie Sophie et qu'ils étaient en colère contre leur *connard* de père pour le manque de respect qu'il témoignait à leur famille. Quand ma mère était en conflit avec mon père, elle jurait que s'il était lui-même un « connard », c'était parce qu'il avait hérité des pratiques de « salope » de sa mère. Comme sa sœur, d'ailleurs. Les chats ne font pas des chiens, et cette chatte-là aimait détourner les hommes mariés.

Françoise – que je n'ai étrangement jamais appelée Tata Françoise – était de la même espèce. « Une salope qui racolait des hommes mariés dans les bars. » L'un d'eux l'avait engrossée, mais il n'avait pas eu les couilles de quitter sa femme. Il l'avait donc laissée seule, avec une petite fille sur les bras. Un fils de bonne famille venu de nulle part (il s'appelait Alain) l'avait épousée et reconnu l'enfant. Il lui en avait même fait un deuxième. Mais bon, vingt ans plus tard, Françoise s'est suicidée car elle a appris qu'Alain la trompait avec une autre « salope » dont j'ai oublié le nom. Alain était tellement pleutre qu'il a dit à tout le monde qu'elle était morte sans raison, dans son sommeil. C'était faux. Françoise était morte à cause d'une charge de médicaments trop lourde pour sa carrure anorexique. Quel idiot d'essayer de nous faire croire qu'elle avait eu une mort douce ! Il n'y a pas de mort douce dans notre famille... Nous crevons tous malades, dans la douleur ou dans la solitude. Il était vraiment con, cet Alain. D'ailleurs, aucun membre de la famille ne l'a jamais vraiment aimé, « ce pauvre connard ».

Mon père était un « connard », lui aussi. Et ça, ce n'était pas seulement ma mère qui le disait. Avant de la rencontrer, mon père était un vieux garçon sans attaches, avec de nombreuses amantes qu'il empruntait secrètement à leurs époux, de temps à autre. Lorsque ma mère est tombée enceinte par accident, après seulement quelques mois de relation, réduisant à néant l'aspiration de mon père à une éternelle vie de bohème, il a pris ses responsabilités et s'est officiellement séparé de cette ribambelle de femmes mariées. Des séparations sans pitié ni ménagement. Certaines des femmes rejetées ont fait mine d'accepter, d'autres l'ont maudit – mais toutes sans exception l'ont traité de *connard*. Par la suite, c'est ma mère qui a pris la relève. Elle a commencé à dire qu'il était un « gros connard » lorsqu'elle a trouvé, dans son téléphone, un message de « Petite marmotte », la femme qui lui taillait des pipes à l'arrière de sa voiture de fonction. Puis ma mère s'est rendue sur le lieu de travail de la femme qui taillait des pipes à mon père et l'a traitée de « salope » et de « sale pute » devant tous ses collègues. Quand une femme a la haine, « sale pute » est synonyme de « salope ». Mon père a rompu avec la « salope ». Elle l'a traité de « connard qui n'avait pas de couilles ». Ma mère a prétendu pardonner mon père, et tout le monde a invoqué ses traumatismes du passé pour justifier sa trahison – le fait qu'il ait eu une enfance compliquée, avec le divorce de ses parents, les huissiers qui venaient prendre les livres anciens et les vêtements de luxe, et tout et tout... Et puis, il n'était pas toujours menteur, hypocrite, traître comme il l'avait été avec elle. Dans la vie professionnelle, c'était un homme de parole. C'était ça, le plus important, non ?

Ma mère n'a vraiment pas eu de chance avec les hommes. Son premier mari était un « gros connard », lui aussi. Elle avait épousé ce play-boy italien de seconde catégorie lorsqu'elle avait vingt ans pour fuir l'autorité de son « connard » de père, mais elle l'avait vite regretté. Le play-boy était un queutard qui vadrouillait aux quatre coins du pays, sous couverture professionnelle, pour biter des unités. Des « unités », pas des femmes – c'est toute la considération qu'il avait pour elles. Ma mère le tolérait, tant que ça ne se passait pas sous ses fenêtres. Ce qui comptait, pour elle, ce n'était pas le gros connard, mais le fils qu'elle avait avec lui. Elle voulait que son fils soit élevé dans l'illusion d'une « vraie famille », même si elle n'était pas heureuse. Mais voilà, un jour, le connard a bité une unité de Saint-Mihiel, la petite ville dans laquelle elle vivait depuis toujours. Une unité avec laquelle la sœur de ma mère travaillait à l'hôpital. « Une infirmière qui avait mauvaise réputation » – ma mère avait vérifié. C'était « une grosse salope qui n'en était pas à son coup d'essai », avait rapporté sa source. Ma mère a demandé le divorce et son connard de mari ne l'a pas supporté. Alors, il se l'est faite à coups de tisonnier. Heureusement pour elle, il a raté quelques coups, qui ont endommagé le plâtre du mur et détruit des meubles, plutôt que son crâne... Pauvre connard, *condamné à rendre les coups qu'il avait reçus plus jeune par son père, un bien mauvais exemple*, disaient-ils tous, chaque fois qu'ils partageaient une soirée de rigolade avec lui... Personne ne s'est d'ailleurs jamais indigné que ce connard puisse continuer à être invité aux fêtes de famille et que ma mère soit forcée de créer de nouveaux souvenirs avec son ancien bourreau.

L'ex-mari n'était pas le premier homme à cogner sur ma mère... Le premier, c'était son père. Le patriarche était un « connard » de militaire qui ramenait les règles de la caserne à la maison. Des règles souvent injustes, racistes et sexistes. Il les faisait respecter au sein de la maisonnée en tabassant tout frondeur jusqu'à l'épuisement – son curseur, en la matière, n'étant pas son propre épuisement, mais celui du supplicié. Pour le patriarche, cela correspondait au moment où le frondeur souffrait tellement qu'il se pissait dessus. Cela peut sembler dur, mais c'était à son image. Le patriarche n'avait tout simplement pas de cœur. Du jour au lendemain, il a abandonné sa femme – la mère de ses enfants – et l'a laissée sans un sou. Ce « connard » l'a bien sûr quittée pour une autre. Une « salope de femme mariée », encore une ! Une « salope » de femme mariée qu'il n'a donc jamais pu épouser mais qui a hérité de l'assurance-vie pour laquelle il avait cotisé avec ma grand-mère pendant trente ans de vie commune. Ma pauvre grand-mère, qui en avait tant bavé auprès de lui... Elle est devenue folle de chagrin, puis en est morte, toute mémoire et dignité perdues. Malgré tout, elle ne lui en a pas tant voulu que cela. Elle a même pris soin de lui pendant la phase terminale de son cancer. Elle assurait qu'il n'était plus tout à fait lui-même, après ce qu'il avait vécu à la guerre. « La guerre, ça détruit un homme. »

Bien qu'on ne m'ait toujours parlé que de « connards » et de « salopes », je dois reconnaître qu'un autre profil féminin se dessinait à travers les histoires de famille qui m'avaient été contées. Ce statut, c'était celui de victime. Ma mère, sa mère. Et toutes les femmes empreintes de pureté qui avaient subi les trahisons de leurs « connards » d'époux à cause de « salopes » de succubes qui venaient les tenter. Honnêtement, je n'ai jamais su ce qui était pire... Être la salope ou la victime... En revanche, ce que j'ai retenu de toutes ces histoires de connards et de salopes, c'est que les « connards » avaient toujours des excuses pour être des connards, mais que les « salopes » n'en avaient jamais aucune... Oui, c'était vraiment plus commode d'être un connard qu'une salope. Un *connard* pouvait faire valoir les traumatismes de son enfance ou les trahisons d'une ex-salope pour se dédouaner de sa responsabilité, mais une *salope* ne le pouvait jamais. Et pourtant, il me semblait qu'avec toutes ces bandes de connards qui rôdaient, les salopes avaient quand même de quoi se dédouaner de pas mal de saloperies... Mais bon, pour être honnête, je ne m'étais jamais vraiment intéressée aux connards et aux salopes jusqu'à ce que je rencontre Jean. Jean s'appelait John, mais pour plus de clarté, je l'appellerai Jean. De toute façon, son prénom n'a aucune espèce d'importance à mes yeux.

*

Je remarquai Jean le dernier jour de mon stage dans une boîte d'événementiel. Il fumait sa clope dans la rue, devant la porte du bureau, alors que je rentrais d'une pause déjeuner à rallonge. Il me salua comme un vieux camarade lorsque j'arrivai près de lui. Je n'avais jamais vu ce type, mais lui avait l'air de me connaître.

– Salut toi ! Tu vas bien ? chantonna-t-il.
– Bonjour, oui ça va et vous ? répondis-je, en faisant mine de savoir qui il était.
– Alors, c'est ton dernier jour ? renchérit-il, visiblement bien renseigné.
– Oui, exactement.
– OK. Je finis ma clope et j'y vais aussi. À toute !
– À plus tard !

Je retournai au bureau, perplexe. Il arriva quelques minutes après moi. Je demandai à ma collègue qui était cet inconnu. C'était *Jean, le meilleur pote du boss*, m'informa-t-elle. Il venait chaque semaine pour aider à la production d'une chanson, mon boss ayant décidé de devenir chanteur à ses heures perdues. Il aurait pu faire comme tout le monde et décider d'écrire un livre, mais non. Mon boss avait pour meilleur ami Jean, *un musicien, auteur, compositeur et parfois interprète*, d'après ma collègue... Leur amitié lui avait donné des ambitions musicales. Jean fit écouter la version mixée du morceau que mon boss venait d'enregistrer. À fond la caisse. En boucle. Un supplice.

– Pourquoi il fait ça, sérieux ? m'agaçai-je.
– Pour nous faire chier, répondit sincèrement ma collègue.

C'était vrai. Nous étions mobilisées pour la promotion de sa musique, presque autant que pour des événements. Et bien sûr, comme dans toute boîte d'événementiel, nos effectifs étaient réduits. J'avais donc pris pour mauvaise habitude d'arriver au bureau tous les matins avant 9 heures et de le quitter chaque soir après 20 heures – tout cela pour une indemnité de stage de 450 pauvres euros.

Pendant l'écoute du morceau, je remarquai que Jean me lançait des regards appuyés. Si appuyés qu'après seulement quelques minutes, son corps était entièrement tourné vers moi. Je m'étonnai de ne pas l'avoir repéré plus tôt. Il était assez attirant – cheveux mi-longs noirs, barbe poivre et sel, un look de vieux rockeur. Il était à l'évidence beaucoup plus âgé, mais j'étais incapable de dire s'il avait dix ou vingt ans de plus que moi. Dans le doute, j'optai pour quinze... Quinze ans de plus, proche de mon supérieur hiérarchique, et pourtant Jean m'inspirait des sentiments contraires à la déférence qu'il était en droit d'attendre de moi. Plus il me regardait, plus je me disais qu'il était le genre de mec que j'avais vraiment envie de prendre pour un con.

*

Je quittai le bureau quelques heures plus tard, en promettant de garder contact avec tout le monde. Tout le monde, y compris mon boss – dont la moindre parole m'irritait les tympans –, mais pas Jean – qui était parti plus tôt que les autres. Nous avions décidé de tous nous suivre sur Instagram et Facebook, puisque c'était d'actualité et que les e-mails, c'était dépassé. En rentrant chez moi, je louchai sur le profil Instagram de mon boss, qui me réorienta vers le profil de Jean. Jean et ses petits regards langoureux. Jean et son petit sourire aguicheur. Jean et son p'tit cul dans son p'tit jean délavé. Je choisis de le suivre sur Instagram, lui aussi. Moins d'une minute plus tard, Jean s'abonna à mon profil et m'écrivit un message privé pour proposer de nous revoir, hors contexte professionnel. *Pourquoi pas*, pensai-je, en lui faisant remarquer que nous n'avions jamais eu de relations professionnelles directes. Il me répondit que c'était « vrai, lol » et me demanda mon numéro de téléphone. C'était plus facile pour communiquer, d'après lui.

Jean :
Par contre, tu sais que je suis en couple ? Ça ne te dérange pas ?

Alexandra :
C'est pas mon problème.

Jean :
OK, tant mieux alors lol.

Cette question de lâche ponctuée d'un « lol » de demeuré avait court-circuité le peu d'envie que son p'tit cul m'avait donné de le voir « hors contexte professionnel », comme il disait. Mais Jean avait de la chance car, quelques jours plus tard, Manon débarquait à Paris.

Je n'avais pas revu Manon depuis nos dix-sept ans. Depuis ce temps, elle s'était maquée avec un footballeur et avait abandonné ses études, car il était impossible d'étudier sérieusement en suivant le footballeur de ville en ville, au gré des aléas de sa carrière. Elle avait adopté un chien pour s'occuper, puis avait finalement trompé le footballeur avec un fils de bonne famille de Metz avec qui elle était sur le point de se caser. Je trouvais bien que ce soit le footballeur qui ait été trompé, pour une fois, et qu'elle lui ait en plus laissé la charge du chien. J'étais contente de la revoir, heureuse et libre pendant quelques jours encore, avant que le fils de bonne famille ne lui passe la corde au cou et peut-être, à terme, la bague au doigt. Je la retrouvai au Ralph's, où je lui avais donné rendez-vous. Après quelques verres de Coppola et un retour sur les péripéties des dernières années – je ne lui racontai rien de ce qui s'était passé avec Johann et ne m'étendis pas sur les raisons qui m'avaient fait décrocher de Jonathan –, nous voulions marquer notre soirée de retrouvailles par quelques rebondissements, ou du moins trouver une source de divertissement.

– Je peux convoquer le meilleur pote de mon ancien boss, proposai-je.
– Il est comment ? demanda Manon, intriguée par le potentiel destructeur d'une histoire impliquant la hiérarchie.

– Il est âgé, mais il a du charme... et une petite tête de con.
– Il l'est ?
– On verra bien.

J'écrivis à Jean dans la foulée, pour lui proposer de nous retrouver chez moi. Je ne précisai pas que j'étais accompagnée d'une amie.

Jean :
Je suis en studio dans les Yvelines.

– Fais chier. Il n'est pas dispo. Qui d'autre je pourrais appeler ? pensai-je, à voix haute.
– Je ne peux pas croire que tu n'aies pas un autre boulet dans ton répertoire.
– Il y a Tom... Mais non, quand même pas... Non, même pas pour rigoler, répondis-je distraitement, en pianotant sur mon clavier.

Alexandra :
Oh ! Dommage...

Jean :
Je peux être chez toi dans une heure.

T'habites où ?

Alexandra :
108 rue Michel ange, 75016.

Jean :
Je serai là dans 45 minutes.

Alexandra :
Parfait !

– Bon, retournement de situation... Il sera chez moi dans une heure... Moins d'une heure !, annonçai-je vaillamment.

Nous avons sauté dans un taxi, direction Auteuil sud. Une fois chez moi, nous avons ouvert une nouvelle bouteille de vin, puis discuté de l'organisation de nos prochaines vacances et autres futilités, affalées sur les canapés du séjour, décontractées, familières l'une avec l'autre. Mon téléphone n'arrêtait pas de sonner. Je devinais que c'était Jean. Je laissai l'appareil de côté. Les vacances et autres futilités étaient plus importantes, et puis j'estimais qu'une heure ne s'était pas encore écoulée. Je n'arrêtais pas de regarder mon reflet dans la mosaïque de miroirs qui décorait l'un des murs de la pièce. L'espace d'un instant, j'hésitai à changer la robe drapée en velours bleu nuit et au décolleté profond que je portais pour une tenue plus confortable, puis je réalisai que j'étais fondamentalement à l'aise dans celle-ci, surtout lorsque ma poitrine était trop dénudée. Je décidai donc de la garder. Mon téléphone continuait de sonner, non plus à cause des messages de Jean, mais de ses appels.

– Ah ! Mais il me casse les couilles, celui-là ! m'écriai-je, un brin dramatique. Bon, il veut quoi, encore...

Jean :
J'aurai du retard.

Désolé. Je serai en retard mais je viens.

Je me suis trompé de sortie lol.

J'arrive bientôt.

Dix minutes je pense.

C'est la galère pour trouver une place lol.

Je suis en bas mais je tourne pour trouver une place.

T'es là ?

Tu dors pas j'espère ? lol.

Alexandra :
OK. Dis-moi quand t'es garé.

Jean :
Oui je tourne.

– Non mais j'hallucine... J'en ai rien à foutre de sa galère pour trouver une place de parking. Et ses « lol »... Plein de « lol »... On dirait un ado ! commentai-je sur le ton de l'exaspération. Je te ressers ?
– Oui, je veux bien. T'es sûre que c'était une bonne idée de le faire venir ?
– On verra. Au pire, on le fout dehors. S'il est trop lourd, je poserai cette soucoupe sur mon verre, d'accord ? Ça voudra dire qu'il faut trouver un plan pour l'éjecter.
– C'est bon pour moi.

L'interphone sonna. Je descendis mon verre de vin d'une traite et appuyai négligemment sur le bouton d'ouverture de la porte d'entrée de l'immeuble. Jean sonna une nouvelle fois.

– Il est débile ou quoi ? m'agaçai-je.
– Tu m'as pas donné l'étage, miaula Jean à travers l'interphone.
– C'est au troisième, balançai-je sèchement.

Je laissai la porte d'entrée de l'appartement entrouverte et retournai m'asseoir dans le séjour. J'entendis la porte métallique de l'ascenseur s'ouvrir au rez-de-chaussée, puis se refermer après quelques pas. Des pas chaussés de bottines avec des petites talonnettes. L'ascenseur monta jusqu'au troisième étage. La porte en fer forgé grinça en s'ouvrant.

– C'est à gauche, annonçai-je depuis le canapé.
– Je peux entrer ? glissa timidement Jean.
– Mais oui, bien sûr, soufflai-je, irritée par tant de politesse.

Je reluquai Jean des pieds à la tête lorsqu'il entra dans l'appartement. Il n'était vraiment pas mal. Même p'tit jean délavé que lorsque je l'avais vu la première fois. Un joli sourire.

Il s'avança vers moi, l'air sympathique et avenant... jusqu'à ce qu'il constate que nous n'étions pas seuls, lui et moi. Il se raidit un instant, puis se détendit – espérant certainement que ni Manon ni moi n'avions remarqué sa déception.

– Assieds-toi... Tu veux boire quelque chose ?
– Avec plaisir. T'as un coca, ou un verre d'eau tout simplement ?
– Oui... Mais ça sera un verre de vin pour toi aussi.

Je lui servis un verre de blanc et m'assis à côté de lui, puis je pris mon téléphone pour écrire à Manon :

Alexandra :
Il me saoule déjà.

Manon ne lut pas mon message, mais elle me connaissait assez bien pour en deviner le contenu. Elle tentait de contrebalancer mon mauvais comportement en parlant à Jean de ce dont il faut communément parler pour mettre les gens à l'aise, pour les valoriser – elle lui parlait de son travail. Elle ne comprenait pas vraiment la différence entre un auteur et un compositeur. Elle avait du mal à accepter qu'on puisse « écrire » une chanson sans en écrire les paroles. J'étais passive dans cet échange. J'observais les mains épaisses de Jean, dont presque chacun des doigts était orné de grosses bagues argentées. Je pris sa main et la posai à l'intérieur de ma cuisse. Il fut surpris, mais se laissa faire. Je supposai qu'il aimait ça. Il promenait sa main sur ma peau douce, tout en continuant de parler avec Manon.

– Ah c'est toi qui as écrit ça ? J'adore !
– Oui, enfin, pas tout seul... Mais oui, j'ai bossé sur ce son.
– C'est trop bien ! mentit-elle.

Jean continuait de promener sa main sur ma cuisse. Il m'allumait avec ses regards en coin et son petit air de ne pas y toucher alors qu'il passait sa langue sur ses lèvres après les avoir trempées dans le vin. Je pensais comprendre ce que ça signifiait et me dis qu'il fallait mobiliser sa langue à meilleur escient.

– Et toi, du coup, tu veux faire quoi maintenant que tu reprends ta vie en main ? poursuivit Jean, qui essayait de faire bonne impression sur Manon.
– Vous ne voulez pas regarder un film ? interrompis-je.
– Euh... Ouais... Comme tu veux, pourquoi pas... répondit-il.
– Tu m'aides à le choisir ? proposai-je à Jean.
– Oui, OK.

Je le pris par la main et l'attirai vers la chambre du fond, la chambre d'amis. Je fermai la porte derrière nous, n'allumai pas la lumière et avançai vers le lit. Celui-ci faisait face à une bibliothèque de disques, vidéos et autres vieilleries.

– Embrasse-moi.

Il fonça vers mes lèvres. Sa langue était fraîche et avait le goût du vin. C'était la première fois que j'embrassais un barbu. Ça ne piquait pas. Je lui roulai une pelle tout en m'asseyant sur le bord du lit. Il se mit à genoux, entre mes cuisses, pour continuer à m'embrasser. J'agrippai son crâne par l'arrière. La masse de cheveux était épaisse. Je poussai sa tête vers le bas, en l'orientant en direction de mon entrejambe. Il résista un peu et me regarda, hésitant.

– Ta copine nous attend, tenta-t-il, pour esquiver.
– Oui, et elle ne va pas partir.

J'appuyai de nouveau sur sa tête, sur le dessus du crâne, pas l'arrière, cette fois, et l'invitai, « Allez ! », avec un sourire faussement naïf, faussement complice, tout à fait manipulateur. Il céda. Ils cèdent toujours quand les filles ont l'air gentilles, naïves et suppliantes. Jean se pencha vers l'intérieur de mes cuisses. Je n'avais pas de culotte, comme souvent lorsque je porte une robe de soirée. J'ai toujours trouvé que les marques de sous-vêtements sous les robes de soirée font vulgaire. Jean léchait ma vulve avec sa langue fraîche au goût de vin. Je lui caressais les cheveux pour l'encourager un peu.

– On a plusieurs choix, *Arrête-moi si tu peux*... de Scorsese... dis-je à haute voix pour que Manon puisse m'entendre, sans que je ne parvienne à expliquer pourquoi je voulais qu'elle entende, d'ailleurs.

La langue de Jean faisait des cercles autour de mes petites lèvres. Je lui appuyai sur la tête pour prendre le DVD dans la bibliothèque. Je voulais qu'il titille l'intérieur de l'orifice. Il exerçait des pressions sur mon clitoris. Comme s'il le ventousait. C'était agréable.

– Oui, c'est bien ça... Hum... On peut mater *Taxi Driver* sinon, ou un vieux film de Coppola... Ah, oui... Même si je préfère *Tetro* à ses anciens...

Il introduisit sa langue dans mon vagin. Elle n'était plus froide, mais chaude à force de stimulation. Il essaya de l'enfoncer le plus loin possible. Peine perdue. J'aurais préféré qu'il en lèche les parois, surtout à l'entrée. Mais bon, c'était mieux que rien.

– Sinon on a *Pêché originel* avec Angelina Jolie et Antonio Banderas... Hum... T'en penses quoi ?

Il dégagea sa tête de mon entrejambe et me regarda droit dans les yeux, en contre-plongée.

– J'adore ce film.
– OK, on a choisi. Viens ici.

Il s'assit à côté de moi sur le lit. Je retirai la ceinture de son jean détendu, sans doute pas lavé depuis un bon moment. Il leva son cul du lit pour que je puisse le descendre, ainsi que son boxer, jusqu'à ses genoux, puis s'écrasa sur le matelas. Il bandait comme un sauvage. Sa bite était fine mais raide. Il enfila une capote... Je me mis sur lui, lui portai un coup de rein et...

– J'ai fini, murmura-t-il.

Je ricanai malicieusement et lui portai un deuxième coup de rein, mais...

– J'ai fini...
– Sérieux ? Mais...

Je m'affalai sur lui, abasourdie.

– Ouh ! Attention !

Je dégageai mon vagin de sa bite mollassonne et fragile avec un mépris accablant. Un mépris qui aurait dû lui donner envie de la fermer. Mais non, il ne pouvait pas fermer sa grande gueule.

– T'aurais dû y aller plus doucement.
– Plus doucement ?
– Me laisser faire... J'aurais pu doser.
– Doser ?

Il ne répondit pas. Je renchéris :

– Fallait peut-être juste te contrôler un peu.

Le mec débarque chez moi à 3 heures du matin... Et il s'attendait à quoi, au juste ? À ce qu'on se câline pendant des heures ? Si tu veux te faire câliner, tu ne débarques pas chez moi à 3 heures du matin. C'est tout. Pauvre imbécile qui enfile son p'tit jean, l'air de rien. Vraiment une putain de tête de con.

– On y retourne ?

Il s'empara du DVD choisi pendant le cunnilingus et ouvrit la marche pour retourner dans le séjour. J'étais outrée. *Il croyait sérieusement qu'on allait regarder un film ensemble ?* Je détestais les gens qui s'incrustaient chez moi, comme ça. Ceux qui faisaient ami-ami avec mes potes et envahissaient mon espace personnel. *Et quoi, après ? Il comptait partager mon lit ?*

– Du coup, on a choisi *Péché originel*. Ça te va ? demanda-t-il à Manon.

– Ouais, carrément, je ne l'ai jamais vu.

Je lui fis les gros yeux. Comprenant qu'elle venait de fauter en coopérant avec la tête de con, elle commença à bafouiller. Je posai brusquement la soucoupe précédemment désignée sur mon verre à moitié plein pour lui faire comprendre que nous devions enclencher notre plan d'expulsion immédiate.

– Moi, je suis fatiguée, je pense que je vais aller me coucher, annonçai-je précipitamment.

– Ça ne va pas ? s'inquiéta Jean.

– Si, ça va. Je suis juste épuisée. Il est presque 6 heures du mat.

– OK, on peut aller dormir si tu veux.

Il me sembla alors que c'était allé trop loin, que j'avais été assez gentille – trop gentille –, qu'il fallait mettre fin à cette débandade.

– Par contre, je n'aime pas trop dormir avec quelqu'un, je préfère dormir seule...

Silence sourd, puis :

– Tu te fous de ma gueule, là ?

– Pardon ? J'ai sans doute mal compris.

– T'es en train de me foutre dehors ?

– Non, pas du tout, je dis juste que je dors toujours seule.

– Donc tu me fais quitter le studio pour venir te voir et tu me fous dehors quand t'as décidé que t'en avais assez ?

J'avais envie de répliquer que le problème était, qu'au contraire, je n'en avais pas eu assez, mais je choisis de taire cet argument, au risque d'envenimer la situation.

– Personne ne t'as forcé à quitter ta session et à venir ici. Je t'ai proposé de passer, c'est vrai... Mais je ne t'ai pas forcé. Tu es venu ici de ton plein gré.

– Tu t'entends parler, là ? T'es irrespectueuse.

Ouin, ouin, ouin... Tellement prévisible, l'argument d'autorité, le manque de respect lorsque le minable est découvert, lorsqu'il se retrouve en tort et sans argument.

– Manon, interviens ! Tu en penses quoi ? Je lui manque de respect ? demandai-je, après quelques instants de réflexion, dans le silence, les yeux écarquillés, hochant la tête de gauche à droite pour accentuer ma consternation.

– Non... Je ne sais pas... Mais non...

Allez, soutiens-moi... À deux, on est plus fortes...

– Non... C'est vrai... Il est venu tout seul, reprit-elle.

– Voilà ! J'avais raison... Ce n'est pas un manque de respect. On a passé du bon temps ensemble pendant plusieurs heures, mais maintenant je suis fatiguée. Je veux dormir. Mais on pourra se revoir bientôt... Je ne vois pas le problème... Il n'y a pas de raison de créer un conflit.

– Tu veux qu'on se revoie ?

Et merde. Faire attention aux mots. Mais maintenant, mentir. Mentir pour se débarrasser de lui au plus vite, sans conflit. Sans réveiller les voisins, non plus.

– Pourquoi je ne voudrais pas ? On pourra regarder ce film une autre fois... Pas à 6 heures du mat, par contre... dis-je, en mentant, le sourire aux lèvres, pour avoir l'air gentille et naïve et presque suppliante.

Jean se détendit, se sentant peut-être même un peu coupable d'avoir dramatisé de la sorte. Il mit trop de temps à ramasser ses affaires et à mettre ses bottines en cuir à talonnettes qui faisaient du bruit, mais je ne fis aucune remarque. Rassuré de ne pas être viré comme un malpropre, il se décida enfin à partir. Je le regardai langoureusement lorsqu'il passa le pas de la porte et me salua.

Langoureusement, car il ne fallait pas tout faire capoter au dernier moment.

– Bon, ciao ! dit-il.
– À bientôt, murmurai-je d'une voix exagérément suave.
– À bientôt ! s'enthousiasma-t-il.

Je claquai violemment la porte derrière lui. *Ouf ! C'était bon !* Tout ce qui se passait en dehors de mon appartement ne me concernait plus !

– Putain, mais quel boulet ! soupirai-je en me jetant sur la méridienne qui faisait face à Manon.
– Attends, il ne te plaît pas ?
– Mais non, pas du tout ! C'est une plaie, ce mec. Une plaie !

Je me couchai finalement, fière d'être seule dans mon lit. Je repensai brièvement à Jean et à la soirée qui venait de prendre fin… Son déroulement m'amusait, après coup. Je m'endormis calmement, satisfaite d'avoir réussi à me débarrasser de lui, sans heurts ni fracas.

*

Je me réveillai quelques heures plus tard, au son d'une nuée de messages qui envahissait mon téléphone. Je fonçai immédiatement dans la chambre d'amis dans laquelle Manon dormait, celle dans laquelle j'avais baisé Jean. J'aperçus la capote qui traînait encore au pied du lit. *Dégueulasse.*

– Tu ne vas pas le croire… Il m'a déjà envoyé plein de messages, annonçai-je d'un air scandalisé, même si j'étais en quelque sorte flattée qu'il ait écrit si rapidement – j'aurais été vexée qu'il ne s'accroche pas à moi comme un limaçon bavant.
– Le mec d'hier ? Oh non ! L'en-fer ! insista Manon en simulant l'indignation. Il dit quoi ?
– Qu'il est dispo aujourd'hui et qu'on peut se voir pour remettre ça, mais en plus long cette fois… Il n'a même pas honte !

– Plus long ? Ça sera sans moi ce coup-ci, assuma-t-elle, comme si cela avait une quelconque importance.

– Non, il parle de... de la baise, précisai-je, bien que pas tout à fait certaine de vouloir partager ce détail avec elle, ou quiconque d'ailleurs. Enfin, si on peut appeler ça comme ça...

– Attends, vous avez baisé ?

– Je ne sais pas si on peut parler de baise. Il a fini en un coup de reins, indiquai-je, pour accentuer le caractère méprisable de Jean.

– Je suis choquée, je n'ai rien entendu.

– C'est parce que c'était juste un coup de reins. Un seul, je n'exagère pas !

– Quand même...

– Non, c'est normal, abrégeai-je. Bon, je réponds quoi ?

Alexandra :
Salut ! Oui bien dormi mais pas assez longtemps.
Je suis dans le train. Je vais chez mes parents
quelques jours... Je ne serai donc pas dispo,
mais je t'écris dès que je rentre
(Smiley sourire)

J'annonçai à Manon que c'était bon, que l'affaire était réglée et je lui demandai ce qu'elle voulait faire pour son dernier jour à Paris.

– Je n'en reviens toujours pas que tu l'aies baisé. Et encore pire : que je n'ai rien entendu.

Je ne savais pas quoi répondre, peut-être parce que j'étais mal à l'aise, mais aussi parce que la remarque de Manon m'interpellait... « Les filles qui baisent les mecs. » Était-ce l'expression de Manon, qui m'avait contaminée en quelques heures seulement, ou était-ce une tendance plus générale, pour les filles de notre âge, que de considérer qu'elles baisaient les mecs en asphyxiant leurs bites dans leurs trous, une tendance générale qui nous aurait affectées toutes les deux ? C'était une bonne question à laquelle je n'avais pas le temps de réfléchir plus longtemps. Jean répondait déjà :

Jean :
Ils habitent où tes parents ?

Alexandra :
En Bourgogne.

Jean :
Je peux venir te voir en Bourgogne ? Lol

– Expédie-le et allons bruncher, je t'en supplie ! dit Manon.

Alexandra :
Je vais chez mes parents...

Jean :
C'est où en Bourgogne ?

Alexandra :
À Auxerre... Mais j'ai pas vraiment
la tête à ça quand je suis
avec mes parents. Je t'écris
dès que je rentre à Paris, OK ?

Jean :
OK lol. Mais je peux venir si tu
changes d'avis. J'ai envie de te revoir !

Alexandra :
Moi aussi, à bientôt, bisous.

Jean :
Bisous.

Jean était expédié. Manon et moi allions bruncher. Elle rentrerait à Metz par le dernier TGV de la journée pour retrouver son fils de bonne famille, me laissant avec un souvenir moins douloureux que la dernière fois que nous nous étions vues, mais une charge tout aussi lourde.

*

Jean ne cessa pas de m'écrire dans les jours, puis les semaines qui suivirent cette soirée passée chez moi. Je n'ai, pour ma part, jamais cessé d'inventer des histoires pour ne plus le revoir. J'ai d'abord prétendu prolonger mon séjour imaginaire chez mes parents. J'ai promis que je le contacterais dès mon retour à Paris, retour qu'il pensait pouvoir provoquer à force d'insistance.

Lorsque le séjour prolongé chez les parents commença à paraître suspect, j'annonçai à Jean être en partiels et avoir besoin de me concentrer. Je promis à nouveau que je lui écrirais bientôt, lorsque ceux-ci seraient terminés. Il dit qu'*il comprenait, qu'il attendrait, qu'il avait hâte de me voir*. Il renchérit pourtant quelques heures plus tard en proposant « une soirée détente pour lâcher la pression ». Je répondis que *non, que ce n'était pas sérieux, que j'avais du retard dans mes révisions et que je devais vraiment bosser*. Je cessai ensuite de répondre. Il continua d'insister. Je craignais qu'il se décide à débarquer chez moi à l'improviste, puisqu'il connaissait l'adresse. Ce soir-là, ou le lendemain matin, ou un autre jour, d'ailleurs. Je commençais à penser, chaque fois que je sortais de mon immeuble, que Jean pourrait être devant à m'attendre, désespéré de ne pas pouvoir prouver qu'il n'était pas un si mauvais coup, le genre de mauvais coup qui finit en un seul coup de reins. Je réalisai que j'avais eu une très mauvaise idée de lui dire que j'étais à Paris mais que je n'avais pas le temps de le voir, qu'il y avait des chances qu'il ne ressente aucune gêne à l'idée de s'imposer à ma volonté si cela pouvait le rassurer sur sa virilité... Et même s'il pouvait être trop fier pour s'imposer de la sorte, le doute qu'il ne le soit pas assez me tourmentait trop. Lorsqu'il me relança une énième fois, je lui annonçai donc repartir à Auxerre pour quelques jours.

Jean :
Tu aurais pu prévenir.
Dis-moi si tu veux pas me voir lol.

Je répondis que ça n'avait rien à voir, que j'aimais juste passer du temps en Bourgogne pour me détendre.

*

Un soir, quelques jours ou semaines plus tard, je sortais avec mon ami Joseph. Nous allions voir un concert au Silencio, le club souterrain de la rue Montmartre qui était en voie de devenir le repère de nos nuits d'ivresse. Nous y rejoignions Mathieu, l'ami de soirée d'un ami de soirée que nous avions croisé à plusieurs reprises après qu'il nous eut été présenté. Joseph et Mathieu n'avaient rien en commun, si ce n'est quelques amants et une aisance financière garantie par leurs parents qui leur permettait de fréquenter des endroits surcotés dans lesquels il m'arrivait toujours de drôles d'histoires. C'était suffisant pour souder notre petit groupe.

Au cours de la soirée, un bellâtre s'approcha de moi. Taille moyenne, cheveux longs, ondulés, couverts par un chapeau Maison Michel, sourcils droits, épais, touffus, yeux noirs, perçants. Il prétendit que je l'avais appelé. Du regard, certainement. Il passa la main par-dessus mon épaule en souriant. Un sourire brillant, confiant. « Je peux t'embrasser », demanda-t-il, ou plutôt annonça-t-il, juste après avoir demandé quel était mon prénom. Je lui tendis la joue. Il dit que non, il voulait ma bouche. J'actai que « non », en souriant malicieusement, décidée à le mettre un peu au défi. Il me prit au mot, pas au sentiment. Ses lèvres pleines s'écrasèrent sur ma joue. Puis il s'éloigna, sans rancune – je crois. Mathieu me reprocha d'être « trop nulle » et que j'« aurais dû l'embrasser ! ». Presque aussitôt, une petite voix stridente résonna dans mon dos : « Tu te fous de moi ? » Je me retournai et distinguai vaguement une courte silhouette coiffée d'une chevelure noire et blanche, des doigts ornés de métal argenté...

– Oh ! Jean ! Ça va ? m'écriai-je dans un soupir de confusion.

– T'es pas censée être à Auxerre ? répliqua-t-il avec agressivité.

– Si mais j'ai eu une urgence... Et puis, mes amis m'ont proposé de sortir... Je ne les avais pas vus depuis longtemps... Je repars demain...

– Tes amis ? grimaça-t-il en désignant lourdement la direction prise par le bellâtre. C'est bon, j'ai compris. Allez, ciao.

Il tourna brusquement les talons. Je m'en voulais presque de le voir si contrarié. Je n'aime pas faire de la peine aux gens. Je réalisai que tout cela ne serait sans doute pas arrivé si j'avais dit à Jean que je ne voulais plus le revoir après le fiasco de la dernière fois, la première et dernière fois...

Alexandra :
Désolée, vraiment. C'était pas prévu.
Tout s'est fait dans l'urgence !

Jean :
Ne m'écris plus. J'ai pas
de temps à perdre avec
les filles dans ton genre.

– Les filles dans ton genre... Non mais t'as vu comment il te parle ? Quel... connard ! s'indigna Joseph.

Ainsi avais-je grandi, inspirée par de beaux modèles de connards, puis développé toutes les qualités nécessaires pour devenir un sacré connard... Et j'ai vraiment, vraiment essayé d'être un putain de gros connard... Mais ce sont toujours les hommes, les connards. Même les hommes comme Jean. Moi, j'étais juste condamnée à être... une femme.

Alexandra :
Dans mon genre ?

Jean :
...

Thomas

Je les voulais tous. Le barman aux cheveux humides et au visage tatoué qui me snobait, mais murmurait à ses amis que j'étais belle, dans le kimono vert qui me servait de robe, ce soir-là. Louis, il s'appelait. Il ne cachait pas que je l'insupportais. C'était sans doute pourquoi je le voulais. Je le voulais tout autant que son collègue, celui qui m'appréciait assez pour me servir sa création personnelle – *le cocktail de l'été* – à foison depuis 2 heures du matin, un mélange de cidre et... de rhum, peut-être. Je n'en savais rien, mais sa blondeur androgyne m'inspirait confiance. *L'autre Louis*, on l'appelait. Je le voulais, au moins chaque fois qu'il buvait dans mon verre par inadvertance et que je me rabattais sur le sien. Je voulais aussi le quadragénaire en costard-cravate, type banquier ou agent immobilier, qui me reluquait comme un pervers avec ses deux clones. J'imaginais qu'il aimait l'idée de partouzes avec ses copains et quelques nanas, mais qu'il n'avait jamais essayé. Fantasmes et perversions sous contrôle. Trop prévisible. Mais je n'avais jamais testé ce profil, et le sien était pas mal du tout. Taille moyenne, épaules larges – même si les épaulettes du blazer devaient aider –, mâchoire carrée, teint basané, yeux miels, cheveux noisette dans lesquels il passait trop souvent la main. Au poignet, une ribambelle de bracelets sur cordon. Dinh Van ou Hermès. Mike avait le bon goût de ne pas en porter, lui. Mais il était déjà tard et je doutais qu'il me fasse la surprise de venir. Son jour était le mercredi, parfois le samedi, mais trop rarement le jeudi. Dommage. Je le voulais davantage. Gaëtan me fit un signe de la main, depuis l'autre côté du bar. Je préférais parfois sa force virile à celle du banquier ou de l'agent immobilier. C'était subtil.

Ça se jouait au niveau de la peau. Celle de Gaëtan était tannée par les week-ends en Bretagne, d'où il était originaire. J'étais certaine qu'elle avait un goût de bretzel. Et puis, Gaëtan était sympa. Il dégageait un truc de *boy next door*, attirant mais réconfortant, un truc que je n'avais jamais vraiment pu expliquer, mais qui donnait envie de passer du temps avec lui. Je le voulais, lui aussi... Jusqu'à ce qu'une ombre passe dans le fond de la salle. L'ombre de John. Peau couleur lait caillé, héritage de ses origines chinoises et russes, cheveux mi-longs noirs, brillants, tirés en queue de cheval basse, les yeux à peine bridés. Look minimaliste, dichrome. Il galochait une petite brune. Je le voulais grave. Je détournai le regard et croisai celui de Paul, caché derrière ses petites lunettes rondes de branché parisien.

– Salut, ça va ? me demanda-t-il d'une voix doucereuse.

– Oui et toi ? Désolée, je n'ai pas eu le temps de répondre à ton message, prétendis-je d'un air faussement concerné par nos échanges insignifiants.

– Tu peux me répondre maintenant.

– Oui... Tu peux juste me rappeler quelle était la question ?

– Tu es dispo samedi après-midi pour un verre ? proposa-t-il sans que le ton doucereux de sa voix ne faillisse.

– Pas ce samedi, mais le prochain, oui... Je crois. Je n'ai pas beaucoup de visibilité en ce moment. Je te confirme ça en début de semaine prochaine, d'accord ?

– D'accord. On arrivera peut-être enfin à se voir ailleurs qu'ici... conclut-il sans énergie, avec un sourire mielleux.

– Bien sûr qu'on va y arriver ! T'as vu où est parti mon pote ?

– Non... Mais il va revenir, c'est pas très grand ici...

– Je ne sais pas... Je devrais faire un tour pour voir où il est... Bon, à plus tard ! annonçai-je alors que je le distançais déjà de plusieurs mètres.

Joseph me connaissait trop bien. Il savait qu'il était ma porte de sortie à ce type d'échanges – ceux que je souhaitais éviter. Il avait quitté le bar et m'attendait sous une alcôve, qui donnait vue sur Louis, *l'autre Louis*, le banquier, Gaëtan, Paul et John, tout en nous isolant d'eux.

– Je les veux tous, murmurai-je.
– Il faut choisir.
– Non...
– Je vais pisser, je reviens, trancha-t-il, décidé à ne pas entrer dans un débat stérile avec moi.

Mon cocktail de l'été condensait à grosses gouttes. L'une d'elles tomba au fond de mon décolleté. Je l'essuyai et en profitai pour en accentuer la profondeur. Une carrure large et haute, de plus de 1,90 m se posta devant moi.

– Tu te touches les seins ?
– Toujours. Surtout en public.

Un rire grave sortit de la carrure.

– Vous êtes qui ? demandai-je.
– Thomas.
– Salut, Thomas.
– Et toi ?
– Alexandra.

Je lui tendis ma main mouillée et glacée.

– Bonsoir, Alexandra. Je t'offre un verre ?

Je bus d'une traite les 15 cl qu'il restait de mon cocktail de l'été.

– Oui, j'ai soif.

La grande carrure de Thomas nous fraya un chemin jusqu'au bar. Il portait un bomber en toile légère de couleur kaki qu'il n'avait pas déposé au vestiaire. J'en déduisis qu'il le trouvait stylé, ou qu'il ne voulait tout simplement pas révéler les bras faibles que son T-shirt délavé risquait d'exposer. Le bonnet en maille noire vissé sur le dessus de sa tête confirmait qu'il accordait de l'importance à son look, et finit de me convaincre qu'il devait trouver son bomber stylé. *Ou peut-être que...* Thomas semblait avoir une bonne quarantaine d'années, *peut-être voulait-il simplement dissimuler une calvitie naissante ?* Il était trop tôt pour trancher.

– Tu prends quoi ?
– Un old fashioned avec du rhum.

Il commanda un old fashioned avec du rhum pour moi, et un old fashioned classique pour lui auprès de Louis qui ne daigna pas échanger le moindre mot, pas le moindre regard avec nous, pas même après avoir violemment claqué nos verres sur le comptoir. Thomas ne remarqua rien. Ses yeux jaunes fixaient mes lèvres entrouvertes. Les siennes étaient inexistantes, dissimulées sous une épaisse barbe cendrée, rehaussée d'un bouc blanc. Je devinais pourtant des traits virils et une carcasse qui avait vécu sous ses oripeaux. Thomas dégageait un truc bestial, sans doute un peu crade, mais intensément sexuel. Le genre de mec auquel il était difficile de résister, quand bien même cela impliquait un dépistage complet huit semaines plus tard. Je le voulais aussi. Et il me voulait, lui aussi.

– C'est pas la première fois que je te vois ici, prétendit-il.
– Pourquoi t'es pas venu me parler avant ?
– Je suis timide, suggéra-t-il, sans même essayer d'avoir l'air crédible.
– Évidemment...

Thomas approcha son corps du mien et colla son bassin contre ma hanche. Il n'y avait plus grand monde autour du bar. Le banquier occupait la piste de danse avec ses copains. John venait de partir, avec ou sans la petite brune, je n'en savais rien, mais me posai la question. Thomas me parlait de son job, réalisateur de clips et films publicitaires. Je lui dis que j'aurais pu le deviner, bien que je l'aurais plutôt imaginé dans l'indie que dans la pub. Gaëtan nous interrompit pour me souhaiter une bonne fin de soirée. Je lui dis que c'était dommage que nous n'ayons pas pu parler ce soir-là... « La prochaine fois ! » Il répondit que c'était *toujours comme ça* – ce qui sonnait presque comme un reproche. « Tu viens demain ? » Il me dit qu'il ne savait pas, mais je savais qu'il viendrait. Il venait toujours. Je pensai que rien ne pressait, qu'il serait bien temps de régler cette histoire le lendemain. Thomas me demanda ce que je faisais dans la vie. Je lui proposai de deviner. Il pensait que je bossais dans la mode.

– J'ai vraiment une gueule à bosser dans la mode ? Et à boire des mojitos, tant qu'on y est !

Ma réplique amusa *l'autre Louis*. Je n'avais pas remarqué qu'il nous écoutait. Thomas insista. Je lui avouai que j'étais étudiante en droit. Il dit que j'étais trop belle pour faire un truc si chiant. C'était sans doute vrai.

– Mais c'est excitant, dit-il après un bref instant de réflexion, ou de malaise – difficile à dire.
– D'étudier le droit ?
– De fracasser une étudiante en droit.

Percutant. Il me fallait quelques secondes pour reprendre mes esprits.

– Me fracasser où ?
– Partout, renchérit-il avec assurance, avant de préciser un peu plus confusément... Contre le mur, le sol, le canapé...
– Même pas le lit ? Tu es créatif, dis-moi ! lançai-je, dans un éclat de rire.
– Tu m'excites quand tu ris.
– Je ris tout le temps.
– Alors tu m'excites tout le temps. Viens chez moi.
– Il est encore tôt, non ?
– On s'en fout, je te veux.
– Hum... Je dois passer aux toilettes. Je reviens.

Il m'attrapa le poignet avant que je ne m'échappe. Il glissa son index sur la paume de ma main et me regarda intensément.

– Reviens vite, OK ?

J'acquiesçai et me lançai à la recherche de Joseph. Il m'intercepta à l'angle de la salle.

– On bouge ! ordonnai-je.
– Mais je croyais que tu le voulais !
– Je les veux tous.
– Il faut choisir.
– Non. Je les veux tous à mes pieds.

Nous avons monté les trois étages qui nous séparaient de la sortie en galopant, sauté dans le premier taxi qui passait devant le club et atterri dans un bar gay du Marais, où certains de nos amis faisaient la fête. L'ambiance était franche, mais nous étions déphasés. J'écrivis à Gaspard.

Alexandra :
Salut ! Tu es dehors ?

Je checkais les *stories* de mes contacts Instagram en buvant un mojito à l'eau. Un medley de Madonna passait – Madonna période *Hung up*, pas *American life*... J'aimais moins. Ricky me prit par la main et m'entraîna dans un tango déséquilibré. Ça m'amusa une minute. Mon téléphone, que j'avais confié à Joseph, s'alluma. Mon ami me fit signe de rappliquer.

Inconnu :
T'es où ? Je ne te trouve plus.

J'habite porte des Lilas, rejoins-moi.

Je vais te baiser à mort.

Merde. Thomas avait réussi à récupérer mon numéro. Ou peut-être le lui avais-je donné, enivrée par le old fashioned au rhum ? Je n'en étais pas certaine.

Thomas :
Te défoncer la chatte.

Enfoncer ma grosse bite dans ton cul.

Gaspard :
Non ! Je suis à Los Angeles.

Comme d'habitude. On verrait ça le lendemain.

Thomas :
Te faire crier jusqu'à ce que les voisins appellent les flics.

Alexandra :
Tu crois pouvoir faire ça ?

Thomas :
Viens. Je vais te montrer.

Je tapai beaucoup sur mon clavier, avant de supprimer. Plusieurs fois de suite.

Thomas :
Tu rentreras chez toi en rampant.

Je supprimai la réponse confuse que j'étais en train de taper et fermai la conversation.

Thomas :
Je vais te lécher et te faire jouir grave.

Alexandra :
Grave ?

Thomas :
Plusieurs fois.

Gifler ton ptit cul.

Tu supplieras d'arrêter.

Bourrer ton trou avec ma langue épaisse.

Encore plus fort loin.

Bien dilaté. Enfoncer mes doigts bien profond dans ton cul.

Écraser tes étrons entre mes doigts.

Ma main pleine de merde.

Je vais me branler avec ta merde.

C'est toi qui va me branler.

T'en auras partout.

Je suis sûr que tu suces trop bien.

Je restais sans bouger devant l'écran qui affichait toujours plus de messages. Je ne pouvais rien répondre. Je ne voulais pas donner l'impression d'être coincée, ni blâmer Thomas pour ses fantasmes extravagants, et encore moins pour avoir le courage de les assumer. Je me considérais comme progressiste, après tout. Mais quand même... Je grimaçais.

Thomas :
Alors pretty ? Tu viens ?

Alexandra :
Intense haha. Je suis KO. Je vais dormir. On s'écrit demain ?

Thomas :
J'espère que je ne t'ai pas choquée.
C'était pas voulu.

Excuse-moi si je t'ai choquée.

Alexandra :
Non, il en faut un peu plus pour me choquer. C'est tranquille, ne t'inquiète pas.

Thomas :
Tu veux venir chez moi ?

Viens chez moi, je me ferai pardonner.

Excuse-moi, je ne voulais pas te mettre mal à l'aise.

Laisse-moi me faire pardonner.

Je supprimai la conversation et décidai de ne plus répondre. J'avais dit que j'étais KO. Thomas finirait par penser que je m'étais endormie et cesserait de m'écrire, à un moment ou un autre. Il aurait certainement un doute, mais il ne pourrait jamais prouver que j'avais menti, que je n'étais pas fatiguée, que je ne dormais pas déjà, que j'allais retourner au Silencio car le bar gay m'emmerdait, puisqu'il n'y avait pas de mec pour moi, alors que je pourrais être en train de faire du charme aux Louis. Du moins, à *l'autre Louis*, puisque je trouvais grâce auprès de Louis seulement une fois sur dix et que sa grossièreté préliminaire ne me laissait pas le moindre espoir d'échanger sereinement avec lui ce soir-là. Joseph en avait marre des mojitos à l'eau. Il était d'accord pour m'accompagner au Silencio pour boire un peu plus de cocktails de l'été. Nous sommes montés dans un taxi qui déposait un groupe de modeux. Retour à la case départ... Nous avons croisé Paul à l'entrée du club.

– Tu pars déjà ? lui demandai-je, soulagée de ne pas être arrivée quelques minutes plus tôt, lorsqu'il était encore en bas.
– Oui, c'est fini. Ils sont en train de tout ranger. Vous revenez ? demanda-t-il d'un air que je percevais comme suspicieux.
– Oui, on a oublié un truc au vestiaire ! Bon, je t'écris demain !
– Tu sais que tu ne le feras pas.

– Mais non ! Enfin, si. Pourquoi je ne le ferais pas ?

– Tu ne le fais jamais.

– Je te promets que je le ferai, dis-je en posant la main gauche sur ma poitrine.

– Tu ne le fais jamais, même quand tu promets.

– Cette fois, je le ferai. Je programme même mon alarme pour ne pas oublier, regarde !

Le sourire habituellement mielleux de Paul était amer. Il semblait réellement, profondément, agacé. Je pouvais admettre que j'avais sans doute – peut-être – un peu abusé de sa patience... Mais ce n'était tout de même pas une raison pour être si désagréable... Ou peut-être n'était-ce pas moi le problème ? Peut-être était-il tout simplement bourré ? *Bon, on verrait ça le lendemain.* Joseph et moi avons descendu les trois étages qui nous séparaient des alcôves dorées du Silencio avec une aisance rare, au regard de l'heure qu'il était. Sans doute les mojitos à l'eau nous avaient-ils permis de cuver le rhum ingurgité plus tôt. Nous nous sommes dirigés vers le bar. Paul avait raison. Le club était vide... mais pas assez. Dans un coin de la pièce, demeurait la grande carcasse de Thomas. Elle me faisait face, impassible. *Que faire ? Sourire ? Faire un signe ? Ignorer ?* L'ignorer était la solution la plus confortable. Ce fut donc celle pour laquelle j'optai. Je commandai un énième cocktail de l'été auprès de *l'autre Louis*, sur lequel je prétendais concentrer toute mon attention, mais je ne pouvais pas m'empêcher de loucher discrètement vers Thomas. Toujours là, toujours pas porte des Lilas. Retenu par quelqu'un – quelqu'un avec qui il discutait. Une fille. Je la reconnus. La petite brune de John.

– Quel crevard ! m'indignai-je auprès de Joseph.

– Tu lui as dit non... Il passe à autre chose. C'est normal.

Non. Ce n'était pas normal d'être crevard et inconstant de la sorte. De passer de moi à une autre en quelques minutes. En une course de taxi. Qui change d'avis en une course de taxi ? Ce n'était pas normal de ne pas essayer de me convaincre davantage de céder. Et qu'aurait-il fait si j'avais dit que oui, j'acceptais de le rejoindre chez lui ? Si j'avais dit que j'arrivais, que j'étais déjà en route ? « Attends, j'expédie la petite brune de John et j'arrive »... C'est ça, qu'il aurait dit ? D'ailleurs, je n'avais pas dit « non ». Je n'avais juste pas répondu. Donc non, ce n'était pas normal de draguer une autre devant mes yeux, après m'avoir effrontément draguée quelques minutes plus tôt – moi ! –, avant elle. De draguer l'autre et de faire comme s'il ne me connaissait pas, comme si je n'existais même pas, alors que je n'avais pas dit « non », que je n'avais juste pas répondu à ses messages de merde. Pas un signe. Pas un geste. Pire : pas une excuse. Non, ce n'était pas normal qu'il ne vienne pas s'excuser pour ses messages de merde. En face. C'est trop facile, de prétendre être désolé par message et de ne pas s'excuser en face. Il était là, devant moi, avec la petite brune de John, et non, il n'avait pas du tout, mais alors pas du tout l'air désolé... Non, non, non, ce n'était pas normal de passer si vite à autre chose, de... Mon cocktail de l'été était servi par l'autre Louis. *Bref, on verrait ça le lendemain.*

Mike

La fumée de tabac serpentait sur la fibre rêche de sa crinière charbonneuse et parfumait ma longue queue de cheval ombrée. Il brûlait son éternelle clope dans le fumoir enchanteur du Silencio en me guettant, comme souvent. Je m'accoudai au bar et commandai un Coca zéro pour espérer faire chuter mon taux d'alcoolémie – un de ses potes avait essayé de m'allumer au bourbon la nuit d'avant... Le pote s'était grillé et avait fini par me rendre malade.

Il tira à fond sur sa cigarette, la jeta par terre, puis se faufila près de moi.

– Comment tu t'appelles ?

La voix était profonde et assurée. Le barman me servit un verre, à côté d'une bouteille de Coca. Je repoussai le verre. Il attrapa la bouteille avant que j'aie le temps de la porter à mes lèvres, et lut l'étiquette. *Share a coke zero with Star*, était-il écrit.

– Ça te va bien.

Comment obtient-on son prénom sur une bouteille de Coca ? Je n'en ai pas la moindre idée. Cela n'avait d'ailleurs pas beaucoup d'importance. J'avais désormais un nom, une existence à ses yeux.

– Et toi, tu t'appelles comment ?
– Stress, a-t-il répondu, après quelques secondes de réflexion.

– Salut Stress.
– Bye Star.

Et il s'est volatilisé, comme ça, en un clin d'œil. J'ai compris, par la suite, que c'était son truc de tourner le dos et de se volatiliser comme ça, en un clin d'œil, pour conclure nos échanges avant même qu'ils ne débutent vraiment. C'était son truc et même si cette habitude me frustrait... J'aurais voulu qu'il se passe quelque chose de plus significatif, plus souvent – quelque chose qu'il ne fuirait pas... Je dois avouer que j'y trouvais une dimension romanesque qui ne me déplaisait pas. C'était ainsi, il y avait des hommes qui étaient en grâce auprès de moi, peu importe ce qu'ils faisaient ou ne faisaient pas, d'ailleurs – et d'autres qui ne le seraient jamais, peu importe ce qu'ils faisaient pour me plaire... Et Stress était certainement en grâce auprès de moi, parce qu'il faisait tout pour donner l'impression de ne rien faire pour me plaire.

*

Il apparaissait toujours lorsque j'étais seule, quelque part dans les couloirs du Silencio. Sans doute avais-je pris l'habitude d'errer seule entre le bar et le fumoir, dans l'espoir qu'il apparaisse. Je voulais qu'il apparaisse. « Je vais faire un tour », annonçai-je à Mathieu et Joseph, pour m'isoler d'eux. Je me calai contre un mur, dans l'ombre, et pianotai sur le clavier de mon téléphone. Sa main se posa sur ma hanche. Il se glissa derrière moi et murmura :

– C'est ton mec ?

Je compris qu'il parlait de celui à qui j'écrivais, un minable dont j'ai oublié le prénom et à qui je prenais la peine de répondre seulement pour paraître occupée. Je voulais penser que Stress était le genre d'hommes qui ne s'intéresse qu'aux grands sentiments, pas aux petites émotions, surtout pas aux petites émotions avec des minables.

– Je ne l'aime pas.

Je tournai la tête pour capter son regard. Il me regardait droit, sans ciller.

– C'est ton problème.

Et il disparut. Stress disparaissait toujours.

*

Le dernier soir – c'était le treizième soir que nous nous croisions et nous fuyions –, j'avais bu beaucoup de téquila et osai m'approcher de lui au fumoir. Il portait un blazer noir et une chemise blanche déboutonnée dans les limites du raisonnable. J'étais habillée comme une étudiante qui s'était levée à 8 heures du matin – chemise en jean boutonnée jusqu'au col, short en cuir presque dissimulé par un long pull en maille violet, des collants opaques qui se confondaient avec des boots noires à lacets.

– Je peux te regarder fumer ta clope ?

Il sourit en coin. Je supposai que cela voulait dire oui. Je le regardais attentivement, sans mot dire – je ne savais pas quoi dire. Chacun des traits de son visage était imparfait. Son front était trop grand, son implantation capillaire trop haute, ses yeux tombants, ses lèvres très fines, son nez cabossé. Mais l'asymétrie parfaite de son visage anéantissait toutes les théories du nombre d'or, de la retouche, du filtre et autres conneries valorisant une beauté mesurée, stérile. La sienne était stupéfiante. Son charme, poreux, magnétique. J'avais envie de le toucher... Mais son pote intervint. Le même qui avait tenté de me saouler au bourbon et m'écrivait désormais des absurdités tous les soirs sur Instagram.

– Tu connais Mike ? interrogea le pote devant le principal intéressé.
– Mike, ça te va bien, commentai-je.

Mike sourit à peine, toujours dans le même coin – le gauche, il me semble.

– Je connais seulement Stress et encore, pas vraiment – seulement quelquefois, à des heures tardives et après quelques verres de trop.

– Elle est belle, non ? demanda le pote à Mike.

– Ouais. On bouge ?

Je ne savais pas où nous devions bouger, mais cela importait peu. Je voulais Mike et l'aurais suivi jusqu'au huitième cercle des Enfers, si c'était là qu'il avait décidé de m'emmener. Il avança vers la sortie. Je marchais derrière lui, sans le quitter du regard, comme si j'avais peur qu'il disparaisse, comme d'habitude, en un clin d'œil. Joseph m'attrapa par le bras. J'avais oublié Joseph.

– Tu fous quoi ?

– On bouge, répétai-je.

– C'est qui, *on* ?

Il regarda le pote, puis Mike, et sans réfléchir plus longtemps, se greffa à notre trio, prêt à nous accompagner où Mike le déciderait.

Nous nous sommes serrés tous les quatre dans un Uber et avons traversé le centre de Paris. La nuit était étrangement calme. Je ne crois pas que nous ayons croisé une seule autre voiture, pas une seule autre personne non plus. Les rues étaient complètement vides et noyées dans une lumière voilée. Notre voiture indiquait qu'il était un peu plus de 2 h 30. Je pensais qu'il était plus tard, que ce n'était peut-être pas la bonne heure, mais au fond, peu importait – j'étais dans le vague, bercée par les vibrations du véhicule qui ne faisait pas le moindre bruit – ou à peine, lorsqu'il démarrait. La voiture se gara finalement place des Vosges, devant l'un des numéros impairs de l'interminable façade de briques rouges. Mike se précipita sous les arcades et disparut derrière une lourde porte cochère.

– Tu viens ?

Je vins. Joseph et le pote qui voulait me saouler au bourbon étaient comme des ombres que je percevais à peine, mais qui continuaient de nous suivre. Nous avons monté les étages d'un escalier en pierre claire jusqu'à une porte en bois brut. Mike l'a ouverte pour nous offrir l'accès à son sanctuaire. L'espace était élégant et neutre. Les murs étaient blancs et sans aucun ornement – aucune fresque, aucun tableau, aucune photographie, si ce n'était un tout petit cadre avec des photos de famille, caché dans une pièce qui servait de dressing à sa garde-robe dichrome. Les quelques livres et bibelots – des horloges astronomiques dorées, en état de marche – qui décoraient la bibliothèque du salon ne révélaient rien de sa nature profonde. Même chez lui, Mike demeurait impénétrable.

Il mit de la musique – une succession de sons au rythme lent que je ne connaissais pas. Je m'installai dans un canapé en cuir noir, sous un grand lustre doré. Je remarquai un vase contenant des plumes de paon et un autre avec des épis de blé. Je pensai que ça lui correspondait bien, les plumes de paon. Il nous proposa de la liqueur – de la Chartreuse. Je n'en avais jamais goûté. Il s'assit à côté de moi et me tendit un verre. Ça sentait la menthe, mais avait davantage un goût de gingembre et de poivre. Frais, mais épicé. Il approcha son corps du mien, glissa délicatement sa main sous mon pull et, de ses doigts virtuoses, commença à jouer des gammes sur mes côtes. Ma peau était moite. J'avais des frissons. Je buvais plus, plus vite, pour essayer de me détendre. Mon dos dégoulinait de sueurs froides. C'était la première fois que ça m'arrivait. Il déplaça sa main et la posa fermement sur ma cuisse. Elle était glacée, mais la sensation était étrangement chaude.

– Tu ne veux pas enlever tes collants ?
– Tu peux les déchirer, proposai-je.

Il me regarda, perplexe.

– T'es sûre ?
– Oui, puisque je te le demande.

Le visage de Mike s'éveilla. Il planta un ongle rongé, incisif, dans la fibre qui filait depuis l'intérieur du genou jusqu'à mon entrejambe.

– Encore, réclamai-je.

Mike s'y prit à deux mains pour trouer, lacérer, exploser mes collants. La rupture de la fibre provoquait une sensation délicieuse qui enveloppait tout mon corps de plaisir.

– J'en ai un deuxième, annonçai-je, une fois ma chair totalement libérée de la première paire.

Je pris mon sac et me dirigeai vers la salle de bains. Mike m'y accompagna. Il me demanda si *ça allait*. Il m'embrassa furtivement contre le meuble du lavabo. Ses lèvres étaient froides et sans goût, pas même celui de la Chartreuse dont nous avions pourtant bu plusieurs verres. Il mordillait ma lèvre inférieure – la plus épaisse –, lorsque l'ombre de son pote apparut dans l'encadrement de la porte.

– J'arrive, dit-il, avant de suivre l'ombre vers le séjour.

Je les rejoignis quelques minutes plus tard avec des collants tout neufs. Mike les réduisit en lambeaux en quelques secondes. Il glissa sa main glacée sous mon pull et dégrafa mon soutien-gorge, promena ses doigts sur ma poitrine. Mon pouls battait vite. Il m'embrassa, les lèvres, le cou. Je passais ma main dans ses cheveux rêches.

– Mords-moi, chuchotai-je.

Il me dévisagea, essayant de capter la moindre de mes expressions – la plus faible contraction d'un muscle facial ou le clignement de cils le plus discret qui puisse être –, pour comprendre si j'étais sérieuse ou si je plaisantais. Il parut alors très grave, comme s'il avait le pouvoir de me vampiriser.

– T'es sûre que c'est ce que tu veux ?
– Allez ! Mords-moi !

Ses lèvres acérées chargèrent mon cou. Il planta ses dents diamantines au niveau de ma carotide – plusieurs fois, entre deux baisers. La peau se perça. Le sang coula de ma gorge. Il était écarlate et sans doute un peu salé. Mike en aspira quelques gouttes. Il le laissa imprégner ses papilles, puis le cracha dans sa main. Je léchai le mélange de mon sang et de sa salive. Nous nous regardions dans les yeux. Je crois qu'il bandait. Les ombres à côté de nous s'agitaient. Il mordilla ma peau fine pour que davantage de sang s'écoule des incisions que ses dents avaient taillées. Mon cou était tout engourdi. Il se leva et m'attira vers la chambre d'à côté. Il s'étendit sur le lit et somnola dans mes bras. Le jour commençait à se lever et la pièce était baignée d'une lumière rose. Je remarquai qu'il avait de longs cils noirs et même un visage d'enfant, lorsqu'il se reposait. C'était émouvant de le voir ainsi – complément détendu et vulnérable. Je ne résistai pas à l'envie de l'embrasser une nouvelle fois et me retrouvai sur lui, qui palpait mes seins sous mon gros pull en laine.

– Cambre-toi un peu plus ! ordonna une voix nasillarde depuis l'entrée de la pièce.

Je me redressai brusquement. Le pote nous matait. Joseph déboula dans la chambre. Il paraissait contrarié.

– Allez, on rentre maintenant. C'est trop malsain ici.
– T'exagères, pondérai-je.
– Tu fais n'importe quoi, poursuivit-il avec autorité.

Je jetai un coup d'œil en direction de Mike. Il était tombé de fatigue. Plus rien ne me retenait. Je concédai qu'il était temps que chacun rentre chez soi. Le pote essaya de nous convaincre de rester. J'étirai mon cou endolori par les hématomes qui commençaient à se dessiner sur ma peau et demandai à Joseph de ramasser mes affaires pendant que j'enfilais mes boots. Il m'aida, en soufflant, pestant, me pressant, de crainte que je décide de rester plus longtemps.

– Allez, on rigole, argumenta le pote.
– Je rigole la nuit, pas le jour. Le jour, je suis sérieuse.

Le pote essaya de nous retenir jusqu'à ce que nous soyons dans les parties communes de l'immeuble. Joseph et moi avons descendu les escaliers en pierre claire au rythme des klaxons du chauffeur qui nous attendait déjà en bas. Je pensai très brièvement qu'il risquait de réveiller Mike, puis me corrigeai : *Ce n'était pas mon problème.*

– Ah ben, enfin ! C'est vous qui m'avez annulé plusieurs fois ! nous reprocha le chauffeur, à peine étions-nous installés dans son véhicule.
– Non, ce n'est pas nous, répondis-je sincèrement.
– Si, c'est nous, corrigea Joseph. Désolé du dérangement. On a eu plusieurs contretemps... Je t'ai demandé de partir au moins cinq fois avant que tu te décides à bouger...
– Ah bon ? J'ai pas capté, désolée.
– T'étais possédée. C'était n'importe quoi, les collants, le sang...
– Hum...

C'était l'heure du flash info du matin. Je n'écoutais pas. La voiture remontait la rue de Rivoli, déserte. Seuls quelques lève-tôt arpentaient le pavé pour se rendre sur leur lieu de travail. Je calculai que j'avais cours à 11 heures – *dans moins de quatre heures, donc.* Je réalisai que je n'allais pas avoir le temps de dormir, puisqu'il me faudrait cacher les marques que je sentais sur mon cou, que j'avais un devoir à relire, et qu'il fallait même que je reprenne la dernière partie de ma dissertation de droit européen. *Il faudrait être bien organisée.* D'abord cacher les marques sur le cou, puis bosser les devoirs. *Au pire, je pourrais relire les devoirs dans le métro et les imprimer à la fac.* Je reprenais peu à peu mes esprits... Joseph avait raison, Mike m'avait fait perdre la tête. Je ne devais pas me laisser attendrir par ses longs cils et son visage d'enfant. La dernière chose dont j'avais besoin, c'était de me faire carboniser le cœur par un homme plus dangereux que je ne l'étais.

– Oh merde, la tête que j'ai ! Je ne ressemble plus à rien ! m'exclamai-je après avoir capté mon reflet dans le rétroviseur de la voiture.

J'avais le teint pâle, tendance olivâtre, mais je ressemblais exactement à ce que j'étais – une fille qui n'avait pas dormi depuis plus de vingt-quatre heures, une fille qui mettait son corps en souffrance. Il y avait encore un peu de sang humide sur mon cou. J'en prélevai une goutte avec mon index, puis l'appliquai sur mes lèvres, en prenant soin de bien étendre le rouge sur ma bouche. *C'est mieux comme ça*, je pensai.

Tommy

J'avais perdu ma voix. Dès que j'essayais de m'exprimer en public, celle-ci déraillait désastreusement sur les premiers mots que je prononçais, avant de s'éteindre définitivement. Ma bouche continuait d'articuler dans le vide, mais plus aucun son n'en sortait. Toute l'assemblée de mon cours de relations internationales me regardait, stupéfaite. Je ne pouvais pas exprimer une idée. Pas une seule. Pas même une courte. J'en avais pourtant beaucoup ! Environ trois pages à exposer. C'était douloureux. Il me fallait trouver une solution. Je m'en remis spontanément à Internet. Les résultats de ma recherche Google me conseillaient de débuter une thérapie par l'hypnose. Un remède à la mode qui semblait pouvoir venir à bout de toutes les phobies, vaincre toutes les addictions, soigner toutes les douleurs et même, m'aider à retrouver ma voix. Magique.

– T'as vraiment des idées bizarres, dit Joseph, lorsque je l'informai de ma volonté de soigner ma voix par l'hypnose.

– Non, c'est juste qu'elle se fait chier. Ça m'intéresse aussi, d'ailleurs, qui est l'hypnotiseur ? renchérit Mathieu.

– Je n'ai pas encore trouvé, t'as un contact ?

– Aucun.

Pas grave. Internet m'offrait un catalogue de tous les hypnothérapeutes de Paris et ses environs. Je lançai une recherche par localisation. Le 16e arrondissement était plus pratique, puisque j'y habitais. Il y avait beaucoup de choix.

– T'es tarée, prévint Joseph. Tu vas te faire violer par un vieux pervers et tu ne t'en souviendras même pas, puisque tu auras été hypnotisée !

Perspicace, mon ami. Je filtrai les résultats de ma recherche sur la base de critères esthétiques, à la recherche d'un hypnotiseur plutôt jeune et mignon, un qui serait moins désagréable qu'un vieux dégueulasse. Un seul hypnotiseur jeune et mignon dans tout Paris, à Bonne-Nouvelle. C'était commode, le bus 38 m'y conduisait en vingt minutes depuis la fac. Le thérapeute s'appelait Tommy. Cheveux blonds bouclés, lèvres fines, yeux clairs. Beaucoup de disponibilités. Le rendez-vous était fixé deux jours plus tard.

*

Le cabinet en souplex était paisible, éclairé par une lumière chaude, artificielle, qui adoucissait les contours des murs de brique beige. Tommy était à l'heure. Il était très grand, mais sa carcasse longiligne ne dégageait aucune énergie. Rien de positif, rien de négatif non plus – rien. Apathique et poli, Tommy me dirigea vers un fauteuil blanc, situé au centre de la pièce principale de son cabinet. Il s'assit dans un autre, tout à fait identique, en face de moi. Je portais une jupe courte et cette disposition m'était assez inconfortable. Pas de table entre lui et moi, sous laquelle j'aurais pu cacher mes jambes. *Jambes croisées ? Parallèles ? Sur le côté ? Genoux serrés ?* J'ai toujours eu du mal à imaginer la vue que les autres ont de moi et à déterminer quelle position adopter pour ne pas paraître trop suggestive. Tommy sentit que j'étais préoccupée. Il proposa de nous mettre debout pour que je puisse me laisser aller plus facilement. Pour être plus *tranquille*, dit-il. La séance d'hypnose allait se faire *tranquillement* dans cette position. Debout, les pieds raisonnablement écartés, épaules et genoux relâchés.

– Laisse tout ce que tu as vécu aujourd'hui pour être vraiment, pleinement, ici...

Tommy se tenait face à moi. Il posa sa main sur mon ventre. Je serrai les dents. Il recula un peu.

– Relâche tes hanches... Porte ton attention sur ton ventre... Tu sens que tu respires... Ton ventre se gonfle quand tu inspires, il se dégonfle quand tu expires...

Passé le blocage culturel et physiologique du ventre gonflé, je commençai à me sentir bien. Tommy me demanda de porter mon attention sur mon corps, sur les sensations qu'il me procurait.

– Naturellement, ton corps oscille d'avant en arrière, ça se fait tout seul... Tu le sens ?

J'acquiesçai en hochant la tête. C'était agréable. Le son de sa voix était velouté. Je me laissais bercer.

– Imagine une bille aimantée devant ta poitrine... Elle t'attire vers l'avant... Laisse ton corps être *tranquillement* attiré vers l'avant, vers cette bille...

La bille m'attirait vers lui... *J'allais lui tomber dans les bras ! Et puis, pourquoi pas, après tout...*

– Écoute ton mouvement intérieur... Porte attention à ta conscience... Goûte cet état... Le calme... Cette *tranquillité*... Voilà. Ça va ?

La séance prit fin trop rapidement à mon goût. Tommy m'avait fait du bien. Je planifiai un prochain rendez-vous et quittai *tranquillement* le cabinet.

*

Je revins une semaine plus tard. L'approche de Tommy fut beaucoup plus intrusive que lors du premier rendez-vous. Il posa beaucoup de questions qui me mirent mal à l'aise. Je n'avais pas l'habitude de parler de mon intimité à des étrangers. Et puis, je méprisais l'idée de payer un thérapeute pour exposer mes problèmes. Je ne voulais pas faire partie de ces gens qui passent leur vie à parler d'eux-mêmes et qui n'en ont jamais assez, au point de devoir payer pour élargir leur audience. Sans pouvoir l'expliquer, le malaise que générait cet échange me fit fondre en larmes. Je sanglotai violemment. Tommy me tendit un mouchoir. Il se voulait rassurant, mais je voyais qu'il était troublé, qu'il n'avait pas l'habitude de faire pleurer les filles. Je partis sans prévoir de nouveau rendez-vous, décidée à ne plus poursuivre cette thérapie. Mais Tommy m'avait fait pleurer, et il se sentait désormais trop concerné pour me laisser régler mon problème de voix par moi-même. Quelques semaines plus tard, je reçus un message de sa part :

Tommy :
Bonjour Alexandra, comment vas-tu suite
à la dernière séance ? Veux-tu qu'on prévoie
un autre rendez-vous ? Bonne journée, T.

Je lui répondis en lui disant comment j'allais, réellement. *J'étais épuisée par mon emploi du temps et mes examens et je voulais prendre du temps pour moi, et c'était malheureusement impossible car j'avais trop à faire, et oui j'avais vraiment trop à faire, parfois je me demandais pourquoi je voulais toujours tant en faire, trop en faire, mais bon, ça devrait s'arranger prochainement – du moins, je l'espérais*. Il compatissait. Je ne savais pas quoi répondre, mais j'avais envie de poursuivre l'échange. Je lui demandai donc comment il allait, lui aussi. S'ensuivit une conversation ininterrompue de quatre jours dans laquelle Tommy se dévoila en surface. Il m'expliqua être un jeune prodige passé par Sciences Po, avoir intégré la Cour des comptes à l'âge de vingt-trois ans, et décidé de tout quitter six mois plus tard pour cause de *burn-out*. À vingt-quatre ans, il se reconvertit dans la thérapie par hypnose pour aider les autres à s'éveiller, à vivre pleinement, *tranquillement*, l'éveil spirituel qu'il avait lui-même eu la chance de connaître. Nous sommes ensuite passés aux appels téléphoniques tard dans la nuit. Tommy se raconta alors sur le plan personnel. Il m'expliqua être abstinent depuis plusieurs mois, depuis une rupture douloureuse avec une fille qui l'avait traité de « pervers narcissique ». Je lui demandai si sa position sur l'abstinence était irrévocable. Il finit par vriller et se palucher le membre au son de ma voix, une première fois, puis une seconde – au petit matin, juste avant que nous ne raccrochions.

– T'as fini ? C'est possible ? Juste avec des mots..., m'étonnai-je.

Il m'assura que oui, c'était tout à fait possible, mais que c'était surtout parce qu'il avait ressenti une *petite étincelle* entre nous, lors de notre dernière séance de thérapie. Je répondis que je n'avais pas eu ce sentiment, que j'étais plutôt sortie de cette séance en pensant qu'il était gay. Il assura vouloir me *baiser bien fort* pour me prouver qu'il était un vrai bonhomme et qu'il n'était pas du tout, mais alors pas du tout gay. Le projet de fornication de Tommy fut toutefois différé, puisqu'il s'apprêtait à partir en retraite spirituelle Vipassana pour méditer dix heures par jour, coupé de toute forme de relation humaine. Il interrompit notre échange épistolaire lorsqu'il arriva au centre de méditation et me conseilla, dans l'attente de son retour, de lire Matthieu Ricard, qu'il admirait particulièrement. Je me demandai si cette période d'introspection le ferait m'oublier. *Peut-être allait-il devenir un homme nouveau, purgé de tout intérêt pour mon corps ?*

*

Bien sûr, non. Tommy ne m'avait pas oubliée. Il avait même trop souvent pensé à moi. À moi, et à toutes les positions qu'il voulait tester avec moi. C'est du moins ce qu'il me dit au téléphone, dix secondes après que ses maîtres spirituels lui avaient rendu son bien, subtilisé et gardé en otage depuis le début de la retraite.

Dans la foulée, Tommy me proposa d'arrêter notre thérapie et de nous rencontrer en tant qu'homme et femme, plutôt que thérapeute et patient, puisqu'il était *évident* que j'avais *fait un transfert et que poursuivre le traitement ne serait pas productif*. Je le trouvai tout à coup très présomptueux. Je ne dis pas ce que j'en pensais – à savoir que ce n'était pas moi, mais lui qui avait fait un transfert –, et acceptai le rendez-vous, en espérant toutefois qu'il ne me parlerait pas de cette bouse de Matthieu Ricard.

*

Café Saint-Placide, 15 h 45. J'avais quinze minutes d'avance sur l'heure de rendez-vous fixée, et peut-être vingt ou trente minutes d'attente en perspective si Tommy n'était pas du genre ponctuel. J'essayais de relire *La Confession d'un enfant du siècle* de Musset, mais j'étais distraite par le doctorant assis à la table d'à côté qui discutait avec celui qui semblait être son directeur de thèse et s'interrompait régulièrement pour me regarder. Le directeur de thèse décida de s'absenter quelques instants pour fumer une cigarette. En se levant, il me dit :

– Mademoiselle, accordez-lui un peu d'attention, ou il n'arrivera jamais à se concentrer !

Le doctorant était beau. Yeux foncés, mal rasé, cheveux ébouriffés et sourcils épais. Il dit étudier à Diderot, en sciences sociales. Il s'assit à côté de moi sur la banquette. Discussion intense, mais fluide. Nous étions en phase.

– Et alors, que fais-tu, seule, dans un café, en milieu d'après-midi – à part boire du vin et lire Musset ? Très bon livre, d'ailleurs.
– C'est l'un de mes préférés. J'attends mon thérapeute... Enfin, non, il n'est plus mon thérapeute, mais il l'était encore jusqu'à très récemment.
– Un *date* ?
– Je ne sais pas. Je ne crois pas qu'il me plaise vraiment. Il est trop... prétentieux ! Avec ses trucs de bouddhisme, de méditation, de bien-être... de transfert...
– L'horreur... C'est pas du tout mon truc...
– À moi non plus ! En fait, je crois que je suis là par curiosité...
– C'est tout ?

– Si je peux ridiculiser un peu ses croyances et le remettre sur le droit chemin du vice, c'est bien aussi... Ah ! Et abolir sa passion pour Matthieu Ricard...

– Et détruire sa vie, accessoirement, poursuivit-il.

Nous avons éclaté de rire dans un élan de complicité peu commun pour deux inconnus. Il me laissa son numéro juste avant que nous ne soyons interrompus par Tommy, qui venait de passer la porte du café. Tommy se rabaissa à serrer la main du doctorant, puis :

– Tu bois du vin ? En plein après-midi ? accusa-t-il avant même d'être assis.

– Il est 16 heures. Je considère que boire du vin est acceptable... peut-être même recommandable à partir de 12 h 30.

– C'est qui, lui ?

– Un doctorant en sciences sociales.

– Ça ne te gêne pas de lui donner ton numéro alors qu'on a rendez-vous ensemble ?

– Tu étais en retard, je t'attendais... Et puis, on étudie tous les deux les sciences sociales.

– Je croyais que tu étais en droit.

– Je fais les deux.

– Ah oui, j'avais oublié. Mais vous n'avez pas parlé de sciences sociales là...

– Non, pas vraiment, avouai-je.

– Qu'est-ce qu'il t'a dit ?

– Qu'il aimait Musset, lui aussi.

– Je déteste Musset. Ce livre... Je me suis arrêté à la première partie. Il est navrant, déprimant.

– Ce livre est romantique ! m'exclamai-je.

– Ça commence mal entre nous, me cingla-t-il.

Une vingtaine de minutes plus tard, le doctorant et son prof se levèrent et me saluèrent – ce qui n'arrangea rien avec Tommy. Il fulminait.

– Pourquoi t'es habillée comme ça ?

– Comment ?

– Avec cette jupe... Cette jupe... courte.
– Je m'habille toujours comme ça, d'ailleurs je suis venue à ton cabinet avec cette jupe.
– C'est pour me plaire ?
– Je m'habille toujours comme ça.
– Parce que ça ne me plaît pas. Ton maquillage non plus. Tu as un beau visage, tu ne devrais pas mettre de rouge à lèvres.
– Tu préfères les babos ?
– Les quoi ?
– Les babas cool, précisai-je.
– J'aime les filles simples, prétendit-il.
– Pourtant, c'est pas pour une fille simple que t'as sabordé ta retraite et ta déontologie.

Ce bref rendez-vous confirma que Tommy et moi n'avions aucun point commun. Pas les mêmes principes, pas le même humour. Pas les mêmes objectifs. Pas la même énergie. Je n'avais vu en lui qu'hypocrisie et contradictions. J'étais irritée par son petit air supérieur de celui qui a tout vu, tout connu – celui qui, par la spiritualité, s'est élevé au-dessus de la masse informe et repoussante de l'humanité dont je faisais partie. L'humanité en jupes courtes. Tommy se disait intègre, mais se projetait en Steve Jobs de la thérapie, buvant du kombucha en compagnie de Matthieu Ricard, et dealant son prochain best-seller avec les éditions de l'Observatoire. Tommy méprisait les êtres comme moi, dont l'esprit était pollué par la pop culture et la société de consommation, mais il se branlait en m'entendant lui murmurer des mensonges au téléphone. Tommy prônait l'amour et le bien-être tout en fantasmant sur la domination physique, sexuelle, à laquelle il voulait me soumettre. Tommy n'appréciait rien car tout lui semblait frivole, impur – et, paradoxalement, dénué d'intérêt. Il était évident, à l'issue de ce rendez-vous, que Tommy ne méritait pas que je lui accorde une seconde de plus de mon temps. Mais il avait titillé tellement de petites choses en moi qui ne demandaient qu'à être laissées tranquilles... Je ne pouvais pas le laisser s'en tirer si facilement.

Alexandra :
Salut ! Tu fais quoi aujourd'hui ?

Tommy :
Je prends le train. Je pars à Lyon.

Alexandra :
Oh non ! Je voulais te voir.

Tommy :
Viens à la gare ?

Je ne sais pas pourquoi je te demande ça...
Je sais que tu ne viendras pas.

Alexandra :
Quelle heure ?

Tommy :
Le train part à 16 h 53.

Alexandra :
Rendez-vous à 16 h 20, sous l'horloge.

16 h 35. J'avais fait exprès d'être en retard. Je fis semblant d'être désolée. Tommy me fixait durement, comme s'il voulait me frapper au visage. Mais non. Tommy se jeta à mes lèvres pour me caresser la langue. Je le laissai faire, et participai même à son émoi en me collant contre lui. Il bandait comme un malade. Je glissai ses mains sous mon T-shirt rentré dans la jupe qu'il n'aimait pas et lui laissai me palper les seins. Il pinça mes tétons très fort – trop fort. Il était ému. Il dit que c'était comme cela qu'il aimait notre relation. Il m'embrassa de nouveau, avant de passer le barrage de contrôle qui le séparait de son train.

Tommy :
C'était un moment de grâce.

On s'appelle ce soir ?

Alexandra :
Je ne peux pas ce soir, je sors avec mes potes !

Tommy :
Tu préfères sortir avec tes copains
que parler avec moi ?

Alexandra :
Tu aurais pu venir avec nous,
si tu n'étais pas parti...

Tommy :
Je peux revenir demain si tu le veux.

Pauvre garçon.

Alexandra :
Pas possible demain,
j'ai un TD à préparer.
On peut se voir jeudi prochain,
à 16 h 30, après mes cours.
OK pour toi ?

Tommy :
Pourquoi devrait-on attendre une
semaine pour se voir si on a envie de se voir ?

Parce que tu en as envie, mais pas moi.

Alexandra :
C'est pas une question d'envie.
C'est une grosse période en ce moment,
j'ai plein de devoirs à rendre.

Tommy :
C'est plus important que l'amour ?

L'amour ? Ahahahah.

Alexandra :
Ce n'est pas ce que je dis.
J'ai juste beaucoup à faire.
Tu peux comprendre ça ?

Tommy :
Je ne suis pas un idiot.
Je suis passé par là avant toi.
Les études, l'ambition, la réussite
professionnelle... Mais ce n'est
pas ça, la vie...

Pas selon Matthieu Ricard.

Alexandra :
Je peux t'appeler ?

Il ne répondit pas tout de suite. Je supposai qu'il préparait quelques arguments visant à m'accabler, avant de donner son feu vert. Je décidai d'interrompre sa réflexion en l'appelant sans attendre son autorisation. Il décrocha après trois ou quatre sonneries.

– C'est plus simple de vive voix. Écoute, on peut se revoir, bien sûr, mais je dois concilier nos rendez-vous avec mes études, prétendis-je.

– Mais c'est pas ça, la vie... Les études, le travail... Tu dois être plus éveillée, poursuivit-il.

– C'est peut-être pas « la » vie, mais c'est ma vie.

– J'ai envie de raccrocher là...

– Bon, c'est pas constructif par téléphone. On peut se voir jeudi, à 16 h 30, à Châtelet. Ça te convient ?, proposai-je.

– Mouais... Je préférerais avant.

– On pourrait... Je ne sais pas... Flâner sur les quais de Seine, par exemple ?

– Pour quoi faire ? Aucun intérêt, dit-il en soufflant.

– Aucun intérêt... Tu sonnes tout à coup très capitaliste.
– C'est toi la sale capitaliste de merde ! hurla-t-il.

Je lui raccrochai au nez. Pas parce que je prenais mal le fait d'être qualifiée de capitaliste. J'étais profondément, fondamentalement capitaliste. Mais pas *de merde*. *De merde* était injurieux. Tommy devait apprendre à se contrôler. Moi, je ne l'avais jamais traité de sale hypocrite *de merde*.

Tommy :
Je disais ça pour ton bien...
D'accord pour jeudi.

Et bien sûr, il prétendait savoir ce qui était bon pour moi... Il n'avait vraiment rien de bon dans le ventre, ce Tommy. Je n'avais aucune intention de le revoir, ni jeudi ni aucun autre jour, d'ailleurs. Pour autant, je ne voulais pas être celle qui tournerait le dos en premier. Je pensais préférable de le pousser à bout, jusqu'à ce qu'il ne veuille plus jamais entendre parler de moi. Une mauvaise habitude dont je n'arrivais pas à me défaire.

Alexandra :
Salut, j'ai un contretemps.
On peut reporter notre rendez-vous
de demain à samedi après-midi ?

Il répondit que cela ne lui posait pas de problème. Je réitérai l'opération en annulant le rendez-vous du samedi, la veille au soir. Il me proposa de nous voir le dimanche. Je lui dis que je préférais le mercredi après-midi. Il accepta sans broncher. J'annulai le rendez-vous du mercredi, puis le suivant. Tommy restait calme, *tranquille*, ce qui me surprenait. Comprenant que ces multiples annulations étaient tout juste suffisantes pour lui faire prendre de la distance, sans pour autant le détacher définitivement de moi, j'annulai le cinquième rendez-vous à la dernière minute, alors qu'il était déjà en chemin pour me voir, et le sixième, trente minutes après l'heure de rencontre fixée, quand il m'attendait déjà sur un banc à Saint-Germain-des-Prés... Et cette fois, ce fut la bonne ! Tommy n'en pouvait plus. Il me traita de tous les noms, me bloqua sur tous les supports de communication possibles, et disparut au Népal dans l'objectif de devenir moine bouddhiste. Enfin ! Débarrassée de lui. J'avais gagné.

Je sortis fêter cette petite victoire avec mes amis le soir même, au Salò, un club de la rue Montmartre sombre et sale où était vendu du mauvais alcool. À peine posée dans un coin avec mon verre de whisky, je remarquai une silhouette familière sous les néons bleus. Casquette vissée sur une cascade de cheveux bouclés, une veste en jean clair, des baskets blanches qui avaient vécu... Gaspard. Je ne l'avais pas revu depuis plusieurs semaines – peut-être des mois –, depuis qu'il était parti en tournée. Je balançai mes potes et lui les siens. Il avait pris de la MD et me touchait trop, mais pas assez à mon goût. Il dégageait une énergie à laquelle j'étais sensible, une énergie qui m'attirait comme un aimant et me donnait envie de me blottir contre lui. Je lui tombai dans les bras. Une fois de plus.

Gaspard

On veut toujours celui qui est loin, lorsqu'on n'aime personne véritablement. Et je dois l'avouer, j'ai toujours voulu Gaspard, surtout lorsqu'il était loin et que je pipeautais d'autres types.

Ma rencontre avec Gaspard, que je surnommais souvent *Gasp* et parfois *Gaspard de la nuit*, ressemblait à beaucoup d'autres. Je cuvais mon excès de bourbon de la veille au comptoir du bar du Silencio. C'était un soir de semaine, mais il y avait beaucoup de monde – beaucoup plus que d'habitude, sans doute en raison d'un événement. Une foule massive se pressait autour du bar, m'obligeant à patienter pour commander un verre. J'observais les personnes qui gravitaient autour de moi – des hommes, d'apparence plutôt jeune et agréable, du poil, de la barbe, du bonnet. L'un d'eux, à ma gauche depuis un laps de temps impossible à déterminer, décida de me parler.

– Salut... Tu bois quoi ? murmura-t-il.

Il avait des cheveux bouclés qui tombaient sous ses épaules, un visage long, bordé d'une barbe épaisse et des yeux verts un peu tombants. Il paraissait très calme, mais le rythme de sa voix le trahit – j'entendis qu'il lui avait fallu tout le courage du monde, et peut-être même plus, pour oser m'aborder.

– Je vais prendre un Coca, répondis-je, consciente qu'une deuxième soirée alcoolisée me serait trop difficile à encaisser.
– Un Coca ? Mais non, pas un Coca quand même, bafouilla-t-il.

Il semblait cogiter à plein tube pour trouver une réplique qui nous donnerait envie de poursuivre la conversation, sans pour autant passer pour le genre de mec voulant m'inciter à boire pour me baiser plus facilement. Je le laissai s'embourber un peu dans le malaise, jusqu'à ce que celui-ci ne devienne trop embarrassant pour moi aussi. Alors, je commençai à ricaner. Mon rire le fit se raidir, puis se figer comme un moai. Mais c'était un rire spontané, peut-être même complice, en réaction à une gêne partagée, et je vis apparaître, dans le fond de son œil tombant, une petite étincelle de joie.

– Comment tu t'appelles ? demandai-je pour renouer le dialogue, une fois que mon Coca fut servi.
– Gaspard.
– Gaspard... répétai-je.
– Et toi ?
– Moi, c'est Alexandra. Je vais rejoindre mes amis... On se voit plus tard ?

Il acquiesça. Je disparus dans la foule pour retrouver Mathieu et Joseph.

– Enfin ! On croyait que tu nous avais lâchés. Tu foutais quoi ? attaqua Joseph.
– Il y avait plein de monde au bar. C'était long pour commander.
– Bon, moi, je vous laisse... Je reviens après, annonça Mathieu.

Il se leva en chantonnant « perlimpinpin » – petit nom qu'il donnait à sa chère et tendre cocaïne. Je restai en tête-à-tête avec Joseph dans le coin bibliothèque du Silencio.

– Un mec est venu me parler, l'avertis-je. On risque de le recroiser.
– Je m'attends au pire, souffla-t-il, mimant l'exaspération.
– Franchement, ça va. Il a l'air cool. Et il n'est pas mal – physiquement, je veux dire.

– Mouais.
– Et timide. Enfin, pas du genre play-boy... Je crois. Il te plaira.
– Mouais.

J'avais quitté le bar depuis moins de dix minutes lorsque Gaspard passa devant nous. Il me sembla qu'il me cherchait – du moins qu'il cherchait quelqu'un. Je lui fis signe. Il s'approcha et s'installa près de moi. Joseph fit mine d'être occupé avec son téléphone.

– Tu viens souvent ici ? demanda-t-il.
– Beaucoup, beaucoup trop souvent. Et toi ?
– Pas trop, mais ça m'arrive.

Je souris. Il poursuivit :

– On peut échanger nos numéros et je te préviendrai la prochaine fois que je viendrai.

Plus efficace qu'une rencontre fortuite, pensai-je, même si j'aimais cela, les rencontres fortuites, surtout lorsqu'elles étaient attendues. Je lui dictai mon numéro avec enthousiasme, soulagée qu'il ne m'ait pas proposé de rencart officiel, dans un café ou un musée, comme c'était souvent le cas des hommes qui demandaient les numéros en soirée. Je préférais les rendez-vous informels, plus spontanés. J'enregistrai le sien. Je n'avais aucun autre Gaspard dans mon répertoire. J'aimais bien ce prénom.

– Et sinon, tu fais quoi, quand tu n'es pas ici ? poursuivit-il, plus détendu depuis que je lui avais offert un moyen de me contacter.
– La journée ? J'étudie...
– Tu étudies quoi ?
– Le droit et les sciences politiques... Un peu d'économie aussi, mais j'étudie l'économie à distance... Oui, c'est chiant, je sais ! anticipai-je, habituée aux expressions de surprise ou de déception qu'on me témoignait chaque fois que j'exposais la substance de ma vie quotidienne.

Gaspard rit dans sa barbe. Il avait de petites dents, bien alignées, couleur blanc cassé.

– *Et toi ?* abrégeai-je.
– Je fais de la musique.
– Quel type de musique ? demandai-je pour l'éloigner le plus possible du droit, des sciences politiques et de l'économie.
– De la musique électronique.
– C'est-à-dire ?
– Avec un clavier... Et un ordinateur... Ça fait de la musique.
– Mais c'est ton métier ou ton *hobby* ? insistai-je.
– C'est mon métier... Quand même...
– OK, cool.

Gaspard changea de sujet, peut-être parce qu'il sentait que la musique électronique avait aussi peu d'intérêt pour moi que le droit, les sciences politiques et l'économie en avaient pour lui.

– Vous voulez rester ici encore longtemps ?
– Je ne sais pas. C'est un peu nul, non ? dis-je alors que je ne trouvais pas la soirée nulle du tout.
– On peut faire un tour à côté, proposa-t-il.
– Au Social ? Je n'y suis jamais allée.
– Moi non plus, ajouta Joseph, sans même lever les yeux de l'écran de son téléphone.
– Vous voulez y aller ? Allez ! décida Gaspard en se levant.

Nous nous sommes rendus au Social. Trop de lumière, trop de monde, trop chaud. Je voulais partir. Je profitai que Gaspard était occupé à saluer un groupe d'amis pour m'évader. Une fois dehors, j'estimai que la dynamique de la soirée était cassée, qu'il n'y avait aucun intérêt à retourner au Silencio, qu'il était temps que je rentre chez moi. Gaspard me rattrapa juste avant que je monte dans un taxi. Il n'avait pas l'air heurté que je sois partie sans le prévenir et me proposa de l'accompagner au Baron. Je dis que *non, j'étais fatiguée, que j'allais rentrer chez moi*, mais suggérai que nous nous contactions rapidement pour nous revoir. Je dis cela par réflexe, parce que j'étais embarrassée de m'être fait attraper en train de fuir, mais je ne savais pas encore si j'aurais envie de le revoir, si je ferais l'effort de lui répondre, s'il deviendrait un autre mec du *Silencio* que je prendrais pour un imbécile, ou un peu mieux.

*

Gaspard m'écrivit dès le lendemain de notre rencontre pour me proposer de donner une deuxième chance au Social. J'hésitai un instant, puis déclinai, justifiant que mes partiels allaient bientôt commencer, prétextant devoir me reposer avant l'échéance. J'avais, en réalité, besoin d'être seule, sans personne à qui plaire – tout simplement seule, le temps d'une soirée. J'estimais également avoir trop pensé à lui, tout au long de la journée – la force tranquille qui imprégnait sa grande carcasse, la grande carcasse contre laquelle il devait être doux de se blottir, le manque d'assurance palpable qui le rendait attendrissant, incomparable à tous les prétentieux auxquels j'avais habituellement affaire.

*

Je recontactai Gaspard quelques jours plus tard, usant d'un message qui deviendrait récurrent à force de mois, puis d'années de séduction :

Alexandra :
Salut ! Tu es dehors ?

Nos premières rencontres me laissèrent souvent perplexe, toujours intriguée par son comportement. Gaspard et moi étions physiquement attirés, infailliblement collés l'un à l'autre – plus proches que je n'aurais jamais pu l'être avec n'importe quel ami –, sans toutefois jamais basculer dans l'intimité – il n'y a alors jamais eu aucun baiser. Nous parlions de façon amicale de sujets plus ou moins légers – de tamagotchis et de Dieu –, sans jamais aborder la sexualité – aucune proposition de poursuivre la soirée chez l'un de nous n'a alors été formulée. Aucune. Jamais – pas même après plusieurs mois et une bonne dizaine de rencontres nocturnes. Il m'arrivait parfois de douter que Gaspard veuille être plus qu'un *pote* pour moi, mais nos rencontres finissaient toujours par me rassurer sur le fait que je lui plaisais plus qu'une simple amie – il avait toujours cette petite étincelle, dans le fond de son œil tombant, lorsque je riais à ses côtés, et il trouvait toujours le moyen de me voir, même lorsqu'il était occupé, dès que je le sonnais.

*

Ce fut seulement après de longs mois, qui se transformèrent tout naturellement en une année, que Gaspard et moi avons couché ensemble pour la première fois. C'était un soir de juillet, après qu'il était venu me retrouver à la Brasserie Barbès, où je dînais avec Mathieu. Mathieu avait monopolisé la conversation, racontant à Gaspard toutes ses anecdotes de *cool kid* des années 2000, le complimentant sur sa musique qu'il adorait *lorsqu'il était plus jeune*, évitant de mentionner qu'il s'était depuis engagé dans une campagne de dénigrement permanent contre sa personne, au motif qu'il ne serait *pas assez bien pour moi.* Je pense que Gaspard n'en avait rien à foutre de Mathieu, mais il faisait mine d'être assez intéressé par ce qu'il disait pour ne pas le vexer. « Ah bon ? »... « Ah ouais ! »... « Ah ! C'est drôle, ça »... Moi, je buvais mon verre de vin.

Il était presque 1 heure du matin et il faisait encore chaud à crever lorsque Gaspard et moi avons quitté le restaurant, laissant Mathieu rentrer seul, de son côté. Nous sommes partis, main dans la main, pour une promenade nocturne à Montmartre. Nous écoutions ma playlist en marchant dans les ruelles désertées de touristes. Gaspard aimait *Temporary Secretary* de Paul McCartney et la plupart des sons de Slade, mais n'était pas fan de ma chanson d'amour préférée – *Knee Play 5* de Philipp Glass. Je lui expliquai qu'il fallait l'écouter jusqu'à la fin pour l'apprécier. Il ne prit pas le soin de le faire, préférant m'embrasser sous un lampadaire qui projetait une lumière fumeuse et orangée. C'était un baiser langoureux, salé et humide. Nous avons ensuite marché jusqu'à son appartement en écoutant *The Book of love* de Monotones, une chanson qui me rendait heureuse et qu'il écoutait lorsqu'il était enfant. Nous avons monté les étages en colimaçon et sommes arrivés chez lui – un *chez lui* plein de vinyles et de gadgets dont un grand robot que je regardai avec réserve.

– Il fait quoi ce robot ? demandai-je.
– Plus rien. Il est cassé !

Gaspard me servit un verre d'eau. Je le trouvais beau, désarmant, avec les cheveux qui collaient sur son front moite. Nous avons continué de nous embrasser et commencions à nous caresser sur son Togo rouge inconfortable, devant la fenêtre laissée grande ouverte, lorsqu'un voisin curieux montra le bout de son nez. Nous nous sommes déplacés vers la table à manger pour ne plus être dans son viseur. J'en profitai pour annoncer mon départ.

– Non ! Reste ! insista-t-il.
– Je ne peux pas, je dois rentrer chez moi parce que les caves de mon immeuble sont pleines de souris et que le dératiseur débarque demain matin, expliquai-je, consciente que l'argument était un peu cocasse.
– Alors je viens avec toi.

Je souris, en signe d'approbation. J'avais besoin d'encore un peu plus d'affection.

*

Le dératiseur sonna à la porte le lendemain à 8 heures. Je lui ouvris l'accès à mon appartement à demi-nue, à peine enroulée dans un plaid en polaire blanche que j'avais attrapé au pied du lit dans lequel Gaspard était étendu, bercé par la voix métallique de Gary Numan. Je retournai auprès de lui, laissant l'autre faire ce qu'il voulait dans les trappes de l'appartement. Gaspard somnolait ou simulait la somnolence, pour que je le laisse se reposer un peu. Nous n'avions pas encore dormi et avions déjà baisé trop de fois, mais c'était notre première nuit ensemble, et je n'étais pas fatiguée, et le corps de Gaspard m'attirait. Je m'approchai doucement de lui et caressai sa bite couverte d'un film sec de mes sécrétions vaginales, jusqu'à le réveiller de bout en bout. Le dératiseur annonça qu'il partait. Il claqua la porte derrière lui. Nous avons baisé une nouvelle fois, puis une autre, puis trop d'autres, jusqu'à la fin de l'après-midi, jusqu'à ce que j'aie mal d'avoir trop baisé et que Gaspard décide de partir.

Une fois seule dans mon lit, je pensai que nous devions vraiment avoir envie de nous plaire, pour vouloir baiser tant de fois ensemble, jusqu'à ce que ça fasse mal.

*

Je trouvais que nous nous emboîtions bien, Gaspard et moi, malgré le gouffre qui existait entre nos univers respectifs. Il faisait de la musique que je n'aimais pas, que je m'étais forcée à écouter, que j'avais essayé d'aimer, qui ne m'avait pas plu. J'étudiais des disciplines dont il se désintéressait absolument, peut-être davantage que le sport, milieu dans lequel j'avais grandi et qui m'était encore le plus familier. J'étais obsédée par les avant-gardes artistiques des années 1910 et lui, par la culture des années 1970. Son entourage était plein de créatifs en baskets, le mien de gestionnaires et d'administrateurs en chemises blanches... Tout nous séparait et rien, absolument rien, ne nous liait. C'était pourtant toujours vers lui que je revenais, lorsque les autres hommes m'irritaient, me décevaient ou me révulsaient. Tommy, Isaac, Benjamin, Idriss, Nicolas, « Brésilien Salo », « Ian Pompon » et les autres enregistrés dans mon répertoire dont j'ai presque tout oublié... Ils finissaient tous, toujours, par me déplaire, mais Gaspard – lui – ne me déplaisait jamais.

Gaspard et moi n'avons jamais vraiment essayé de réduire la distance qu'il y avait entre nous. C'était une distance que nous ne pouvions pas combler, que nous ne voulions pas combler, surtout. C'est sans doute parce que je pouvais le tenir à distance sans drame et qu'il ne cherchait pas plus de proximité avec moi que le retrouver régulièrement me procurait toujours le même plaisir, toujours le même sentiment de légèreté en dépit des mois, puis des années qui passaient – je pouvais écouter des chansons d'amour, allongée nue contre lui, sans que cela ne soit bizarre ou trop sérieux. C'est pourtant une drôle d'affaire que d'écouter une chanson d'amour avec un homme qu'on ne veut pas aimer, et qui ne nous aime pas non plus.

*

Un matin, le lendemain d'un festival, dans sa chambre d'hôtel, je demandai à Gaspard quelle était sa question existentielle dans la vie, celle qu'il se posait le plus souvent, sans jamais parvenir à trouver la solution. Il dit qu'il devait y réfléchir.

– La mienne est insoluble, assurai-je. Vaut-il mieux dormir seul, dans des draps propres et parfumés, ou dans les bras de quelqu'un ?
– On ne peut pas dormir dans les bras de quelqu'un, sous des draps propres et parfumés ? répliqua-t-il.
– Non, non. Ça ne marche pas comme ça. Il faut choisir.
– C'est une drôle de question.
– Je sais. Et personne n'est jamais vraiment certain de la réponse.

Je m'étais toujours sentie mieux seule, dans des draps propres et parfumés, que dans les bras de n'importe quelle personne, y compris ceux de Gaspard. Je n'aurais pas troqué la fraîcheur de mes draps propres et parfumés contre la chaleur de ses bras, contre la chaleur d'aucun autre corps que j'avais connu non plus. Pas parce que j'étais plus matérialiste que sensible. Pas parce que je n'avais pas envie de la chaleur d'un corps familier. Mais parce que la littérature m'avait appris que l'amour n'était que dépendance, trahisons, folie. Parce que l'amour réduisait les femmes au rang de subordonnées – c'était ce que ma mère, sur la base de sa triste expérience, m'avait toujours répété, m'exhortant à *ne pas devenir comme elle*, mais à *avoir un bon travail, être indépendante et surtout ne jamais dépendre d'un homme.* Parce que c'était aussi ce que mon père, un vieux garçon dans l'âme, théorisait – « L'amour, ça n'existe pas. C'est une construction de notre cerveau. Relis Laborit. » Parce l'amour d'un homme, c'était s'oublier, puis être jetée, et finalement finir seule, plus vieille, plus aigrie et moins éclatante que jamais – c'était ce que mes amis, qui pensaient que je ne choisissais que des hommes qui ne me méritaient pas, me rabâchaient sans cesse. Parce que l'amour d'un homme était abus, violences et humiliations – c'était ce que les médias placardaient depuis que l'*empowerment* et la libération de la parole des femmes étaient à la mode, et cela me semblait plutôt convaincant. Parce que l'avenir d'une femme n'avait de sens que dans l'émancipation du joug masculin – c'était ce que les effusions féministes sponsorisées par l'État préconisaient, avec pour mascottes des femmes qui imitaient les hommes pour être prises au sérieux. Parce qu'il valait mieux être seule que mal accompagnée et que ces jours-ci, aucune compagnie ne semblait plus acceptable. Parce que la trahison était la norme, et que je ne voulais pas laisser la possibilité à un homme de me trahir, puis m'abandonner.

Gaspard ne m'a jamais fait de peine. Il a même souvent rendu la vie de solitude à laquelle je me destinais moins pesante, plus douce... Mais ce n'était pas suffisant. Pendant des années, il a tourné, retourné, trifouillé profondément mon corps, sans jamais parvenir à déloger le mal-être qui s'y nichait – quelque part, je ne sais où.

Il est arrivé que Gaspard me manque, lorsqu'il se cachait trop longtemps dans sa musique, ou que je m'enterrais dans mes cours et autres obligations de bonne étudiante. Il m'est même parfois arrivé d'attendre son retour d'un pays plus ou moins lointain dans lequel il se produisait, lorsque je me sentais triste et oppressée et que j'avais besoin de réconfort, et que tous les autres me déplaisaient. Finalement, notre relation m'a révélé une nouvelle équation insoluble – une équation qui me tracassait en réalité bien plus que toutes ces histoires de draps propres et parfumés. Avec Gaspard, j'ai commencé à me demander pourquoi, lorsque j'étais enfant, on m'avait butée aux contes de fées dans lesquels *ils vécurent heureux et eurent beaucoup d'enfants*, si c'était pour ensuite toujours me rabâcher que l'amour n'existait pas et que, pour ne pas souffrir, je devais épouser la solitude.

Isaac

C'était un début de soirée d'été. Je me rendais aux Bains Douches, une boîte de nuit convertie en hôtel-restaurant prétentieux, pour y voir ma lubie du moment – un barman aux moustaches retroussées. Alors que je marchais jusqu'à l'arrêt de bus de la porte de Saint-Cloud, un mec un peu perdu se glissa à ma hauteur.

– Bonsoir, tu es très belle. J'adore ta robe.
– Merci, répondis-je poliment.
– Elle est très... Rouge.

Je souris. Il reprit :

– Tu vas où ?
– Prendre le bus, tentai-je d'abréger.

Le mec harmonisa sa cadence à la mienne et m'imposa sa présence, sans m'en demander l'autorisation. Il ne me plaisait pas, mais je n'osai pas lui dire de me lâcher, pensant que la vie devait déjà être assez dure pour lui. Il était moche, gros et puait le rejet. J'acquiesçais d'un air débile – ou désintéressé (question de point de vue) – au charabia qu'il débitait inlassablement, me demandant quand il consentirait enfin à me laisser tranquille. Une fois arrivés au niveau de l'arrêt de la porte de Saint-Cloud, je manifestai davantage mon intérêt pour l'arrivée imminente de mon bus que pour sa logorrhée... Il comprit que le temps pressait :

– Tu me donnes ton numéro ? demanda-t-il avec une assurance qui me parut agressive.
– Oui, pas de problème, répondis-je, avec le sourire.

Je dictais mon numéro – 07 60 65 16... en inversant les deux derniers chiffres de celui-ci... 70 ! Il tapait sur son clavier, d'un air que je perçus comme satisfait. Mais non, le mec n'était pas satisfait. Il était sceptique. *Pourquoi la fille à la robe rouge acceptait-elle de lui donner son numéro ?*

– OK, je te bipe, comme ça tu auras le mien.

Il composa le faux numéro que je lui avais donné et appuya sur la touche appel... *Qu'est-ce que j'allais bien pouvoir lui raconter ? Que je m'étais trompée ? Qu'il avait mal noté ? Que j'étais trop polie pour refuser de donner mon numéro à un mec moche et gros et puant ? Que je...* Mais à l'instant même, mon téléphone sonna. Mon téléphone sonna ! Je cachai l'écran qui affichait le contact de mon ami Joseph. La sonnerie suffit à convaincre le mec que je ne l'avais pas arnaqué, que nous allions rester en contact et peut-être même nous revoir. Il m'adressa un grand sourire et un signe de la main lorsque je montai dans le bus, persuadé que je n'étais pas *comme toutes les autres*. Raté.

Le bus était modérément rempli. Je m'assis dans un carré de quatre, près de la fenêtre, et écrivis un message à Joseph :

Alexandra :
T'es le meilleur ! Mercimercimerci !
Je t'offre un verre en
arrivant... Donne-moi 30 minutes.

Joseph :
J'ai rien compris mais... OK.

Une femme monta à l'arrêt suivant. Elle s'installa face à moi, à côté d'un homme à qui elle tenait la main. Je repliai mes jambes exagérément étalées pour lui faire de la place. Un type suivait.

Il s'écrasa sur le siège à côté du mien, en bloquant la longueur de ma robe rouge sous son cul proéminent. Je tirai sur le tissu pour tenter de la libérer, mais le cul était trop lourd. Le type au cul proéminent n'était pas seul. Il parlait avec son pote assis dans l'autre carré de quatre places. Le pote parlait trop fort, mais il avait une voix sympathique. Le type au cul proéminent éclatait de rire à chacune de ses répliques. Comme dans les séries américaines des années 1990. Le pote lançait une vanne, ou disait simplement un truc – n'importe quoi –, et le type au cul proéminent éclatait de rire. C'était mécanique. Mais celui-ci continuait d'écraser le tissu de ma jolie robe rouge et j'avais beau tirer dessus, le cul ne bougeait pas et la robe restait coincée. Je réalisai qu'elle allait être froissée. L'idée de passer la soirée avec une robe froissée m'agaçait, mais je n'arrivais pas à m'énerver parce que je commençais, moi aussi, à être amusée par les vannes du pote à la voix sympathique. Je me demandais quelle tête il avait. Son téléphone sonna – *J'irai où tu iras. Tum tu tutum.. Mon pays sera toi... Tum tu tutum... J'irai où tu iras... Qu'importe la place et qu'importe l'endroit...* Je ris discrètement, empêtrée dans la confusion la plus extrême : le pote à la voix sympathique était-il un homme qui aimait Céline Dion au point de vivre au rythme de ses chansons, ou employait-il simplement une technique loufoque pour accrocher les filles d'une vingtaine, trentaine d'années ? J'avais moi-même eu ma période fan de Céline – pendant *Titanic*, avant Britney – et pouvai réciter les paroles de chacune de ses chansons avec la même verve que les prières qu'on m'avait apprises en cours de catéchisme.

Le couple assis en face de moi descendit à Concorde. Le pote à la voix sympathique et à la sonnerie Céline Dion prit leur place, en face du type au cul proéminent. Je sentais qu'il me dévisageait et n'osais pas le regarder en retour. Je faisais mine d'être encore préoccupée par ma robe, toujours coincée sous le cul proéminent. Le pote à la voix sympathique intervint :

– Mec, lève-toi, tu écrases la robe rouge de... la dame.

Je le remerciai par un sourire sincère. Il avait des yeux absolument bleus. Le teint mat. Les cheveux bouclés couleur chocolat au lait 45 % de cacao. Un chapeau fedora vissé sur la tête.

– Excusez-moi, poursuivit-il. Je peux vous demander où vous allez ?
– Je vais aux Bains, répondis-je, sans cesser de le fixer.
– Vous rejoignez votre homme ?
– Je rejoins un homme – mon meilleur ami, qui n'est pas mon homme, répondis-je de façon un peu ambiguë.
– Vous vous faites si belle pour voir votre meilleur ami ?
– Je crois qu'il le mérite, non ?
– Ou peut-être que vous êtes toujours si belle.

Il me laissa son prénom et son numéro avant que je ne descende à Hôtel-de-Ville. Isaac... 06... Quelque chose. Je lui laissai également mon numéro. Le vrai, cette fois.

*

Isaac m'appela trois jours après notre rencontre. J'étais à Rome, première étape d'un tour d'Europe qui devait en marquer une vingtaine. Je lui annonçai que je n'étais donc plus à Paris et que nous ne pourrions nous revoir qu'à mon retour, huit semaines plus tard. Il clama sa déception, puis sa frustration, à de nombreuses reprises au cours de notre échange. Je pensais qu'il ne pouvait s'en prendre qu'à lui-même, que nous aurions pu nous voir avant mon départ, s'il n'avait pas rongé son frein pendant trois jours, en jouant l'indifférent qu'il n'était pas. J'aurais aimé qu'il admette avoir merdé, qu'il assume ne pouvoir s'en prendre qu'à lui-même, pour que je puisse lui répondre que ce n'était pas grave, qu'il ne commettrait pas une autre fois la même erreur, qu'il comprenne qu'il devrait désormais être complètement à ma botte... Mais Isaac ne se soumettait pas. Au contraire, il me reprocha de ne pas l'avoir prévenu que je partais en voyage, puis m'imposa de dîner dans une osteria romaine que je n'avais pas choisie, sous couvert de recommandation, en décidant même du plat que je devais y manger – des pâtes avec des légumes.

– Et tu m'envoies une photo du plat ! ajouta-t-il avant de raccrocher.

J'allai dîner dans l'osteria imposée, mais décidai du plat que je voulais manger et n'envoyai pas de photo à Isaac. Le repas était bon, mais pas exceptionnel. Je rentrai du restaurant en me posant beaucoup de questions, beaucoup trop de questions depuis cet échange téléphonique directif. *Qui était cet Isaac ? Un mec léger et amusant qui ne voyait pas de mal dans le fait de me presser pour dîner dans le restaurant qu'il avait choisi pour moi, ou un tyran domestique qui voulait m'obliger à manger des légumes ? Que faisait-il, depuis que nous avions raccroché ? Avait-il appelé d'autres filles croisées dans les transports en commun ? Ou débriefé notre échange avec son pote au cul proéminant ? Pourquoi n'avait-il pas appelé plus tôt ? Avait-il des obligations professionnelles, comme il l'avait prétendu ? Ou plutôt personnelles, avec une famille dont il devait s'occuper le week-end ?* Je me posais beaucoup, trop de questions sur Isaac et j'avais en ma possession tous les moyens de satisfaire ma curiosité. Un numéro de téléphone, un prénom, un accès à Facebook. C'était trop tentant… Je ne pouvais pas résister.

Je me connectai sur Facebook et partis à la recherche du profil d'Isaac. Je le trouvai très facilement. Il avait choisi une photo de lui en costard, avec un nœud papillon. Une photo type selfie. Il y avait beaucoup d'informations ouvertes au public. Isaac était né en 1979, à Paris. Il avait étudié au lycée Molière, puis à Assas, avant d'ouvrir, et de liquider, plusieurs sociétés. Il était résident suisse et travaillait dans l'horlogerie. Un truc de famille, disaient quelques articles qu'il avait partagés sur son profil Facebook. Isaac était apparemment célibataire, et semblait vouloir persuader ses contacts qu'il ne subissait nullement cette situation. Il citait une réplique de Louis Garrel dans le film *Mon roi* de Maïwenn : « Avec le temps va tout s'en va, et on se sent tout seul peut-être, mais PEINARD. » PEINARD en lettres capitales. Il faisait un peu de guitare à ses heures perdues et aimait les télécrochets comme *The Voice*. Il repostait les performances qui lui plaisaient le plus, comme celle de Slimane qui chantait Vitaa. « Exceptionnel. No comment !!! » Il suggérait souvent que ses publications se suffisaient à elles-mêmes et qu'elles n'appelaient aucun commentaire. « Grève des taxis NO COMMENT. » Sans doute préférait-il les *likes*.

Isaac et moi ne nous sommes plus parlé de tout l'été, mais je continuai d'épier sa vie depuis chacune des villes d'Europe que je visitais. J'appris ainsi qu'il était parti un mois en Israël. Il commentait en hébreu ses photos prises à Tel Aviv et documentait son entraînement pour le marathon de New York depuis Jaffa. « No pain no gain !!! », légendait-il, sous les statistiques de ses performances. 31 km sous le soleil. *Pas mal.* Il partait ensuite pour les États-Unis. Il commentait en anglais ses photos prises à Miami et New York. « God Bless America !!! PEACE », ou encore « Good morning NYC !!! ». Beaucoup de points d'exclamation, de hashtags et de lettres majuscules. *Normal... Tout est plus grand aux États-Unis.* Il partageait beaucoup de photos qu'il avait déjà postées, plusieurs années auparavant. Je le trouvais vraiment beau sur ces photos, en particulier celle sur laquelle il petit-déjeunait en peignoir, sur la terrasse ensoleillée d'une chambre d'hôtel.

*

Je rentrai à Paris à la fin de l'été. Isaac et moi avions brièvement repris contact par téléphone, mais n'avions pas l'occasion de nous rencontrer. Je consacrais mon temps à retrouver mes amis et préparer sérieusement ma rentrée universitaire. Lui, prétendait développer « un nouveau projet pro » qui l'obligeait à beaucoup voyager. J'appris sur Facebook que ce projet s'articulait autour de la personnalisation de montres de luxe, et qu'il se réalisait en collaboration avec un artisan renommé que je ne connaissais pas.

Dans les semaines qui suivirent, Isaac m'envoya épisodiquement des messages, pour prendre de mes nouvelles et dire qu'il *n'était pas à Paris à cause de son projet pro, mais qu'on devait vraiment se voir à son retour, qu'il en avait envie*. Les messages arrivaient assez souvent pour que je ne me désintéresse pas de lui, mais pas assez pour me donner envie de forcer une rencontre.

Les mois passèrent. J'étais complètement étouffée par mes études : les nuits de travail pour rendre les devoirs à temps – vingt heures par semaine –, en plus des cinquante heures de cours auxquelles je devais assister, les révisions d'examens dans les cafés, plutôt que chez moi, pour ne pas être empêchée par un irrépressible besoin de sommeil, les recherches interminables du week-end pour mon mémoire de fin d'année sur la politique étrangère de la Fédération de Russie en Arctique. Le surmenage que je m'imposais déclenchait épisodiquement des crises d'épilepsie partielles qui se généralisaient parfois, et me clouaient au lit pour plusieurs jours, malgré le traitement médical que je devais désormais prendre quotidiennement. Je n'avais pas de temps à consacrer à l'entretien de ma relation avec Isaac, ni à quoique ce soit en dehors du domaine universitaire. Je continuai pourtant de répondre aux messages qu'il m'envoyait occasionnellement *pour prendre de mes nouvelles et m'informer qu'il n'était pas à Paris, mais qu'on devait se voir à son retour.* Je répondais toujours que *oui, il le fallait vraiment, que j'avais très envie de le revoir, après tout ce temps*, mais plus le temps passait, plus je mentais.

*

Je profitai des vacances de printemps pour me rendre en Norvège dans le but de peaufiner mon travail de recherche sur l'Arctique. J'honorai les deux ou trois rendez-vous quotidiens que j'avais fixés avec des spécialistes, et consacrai mon temps libre à faire des promenades avec Joseph et Mathieu qui avaient décidé de m'accompagner pour découvrir le Grand Nord. Mes amis étaient enthousiasmés par la Norvège, nouveau terrain de jeu sur lequel ils dégottaient des plans cul avec des demi-dieux nordiques sur Tinder aussi rapidement qu'un Big Mac commandé sur Uber Eats. J'avais toujours été curieuse des rencontres par algorithme, mais jamais assez intéressée pour les préférer au hasard – du moins, jusqu'à ce que je commence à vivre en circuit fermé et que le hasard ne cesse de se manifester.

Un soir où nous dînions au Delicatessen de Grunerlokka, je me laissai convaincre qu'il était temps de créer mon premier profil sur les réseaux de rencontre. *Juste pour voir.* Mathieu me suggéra Tinder, parce que tout le monde était dessus, mais Joseph argua que c'était justement une mauvaise idée, qu'il y avait *n'importe quoi* sur cette application, que *ça allait trop me saouler.* Il lança une recherche Google : « appli rencontre sélective hétéro ». Notre attention fut attirée par Inner Circle, une nouvelle application de rencontres qui misait sur la vérification de chaque profil par une équipe dédiée, afin d'éviter les arnaques et déceptions incidentes.

J'installai l'application sur mon téléphone, renseignai quelques informations personnelles et choisis deux photos issues de mon compte Instagram, dont l'une était floue. Mathieu prétendait que celles-ci ne me mettaient pas en valeur et proposa d'en prendre de nouvelles. Je refusai, lui rappelant que je détestais les photos. *Et puis, ils auront une bonne surprise en me voyant « en vrai »*, argumentai-je pour clore définitivement le débat. Une fois la demande d'adhésion à Inner Circle envoyée, nous sommes passés à autre chose.

*

Mon profil fut validé dès le lendemain, au petit matin. J'étais la première réveillée, puisque j'étais la seule à avoir des obligations. Je me rendis présentable, puis marchai jusqu'au ministère des Affaires étrangères norvégien, où devait avoir lieu mon premier rendez-vous de la journée. J'en sortis une heure et demie plus tard et m'installai dans un café pour une pause d'environ une heure. C'est à ce moment que j'ouvris Inner Circle pour la première fois. Je vérifiai brièvement les informations de mon profil, puis parcourus ceux des hommes qui m'étaient proposés. Ils se ressemblaient tous plus ou moins. Beaucoup de costards-cravates qui s'en tenaient à une citation inspirante pour racoler : « Don't try to be original, just try to be good. » *Encore un qui me ferait culpabiliser de le prendre pour un con, next...* « The only thing worse than starting something and failing... is not starting something. » *Un cœur brisé... sans doute revanchard, à fuir...* « If you can't feed a team with two pizzas, it's too large... I'll eat one, you'll eat the other one. » *Pfff... N'importe quoi...* Je poursuivis ma prospection dans le bus qui m'emmenait au Fridtjof Nansen Institute, où je devais conduire mon entretien de l'après-midi. Je la repris sur le chemin du retour, mon téléphone branché à mon ordinateur pour ne pas manquer de batterie. Je continuai à examiner les profils proposés, le lendemain, puis les autres jours, de plus en plus souvent – en marchant dans la rue, au restaurant, en visitant la Galerie nationale d'Oslo. À la fin de mon séjour, Inner Circle occupait six à huit heures de mes nuits – des insomnies motivées par les échanges étrangement intimes que je partageais avec de parfaits inconnus venus à moi par la grâce d'un simple *like* – un pauvre et trivial *like*.

Je demandais systématiquement aux costards-cravates qui m'avaient *likée* pourquoi ils utilisaient cette application. Tous – sans exception –, faisaient valoir le manque de temps pour rencontrer quelqu'un, sans plus d'explications. L'un d'eux se révéla toutefois plus explicite que les autres. Il assuma ne pas vouloir perdre de temps à courtiser une femme sans savoir s'il allait la baiser. Il expliqua qu'en cela, les applications étaient plus efficaces que les rencontres spontanées – chacun savait ce pour quoi il était là. Il ajouta qu'à titre personnel, il ne perdait même pas le temps de boire un café avec une femme qui, lorsqu'elle se présentait à lui, ne lui plaisait pas assez pour une baise. Je lui dis que c'était impoli. Il répondit que c'était honnête, et que les femmes qu'il avait rencontrées par le biais de l'application agissaient également ainsi.

J'étais heurtée par cette absence de sentiments, mais je parvins finalement à me convaincre qu'il fallait « vivre avec son temps ».

*

De retour à Paris, je réalisai que le temps considérable que j'avais consacré à prospecter sur Inner Circle ne m'avait pas été très profitable. Aucun profil de costards-cravates ne s'était réellement distingué des autres, parmi les cinq ou six que j'avais présélectionnés et avec lesquels je discutais. Aucun ne m'avait encore proposé de sortir du virtuel pour se rencontrer « en vrai », et je refusais de me rabaisser à quémander un rendez-vous auprès de costards-cravates. Je ressentis donc un réel soulagement lorsque Isaac m'écrivit un soir de mai depuis Bruxelles, pour me demander ce que je devenais. Je racontai que j'étais partie en Arctique pour des recherches, mais évitai de dire que j'avais passé mes nuits et la plupart de mes journées à chercher activement un plan cul sur une application. Nous avons ensuite bavardé pendant plus de deux heures comme de vieux amants venant de reprendre contact. Au cours de la conversation, je suggérai qu'il serait bien de nous voir, après tout ce temps. Il dit être d'accord pour un rendez-vous. Il arrivait à la gare du Nord le lendemain à 20 h 50 et proposait d'aller dîner. Je suggérai d'aller manger des empanadas dans le Marais. Il annonça réserver le restaurant pour 21 h 30.

*

À plusieurs reprises, le lendemain, j'hésitai à proposer à Isaac de venir chez moi directement depuis la gare, puisqu'on pouvait commander les empanadas et se faire livrer à domicile. Je ne le fis pas, j'ignore pourquoi. À d'autres moments, j'ai pensé annuler complètement notre rendez-vous. Je ne saurais pas expliquer pourquoi non plus, mais j'étais moins enthousiaste que la vieille à l'idée de le revoir. Je n'annulai pas pour autant. Pas même lorsque Amin me proposa de dîner avec lui.

Vers 21 heures, je commandai un taxi, toute enserrée dans une petite robe en jean moulante qui me rendait attirante, et pris la route vers le restaurant du Marais.

À 21 h 15, lorsque mon taxi tourna sur le rond-point de l'Étoile, je reçus un message d'Isaac.

Isaac :
Désolé, ça ne va pas être possible ce soir.
Je dois annuler.

Alexandra :
Le train est en retard ? Je peux attendre.

Isaac :
Non c'est mieux de reporter.

Alexandra :
Combien de temps restes-tu à Paris ?

?

Isaac :
On peut se voir bientôt.

Alexandra :
Et pourquoi pas demain ?

Isaac :
Je te tiens au courant.

J'insultai Isaac à voix haute dans le taxi... *Connard de bâtard de merde... J'hallucine... Ce bâtard ose m'annuler en dernière minute... Fils de chien !* Le chauffeur ne bronchait pas. J'écrivis ensuite à Amin, sans jamais cesser d'insulter Isaac :

Alexandra :
OK. I changed my mind.
Wanna have drinksssss at les Bains ?

Amin :
Sure. I'll be there in 30 min.

Amin est venu. Mais ça, c'est une autre histoire.

*

Je tirai un trait sur Isaac et l'oubliai aussi facilement que n'importe quel type des réseaux, jusqu'à ce qu'il me relance, un mois plus tard :

Isaac :
Salut, ça va ? Quoi de neuf ?

Alexandra :
Tu veux quoi ?

Isaac :
Te parler et prendre de tes nouvelles.

Alexandra :
On se voit sinon ciao.

Isaac :
Je comprends pas pourquoi tu t'énerves.

Alexandra :
Moi, je ne comprends pas pourquoi on se parle par message sans jamais se voir. Alors on se voit, sinon ciao.

Isaac :
T'es sérieuse ?

Alexandra :
Ciao.

Isaac :
C'est bon, pète pas un câble.
Je suis à Ranelagh.

Alexandra :
Rendez-vous au Zebra Square dans 15 min.

Je sautai dans une robe rouge plissée, presque la même que celle que je portais lors de notre rencontre dans le bus, quoiqu'un un peu plus courte. Je traçai, sur mes lèvres, une ligne de rouge que j'estompai de l'index, puis pris le bus 72 pour me rendre au

Zebra Square. Pendant le trajet, je consultai une nouvelle fois le profil Facebook d'Isaac. Par réflexe. Je réalisai que ce premier rendez-vous risquait de ne pas être très surprenant, puisque j'avais déjà collecté énormément d'informations sur lui, mais me dis que je pourrais ainsi évaluer sa propension à enjoliver la réalité, ou à mentir. Même si, au fond, je m'en foutais de ce qu'il avait à dire ou à mentir.

Je m'installai en terrasse du Zebra Square et commandai un verre de chablis. Il fut bu en moins de cinq minutes. Isaac n'était toujours pas là. J'hésitais entre lui envoyer un message pour savoir où il était et consulter une nouvelle fois son profil Facebook. *Peut-être avait-il posté quelque chose sur notre dernier échange ?* Un truc du genre « Les femmes, toutes des hystériques !!! NO COMMENT !!! » Je souriais, en pensant que je commençais à vraiment bien cerner son style, lorsqu'une voix sans relief interrompit mes pensées : « Salut ! » Je levai les yeux du téléphone. Face à moi s'imposait une épaisse silhouette. Épaisse du genre grasse, surmontée d'un triple menton. Jogging gris de haut en bas, tongs aux pieds, chapeau fedora vissé sur la tête... L'épaisse silhouette d'Isaac.

Il me salua pâteusement et commanda un menu en trois parties alors que je m'en tins à un verre de vin, renouvelé à peine terminé. Le repas en trois parties dura une bonne heure et demie. Une heure et demie durant laquelle je le regardais poliment engloutir son repas, sans jamais manifester à quel point j'étais déçue de le retrouver ainsi – un malpropre, gargantuesque, le contour de la bouche huileux à cause des petits pains généreusement tartinés de beurre salé qu'il s'enfilait goulument. Nous ne parlions pas beaucoup – seulement de banalités –, mais je cogitais à fond. *Comment Isaac avait-il pu devenir ainsi ?* En moins d'un an. Il avait pris au moins trente kilos. *Trente kilos, soit l'équivalent de trente bouteilles d'eau – cinq packs de six bouteilles.* Inimaginable. *Pourquoi ne postait-il pas de photos récentes de lui dans cet état sur Facebook ?* Il avait créé une image de sportif qui s'entraînait pour le marathon de New York alors qu'il était devenu un gros balourd qui s'enfilait des assiettes d'aligot à la pelle. S'il avait assumé, le choc aurait été moins violent. Bien sûr, il ne pouvait pas se douter que j'épiais la fausse vie qu'il s'était organisée sur les réseaux sociaux... *Mais quand même, quelle arnaque, cet Isaac et son compte Facebook...*

Isaac m'offrit les verres de vin que j'avais bus, peut-être par galanterie, ou pour s'excuser de me déplaire. Je le laissai faire, alors que j'avais pour habitude d'inviter les hommes que je ne comptais pas revoir. Il ne proposa pas de poursuivre la soirée ailleurs, sans doute parce que son corps lui faisait horreur, autant qu'il me repoussait. Je me dirigeai seule vers l'arrêt du bus 72, après lui avoir dit que *c'était gentil de proposer mais qu'il n'avait pas besoin d'attendre avec moi.* Une fois installée dans le bus, je prospectai Inner Circle pour trouver un costard-cravate qui pourrait faire l'affaire. J'examinai attentivement les photos d'une dizaine de nouveaux profils et répondis à un Italien que j'avais *liké* quelque temps auparavant – Eduardo, je crois. *Et puis, merde.* Je ne sais pas pourquoi, mais j'ai supprimé l'application.

Benjamin

Il arriva chez moi un samedi après-midi de mai, aux alentours de 14 heures. Il prétendit avoir semé son agent de sécurité et hélé un taxi dans la rue pour ne pas avoir à indiquer son nom lors de la commande. Il assura qu'en dépit de cette précaution, le chauffeur avait failli le reconnaître – qu'il lui avait demandé s'il passait à la télévision. Il avait nié, puis concédé que cela lui était arrivé en de très rares occasions. Il avait réussi à faire tout le trajet sans être formellement identifié, avait baissé la tête en croisant la gardienne dans le hall de l'immeuble et s'était engouffré dans les escaliers pour ne pas risquer de croiser quelqu'un dans l'ascenseur. Je pensai qu'il en faisait des tonnes, qu'il ne serait tout simplement pas venu s'il craignait réellement d'être découvert, mais que dramatiser ce petit délit devait l'exciter. Son désir d'apparaître transgressif se confirma lorsqu'il me tendit une bouteille de champagne, en précisant l'avoir *volée au ministère*, son lieu de travail.

C'était la première fois que je le voyais « en vrai ». Benjamin avait revêtu le costume du bourgeois respectable en week-end – une chemise finement rayée un peu lâche, un jean droit, des baskets de couleur bleu marine, un ou deux bracelets sur cordon. Il avait les cheveux grisonnants et la peau plus marquée par des cicatrices d'acné juvénile que sur les photos qu'il postait sur son compte Instagram. Il faisait plus vieux qu'il ne l'était. Je ne pouvais pas m'empêcher de penser que Gaspard avait presque le même âge, mais qu'il paraissait beaucoup plus jeune, que nous étions mieux accordés physiquement, même si nous étions si différents. Bref, je n'étais pas emballée.

Nous avons discuté une heure, peut-être deux. Il a débité quelques éléments de langage qu'il avait l'habitude de répandre pour paraître plus cool qu'il ne l'était réellement. Il insista particulièrement sur le fait qu'il était fan des Doors. Il me fit remarquer que c'était surprenant que je sois seule, comme je le lui avais dit par message – « Je suis bien toute seule, et puis j'ai quelques relations non contraignantes ». Il avait répondu *qu'il comprenait*, que c'était *important la liberté*, qu'il ne *voulait d'ailleurs jamais se marier*. J'osai poser les questions que je n'avais pas posées par message :

– Vous racolez souvent les filles sur les réseaux sociaux ?
– Non, jamais. C'est la première fois.

Je ne le crus pas, et ne le cachai pas. Je savais que 80 % des profils qu'il suivait sur Instagram étaient ceux de jolies filles de moins de trente ans. Il essaya de me convaincre *qu'il n'avait pas besoin de ça, qu'il avait des opportunités*. Il évoqua sa collègue du gouvernement qui *était dingue de lui*.

– Vous avez un... truc ensemble ?
– Jaaamais ! Elle est dégueulasse, répondit-il en mimant le dégoût.

Je ne le crus pas non plus, mais ne dis rien. Je demandai si sa compagne savait *qu'il avait des opportunités*, comme il le disait. Il ne répondit pas. Je remarquai qu'il avait des dépôts de tabac ou de café incrustés sur les dents. J'étais consciente que je n'aurais jamais donné suite si nous nous étions rencontrés dans un bar. Mais ce n'était pas le cas. Il était chez moi, et même s'il n'était pas attirant, il n'était pas repoussant.

Je lui proposai d'aller dans la chambre. La lumière était crue – je n'avais pas fermé les rideaux. Je retirai le T-shirt, la jupe et le string que je portais. Il fit de même avec ses vêtements. Je m'assis, dos à la tête de lit, les jambes écartées. Il plongea vers mon entrejambe, lécha mes cuisses, saliva, continua de lécher mes cuisses, mon pubis, saliva un peu plus. Sa bouche attrapa mes petites lèvres. Il les suçota, déglutit, bava, suçota davantage. Je sentais les draps humides sous mes fesses. Ça me dérangeait. J'agitai mon bassin pour le déplacer sur une zone sèche. Il pensa que j'en avais eu assez et se redressa. Je n'en avais pas eu assez, mais ne lui demandai pas de continuer plus longtemps. J'utilisai la housse de couette pour sécher la bave qui avait coulé sur mes cuisses. Il s'assit sur le rebord du lit et me toucha la hanche pour que je le monte. Je me mis sur lui et portai quelques coups de bassin. La sensation n'était pas agréable. C'était comme se fourrer un godemichet sans lubrifiant. Je crachai dans ma main et me touchai le clito, en ralentissant le mouvement. Il proposa de changer de position. Je dis que *non, c'était OK*. Je portai de nouveaux coups tout en me touchant le clito, par réflexe, même si ça n'y changeait rien. Je compris qu'il avait fini après quelques mouvements seulement, lorsque son corps se crispa et qu'il commença à regarder de tous les côtés.

Je m'écartai de la bite et remarquai une trace de sang sur ma cuisse. Je lui fis remarquer *qu'il y avait du sang*. « C'est pas moi ! » s'exclama-t-il. Je dis que *ce n'était rien, que c'était OK, que ça pouvait arriver*. Je n'osai pas dire que c'était déjà la quatrième fois, que ça m'arrivait quand j'étais tendue – je ne voulais pas qu'il pose de questions –, et que je n'étais pas assez excitée – je ne voulais pas l'offenser.

*

Un soir de semaine, 23 heures. Depuis mon lit, dans la pénombre, la luminosité de mon téléphone portable baissée en conséquence, j'alternais entre conversation WhatsApp avec Mathieu et Joseph, les messages reçus par les costards-cravates sélectionnés sur Inner Circle et les actualités de mon compte Instagram. Le carillon de Facebook Messenger résonna. Je décrochai.

– Un instant ! J'arrive, lança Benjamin dans un écho.

L'écran éclairait juste assez mon visage pour que mon interlocuteur sache que c'était bien avec moi qu'il allait échanger. De son côté, la vidéo était baignée d'une lumière de type néon bleu. Je devinais une chambre d'hôtel au design prétentieux dans laquelle il avait essayé de créer une atmosphère de mauvais club libertin. La vidéo bougea en même temps qu'il prenait son téléphone et se jetait sur le lit. Sa face apparut. Elle était polluée par un large sourire qui accentuait le flétrissement de ses traits. Nous avons parlé de banalités – j'ai oublié lesquelles. Il annonça plusieurs fois aller dormir, avant de prolonger la conversation de dix minutes. Son visage se détendit lorsque je suggérai, à mon tour, qu'il était peut-être temps de couper et d'aller dormir. Sa bouche était entrouverte et ses lèvres s'avançaient spasmodiquement au rythme de la masturbation que je devinais hors champ. Je ne l'interrompis pas et observai : les yeux clos, la bouche en cul de poule, les traits grimaçants... J'entendais le va-et-vient spongieux du prépuce qui, à mesure que la main s'activait, résonnait en un bruit sourd. Faaaaaaaaaaaaappppp. La gorge entra en symphonie. *Ah ! Ah ! Ahhhhhhhhhh !* Soupir de soulagement. Je répétai *qu'il était peut-être temps d'aller dormir, maintenant.* Nous avons finalement raccroché.

*

Le jour de la fête des Mères, à l'heure du déjeuner dominical, dans le jardin de mes parents. Notification sur mon téléphone. Benjamin. J'ouvris la conversation. Une vidéo chargeait. Je cliquai. Un ventre blanc parsemé de quelques poils cuivrés et marqué d'une petite excroissance de peau apparut sur l'écran. Une bite s'abattit brutalement sur l'abdomen. Benjamin filmait en contre-plongée d'une main et astiquait le membre de l'autre. La bite était très pourpre, vue sous cet angle. Le gland paraissait visqueux. Gros plan sur les couilles qu'il n'aimait pas car il les trouvait *ridées*. Une, deux – il tapotait la deuxième. Oui, elles étaient bien en place. Je tournai l'écran de mon téléphone, posai ma fourchette, et proposai à mon frère et nos parents un autre verre de vin.

Une fois sortie de table, je m'empressai d'écrire à Joseph et Mathieu :

Alexandra :
J'ai reçu ma première unsollicited dickvid.

Mathieu :
Bravo, t'es une adulte maintenant...

Just kidding. Elle est belle ?

Alexandra :
Unfiltered and unedited.

Joseph :
C'est Griv ? Dégueulasse.

Alexandra :
C'est sa bite.

Joseph :
C'est pareil.

Tête de bite.

Mathieu :
Pourquoi tu rages comme ça ?

Joseph :
Je rage pas je dis la vérité.

Mathieu :
Mais on s'en fout de ce que tu penses. Laisse la kiffer.

Joseph :
(emojis « fuck » et « vomi »)

Alexandra :
(trois emojis « pleure de rire »)

Mathieu :
Tu le revois quand ?

Alexandra :
Je ne la revois pas.

**le revois pas, lapsus.*

95 % de chances que je ne le revoie pas.

J'ai d'autres options.

Mathieu :
On a vu... Les options comme ISAAC.

Alexandra :
(emoji « pleure de rire »)

Et sinon, quoi de neuf de votre côté ?

De leur côté, deux brunchs, une promenade au parc des Tuileries et une série Netflix.

Alexandra :
Cool.

*

Lundi matin, dans le TER qui me reconduisait à Paris. Message de Benjamin :

Benjamin :
Avez-vous reçu ma vidéo d'hier ?

Alexandra :
Oui ! Mais j'étais en famille...
Je ne pouvais donc pas répondre.

Benjamin :
En direct du ministère...

Une nouvelle vidéo apparut sur mon écran. Vue plongeante sur la bite à peine sortie du pantalon, pas encore pleinement irriguée, mais déjà bien épaisse. Benjamin se branla pendant trente-quatre secondes avec un poignet énergique. La vidéo se coupa ensuite.

Benjamin :
À votre tour...

J'ouvris mon ordinateur et m'en remis au dossier qui portait l'innocent intitulé « Marine Malice » – un dossier qui contenait des photos que j'avais prises pour John, quelques mois plus tôt, et que j'avais ensuite archivées. Je choisis une vue de mon corps dans un ensemble en dentelle rouge, culotte taille haute échancrée, chute de reins à faire bander un mort. J'activai le partage de connexion, me l'envoyai par e-mail, la récupérai sur mon téléphone et la transférai à Benjamin.

Aucune réaction puis, trois minutes plus tard, une nouvelle vidéo. La bite était raide comme un pied de cochon. Panorama de l'organe. Benjamin se palpait les couilles. La main gauche enfourchait à nouveau la bite. Il l'astiquait énergiquement. Le bureau de la République était menacé d'un jet de semence imminent. De haut en bas, de bas en haut, de haut en bas, de bas en haut, de haut en bas, de bas en haut... Quinze secondes. C'était rouge. Gémissement. De haut en bas, de bas en haut, de haut en bas... Ça explosait, dans un mouchoir. Il avait prévu le coup. Le bureau de la République ne fut pas souillé. Pas cette fois.

J'hésitai sur la réponse à apporter à cette vidéo, écrivis une phrase confuse, l'effaçai, en tapai une autre, puis lançai une recherche sur Google : « reply to sexting ». La plupart des suggestions sonnaient mal – trop fleur bleue ou trop dominatrice, mais il y avait aussi beaucoup de « turn on ». Je m'en inspirai pour écrire que *c'était vraiment, vraiment très excitant*, réalisai que j'en faisais trop, que ce n'était pas crédible, et modifiai en retirant l'un des deux *vraiment*. Envoyé.

*

Un samedi du mois de juin, j'étais à la bibliothèque universitaire pour réviser mes partiels. Notification. Une bande de quatre étudiants absorbés par leurs cours détourna subitement le regard de leurs fiches de révision. Ils me regardaient fixement, d'un air que je percevais comme accusateur. Le vidéo commença par un soupir que je devinai forcé. Les soupirs continuaient tandis que la bite – plus brune que d'accoutumée (sans doute une question d'éclairage) – était drastiquement branlée. Neuf secondes. La vidéo se terminait sur le plan flou d'un lieu carrelé, totalement blanc – un endroit qui ressemblait à une infirmerie ou un hôpital.

Je répondis au message plus tard, dans la soirée, lorsque je n'étais plus surveillée par les quatre étudiants :

Alexandra :
Cette vidéo a fortement éprouvé ma concentration...

Benjamin :
J'étais au ministère... J'avais envie...

Alexandra :
Ça n'y ressemblait pas !

Benjamin :
Dans les toilettes du ministère...

À toi...

Je m'en remis une nouvelle fois à « Marine Malice ». Il ne restait plus que deux contenus dans le dossier, dont l'un était inutilisable puisque enregistré au même moment, dans le même ensemble rouge que la photo précédemment envoyée. Mais l'autre était très bien – une vidéo de ma poitrine, camouflée par un body en tulle noir que je faisais claquer sous mes doigts fins. À travers le tulle se devinait un petit téton foncé. J'envoyai. Benjamin lut mes messages mais n'y répondit pas tout de suite.

*

Le lendemain, je me réveillai avec un message de ma mère qui me demandait de l'appeler dès que je serais debout... Et un autre de Benjamin.

Benjamin :
Moi ce matin au réveil... l'enfer !

Le message accompagnait une nouvelle vidéo. La bite de Benjamin mollement branlée en direct du lit conjugal. La bite se durcissait et s'allongeait au contact de la main. Gros plan sur le gland violet et sur l'urètre, au bord duquel perlait une goutte d'un liquide non identifié.

Benjamin :
Tu me repasses ta vidéo d'hier ?... Quelle poitrine !

J'écrivis que *j'avais tellement envie...* Je ne savais pas de quoi. J'hésitai, corrigeai, hésitai encore, supprimai et envoyai la vidéo qu'il avait demandée accompagnée d'un smiley clin d'œil. Je me levai ensuite pour préparer mon petit déjeuner. Un thé vert sans sucre, comme tous les matins. J'appelai ma mère en attendant qu'il refroidisse. Des notifications apparaissaient sur l'écran de mon téléphone. Je ne les ouvrais pas. Je pensais que c'était surement une nouvelle vidéo de bite avec gémissements, que ma mère pourrait peut-être les entendre si la vidéo démarrait en parallèle de notre conversation et que ce serait embarrassant. Je discutai avec elle pendant une trentaine de minutes, avant de raccrocher.

Mon thé était froid et je n'en avais pas bu une seule gorgée. J'y ajoutai un tiers d'eau chaude, puis retournai au lit pour le boire idéalement tiède. Je consultai la conversation de Benjamin. Il ne s'agissait pas d'une vidéo avec gémissements, mais d'une proposition.

Benjamin :
Que faites-vous le 14 juillet, au soir ?

J'aimerais vous revoir.

Alexandra :
Je ne serai malheureusement pas disponible le 14.

Je passai le 14 juillet seule, avec une demi-bouteille de chardonnay et un bouquin d'Oscar Wilde. C'était mieux qu'avec Benjamin, mais moins bien qu'avec Gaspard. Encore que... Wilde était un partenaire redoutable.

*

Dernier week-end de juillet. Je reçus une notification. Une vidéo. Deux cuisses blanches étalées sur un canapé en cuir foncé. Je devinai que le pantalon était baissé aux chevilles. La bite était en érection. Elle était astiquée. Panorama du membre dont les angles commençaient à devenir trop familiers. Redondant. Ennuyant.

Alexandra :
En soirée... Je ne peux pas répondre !

Benjamin :
Serez-vous à Paris la dernière semaine d'août ?

Alexandra :
Oui, à partir du 20.

Benjamin :
J'ai très envie de vous et de vous voir.

Je pensais que c'était drôle, cette tendance à vouvoyer pour obtenir un rendez-vous et à tutoyer pour quémander une photo de cul. J'acceptai de le voir à nos retours de vacances respectifs, sachant pourtant que j'allais l'annuler à la dernière minute... Une mauvaise habitude dont je ne parvenais décidément pas à me défaire.

Benjamin :
Où avez-vous prévu de passer vos vacances ?

Alexandra :
Montpellier, chez mes parents,
avec des amis. Vous ?

Benjamin :
Je serai dans le Var...
Maison avec famille et amis...

– Famille et amis... Il va peut-être te lâcher un peu, commenta Joseph qui guettait ce qui se tramait au-dessus de mon épaule.

*

Une douche au carrelage vert foncé. Le boxer était baissé à mi-cuisses. La bite, tournée vers le haut. Elle faisait face à l'objectif. Rouge, elle contrastait avec le ventre blanc de Benjamin. Traveling vers les couilles. Très rouges, elles aussi. Elles étaient coincées dans le boxer. Il les libéra. Elles étaient petites. Gros plan sur le gland, puis plan large sur la bite. Il la paluchait doucement, puis plus énergiquement, par de brusques mouvements.

Benjamin :
Cadeau avant le dîner... À vous...

– Il m'envoie sa bite et me dit... Attends, c'est drôle... « Cadeau avant le dîner... À vous »... C'est un fou !
– Il est pitoyable... répondit Joseph, d'un air excédé, en se servant un grand verre de vin. Tu ne vas rien envoyer, j'espère !

– Non, t'inquiète. Par contre, je ne comprends pas pourquoi il continue à en demander... Il n'a visiblement pas besoin de moi pour se branler.

– C'est un con qui se sent moins con si tu fais comme lui.

– Hum... Je ne sais pas quoi répondre.

– Dis-lui de ranger sa queue.

– Je pense que je vais juste ne pas répondre.

– Il va continuer... Tant pis pour toi.

Joseph s'enfila la moitié de son verre de blanc, puis s'enfonça dans le fauteuil rembourré qui faisait face à la piscine du jardin de mes parents. Après quelques instants, il ajouta :

– Vas-y montre la vidéo – juste pour rigoler...

Amin

Amin et moi avons échangé pour la première fois en 2009 sur A Small World, un site web sur lequel tout le monde voulait être. A Small World était le « Facebook des gens cools », un réseau fermé fonctionnant sur le mode du parrainage. J'avais pu m'inscrire grâce à un ami qui travaillait dans la mode et une copine passionnée de mode qui n'avait jamais eu besoin de travailler pour vivre sa passion.

Je remarquai rapidement que la communauté d'A Small World était principalement composée d'hommes, CSP+ voire ++, qui *slidaient dans les DM* des jeunes et jolies filles avant même que cette expression n'existe. Il y avait un petit côté Meetic dans A Small World – un petit côté que Facebook n'avait pas vraiment à cette époque, un petit côté qu'il n'a sans doute jamais eu, Tinder et Instagram s'étant rapidement imposés comme de bien meilleurs entremetteurs. Sur A Small World, les hommes affichaient généralement des photos de profil prises à distance, révélant chemises blanches et, au choix, grosses montres ou belles voitures. Celle d'Amin était un peu différente de celles des autres – c'était une photo de lui de dos, marchant sur une plage paradisiaque en short et T-shirt.

Les photos de profil des jeunes et jolies filles inscrites sur A Small World répondaient à des codes très différents de celles des hommes, et de celles des jeunes et jolies filles qui inondent les réseaux sociaux en 2023. Il s'agissait souvent d'une photo de groupe recadrée sur le visage, ou d'une photo prise sur le vif par un ami. Des photos non posées, non retouchées, non filtrées – mais valorisantes. C'était le cas de la mienne. Elle avait été prise par Nicki en terrasse d'un café, lorsque j'étais bronzée et que je portais une robe rouge.

À part notre photo, notre prénom et notre localisation, aucune information n'était rendue accessible aux autres membres d'A Small World. C'est donc vraisemblablement cette photo de moi en robe rouge qui avait donné envie à Amin de *slider dans mes DM*. Après un « Hi how are you ? – Good and you ? – Same » de formalité, notre premier échange s'orienta vers la recherche d'une meilleure plateforme de discussion, celle d'A Small World étant quelque peu rudimentaire.

Amin :
What's your BBM ?

Alexandra :
1602ABC91.

*

Sur BBM, Amin et moi avions le même type de pseudos – des pseudos réduits à nos initiales. AP et ADT. Nous utilisions également les mêmes photos de profil que sur A Small World. La photo de son T-shirt sur une plage paradisiaque et celle de ma robe rouge en terrasse de café. Nous avons rapidement entamé une correspondance en anglais, dans laquelle j'appris qu'Amin habitait à Paris, entre mon arrondissement de résidence et Neuilly-sur-Seine, même s'il vivait à New York une grande partie de l'année. Il avait des intérêts dans des clubs de football européens, mais demeurait suffisamment distant du monde du sport pour que je ne sois pas rebutée – le football ne constituant que l'une des nombreuses activités du groupe qu'il dirigeait. Amin était en effet directeur d'une entreprise fondée par son père lorsqu'il avait quitté l'Iran pour les États-Unis, quelques décennies auparavant. Je ne connaissais absolument rien de la culture iranienne dont Amin avait hérité. Ce n'était pourtant pas ce qui nous différenciait le plus en tant qu'individus. Ce qui me différenciait le plus d'Amin était mon absence de certitudes quant à ce que je voulais et allais faire de ma vie, alors qu'il avait naturellement suivi la voie de l'entrepreneuriat que son père avait initiée pour lui.

Amin m'a ainsi connue lorsque je quittai l'école de commerce car je n'y apprenais rien, lorsque j'entrai en école de communication sans vraiment savoir pourquoi, que j'étudiai pendant quatre ans dans cette école parce que mes parents ne voulaient pas que je papillonne d'une discipline à une autre sans jamais être diplômée, lorsque j'écrivis le scénario et dessinai le story-board d'un vidéo-clip de mon premier outrage, puis de mon premier court-métrage sur ce que Johann avait fait de moi, lorsque j'abandonnai car c'était trop compliqué et émotionnel de conduire un projet si personnel, lorsque je me lançai dans le gonzo en format radiophonique, que j'abandonnai car mes complices me lâchaient toujours avant que les choses sérieuses ne commencent, lorsque j'écrivis un long-métrage sur la vie de Maïakovski, dont je ne fis rien parce que je ne savais pas quoi en faire, lorsque je commençai les études de droit, lorsque je me plaignis des études de droit, lorsque j'y ajoutai des études de sciences politiques car *j'avais besoin de réfléchir davantage*, lorsque je me réorientai en droit international et relations internationales, lorsque je retournai vers la radio et les cours d'économie parce que... *Je n'en savais rien, mais c'était comme ça.* Amin m'a également connue lors de mes étés de solitude, lors de mes étés charnels, lors de mes étés d'études, lors de mes étés de vadrouille. Il m'a connue avec beaucoup de flirts, de rares coups de cœur et quelques souffre-douleurs. Il m'a connue avec beaucoup d'amis différents – Nicolas, Charline, Manon, Joseph, Mathieu et bien d'autres. Avec des nièces de six et neuf ans, puis de seize et dix-neuf ans. Avec des couleurs de cheveux variées – platine, doré, ombré, brun foncé, reflets auburn, puis couleur naturelle. Avec des longueurs de robe différentes – ultra courtes, puis trop longues. Amin m'a connue dans toutes les phases et évolutions d'une quasi-décennie sans jamais me rencontrer dans la « vraie » vie.

Ma relation virtuelle avec Amin n'a ainsi jamais été affectée par les aléas de nos vies quotidiennes. Elle avait sa propre dynamique – joyeuse et stable. Ce que nous faisions au quotidien n'était qu'un prétexte pour partager sans réserve ce que nous pensions – pour en rire aussi. Un jour qu'il était en vacances dans une station des Alpes suisses, il m'envoya la photo d'une gigantesque barre de chocolat Toblerone trônant sur les pistes.

Amin :
My dream chocolate bar.

Alexandra :
That would be mine too
if it tasted different
each time I have a bite.

Amin :
No, taste must remain the same –
taste is what makes it dreamy –
I was thinking about the size.

Alexandra :
I know – that's so big you can eat
that same chocolate bar throughout
your whole life... OK, a year for me.

Amin :
What a life it would be !
Dream life.

Alexandra :
Or boring.

Amin :
Not to me, cause I'll have a giant
Nutella bottle and other goodies too.

Alexandra :
That's what most people would do – having that dream bar for life and picking some others from time to time.

Amin :
Obviously.

Alexandra :
So sad.

Chaque détail de la vie réelle pouvait donner lieu à des échanges honnêtes avec Amin, des échanges dans lesquels il ne me jugeait jamais défavorablement, pas même lorsque je prétendais ne pas pouvoir me satisfaire d'une énorme barre de Toblerone, de n'importe quelle autre chose ou personne, aussi merveilleuse puisse-t-elle sembler. Amin lisait mon opinion, la discutait parfois, mais l'acceptait toujours telle qu'elle était, sans jamais la condamner. Il ne réprouvait pas non mon plus mes mauvais comportements, même ceux qui l'agaçaient.

Un soir, alors que nous commentions depuis plus d'une heure le podcast qu'il avait écouté, puis résumé dans notre conversation WhatsApp – j'ai oublié si le sujet du jour était la vente d'armes au Moyen-Orient, des histoires de l'Avesta ou sur la déliquescence d'une quelconque dynastie asiatique –, je mis mon téléphone en silencieux et cessai de répondre sans l'en avertir au préalable, estimant que le débat pourrait reprendre lorsque j'aurais terminé le devoir que je devais rendre le lendemain matin et que j'avais à peine commencé. Amin continua de débattre passionnément, seul, face à lui-même, puis, constatant que j'avais déserté, ajouta :

Amin :
Oops. Will stop talking to you for a while.

J'hésitai à répondre pour lui dire que j'étais occupée, que je devais finir ce putain de devoir qui m'intéressait beaucoup moins que notre échange mais qui m'obligeait davantage. Je savais que si je répondais, Amin dirait : « *Fuck it. You're too smart for that shit* ». Nous partirions alors dans un nouveau débat qui remettrait en cause la notion d'intelligence dans notre société et je ne finirais jamais ce putain de devoir… Mais Amin renchérit avant même que je n'aie eu le temps de décider de ne pas répondre à sa mise en garde.

Amin :
Actually on the second thought,
no I won't cause I know when you
don't feel like talking.
You just don't answer so it's all good.

Amin me connaissait véritablement bien – bien mieux que les amis que je côtoyais au quotidien. Sans doute parce qu'en plus d'être intensifs – durant certaines périodes, nous pouvions nous écrire plusieurs heures par jour –, nos échanges n'étaient jamais frappés du sceau de la trivialité. Nous ne parlions pas des petits tracas du quotidien, pas plus que des conflits avec les collègues de travail ou les camarades de classe, ni de l'organisation des prochaines vacances qui nous feraient fuir le mauvais temps continental… Nous ne parlions d'ailleurs jamais du beau ou du mauvais temps, ni de toutes ces petites choses qui nous occupent mais ne nous intéressent pas. Paradoxalement, Amin m'ennuyait beaucoup moins que mes « vrais » amis, ou plutôt mes amis de la « vraie » vie.

J'accordais même à Amin quelques faveurs qu'aucune autre personne n'avait jamais reçues de ma part. Si j'évoquais platement les films que j'avais aimés avec mes amis de la « vraie » vie – « c'est un bon film, tu devrais le regarder. Il est dispo en VOD sur UniversCiné » –, je dessinais pour Amin les histoires qui m'avaient plu. Je l'avais fait sur une feuille A4 pour *Le Fleuve de Renoir* – une série de petits dessins avec des annotations : *the river, the people, happy family, three girls, one man, love, death, life.*

Amin :
I love your teenage handwriting.
It's even cuter than the beauty
mark on your upper lip.

Personne d'autre qu'Amin n'avait jamais remarqué que j'avais une écriture d'adolescente.

*

Le temps et les années passant, j'associais la distance physique qui me séparait d'Amin à mon attachement pour lui. J'étais convaincue que notre relation ne pouvait se concevoir pleinement, que virtuellement. Peut-être avais-je aussi peur de perdre mon ami si nous nous rencontrions et que nous enclenchions un jeu de séduction vain... Nous nous étions tout de même abordés sur A Small World.

Amin a pourtant proposé plusieurs rencontres dans la « vraie » vie. D'abord, un pique-nique entre mes cours, puisque son bureau était à deux rues de mon école de communication, ou un dîner après ceux-ci, parce que nous habitions dans le même quartier, puis un week-end à la montagne... Pour celui-ci, il était allé jusqu'à me demander mon adresse électronique pour m'envoyer mon billet. Je répondis : « imnotcoming@hotmail.com ». Il me boycotta pendant quelques jours, puis accepta de me reparler lorsque je le lançai sur un sujet sans doute plus original que ceux que lui imposaient les personnes avec lesquelles il était parti en vacances.

La dernière fois qu'Amin a tenté d'organiser une rencontre fut un soir d'automne, après cinq ans de discussion numérique. J'étais au Silencio. Lui, à l'Arc. Il m'écrivit qu'il arrivait pour me voir, qu'on pouvait se rencontrer sur le banc face à l'entrée du Silencio, puis se promener dans les rues de Paris jusqu'au petit matin. Peut-être parce que j'avais bu au point d'être enthousiasmée par n'importe quelle proposition, j'avais accepté et l'avais même sommé de venir « now !!! ». Mais, après seulement quelques instants, je réalisai que cette rencontre allait tout changer dans notre relation, qu'elle modifierait sa dynamique joyeuse, stable et intime – cette dynamique que j'appréciais tant. Je compris qu'elle risquait de devenir comme toutes les autres, une amitié pour s'occuper et ne pas se sentir trop seul ou pire, qu'elle serait réduite à une idylle virtuelle peu concluante dans la « vraie » vie. Je passai mon téléphone en mode avion et fuis le Silencio.

Amin m'a envoyé la photo du banc où nous devions nous rejoindre, en me disant qu'il m'y attendait, jusqu'à ce qu'il comprenne que je ne viendrais pas. Je lui répondis seulement le lendemain, en prétextant que je n'avais plus de batterie, que je l'avais cherché, mais ne l'avais pas trouvé. Il ne m'a sans doute pas crue, mais ne m'a pas fait de reproches. Je pense qu'Amin avait déjà, depuis bien longtemps, accepté l'idée que nous ne nous rencontrerions sans doute jamais dans la « vraie » vie. J'avais le sentiment que cela ne le dérangeait plus tant que cela, au fond.

*

Trois ou quatre années plus tard, alors que j'étais en chemin pour dîner avec Isaac, Amin me fit remarquer que « He's a lucky man... I mean, to meet you ». Je me défilai avec une blague.

Alexandra :
I mean or Amin ?

Amin :
You know what Amin – I mean « I mean ».

Je reçus, quelques instants plus tard, un message d'Isaac.

Isaac :
Désolé, ça ne va pas être possible ce soir. Je dois annuler.

J'étais vexée qu'il annule notre rendez-vous, et furieuse parce qu'il m'annulait alors que j'étais en chemin et trop belle pour rentrer chez moi. Je refusai de faire demi-tour seulement parce qu'un loser comme Isaac me décommandait à la dernière minute. Je me rabattis donc sur un rendez-vous avec Amin :

Alexandra :
OK. I changed my mind.
Wanna have drinksssss at les Bains ?

Amin :
Sure. I'll be there in 30 min.

Amin était là, à l'heure. Il était assez grand, les yeux et les cheveux foncés, l'air décontracté et enthousiaste.

– Finally ! That was unexpected. What happened to the other guy ?
– He canceled.
– So I'm plan B.
– Absolutely not ! You know you're not.

Nous étions là, assis au comptoir du bar, côte à côte, tournés l'un vers l'autre, près de dix ans après notre premier échange sur A Small World. Amin parlait beaucoup. Je me souviens qu'il s'agissait surtout de choses conventionnelles et insignifiantes – j'ai d'ailleurs oublié le détail de tout ce qu'il a dit ce soir-là. Ce n'était plus important. Les corps contenaient désormais la vivacité des mots, la retenue avait pris la place du naturel et le réalisme, celle de l'idéalisation. Nous pouvions nous comparer aux autres, puisque nous étions devenus comme eux, comme tous les autres, qui discutaient de banalités et s'ennuyaient en compagnie l'un de l'autre. Je voulais abréger ce rendez-vous malaisant au plus vite et tenter d'oublier mon erreur, même si je savais que rien ne serait plus jamais pareil, entre Amin et moi.

Lorsqu'il me déposa en bas de chez moi, il me fit remarquer que je n'avais presque rien dit de toute la soirée. Je répondis que ce n'était pas à cause de lui, que j'étais juste fatiguée. Je le remerciai pour cette belle soirée, et lui dis qu'on restait en contact, dans la « vraie » vie ou sur nos téléphones. Je savais pourtant que nous ne nous reverrions pas, et ne nous parlerions peut-être même plus. C'était ma faute. J'avais tout gâché de la singularité de notre relation. J'avais tout gâché à cause d'une toute petite entaille à l'ego.

John

Pendant plusieurs années, John a fait partie du paysage de mes soirées. Peu importait le lieu où elles se déroulaient, John était le plus souvent là, lui aussi, parfois en compagnie d'autres filles – comme la petite brune qui avait fini avec Thomas. Mais le plus souvent, John était avec son grand frère, qui n'était pas beaucoup plus âgé que lui. David, s'appelait-il.

David était plus accessible que John. Plus ouvert, aussi. Il m'avait spontanément parlé, une fois, au bar du Silencio. Il n'avait rien dit de très intéressant, comme c'est souvent le cas, lorsqu'on parle à des inconnus en soirée – mais il s'était présenté et avait présenté John. C'était suffisant pour me le faire apprécier.

J'avais repéré John bien avant que son frère ne nous introduise l'un à l'autre. Il était le genre d'hommes qui pouvait me plaire – immense et fin, avec beaucoup de cheveux, de très beaux cheveux longs, noirs et brillants. Je ne pouvais pas m'empêcher d'être attentive au moindre des faits et gestes de John, lorsqu'il gravitait autour de moi. J'avais le sentiment que je ne lui étais pas indifférente non plus.

John et moi n'échangions pourtant jamais plus que des regards distants, quelques sourires contrôlés et, parfois, lorsque nous avions suffisamment bu, des « salut ! » désinvoltes. C'est seulement une nuit d'octobre, des années après que nous nous étions croisés pour la première fois, qu'il se décida enfin à briser la glace.

Cette nuit-là, j'attendais un taxi après une longue soirée passée au bar des Bains avec mon ami Mathieu. Son chauffeur était arrivé avant le mien. Mon application annonçait encore quatre minutes d'attente. Je m'installai dans un fauteuil isolé, quelque part dans le hall de l'hôtel. John arriva. Il me salua, demanda comment j'allais, et enchaîna :

– T'es pas avec ton copain ?
– Quel copain ?
– Le petit, avec les yeux bridés, toujours en costume.
– Joseph ?
– Oui, je crois.
– C'est pas mon mec ! C'est l'un de mes meilleurs amis.
– C'est pas ton mec ?
– Pas du tout ! Il est gay.

Temps mort. Il s'attendait sûrement à ce que je lui annonce une rupture, mais pas une amitié platonique. Il reprit :

– Je t'aurais draguée si j'avais su ça plus tôt...
– Tu aurais dû.

Deuxième temps mort. Je me levai :

– Bon... Ma voiture est arrivée... À bientôt !
– Attends, je peux prendre ton numéro ?

Je le lui donnai en vitesse, insistant sur le fait que j'étais pressée – non pas parce que mon chauffeur m'attendait, mais parce que je voulais dissimuler le sourire satisfait qui forçait la commissure de mes lèvres. Je sautai dans la voiture qui m'attendait et m'empressai d'écrire à Joseph pour lui raconter ce qui venait de se passer.

Alexandra :
Super soirée... J'ai parlé à John...
Il croyait que t'étais mon mec. Trop drôle.

Joseph m'appela immédiatement. Je décrochai :

– Merde. Je t'ai réveillé ?
– Non, je vais bosser... Je devais commencer à 6 heures mais je suis en retard. Fais chier.
– En effet, il est 6 h 13.
– Monsieur, on peut aller plus vite là ? Je suis en retard... Y a personne sur les routes, il faut rouler... Allô, t'es là ?
– Oui.
– Alors, raconte.
– Bon, t'as bien fait de ne pas venir... Puisque tu n'étais pas là, John est venu me parler... En fait, il...
– Le grand aux cheveux longs ?
– Oui... Donc, j'attendais ma voiture à l'entrée de l'hôtel... Et il est venu...
– Mais t'étais pas avec Mathieu, ce soir ?
– Si, mais sa voiture est arrivée avant la mienne. Donc. Il est venu et il m'a demandé pourquoi je n'étais pas avec mon mec...
– Mais comment tu sais qu'il parlait de moi ?
– Il me l'a dit !
– Non, mais je ne sais pas... Il aurait pu parler de Guillaume ou de Pierre-Antoine ou de... Je ne sais pas avec quel autre mec il a pu te voir...
– Non, il a dit le petit avec les yeux bridés...
– J'vais le niquer.
– Toujours en costume...
– Ah ! Ça va. Il a remarqué mon petit style personnel.
– Bref... J'ai dit que t'étais pas mon mec, que t'étais mon meilleur ami. Il était surpris, peut-être même... choqué...
– T'as dit que j'étais gay ?
– Non. J'ai dit que t'étais mon meilleur ami... Il était choqué et m'a dit qu'il serait venu m'aborder plus tôt, s'il l'avait su.
– Eh ben... Il est pas mal, ce petit John. Il a l'air d'être un bon gars.
– Il est pas mal parce qu'il a cru que t'étais hétéro et que tu pouvais me baiser ?

– Je suis flatté qu'il n'ait pas vu que j'étais gay... Ça veut dire que je suis encore indétectable... Mais c'est surtout un bon mec car il est respectueux vis-à-vis de moi et de notre relation.

– Ouais, enfin... T'es mon pote, pas mon mec.

– Non, mais en gros, il me respecte, peu importe qui je suis. Il a de bonnes valeurs. Je le valide, ce John.

– Eh bien, il t'en faut peu !

Tous les autres s'y étaient pourtant cassé les dents.

*

J'ai oublié qui de John ou de moi a écrit à l'autre en premier, après cette soirée aux Bains. Ce dont je me souviens, c'est que la discussion ne s'est pas déroulée comme je l'avais espéré. John m'annonça s'envoler le lendemain, pour un mois, à New York. J'hésitai un instant à lui proposer de venir chez moi le soir même, avant qu'il ne parte, puis me ravisai, pensant que nous avions le temps, que nous n'étions plus à un mois près, après toutes ces années passées à se tourner autour sans jamais oser se parler.

Alexandra :
Tu pars pour des vacances ?

John :
Non. Je cherche un travail.

John était un tout petit peu plus jeune que moi – d'un an, environ. Il avait terminé ses études d'architecture quelques mois plus tôt. Je trouvais intrigant qu'il cherche son premier travail à New York plutôt qu'à Paris, où il avait grandi et vécu toute sa vie, où il avait sans doute fait des stages et avait donc des relations pour se lancer dans la vie professionnelle. Je me dis qu'il était possible qu'il trouve, tout comme moi, que la France était un pays mort, que les Français étaient des morts-vivants, et qu'il y avait peut-être en lui une petite étincelle de vie que je ne trouvais nulle part ailleurs, chez personne d'autre, une petite étincelle qui le poussait vers d'autres réalités. Je pondérai ensuite cet excès d'espoir, en me rappelant que fantasmer sur les qualités espérées d'un presque inconnu m'avait toujours déçue. Je me forçai donc à m'en tenir aux faits : John cherchait un job à New York.

– Je n'aurais pas deviné... Mais ça lui va bien, estima Mathieu, à l'occasion d'une soirée, lorsque je lui rapportai les faits.

– Je ne peux pas dire, je n'ai jamais rencontré d'architecte ni d'étudiant en architecture. Ce n'est pas mon domaine.

– C'est chic, d'être avec un architecte. Mieux que les barmans, musiciens et fous furieux que tu te tapes d'habitude.

– Il n'est a priori pas très différent des autres... La plupart sont créatifs.

– Oui, enfin... Faire joujou sur un clavier ou hurler ses morts dans un micro... Ce n'est pas être très créatif, si tu veux mon avis.

– C'est peut-être trop créatif pour toi.

– Non, c'est cliché. Des sales gosses incontrôlables. En plus, les tiens ressemblent à des clochards... Architecte, c'est bien. C'est créatif, mais raisonnable.

– Pourquoi raisonnable ?

– Ils font des maths.

– Je déteste les maths.

– Moi aussi, mais les hommes qui font des maths ont un haut potentiel. C'est très recherché. Très bon profil, analysa Mathieu, qui parlait de nuit comme le chasseur de têtes qu'il était le jour. Je valide !, ajouta-t-il.

– Euh... T'es sûr ?

John était le premier homme digne d'intérêt à être « validé » par mes deux meilleurs amis. C'était inattendu.

*

Le voyage aux États-Unis avait été prolongé. C'est donc seulement sept semaines après la soirée aux Bains que John me donna rendez-vous, un mardi soir au bar de l'Hôtel National des Arts et Métiers. Ce n'était pas le bon moment pour moi, puisque j'avais un devoir à rendre le lendemain, au petit matin... mais ce n'était jamais le bon moment, puisque j'avais chaque jour des devoirs à travailler. Et puis, j'avais attendu ce rendez-vous avec une certaine impatience... Je l'acceptai donc avec joie.

Lorsque j'arrivai, John était déjà là, à m'attendre. Nous nous sommes installés dans un fauteuil en velours. Il fit remarquer que ceux à poils bouclés étaient de mauvais goût. Il commanda un whisky avec une goutte d'eau et moi, un verre de vin. Ce fut un rendez-vous court, timide et maladroit – comme le sont la plupart des rencontres non spontanées. Notre discussion était artificielle et se concentrait sur nos ambitions professionnelles – il voulait devenir architecte, et moi je pensais à travailler dans la diplomatie, en intégrant une organisation internationale. Il était parti à New York pour déposer son portfolio dans les meilleurs cabinets d'architectes américains. Certains étaient intéressés par son profil. Il devait donc retourner à New York pour des entretiens. Il dit que la France était un pays de rageux et que la réussite était ailleurs. Il ajouta toutefois qu'il y reviendrait pour fonder une famille, qu'il ne se voyait pas élever ses enfants autre part qu'à Paris. J'acquiesçai, sans développer que le problème de la France n'était pas les Français rageux, mais les Français morts, et sans dire qu'il n'y avait, à mon avis, rien de plus déprimant que les retours vers le passé. Il assumait avoir voté pour Macron, car il était jeune, dynamique, et avait envie de faire bouger les choses. Il était persuadé que moi aussi. Je niai. Il comprit alors que j'avais voté pour Fillon. Il parut satisfait que je vote aussi à droite. Je ne dis pas que j'étais libertarienne, car je n'aimais pas partager mes convictions politiques – je trouvais cela trop intime. Nous avons finalement quitté ce rendez-vous réservé sans baiser ni promesses – si ce n'est celle de rester en contact.

Joseph :
Alors, c'était comment ?

Alexandra :
C'était cool.

Joseph :
Tu le revois quand ?

Alexandra :
Je ne sais pas. Il est reparti
à New York pour des entretiens.

Joseph :
Ne le lâche pas, celui-là. Il est super.

Je ne doutais pas un seul instant que John était *super*. Mais il y avait comme un problème. Je ne savais pas lequel, mais je sentais que quelque chose ne collait pas entre lui et moi – comme s'il était vide, en ma présence, comme si j'étais vide, en la sienne.

*

John revint à Paris quelques semaines plus tard, à la fin du mois de janvier. Il me proposa de nous revoir. J'acceptai, mais trouvai finalement une excuse pour annuler. *« Trop de retard dans mes révisions de partiels. »* Il insista un peu, mais pas tant que ça, avant de repartir à New York. Définitivement, cette fois.

*

En dépit de ce sentiment étrange de vide entre nous, et malgré la distance qui nous séparait, j'ai gardé contact avec John. Je dirais même que j'ai entretenu notre contact du mieux que je le pouvais, en m'accrochant à l'intérêt que j'avais pour lui avant notre premier rendez-vous, en me rassurant par l'enthousiasme de mes amis à son égard, en me persuadant que je ne voulais pas passer à côté de « quelque chose » – sans vraiment savoir de quoi il s'agissait –, en me disant qu'un premier rendez-vous pouvait mal se passer, que ce n'était pas une fin en soi, qu'il faudrait voir comment se dérouleraient les suivants, si je ne les annulais pas sur un coup de tête, si j'allais à New York pour le revoir.

– Il m'a proposé d'aller passer du temps à New York... Mais j'hésite...

– C'est génial ! En plus, tu adores New York. C'est une bonne raison de t'y rendre plus souvent, envisagea opportunément Joseph lorsque je lui fis part de mes hésitations.

– Ouais, mais ça n'a pas de sens de commencer une relation avec un mec que je ne connais presque pas et qui habite si loin.

– Olala... Tu parles de relation, pas de plan cul, c'est bon signe !

– C'est surtout que je n'irais jamais jusqu'à New York pour seulement... baiser. Comme si je ne pouvais pas trouver quelqu'un ici.

– Tu peux, mais il sera moins bien que lui.

– Pour baiser ? Ils se valent tous plus ou moins.

– Ne fais pas comme si tu ne comprenais pas. Je te connais trop bien pour tomber dans le panneau.

– Et donc, dis-moi... Qu'est-ce que je vais faire ? John ou pas John ?

– Pas John... Mais tu vas le regretter.

J'ai sincèrement, sérieusement, envisagé de passer du temps avec John à New York. J'ai même, à un certain moment, pris la décision d'y aller. J'ai donc cherché un appartement que je pourrais louer – j'avais trouvé un loft baroque à Brooklyn qui me plaisait, puis hésité en me disant qu'il serait peut-être plus judicieux de retourner à l'hôtel Gansevoort, où j'avais séjourné lors de mon dernier voyage. J'avais demandé à John quelles seraient ses disponibilités, si je venais une semaine en mars ou en avril. Il répondit qu'il bossait la journée, que je *pourrais faire mes trucs pendant ce temps-là*, mais qu'il serait libre en dehors de ses heures de travail. J'en avais déduit qu'il serait préférable d'aller à l'hôtel à Manhattan, pour éviter de perdre du temps seule dans les transports. J'ai ensuite pensé qu'il faudrait peut-être envisager un autre hôtel que le Gansevoort, qu'il faudrait regarder comment étaient les chambres du Standard, vérifier qu'elles n'étaient pas trop petites ou inadaptées à l'intimité. Je ne l'ai finalement pas fait. Je ne saurais pas expliquer pourquoi. Démotivation, changement d'humeur, Gaspard ou un autre qui passait par là, John qui avait sa fierté, qui ne s'abaissait pas assez, pas assez souvent non plus, peut-être autre chose, ou tout ensemble. Sans raison évidente, le projet de rendre visite à John à New York fut mis de côté, ou plutôt en suspens.

Je l'envisageais pourtant de nouveau, chaque fois que notre échange devenait moins formel, plus intime surtout. J'ignore ce qui me stimulait le plus, si c'étaient les mots que John utilisait pour raconter ce qu'il pourrait faire à mon corps – même ce qu'il n'aimait pas particulièrement et ne faisait pas à toutes les filles –, si c'étaient ces mots ou l'humour que je lui découvrais lorsqu'il abordait des sujets personnels. Je ne sais pas si j'étais davantage stimulée ou attendrie par son comportement, par le fait qu'il me demande mon accord pour passer aux visuels, comme s'il craignait que les photos et vidéos de son corps nu puissent me heurter... Ce dont je suis certaine, c'est que j'étais plus que tout sensible à l'idée que nous étions unis par la solitude, lui et moi – tous les deux tellement seuls, chacun de son côté, que nous nous en remettions désespérément à nos appareils pour titiller ce *petit truc* qui nous avait souvent attirés l'un vers l'autre par le passé, ce petit truc humain dont nous étions privés.

J'ai recommencé à sourire largement lorsque le prénom de John apparaissait sur l'écran de mon téléphone. Je me suis appliquée pour capter des contenus érotiques assez excitants pour lui donner envie de poursuivre nos échanges, en attendant que nous nous revoyions. J'ai cherché, puis trouvé une période durant laquelle je pourrais m'absenter pour lui rendre visite. J'ai parfois pensé que je pourrais profiter de ce séjour pour chercher un stage à New York pour la rentrée de septembre, mais me ravisais toujours rapidement, dès que je réalisais qu'il ne fallait pas s'emballer, surtout ne pas se projeter parce qu'après tout, notre premier rendez-vous s'était mal passé, que ce n'était pas parce qu'il était devenu drôle et attendrissant par messages qu'il me plairait réellement dans la « vraie » vie, que je ne voudrais peut-être pas plus qu'une simple baise avec lui, si nous n'avions pas d'atomes crochus, même si je n'espérais pas cela, car c'était trop humiliant, voire inacceptable, de faire un si long voyage pour juste tirer un coup. Je revenais alors sur ma décision. New York n'était pas une bonne idée. Puis je m'adoucissais, pensant que je ne pouvais pas savoir si je n'essayais pas, qu'il fallait y aller pour me rendre compte s'il en valait la peine – oui, j'allais y aller pour voir John. Je revenais ensuite une nouvelle fois sur ma décision. Deux fois, tellement de fois, parfois plusieurs fois par jour...

Mathieu :
Vous faites quoi ?

Alexandra :
Je bosse et toi ?

Joseph :
Nada.

Mathieu :
Je viens de regarder un film.

Alexandra :
Lequel ?

Mathieu :
L'Avventura. C'était magnifique.

Alexandra :
Tellement déprimant.

Joseph :
Pas vu.

Alexandra :
C'est un film avec Monica Vitti, dans lequel tout le monde aime mal

Mathieu :
N'importe quoi !

Alexandra :
Et tout le monde est seul.

Mathieu :
Tu dis n'importe quoi ou tu ne
l'as pas vu car ils finissent ensemble.

Alexandra :
Je l'ai vu.

Mathieu :
Alors tu as vu que c'était
une belle histoire d'amour.

Alexandra :
Laquelle ?

Mathieu :
Quoi ?

Alexandra :
« Histoire d'amour ».

Mathieu :
Ben avec Vitti !!!

Alexandra [Mémo vocal] :
Euh... Je fais un mémo parce que c'est plus simple mais...
Je te demande laquelle parce que le mec a
au moins trois histoires différentes dans le film...
Sa femme ou sa fiancée – je sais plus –,
qu'il oublie direct, dès qu'elle disparaît, pour Vitti...
Vitti, avec qui il prétend chercher sa femme
mais en fait, il s'en branle de la femme,
c'est un juste prétexte... Et la pute avec qui
il trompe Vitti une fois qu'il l'a séduite... Donc bon...

Alexandra :
C'est pas du tout un film d'amour.

C'est un film sur des personnes
qui ne s'aiment pas mais qui s'occupent.

Mathieu :
Mouais.

Moi je trouve quand même que c'est un bon film.
Je recommande.

Joseph :
Bref...

Mathieu :
Oui. Quoi de neuf ? T'as des nouvelles de John ?

Alexandra :
Oui.

Mathieu :
Joseph m'a dit qu'il voulait que tu ailles le voir.

Alexandra :
C'est vrai !

Joseph :
J'ai rien dit. C'est lui qui m'a saoulé.

Mathieu :
T'y vas quand ?

Alexandra :
Mais j'ai décidé que je n'irais pas.

Mathieu :
WHY ???!!!!

Alexandra :
Je n'ai pas senti la petite étincelle
lors de notre rendez-vous.

Mathieu :
Mais t'as dit que votre rendez-vous était bien.

Alexandra :
C'était bien, mais pas fantastique.

Mathieu :
T'es trop exigeante.

Joseph :
C'est clair.

Depuis que je le connaissais, Mathieu et toutes les personnes de mon entourage avaient toujours recherché le *profil idéal*. Beau, mais pas trop. Bonne famille, mais pas beaucoup plus que les leurs. Carrière accomplie, ou pour le moins prometteuse. Un goût prononcé pour les voyages et les sorties, sans jamais souiller leur image ni perdre leur sérieux. La passion des belles choses, et surtout le plaisir de les offrir. Ils s'évertuaient à repousser ceux qui les faisaient bander mais ne remplissaient à l'évidence pas ces critères, et à enchaîner les rendez-vous avec ceux qui avaient le potentiel de le faire, tout en traquant la moindre faille – un ex problématique, une famille encombrante, une éducation trop limitée, un budget un peu serré, un appartement désagréable, situé dans un mauvais quartier, des copains trop « simples », un manque d'intérêt pour les arts et la culture... La faille se présentait toujours entre le premier et le troisième rendez-vous. Le plus souvent, il me semblait que la faille était seulement une excuse visant à justifier l'ennui qu'ils ressentaient en compagnie l'un de l'autre, puisqu'ils ne s'étaient pas choisis, mais sélectionnés. Toutes ces personnes demeuraient ainsi, à leur grand désespoir, d'éternels célibataires – des jeunes gens exigeants, persuadés de savoir ce qu'ils voulaient sans même comprendre ce dont ils avaient envie.

Alexandra :
T'es sérieux là ? C'est toi qui es
toujours solo parce que tu
cherches un profil idéal qui n'existe PAS.

Mathieu :
C'est faux. Baptiste. Hugo.
Je n'étais pas seul... Déjà moins que toi.

Et parle bien stp.

Alexandra :
Tu cherches un profil qui n'existe pas.

Mathieu :
C'est faux.
Et je peux dire la même chose pour toi.

Alexandra :
Beau, intéressant, avec une situation confortable, une bonne image, une famille qui le soutient, qui aime les sorties, et les voyages, et les musées, etc. etc. etc.

Mathieu :
Et alors ? C'est pas irréaliste de prétendre à cela.

Alexandra :
Etc. etc. etc.

Mathieu :
De toute façon j'ai pas de leçon à recevoir de toi.

Alexandra :
Et pourquoi pas ? Tu serais peut-être plus heureux.

Mathieu :
Comme si toi tu l'étais, pfff.

Je n'étais pas malheureuse. J'étais juste bousillée par une contradiction personnelle qui me faisait dérailler : la conviction que j'étais faite pour une vie de solitude, une vie de femme indépendante, parfois accompagnée mais toujours sans attaches – une conviction parasitée par une putain de foi en l'amour. L'amour auquel je ne m'étais jamais laissée aller parce qu'il avait trop mauvaise réputation – dépendance, souffrance, trahison... L'amour qui m'obsédait pourtant, intimement, dans sa forme la plus réductrice, celle d'une toute petite étincelle de vie.

Je n'étais pas vraiment malheureuse, car même si je ne savais pas ce que je voulais réellement, je pouvais ressentir ce dont je n'avais pas envie. Je n'avais pas envie du *profil idéal* qu'ils cherchaient tant, Mathieu et tous les autres. Le *profil idéal* tel qu'ils avaient identifié John. Je n'avais pas envie de John en tant que *profil idéal* de tous ces autres, autour de moi. Tous ces autres qui essayaient de me convaincre que *L'Avventura* était une belle histoire d'amour avec une fin heureuse.

VIVE L'AMOUR !

La tension

Mon premier vrai rapport aux arts visuels, je l'ai éprouvé à l'âge de quatorze ans, lorsque je suis allée au MOMA avec mon père. Quatorze ans, c'est assez tard pour commencer à avoir un avis sur l'art... D'autant plus que mes parents m'avaient traînée dans toutes sortes de musées bien avant cette date. Je me souviens, par exemple, avoir découvert le Louvre lorsque j'avais tout juste six ans. Une visite du Louvre n'avait, à mes yeux de petite fille, pas d'autre valeur que celle d'une promenade qui obligeait à beaucoup (trop) marcher, au milieu de beaucoup (trop) de monde et de beaucoup (trop) de peintures faites par des grandes personnes qui étaient prises beaucoup (trop) au sérieux. Le Louvre à six ans, c'était juste... chiant. Mais puisque c'était la contrepartie que mes parents avaient fixée pour aller à Disneyland le lendemain, je me tins sage et ne me plaignis pas – pas même lorsque je commençai à boitiller parce que mes petits souliers vernis échauffaient mes pieds et que je sentais pulluler des ampoules de sang sur mes talons.

Plus tard, entre mes huit et douze ans, les arts visuels me sont apparus comme une source d'embarras à l'égard de mes amis. Mon père avait en effet eu le mauvais goût d'accrocher des reproductions que je trouvais honteuses aux murs du séjour de notre maison. Il y avait un portrait de Jeanne de Modigliani au-dessus du canapé – celui-ci passait encore –, des danseuses de Degas près du coin repas, et un nu... *Les Amies* de Klimt. Un nu explicite et frontal qui exhibait la peau blanche, les mamelons rosés et la vulve poilue d'une jeune femme. Ce nu placardé au mur de notre séjour, juste au-dessus de la télévision, me mettait mal à l'aise, surtout lorsque mes amis venaient jouer chez moi. J'essayais de les distraire, chaque fois que nous passions devant ce tableau pour aller dans ma chambre, espérant qu'ils ne le remarqueraient pas... Mais ses couleurs vives et chaudes contrastaient si fortement avec le papier peint vert foncé sur lequel il était apposé que mes efforts demeuraient vains. Le nu n'échappait à personne. Plusieurs fois, j'ai fait remarquer à ma mère que ce tableau était une *horreur, que ça faisait pervers d'avoir une fille à poil au-dessus de la télévision.* Elle me répondait simplement que mon père aimait ce tableau, suggérant ainsi que nous ne pouvions rien faire, et surtout pas le décrocher du mur. Au fond, je crois que ma mère l'aimait aussi, ce nu, même si elle ne l'assumait pas. Si cela n'avait pas été le cas, il aurait fini dans le bureau de mon père, où s'amassaient tous les objets de décoration qu'elle refusait de voir dans l'espace de vie commun.

Ce nu de Klimt est ainsi resté au-dessus de la télévision du séjour tout le temps que nous avons occupé cette maison au papier peint vert foncé, c'est-à-dire une dizaine d'années de plus.

*

Après mes douze ans, ce n'était plus vraiment le nu de Klimt qui me dérangeait, mais une nouvelle idée saugrenue de mon père. Il avait décidé d'encadrer les mauvaises peintures que j'avais réalisées, ou plutôt imitées – par exemple, *Les Tournesols* de van Gogh, étant enfant, dans la cage d'escalier qui conduisait au premier étage de notre maison. Il disait que c'était de l'art. Je disais que *non, que ce n'était qu'un dessin – mon dessin – et que ce n'était certainement pas de l'art.* Il me demandait pourquoi ce n'était pas de l'art. Je ne savais pas trop pourquoi, mais je faisais valoir qu'il était mauvais et que *tout le monde pouvait faire un mauvais dessin.* Il insistait en disant qu'à son avis, c'était vraiment de l'art. Je n'avais pas envie de discuter davantage avec mon vieux. Il ne comprenait rien à rien et me saoulait grave.

*

Même si durant toute mon enfance, mon père avait fait son possible pour me tourmenter avec l'« art » qui n'en était pas et l'« art » des pervers, c'est seulement lors de mon premier voyage à New York, lorsque j'avais quatorze ans, que j'eus le sentiment de me confronter aux arts visuels pour la première fois.

Comme la plupart des ados éduqués à la pop culture des années 2000, j'avais terriblement envie de découvrir New York, mais ma famille préférait toujours passer ses vacances à la mer, plutôt qu'à la ville. Pour contenir un peu mes protestations quant à ce choix, mes parents m'emmenaient, tous les deux mois, faire les magasins à Paris pour que je puisse acheter les vêtements que je voyais dans les magazines et que je n'avais aucune chance de trouver à Metz, où nous habitions. J'étais sans doute la première fille de la région à avoir des bottes UGG et à les porter avec une mini-jupe en jean, en plein été, comme le faisaient les filles de Californie. Mes parents avaient également accepté de décorer ma chambre aux couleurs des États-Unis. Les murs bleus, les rideaux blancs, la housse de couette rouge rayée. Des photos de New York, de Los Angeles et d'idoles américaines sur tous les murs. Un drapeau américain surdimensionné au-dessus du lit – une trouvaille inespérée à cette époque, Internet ne nous permettant pas encore de commander tout ce que l'on désirait, à n'importe quel moment, et de nous le faire livrer n'importe où, en un temps record... Bref, j'avais terriblement envie d'aller à New York et je fus aux anges lorsque mon père me proposa enfin de l'y accompagner à l'occasion d'un voyage professionnel.

Nous étions logés au Roosevelt Hôtel, East 45th Street, où j'attendais, chaque matin, qu'il finisse ses rendez-vous pour que nous puissions traîner dans les rues de Manhattan. Il rentrait en général vers 13 ou 14 heures, mais pas ce jour particulier. Ce jour-là, il ne donna pas signe de vie avant 15 h 30 :

– Désolé, ils m'ont proposé de déjeuner avec eux et ça s'est éternisé. On peut se retrouver au MOMA dans trente minutes.
– C'est quoi ?
– Un musée. Le meilleur musée de New York.

– Hum... OK. Mais j'y vais comment ?
– À pied, c'est à huit rues de l'hôtel.
– Hum... OK.
– On s'y retrouve d'ici trente minutes ?
– OK.

Depuis que nous étions à New York, mon père parlait en nombre de rues. Il avait l'air de trouver ça cool. À moi, tout me semblait « OK », presque autant que « cool ». Il n'y a bien que New York pour rendre une adolescente si facile à vivre.

Parce que je m'étais déjà ennuyée près de trois heures en attendant des nouvelles de mon père, je décidai de ne pas rester plus longtemps dans la chambre d'hôtel. Je descendis dans le hall de style Art déco où résonnait une musique d'ambiance douce et prétendument apaisante. Je passai la porte dorée qui tournait toute seule, sans qu'il faille faire l'effort de la pousser... Et je me pris la vitalité de New York en pleine gueule. L'énergie saisissante de la rue, la hauteur démentielle des bâtiments, la vitesse percutante à laquelle les gens déboulaient devant moi, de tous les côtés, mais toujours de façon très organisée, et moi, seule et désorientée, au milieu de tout cela. Je marquai un temps d'arrêt. Le *doorman* se précipita vers moi pour savoir si j'avais besoin de quelque chose.

– Which side for the MOMA ?
– This way, Miss.

Il m'indiqua la droite, Madison avenue. L'itinéraire me rassura un peu car je connaissais le chemin – la veille, mon père et moi étions allés chez Sephora pour acheter des tas de produits cosmétiques qui n'étaient pas encore distribués en France.

J'entendais les klaxons qui dialoguaient en hurlant, qui me murmuraient des secrets ou me faisaient sursauter comme une enfant qui se fait gronder, selon la distance physique qui me séparait de leurs pilotes. Je sentais des hommes – des locaux, des étrangers pour moi – se presser dans mon dos, souvent en bande. Je m'attendais à ce qu'ils m'interpellent, à ce qu'ils se moquent de moi, qu'ils me victimisent peut-être, lorsqu'ils arriveraient à ma hauteur pour me contourner... J'avais le sentiment que si certains d'entre eux s'étaient laissé imprégner par une énergie aussi intense que celle de New York, s'ils n'y avaient pas résisté, s'ils s'y étaient habitués, alors, ceux-ci ne pouvaient être que des bêtes.

Je marchais rapidement, le regard fixé sur le béton de Madison Avenue. Comme les New-Yorkais. Si l'un d'eux avait dévié le regard de sa trajectoire à ce moment-là, il aurait certainement été frappé par mon air déterminé, confiant, sûr de moi. L'air de celle qui ne craint rien ni personne, qui sait où elle va dans la minute, mais aussi toutes les suivantes. Il aurait peut-être pensé que j'étais comme lui, l'instant d'avant – avant qu'il ait détourné le regard du béton rassurant de Madison Avenue. Il aurait refoulé l'idée que mon attitude puisse n'être qu'une posture de défense face à toute la tension que l'agitation new-yorkaise exerçait sur mon corps vulnérable de jeune fille.

Tension – pour ce que j'en avais vu –, ça caractérisait bien New York.

*

L'écrin du MOMA n'était pas épargné par l'air enragé de New York. Une polémique se développa entre mon père – qui s'émerveillait devant des croûtes monochromes – et moi, qui m'opposais catégoriquement à l'argument selon lequel les croûtes exposées étaient des œuvres d'art. Cet Yves Klein, avec *ses gribouillages de gamin...* Ce Mondrian, avec *ses exercices de géométrie pour élèves de CE2...* Ce Pollock, avec *son bordel qui ressemblait à un gros tas de merde...* Je fis valoir que *si ce tas de merde était de l'art, alors tout le monde pouvait être artiste* ! Je pestais d'être prise pour une idiote par les curateurs du MOMA et de perdre mon temps devant ces croûtes qui n'étaient pas de l'art, mais aussi, surtout, parce que les autres visiteurs n'avaient aucun esprit critique face à ce qui leur était présenté. Je suppliai mon père de partir une bonne dizaine de fois et amorçai même quelques tentatives de départ, avant qu'il ne cède enfin :

– On peut y aller. On a vu l'essentiel. Demain on fera le Guggenheim.

– Non ! Non... Je ne veux pas voir toutes ces merdes.

– Tu regretteras de ne pas l'avoir fait si on n'y va pas.

– Tu m'emmènes dîner au Planet Hollywood après ?

– Deal.

Le Guggenheim, c'était comme le MOMA – des croûtes que tout le monde pouvait faire. J'avais juste bien aimé le truc des lumières de Magritte.

*

Je quittai New York encore plus fascinée par les États-Unis que je ne l'étais en arrivant. Je refusai de rapporter la moindre critique négative sur ce que j'y avais vu, au point de relativiser les goûts des Américains en matière d'art. Je me disais que l'art n'était juste pas leur truc. Les États-Unis étaient un pays jeune, sans grande histoire. Ils n'avaient pas produit de sculptures antiques ni de fresques de la Renaissance, pas plus que de beaux portraits de rois, puisqu'ils n'avaient jamais eu de rois... Ils ne pouvaient pas réellement comprendre ce qu'était l'art et faisaient donc avec ce qu'ils avaient. Des croûtes. Et des artistes de mauvaise vie, comme cet Andy Warhol qui, d'après ce que j'avais vu dans le film *Factory Girl*, était vraiment un sale type. J'avais pourtant du mal à comprendre pourquoi les Américains ne s'inspiraient pas du grand art européen pour créer, à leur tour, des chefs-d'œuvre. Pourquoi, alors qu'ils étaient les meilleurs dans tous les domaines, se contentaient-ils de croûtes et d'artistes de mauvaise vie ? Pourquoi prétendaient-ils repousser les frontières de la définition de l'art pour y intégrer ces croûtes plutôt que renouveler le grand art ? Pourquoi allaient-ils si loin dans cette farce ? *La tension*, pourquoi pas – pour la première fois, l'art des musées avait provoqué un effet en moi, un effet autre que l'ennui et l'indifférence, mais il y avait tout de même des limites à ne pas franchir. Les limites du raisonnable, en particulier.

*

Je changeai d'avis sur les croûtes à l'approche de mes dix-huit ans. Je reconnaissais alors à mon père d'avoir eu du bon sens en me forçant à aller au MOMA, au Guggenheim et dans tous les musées d'art moderne des autres villes que nous avons visitées par la suite.

Je ne voulais plus être considérée comme une simple adolescente par les adultes qui m'entouraient, surtout pas par les hommes plus âgés qui me plaisaient. J'avais remarqué que les arts visuels étaient un thème populaire auprès des adultes à qui je voulais ressembler, ceux qui avaient l'air sérieux. Par effet d'imitation, je commençais à m'y intéresser, moi aussi, de façon certaine, quoique réservée.

Chaque fois que je suis retournée à New York, que cela soit en famille ou avec mes amis, j'ai donc toujours prévu une visite au MOMA et au Guggenheim. Je finis même par élargir mon intérêt aux collections du Whitney Museum, du MET, du Brooklyn Museum, sans que mon père n'ait plus besoin de me forcer ni de marchander pour m'y traîner.

Mon intérêt utilitaire pour l'art s'est encore accentué par la suite, lorsque je commençai mes études de droit. Avec du recul, j'ai remarqué qu'il était courant que les étudiants en droit se découvrent une affection particulière pour l'art au sens large – pas seulement pour les arts visuels. Une affection subite, pragmatique, motivée par une certaine idée de la représentation. La représentation auprès des recruteurs, avant tout – c'est celle qui intéresse le plus les étudiants en droit. Ceux-ci comprennent vite qu'il vaut mieux prétendre aimer l'opéra plutôt qu'avouer passer ses nuits à regarder des séries sur Netflix, s'ils veulent avoir l'opportunité de devenir assistants parlementaires ou trouver un stage dans un grand cabinet d'avocats. « L'opéra, ça fait bien sur un CV de juriste », m'avait un jour dit Mathieu. L'opéra, ça fait distingué, intelligent, traditionaliste, aussi... J'étais d'accord avec Mathieu. Je sentais que *ça faisait bien* d'aimer l'opéra. D'aimer les arts visuels aussi – tant qu'il était question de la production d'artistes décédés, excessivement institutionnalisés, les parias du siècle dernier que les ayants-droit avaient réussi à faire canoniser, dès lors qu'ils ne risquaient plus d'embêter personne.

J'ai ainsi commencé à aller bien trop souvent à l'opéra et à me précipiter à toute nouvelle exposition, à tout vernissage me permettant de faire valoir mon bon goût en matière artistique. J'ai bien sûr immortalisé chacune de mes visites dans ces hauts lieux de culture et les ai relayées sur mes réseaux sociaux, accompagnant les photos de commentaires mystérieux ou de jeux de mots intrigants. Et même si j'étais alors convaincue d'aimer sincèrement les arts visuels et l'opéra, je dois reconnaître que c'était principalement le goût de la représentation qui me guidait.

*

C'est dans ce contexte que je découvris l'histoire du poète russe Vladimir Maïakovski. C'était en lisant un article de presse assez commun, à la fin du mois de juin de l'année 2015. J'avais prévu de rester à Paris tout l'été pour ne rien faire d'autre que lire et étudier. Mais cet article m'avait intriguée. Je décidai donc d'emprunter une biographie et les cinq tomes de ses poèmes à la bibliothèque, dans l'optique de diversifier mes lectures estivales.

J'ai lu les six livres en quelques jours, sans pouvoir m'arrêter, sans même dormir une nuit entière. Je suis ensuite revenue à la bibliothèque avec une liste de références longue comme le bras. Le bibliothécaire s'est étonné que l'ensemble soit stocké à la réserve centrale – lieu où atterrissent les ouvrages dont personne ne veut depuis longtemps. Cela m'enthousiasmait encore plus. Je découvrais un monde qui était inconnu des autres – un monde dans lequel les histoires me touchaient enfin.

Je me suis plongée dans celles-ci, puis suis retournée à la bibliothèque, et me suis plongée dans les suivantes... Et ainsi de suite, sans jamais ouvrir mes manuels de droit. Je voulais tout savoir, tout comprendre de Maïakovski, de son époque, de son entourage. Absolument tout. Je me suis donc lancée à l'assaut du futurisme, de l'avant-garde et de la révolution russe, du constructivisme, du LEF... J'ai lu tout ce que je pouvais trouver sur Elsa Triolet, Louis Aragon, David Bourliouk, Alexandre Rodtchenko, Boris Pasternak, Diego Riviera et ceux que Maïakovski croisait à Montparnasse ou à l'Istria... C'est la fougue de Maïakovski qui m'a fait découvrir et aimer l'art de la première moitié du XXe siècle.

Je m'engageai ensuite dans un tour européen des musées. Quinze étapes, quarante-huit institutions. Un périple qui commença à Rome avec le portrait de Luisa Casati par Boldini, et finit à Stockholm avec une maquette de la tour Tatline que je crevais d'envie de voir depuis des mois.

Même si ma curiosité pour les avant-gardes du début du XXe siècle était devenue sincère et enthousiaste grâce à Maïakovski, je faisais toutefois partie d'une catégorie inconséquente d'amateurs d'art – ceux qui admirent Marcel Duchamp, mais rejettent toute expérimentation nouvelle dans l'art de nos jours. Je faisais partie des conservateurs. Je ne comprenais rien à l'art contemporain, mais puisqu'il est de bon ton d'avoir un avis sur tout, même sur ce qu'on ne connaît pas, il pouvait m'arriver d'assurer que les lapins en ballon géants n'étaient *pas du bon art, seulement du bon business*, ou que les photos de « fuck » comme étude de la perspective, c'était *boring* et *déjà-vu*... Ces critiques ne résultaient pas de réflexions personnelles. Je ne faisais que répéter ce que j'avais lu dans une revue d'art réputée, avec la verve des ignorants qui ne veulent pas être démasqués.

Puisque je m'intéressais, dans le cadre de mes études supérieures, à la Russie contemporaine, j'avais naturellement entendu parler de l'actionnisme russe et plus particulièrement des dernières vagues d'actionnistes composées de Voina et Pussy Riot, puis de Piotr Pavlenski. À cette époque, Pavlenski était le plus actif et le plus populaire en Europe, surtout depuis qu'il s'était cloué les couilles aux pavés de la place Rouge pour son oeuvre *Fixation*. Ses événements déchaînaient les passions, de ses détracteurs – bien entendu –, mais aussi de ses soutiens, dont une partie l'avait érigé au rang de héros... Je n'aimais tout simplement pas l'engouement autour de ce Pavlenski. C'était *too much* à mon goût.

En dépit de ma désaffection pour son art, je proposai à mes camarades de classe d'assister à une conférence qu'il donnait à Paris, le 9 mai 2017. J'avais supposé que l'événement pourrait intéresser Alexis, un jeune homme original qui ne venait jamais en cours mais qui, pour le peu que j'avais vu de lui, me plaisait. Alexis répondit très rapidement à ma proposition, assurant qu'il était partant. Les autres semblaient moins enthousiastes, sans toutefois s'opposer à l'idée.

*

Le jour de la conférence, j'avais passé la journée à faire des recherches pour un exposé sur la dimension wébérienne des administrations européennes. J'étais épuisée, mais je décidai tout de même d'aller à la conférence, car c'était à deux rues de la bibliothèque dans laquelle j'étudiais et que j'avais l'espoir qu'Alexis viendrait y faire un tour, seul ou avec les autres. Sans les autres, aurais-je préféré.

Je m'installai au centre de l'amphithéâtre avec vingt minutes d'avance. Personne d'autre n'était encore arrivé. Il n'y avait que deux e-girls qui faisaient des allers-retours entre le couloir et la salle. J'hésitai à rester, me disant que si je partais, je pourrais rentrer tôt chez moi, boire un verre de vin et passer la soirée à gamberger sur Instagram. D'un autre côté, je ne voulais pas passer auprès de mes camarades de classe pour le genre de personnes qui lancent des initiatives, puis font faux bond. Je postai donc un message sur notre groupe Facebook commun pour demander aux intéressés s'ils comptaient venir. Tous se défilèrent, y compris Alexis qui semblait avoir oublié le rendez-vous. Joseph m'appela au même moment. Il était encore temps pour moi de partir et de passer une énième soirée au téléphone à refaire le monde avec lui. C'était tentant. Je décidai pourtant de rester et d'assister à la conférence, même si je n'aimais pas l'art de ce Pavlenski et qu'Alexis ne viendrait pas. Je ne peux pas expliquer pourquoi. Au fond, peut-être avais-je tout simplement envie de rester.

Entre-temps, la salle s'était remplie. Elle était presque comble, pleine de russophones, de jeunes femmes et de vieux situationnistes. L'une des e-girls rapporta avec enthousiasme que Nadya Tolokonnikova avait dit que Pavlenski était *la voix et les couilles de notre génération, un truc comme ça... Ah, il ne les a pas laissées sur la place Rouge ?*, pensai-je, ironiquement. L'e-girl sortit ensuite son téléphone et commença à filmer l'arrivée d'une silhouette de corpulence moyenne, intégralement vêtue de noire. Pavlenski prit place dans l'amphithéâtre. Il dégageait une énergie sidérante. Sa voix était grave, intense. Personne ne bronchait lorsqu'il déclamait. En effet, Pavlenski ne parlait pas. Il déclamait, comme Maïakovski. Il déclamait toutes les nuances de sa théorie de l'art organisée autour des relations sujet-objet, une théorie qui me demeurait floue mais qui paraissait claire, tranchante, étoffée dans son esprit, bien qu'il n'ait pas encore formulé le terme « Art Sujet-Objet » pour la qualifier[1]. J'étais captivée par ce discours qui m'apparut beaucoup plus complexe que ce que j'avais pu lire dans la presse. Pour Pavlenski, personne n'avait besoin d'art, et tout le monde voulait des décorateurs. Il assumait que la responsabilité de chaque artiste était de lutter contre cet état de fait et de refuser de se mettre au service des Russes, des Européens, des approbateurs ou des opposants. D'après lui, il était de la responsabilité de chaque artiste d'être inconfortable pour tous et de revendiquer l'indépendance totale de l'art.

« L'artiste doit être un os dans la gorge de tout pouvoir. »

Cette conférence m'avait bouleversée. Pavlenski était phénoménal. Il vivait l'art d'une façon intransigeante, totale... peut-être même totalitaire. Un engagement qui devait marquer l'histoire, cela me semblait évident... Mais aussi, plus intimement, le cours de ma vie.

---

1. Depuis 2021, Piotr Pavlenski utilise le terme « Art Sujet-Objet » pour qualifier sa pratique artistique. Avant cela, il admettait l'utilisation du terme générique « art politique ».

L'année blanche

17 octobre 2017, en travaux dirigés de politiques comparées. L'un de mes camarades faisait une présentation sur un sujet quelconque. Je n'écoutais jamais les exposés de mes camarades – j'avais toujours quelque chose de mieux à faire. Je tapai machinalement « Facebook » dans la barre d'adresse de mon moteur de recherche. En tête de mon fil d'actualité, apparut une nouvelle publiée sur la page de BFM TV, chaîne d'information en continu dont mes contacts aimaient ou repostaient massivement les publications.

« L'artiste contestataire russe Piotr Pavlenski
arrêté pour avoir incendié une façade de la Banque de France,
place de la Bastille. »

Ah ouais, Pavlenski ne déconne vraiment pas... Un rictus convaincu agitait la commissure de mes lèvres. J'ouvris l'article. Je découvris qu'il avait été placé en garde à vue. Je me rappelai notre bref échange, quelques semaines plus tôt. « *Je te répondrai plus tard* », avait-il écrit lorsque je lui avais proposé de participer à une interview pour la radio étudiante que mes camarades et moi essayions tant bien que mal de mettre en place. Je compris qu'il était en train de préparer son œuvre lorsque je l'avais sollicité, que « plus tard » signifiait « après mon événement artistique ». Je doutais désormais qu'il puisse y avoir un « plus tard », du moins pas à court terme.

L'exposé de mes camarades se termina. Le professeur prit la parole. Je fermai Facebook et ouvrai Microsoft Word pour garder quelques notes. Ma journée, puis les suivantes, se poursuivirent comme toutes les autres, avec des cours, des recherches, des devoirs, des examens, très peu de sommeil, quelques nuits blanches, de nombreux *fast sleeps* pour tenir le rythme, le théâtre, l'opéra, quelques coups d'un soir et des soirées avec mes amis pour essayer de trouver du sens à tout cela, sans jamais y parvenir. Je n'avais plus le temps de développer le projet radio. Je me désintéressai du sort de Pavlenski. Je l'oubliai – lui et l'idée d'une interview.

*

C'est seulement un an plus tard, à la rentrée de septembre 2018, lorsque mon ambition de développer une radio étudiante se trouva boostée par trois mois de pause estivale, que je me demandai ce que Pavlenski était devenu, et s'il accepterait finalement de participer à cette interview à propos de laquelle nous avions brièvement échangé. En tapant son nom dans la barre de recherche Google, je découvris qu'il avait passé onze mois à la prison de Fleury-Mérogis, principalement sous le régime de l'isolement, et qu'il avait encaissé deux grèves de la faim sèches. Il était sorti le 13 septembre. Je m'étonnai d'être passée à côté de cette information et me sentis étrangement coupable d'avoir continué à vivre ma vie comme si de rien n'était, alors que cet homme que je ne connaissais pas et à qui je ne devais rien avait vécu le calvaire en prison.

La nouvelle de l'enfermement de Pavlenski eut pour effet immédiat de me faire ouvrir un autre onglet de recherche. Je tapai « Johann Mapaga », puis sélectionnai les « Actualités ». Aucune nouveauté depuis l'article du *Point* que j'avais découvert un matin, en rentrant de soirée. Je consultai l'article une nouvelle, énième fois – comme je le faisais fréquemment, maladivement, depuis quelques temps.

« EXCLUSIF. Des mannequins dénoncent
des viols et des agressions sexuelles.

Pour la première fois, des jeunes femmes prennent la parole et racontent comment un agent les a maintenues sous son emprise. Témoignages inédits. »

Je me demandai si Pavlenski et Johann avaient été incarcérés dans la même prison, s'ils s'étaient croisés, parlés, battus, peut-être. Je souris à l'idée que Pavlenski ait pu exploser la petite gueule de con de Johann... « *Bref...* » pensai-je, à voix haute. J'inspirai profondément, ouvris mon agenda et y notai qu'il me fallait « contacter Pavlenski + lancer autres invitations » sous la ligne « demander Gasp aide pour jingle radio ».

*

Je me décidai à écrire à Pavlenski à la fin du mois d'octobre, parce que mes camarades avaient déjà enregistré des émissions et que j'étais l'une des rares à n'avoir toujours rien produit. C'était un e-mail poli, dans lequel je lui proposais de parler *d'art, de la Russie, d'art russe et de tout ce qu'il pensait digne d'intérêt* – je faisais notamment allusion à ses conditions de détention en France. Il me répondit le lendemain, affirmant qu'il pensait que c'était possible, et qu'il *m'écrirait plus tard quand il pourrait faire « ça »*.

Pendant un mois, Pavlenski ne me donna aucune nouvelle. Il ne m'a jamais écrit pour m'informer que c'était bon, qu'il pouvait faire cette interview. En règle générale, je n'acceptais pas qu'on me dise « non ». Cette situation me révéla que je n'acceptais pas non plus qu'on ne me dise pas « non », et qu'on ne me dise rien du tout. Je décidai d'insister pour qu'il se positionne enfin.

De : Alexandra De Taddeo
À : Piotr Pavlenski
Objet : RE : RE : RE : Re : radio interview

Bonjour Piotr,

As-tu des disponibilités prochainement – la semaine prochaine ou la suivante ?

Bonne soirée,
Alexandra

La rencontre

Je rencontrai Pavlenski autour d'un thé, un après-midi d'automne. C'était le 26 novembre 2018 à la Closerie des lilas, un café dans lequel j'avais l'habitude de terminer mes devoirs les mardis soir. J'avais choisi ce lieu car je me doutais que Pavlenski ne connaissait pas le quartier de Montparnasse. Les étrangers fréquentent Montmartre, ainsi que Saint-Germain-des-Prés, mais ils ignorent toujours que Montparnasse fut l'épicentre de l'avant-garde parisienne de la première moitié du XXe siècle.

Il était un peu plus de 15 heures lorsque je sortis de l'établissement en prévision de son arrivée. Il faisait frais, sec et sombre. Je portais un jean noir, une paire de boots en cuir et un pull à col roulé assortis, des perles blanches aux oreilles qui s'harmonisaient avec ma peau claire, un rouge à lèvres corail velouté. J'avais laissé mon manteau à l'intérieur mais je n'avais pas froid. Ma jambe droite s'agitait impatiemment, sans que je parvienne à la contrôler. Ne pas la contrôler me rassurait, d'une certaine manière.

De ce que j'avais vu et lu sur lui, Pavlenski semblait dur et fermé. Je craignais que l'interview se passe mal, que je ne sois pas à la hauteur et qu'il s'agace, qu'il s'en prenne à moi, peut-être. Je guettais chaque voiture qui passait sur le boulevard du Montparnasse en essayant de respirer profondément, *tranquillement*, par le diaphragme, comme je l'avais appris avec Tommy. Une voiture noire se gara à quelques mètres de moi. Sa silhouette, toute de noire vêtue, descendit du véhicule. Il me salua d'une accolade affirmée. Ses mains se posèrent sur mes omoplates. Mes bras restèrent ballants.

– Bonjour, je suis Piotr, déclama Pavlenski, alors que j'étais entre ses bras.
– Enchantée, je suis Alexandra, l'interview aura lieu ici, dis-je en m'écartant de lui.

Je le dirigeai à travers les feuillages qui entouraient la Closerie des lilas. Je souriais très fort, trop fort peut-être, parce qu'il souriait lui aussi, parce que son sourire me déstabilisait et que je ne savais pas quoi faire d'autre. Il passa la porte-tambour dans la même aile que la mienne pour pénétrer dans le café. Il observa le lieu, les mosaïques au sol, les interminables verrières, le piano à queue dans l'entrée, le bar en bois... Je lui expliquai que les artistes désargentés du début du XXe siècle avaient leurs habitudes ici. Il eut l'air sceptique, puis amusé, lorsqu'il aperçut quelques vieilles bourgeoises fardées et des pépés excentriques aux cannes et chapeaux élégants.

Nous sommes allés vers le fond du bar, où nous attendait Stanislav, un musicien russe que j'avais rencontré au Silencio et qui avait accepté de m'aider en faisant l'interprète. Piotr le salua en russe et prit place à la table sur laquelle était gravé le nom de Man Ray. Je m'assis en face de lui, sur la banquette carmin, et commandai du thé vert pour tout le monde. Piotr demanda un café avant de commencer. Le serveur, sans doute habitué aux mièvreries, fut surpris par le volume de sa voix. Je le fus également. La voix grave de Piotr semblait fixée à vingt décibels au-dessus de la mienne, invariablement douce et murmurante.

Je désignai une serviette en papier sur laquelle était imprimé le nom de l'enseigne pour expliquer qu'Elsa Triolet, la sœur de Lili Brik, venait dans ce café et utilisait ces serviettes pour écrire des lettres à sa sœur, restée en Russie. Stanislav traduisit. Piotr fut surpris qu'une Française connaisse Lili Brik. Il dit qu'il aimait évidemment Maïakovski, mais qu'il n'avait jamais entendu parler d'Elsa. Je précisai qu'elle était une auteure et la femme d'Aragon. Il connaissait Aragon de nom, mais n'avait rien lu de lui.

*

Le café et les thés furent servis. Je vérifiai une énième fois que les micros et dictaphones fonctionnaient correctement – « Test, 1, 2, 3, test... ».

– On commence ? demanda Stanislav.

– Oui. Au début, je vais le présenter, et ensuite je pose des questions et toi, tu traduis, d'accord ?

Stanislav acquiesça. Piotr me versa une tasse de thé. Il s'en servit une aussi, avec la même théière, bien que le serveur en eût apporté trois, une pour chacun de nous. Je remarquai qu'il avait de belles mains viriles.

– OK... Je commence... Chères auditrices, chers auditeurs, bonjour et bienvenue dans « Cyrus », l'émission d'Assas radio qui s'intéresse aux libertés et aux droits de l'homme. Et aujourd'hui, c'est une première... Merde, j'ai raté. Je recommence... Aujourd'hui, pour cette première émission, je reçois Piotr Pavlenski, un artiste russe connu pour ses performances engagées et spectaculaires. Bonjour, Piotr !

– Bonjour ! déclama-t-il.

– Je vous propose de commencer par le commencement, à savoir votre parcours en Russie. Vous êtes né en 19... On va refaire parce qu'elle a parlé, dis-je en dénonçant une vieille dame qui riait aux éclats dans un coin de la pièce.

Piotr me fixait chaque fois que je parlais. Je me demandais s'il essayait de me déstabiliser, s'il essayait de comprendre le français ou s'il aimait juste regarder mes lèvres bouger.

– Est-ce que vous... Vous... Est-ce qu'on vous a déjà dit que ce que vous faisiez n'était pas de l'art ?

Stanislav traduisit. Piotr répondit en russe, sans jamais cesser de me regarder.

– Piotr dit que tout le temps, depuis le début de son activité, il y a tant de gens qui disent cela... Tout le temps, tout le monde dit que ce qu'il fait n'est pas de l'art. Et c'est très bien. Il peut expliquer pourquoi.

Piotr poursuivit en russe, très calmement, avec conviction.

– Parce que s'il était sans ambiguïté... et que tout le monde le voyait certainement comme un artiste, alors cela voudrait dire qu'il copie, qu'il répète quelques exemples d'art du passé et qu'il n'est plus capable de faire douter. Mais il est convaincu que l'art politique devrait remettre en question et réfuter le système d'idées existant, y compris l'idée de ce qu'est l'art ou pas.

– Qu'est-ce que c'est, l'art, pour vous ? répliquai-je.

Piotr débita une réponse automatique. Je compris qu'on lui avait souvent posé cette question.

– L'art, c'est un travail avec les sens et avec les formes d'expression de ces sens, traduisit Stanislav.

– Hum... Et est-ce que vous diriez que le public... Souvent le public a le sentiment que votre art est dérangeant... Est-ce que vous pensez que votre art est dérangeant car le public est habitué à une forme d'art différente, peut-être plus décorative, ou alors parce qu'il est l'objet de vos œuvres, parfois même l'objet critiqué de vos œuvres ?

Ils échangèrent brièvement en russe. Piotr tenait son micro à l'horizontale, de façon détachée. Je n'osai pas lui demander de le tenir droit et près de sa bouche.

– Il pense que la forme et le fond dérangent.

Piotr interrompit Stanislav.

– Il en est sûr. Et dans certains cas, la forme pourrait déranger moins que le fond.

– D'accord. Lorsque vous étiez en Russie et que vous faisiez des événements d'art politique sur le territoire russe, les médias occidentaux vous décrivaient comme un artiste persécuté par le Kremlin. Pour vous, quelle place y a-t-il pour la liberté d'expression et de création des artistes en Russie ?

Stanislav traduisit ma question à Piotr qui me servit à nouveau une tasse de thé. Il paraissait concentré, mais détendu. Il avait des yeux verts, très clairs et expressifs.

– S'il y a de la place pour... ? interrogea Stanislav.

– Pour la liberté d'expression et de création des artistes, répétai-je sans hésiter.

Je commençais à être plus à l'aise en présence de Piotr et surtout, à m'habituer à sa douceur insoupçonnée, déconcertante.

– Il dit qu'il avait une liberté totale, qu'il pouvait faire tout ce qu'il voulait. Mais que s'il avait fallu demander des autorisations, cela aurait pu être très difficile. Mais il est contre cela, les demandes d'autorisation auprès de l'État.

– Mais il y avait quand même des conséquences à vos actes. Des conséquences judiciaires. Est-ce qu'on ne peut pas considérer ces conséquences comme une entrave à la liberté d'expression des artistes en Russie ?

La lumière filtrée adoucissait subtilement les angles de son visage. Je le trouvais beau. D'une beauté rugueuse et captivante.

– Il dit que c'est plutôt le contraire. Quand l'événement se termine, commence le processus d'établissement des frontières de l'art politique.

– Le processus artistique continue après l'événement public ?

– Oui, absolument. L'événement se termine et le processus d'établissement des frontières de l'art politique commence. Dans ce processus, il existe des précédents. C'est important.

Piotr expliqua ce qu'était un « précédent », selon ses propres termes. Je remarquais qu'il avait le cou épais et les épaules larges, qu'il n'était pas aussi frêle que j'avais pu l'imaginer. L'encolure de son T-shirt grossièrement coupée au ciseau révélait des clavicules saillantes et des poils épars sur son torse. J'avais envie de le toucher.

– Piotr dit qu'il y a toujours un dialogue entre les représentants de l'État et l'artiste. Son but est de déterminer jusqu'où peut aller l'art dans la mécanique de l'État. Quelles sont ses frontières. L'État peut prétendre qu'une œuvre d'art n'est pas de l'art, que c'est du vandalisme, ou la destruction de biens. Du coup, après chaque événement, Piotr défend sa vision de l'art.

– D'accord.

– Donc être artiste c'est défendre les frontières de l'art, répéta Stanislav, après Piotr.

– J'ai compris... J'ai compris le russe. Vous voulez plus de thé ? proposai-je.

– Tu parles le russe ? demanda Piotr en français, avec un accent slave prononcé.

Sa voix se distinguait clairement du brouhaha ambiant qui mêlait rires stridents, chocs métalliques et ordres beuglants à un infini bourdonnement de paroles sourdes. Il me sembla que Piotr déclamait encore plus vivement en français qu'en russe. Je mimai que je parlais *un petit peu*, avec mon index et mon pouce gauche, en riant mignonnement. Je me demandai s'il ressentait mon attirance pour lui, et si Stanislav avait capté ce truc étrange qui était en train de se passer entre nous.

– Je vous propose qu'on conclue, qu'on coupe, dis-je après une quarantaine de minutes d'interview.

– C'est fini ? Plus de questions ? s'exclama Piotr.

On va baiser ? La question se hissait en haut de ma gorge. L'espace d'une demi-seconde, j'imaginai pouvoir l'attirer aux toilettes et me faire prendre contre le mur en mosaïque rouge du cabinet, mais je détournai les yeux de Piotr, pour me concentrer sur Stanislav, et ravalai mes mots.

– Aucune, affirmai-je. Mais on peut continuer à discuter, sans micros... sans tabous.

Nous avons poursuivi la discussion en français et en russe, en revenant sur certaines histoires carcérales que Piotr avait brièvement évoquées au cours de l'interview. Il raconta comment il avait atterri en quartier disciplinaire à deux reprises à Fleury-Mérogis. La première fois, c'était peu de temps après son arrivée en prison. Le surveillant l'avait poussé dans le dos pour le diriger, le faire avancer plus vite. Piotr lui avait demandé de se détendre, de ne pas le toucher. Le surveillant l'avait poussé une nouvelle fois. Piotr lui avait foutu son poing dans la gueule. Pour le punir, on l'avait envoyé au mitard. La seconde fois, il avait alors réussi à quitter le quartier disciplinaire, puis le quartier spécifique et à intégrer le quartier général. Il avait constaté que, dans ce secteur, les surveillants avaient pour habitude de balancer son courrier négligemment par terre. Il avait donc commencé à se comporter de la même manière, en balançant ses bons de cantine aux pieds des surveillants qui venaient les chercher. Ceux-ci se sont énervés, l'ont sommé de bien se comporter. Piotr a renchéri en balançant son plateau-repas, et en leur ordonnant de le ramasser. Ils l'ont tabassé et envoyé au mitard, une nouvelle fois. J'écoutais Piotr raconter ces histoires avec admiration. Je respectais son courage et son insoumission, sans pouvoir m'empêcher de penser que je n'aurais jamais osé agir de la sorte, et que ça n'en valait peut-être même pas la peine, après tout.

Stanislav nous annonça ensuite devoir partir. Je sentais que Piotr voulait que nous restions tous les deux pour poursuivre notre discussion, mais je me sentais mal à l'aise à l'idée de me retrouver seule avec cet inconnu qui m'intimidait lorsqu'il me regardait avec ses grands yeux verts. Je voulais partir, moi aussi. Piotr tenta de me retenir en me demandant ce que j'aimais lire. Je lui balançai quelques références, lui conseillant « Tocqueville, et surtout Bourdieu ». Il dit qu'il chercherait s'il existait des versions traduites en russe de leurs œuvres, puis commença à parler de Lautréamont. Je le coupai pour lui annoncer que je lui avais commandé un taxi et que le chauffeur serait là dans cinq minutes. Son visage changea d'expression. Je crus y lire de la confusion, ou peut-être de la déception. Je me demandais si je lui plaisais.

*

Nous sommes sortis ensemble de la Closerie des Lilas et avons traversé le boulevard du Montparnasse pour attendre son taxi. Il était près de 18 heures, et il faisait déjà nuit. Je le remerciai une énième fois pour le temps consacré à l'interview. La voiture se gara de l'autre côté du boulevard. Il y avait beaucoup de circulation. Nous slalomions entre les voitures qui nous éclairaient avec leurs phares blancs et rouges. Je me précipitai presque sous l'une d'elles. Il s'interposa. Le chauffeur klaxonna pour me sermonner. Je râlai. Nous en avons ri. Il me serra la main pour me dire au revoir. Le geste me troubla, puisqu'il m'avait prise dans les bras, quelques heures plus tôt, pour me saluer. Il monta dans la voiture. Celle-ci démarra. Je la regardai, silencieuse, l'éloigner de moi.

Je n'étais pas facilement impressionnable. Je n'étais pas impressionnée par les compliments, les mots doux, les poèmes des uns, pas plus que par la force, les jeux d'esprit des autres. Je n'étais pas impressionnée par le charme de Mike, ni par l'ambition de John, pas plus que par la réussite d'Alexandre, devenu entrepreneur à succès. Je n'étais pas impressionnée par le tableau de chasse de Jonathan, l'humour contagieux d'Isaac, la spiritualité farfelue de Tommy, la patience sans bornes d'Amin. Je n'étais pas impressionnée par les dizaines de milliers de supporters qui scandaient le nom de Miralem à chacun de ses matchs, ni par les masses de festivaliers hypnotisés par les concerts électrisants de Gaspard. Je n'étais pas impressionnée par la grosse bite de Johann, pas plus que par les relations de Jean ou les parades de Benjamin dans les bureaux de la République. Je n'étais pas facilement impressionnable, mais Piotr m'impressionnait par le simple fait d'exister.

La solitude

Dans les heures qui suivirent ma rencontre avec Piotr, mon corps tout entier devint incontrôlable. J'avais chaud, très chaud, terriblement chaud. Dans le bus qui me conduisait chez moi, je retirai mon manteau et ne cessai d'ouvrir les fenêtres que les voyageurs fermaient à tour de rôle. Je voulais sentir un peu d'air frais sur mon visage. Dans le même temps, je soufflais des vagues de chaleur sur mes mains gantées qui, à l'inverse du reste de mon corps bouillonnant, étaient glacées. J'avais la poitrine serrée, l'estomac barbouillé. J'étais calme, mais ma tête était envahie par un flux de pensées frénétiques, toutes dirigées vers lui. Piotr. Je pensais aux quelques heures passées ensemble, à sa douceur et son sourire inattendus, mes questions bienveillantes et ses réponses précises que je n'avais pas toutes comprises. Je pensais que j'aurais dû me préparer un peu mieux à l'entretien et puis *non, mon innocence avait apporté quelque chose de plus à l'échange*, me semblait-il. Je ris nerveusement en me souvenant que j'avais failli lui proposer de baiser, comme ça, sur un coup de tête. Ça ne me ressemblait pas, je croyais. J'avais envie de lui écrire. Je ne pouvais pas résister à l'envie de lui écrire, maintenant qu'il n'était plus avec moi, mais je ne savais pas quoi dire. Je me rabattis sur une politesse que j'avais pourtant déjà trop rabâchée :

Alexandra :
Merci Piotr ! Très cool de
t'avoir rencontré – à bientôt.

Il répondit après une vingtaine de minutes.

Piotr :
Ouais, pour moi aussi ! À bientôt.

Je me demandais si ce « à bientôt » traduisait une quelconque intention de me revoir, ou s'il avait tout simplement copié mes mots en pensant que c'était un équivalent de « cordialement », « bien à toi » et toutes ces formules creuses qui mériteraient d'être supprimées de notre vocabulaire.

Je réfléchis à un prétexte pour poursuivre l'échange. Je voulais mieux comprendre la situation et continuer à parler, tout simplement, parce que j'en avais envie. Mais je ne voulais pas paraitre collante, folle ou, pire, déjà acquise. Je pensais qu'il valait mieux attendre pour lui écrire, ou que lui m'écrive. Je réalisai ensuite que nous n'étions plus des adolescents, que nous n'avions pas de temps à perdre, et que l'expérience m'avait appris que le temps perdu tuait l'amour naissant. Je cédai :

Alexandra :
*Au fait – Alexis de Tocqueville (*де Токвиль*),*
« De la démocratie en Amérique ».

Et je te conseille aussi Robert Desnos –
« La liberté ou l'amour ».

Piotr :
Je viens de regarder pour Robert Desnos.
Avant, je ne le connaissais pas. C'est intéressant...
Mais je ne trouve pas ce livre en russe.
Sans traduction, ça sera mauvais. Je pourrais
comprendre seulement le sens. C'est pas assez.

Alexandra :
Oui Desnos est intéressant –
c'est surréaliste, beau et excitant.

Piotr :
Ton explication de Desnos est intrigante.
Je vais vraiment essayer de trouver une traduction. Maintenant je veux me reposer. Bonne nuit !
Je suis toujours content de te parler.

Je tapai sur mon clavier : « moi aussi, je suis contente !!!! », mais me ravisai et n'envoyai pas ce message trop enthousiaste. Sauver la face, garder le contrôle, même si c'était difficile, même si les mots de Piotr étaient aussi doux que son regard, même si je ne faisais que penser à lui.

Alexandra :
D'accord. À bientôt.

Il était tard. J'étais déjà au lit et il aurait fallu que je me repose, moi aussi. Ce n'était plus possible. Je me levai pour prendre mon ordinateur. Le prénom de Piotr me brûlait le bout des doigts. Je lançai une recherche sur Facebook. Son profil, avec un pantone noir pour photo principale, apparut. Je cliquai dessus. La première publication visible était signée par sa copine. Une Russe au prénom de Winx et à la virilité d'un gardien de goulag. Plus bas, des photos, vidéos, autres publications qu'elle avait rédigées et sur lesquelles elle l'avait identifié. Sa présence systématique sur le profil de Piotr me dérangeait. Je fermai l'onglet Facebook pour passer à Google, mais elle était encore là, quelque part dans l'onglet « Images », comme une ombre, trop souvent derrière lui. Plusieurs sites m'informaient qu'elle avait aidé Piotr à agresser sexuellement une actrice et à la couper en morceaux, qu'elle était même l'instigatrice de cette attaque – celle qui avait piégé l'autre fille. Même si je ne croyais pas totalement à cette histoire d'agression, cette Russe au prénom de Winx et à la virilité d'un gardien de goulag m'avait l'air mauvais, nocif. J'imaginai que je pourrais également être l'une de ses victimes, qu'elle pourrait arranger une combine pour se venger, s'il se passait quelque chose entre Piotr et moi... Qu'elle me tabasserait, essaierait de me faire violer ou couper en morceaux, ou je ne savais quelle horreur l'esprit d'une telle femme pouvait créer. Je pensais que Piotr serait solidaire de cette autre femme, plutôt que de moi, puisqu'il avait passé douze ans avec elle, et qu'il me connaissait à peine. L'existence de cette autre femme était ce qui m'effrayait le plus chez Piotr et ce qui m'éloignait le plus de lui. Je m'endormis finalement, convaincue qu'il n'était pas pour moi, s'il était avec elle.

*

Jeudi matin, Stanislav m'écrivit pour savoir comment j'allais. Depuis qu'il nous avait aidés en tant qu'interprète, Stanislav me faisait penser à Piotr. Je ne pouvais pas m'empêcher de lui demander s'il avait des nouvelles de lui. Il répondit que oui, qu'il venait d'en avoir et qu'il était un peu déboussolé, car il s'était séparé de la Russe au prénom de Winx. Je ne pouvais pas y croire. Stanislav ajouta que ce n'était pas une grande surprise, qu'ils vivaient déjà comme séparés depuis un an et demi et que la rupture était inévitable, d'après ce que Piotr lui avait dit. Je n'y croyais toujours pas. C'était trop beau pour être vrai.

Je reçus un message de Piotr quelques heures plus tard, alors que je marchais vers l'île de la Cité :

Piotr :
Salut ! Ça va ? Moi ça va pas.
J'ai été expulsé de la maison.
Mais j'ai regardé Desnos.
Sa biographie était comme celle
du poète russe Daniil Kharms.

Je ne voulais pas révéler à Piotr que Stanislav m'avait déjà tout raconté. Je choisis donc de jouer l'ignorante.

Alexandra :
Ah bon – mais comment ça ? Avec ta famille ?

Je ne connais pas Daniil Kharms – je vais regarder.
Tu as trouvé des traductions des œuvres de Desnos ?

Piotr :
Non ! Mon amie m'a expulsé.
Quelqu'un devait partir. J'ai laissé la
maison pour elle et les enfants.
Il n'y avait pas d'autre moyen.

Pour Desnos, non c'est difficile mais je vais regarder.

Alexandra :
Ça c'est un extrait d'un livre
de Desnos que j'aime :

Je lui envoyais un extrait décrivant une nuit d'amour et d'ivresse entre Corsaire Sanglot et Mabel, une nuit qui se terminait avec le meurtre de Mabel par son amant, « *tout imprégné du parfum triple du sang, de l'amour et de l'ambre* ».

Alexandra :
Désolée pour ton amie –
mais ça s'arrangera sûrement si tu le souhaites.

J'espérais profondément qu'il ne le souhaitait pas.

Piotr :
Merci pour l'extrait – je vais essayer de traduire ça.
Pour mon amie, c'est pas possible.
C'est un grand conflit d'existences.

Russe au prénom de Winx : éliminée. Seulement quarante-huit heures après notre rencontre. Sans toutefois vouloir invoquer le *destin*, je n'ai pas pu m'empêcher de penser que la coïncidence était tellement belle, nécessaire quoique imprévue, qu'elle ne pouvait être que le signe de quelque chose qui nous dépassait.

*

On m'a toujours dit que ce n'est pas bien de se réjouir du malheur des autres, mais je n'y pouvais rien : la nouvelle de cette séparation m'enthousiasmait, puisqu'elle me libérait la voie vers Piotr. Je lui écrivis plus tard, dans la soirée, pour lui proposer de nous revoir :

Alexandra :
On se voit la semaine prochaine ?
On peut se promener.

Piotr :
Je veux qu'on se voie. Je propose
de faire ça cette semaine. Cette semaine,
j'ai un appartement et je peux être tranquille.
La semaine prochaine, la personne
qui prête son appartement revient et alors,
je devrais commencer à
chercher une maison. J'ai traduit l'extrait
de Desnos et j'aime ça.

Alexandra :
Dimanche ?

Piotr :
Dimanche ça marche. Tu veux être mon invitée ?

Alexandra :
Oui, avec plaisir.

Le rendez-vous était fixé trois jours plus tard – le dimanche à 18 heures, au 69 rue du Chemin Vert dans le 11e arrondissement de Paris. J'attendais ce jour avec une impatience presque maniaque. Le prénom de Piotr s'imposait invariablement dans chacun de mes échanges. Je parlais de lui à tout le monde et à n'importe qui, d'un air détaché, mais avec insistance. À ma mère, qui affirma poliment être contente que l'interview se soit bien passée. À Harry, un camarade de classe, qui s'étonna qu'il m'en faille si peu pour me faire bonne impression, après que je lui avais fait remarquer que « Piotr m'avait servi le thé » et que « les autres hommes ne se comportent pas ainsi, d'habitude, pas même lors d'un rencart ». À Gaspard, qui répondit par une blague teintée d'ironie lorsque j'évoquais ma rencontre avec *cet artiste russe qui s'était cousu les lèvres et cloué les couilles sur les pavés de la place Rouge*... Il m'est arrivé de me demander si cet engouement pour Piotr était normal, à mon âge – j'en doutais fortement –, s'il allait bientôt s'atténuer – quand je le verrais, quand je l'aurai eu –, ou s'il allait perdurer inhabituellement – j'en doutais souvent, imaginais parfois cela possible, continuais de parler de Piotr à tout le monde et n'importe qui, surtout à Mathieu et Joseph. Ils s'amusèrent, dans un premier temps, que je témoigne de l'intérêt à *un autre mec bizarre, encore un !*, mais leur ton se durcit ensuite, lorsque je leur annonçai que nous avions fixé un rendez-vous pour nous revoir.

– T'es malade ! Il est accusé de viol, avec un couteau ! Tu ne devrais pas y aller. Ça va mal finir, prédit Mathieu.

– D'agression sexuelle, pas de viol, tempérai-je.

– Vu les circonstances, c'est quand même dangereux d'y aller seule, dit Joseph.

– Tu veux venir avec moi ? plaisantai-je.

– Non merci, je m'en passerai bien !

– Sérieusement : tu ne dois pas y aller. C'est trop risqué. Y aller, c'est se jeter dans la gueule du loup, insista Mathieu.

– Vous ne pouvez pas prendre un café quelque part, dans un lieu public ?

– J'ai proposé une promenade à la base, mais il a insisté pour qu'on se voie dans son appartement.

– LAISSE TOMBER. C'est un piège. N'y va pas ! poursuivit Mathieu.

– En effet, c'est bizarre qu'il ait proposé un lieu clos pour un premier rendez-vous... Tu devrais te méfier.

– Je ne sais pas... Et au pire, qu'est-ce qu'il pourrait m'arriver ?

– Au mieux, un viol. Un viol avec mutilations. Blessures. Trauma à vie. Et ça pourrait même aller beaucoup plus loin... Je te rappelle que le mec est allé en prison ! En prison, Alex !

– Hum, acquiesçai-je. Je vais y réfléchir.

– Je te connais, je sais que tu vas quand même y aller... Si tu veux, on peut mettre en place un code. Tu me bipes toutes les dix minutes sur mon téléphone. Si je n'ai pas de nouvelles, et que tu ne réponds plus... J'appelle la police. Il faudra que tu me donnes les codes d'accès et tout, proposa Joseph.

– C'est pas mal, comme idée. J'aime bien.

– Mais vous êtes tarés ! En dix minutes, il peut lui planter des dizaines de coups de couteau ! Et encore, je suis gentil ! Des centaines ! Il peut la planter des centaines de fois ! Vous êtes inconscients !

Joseph et Mathieu étaient les personnes de mon entourage les plus à même de trouver un argument pour me décourager de revoir Piotr. Sa dangerosité présumée était le prétexte parfait pour fuir notre rendez-vous, me raisonner et, surtout, reprendre le contrôle de mes pensées. Celles-ci ne se tournaient désormais plus vers sa douceur inattendue, mais sur tout ce qui me différenciait de lui : sa masculinité exacerbée, son agressivité rapportée, son mode de vie marginal – squat de maisons abandonnées et vols dans les magasins –, son goût pour les partouzes – des partouzes avec plus de filles que de mecs, ce qui était, à mes yeux, encore pire que des partouzes avec une majorité de mecs... Piotr et moi étions des étrangers l'un pour l'autre, et plus la date de notre rendez-vous approchait, plus je me disais qu'il vaudrait mieux le rester.

Alexandra :
Salut Piotr, en fait mes parents viennent me voir
quelques jours donc ce n'est pas possible dimanche.
Par contre si tu veux visiter Paris avec nous,
pas de problème ! Ce sera avec plaisir ! Bonne soirée.

Piotr :
OK j'ai compris.

*

Je passai l'après-midi de dimanche seule. Joseph m'appela, pour parler de tout et de rien, peut-être aussi pour vérifier que je n'étais pas allée voir Piotr. Je lui confiai que je ne regrettais pas ma décision d'avoir annulé le rendez-vous et que j'étais, d'une certaine façon, soulagée. Je ne mentais pas. Je me disais que j'avais certainement échappé à beaucoup de problèmes en évitant Piotr et que je me trouvais dans une situation beaucoup plus confortable lorsque j'étais loin de lui.

Et pourtant, le lendemain, je pensais à lui en me levant. Je me demandais à quoi allait ressembler sa journée, la journée d'un artiste, d'un artiste qui cherche un appartement. Je pensais à lui dans les transports, lorsque j'aperçus une publicité pour une exposition de Grayson Perry à la Monnaie de Paris. Je pensais à lui pendant mes cours, lorsqu'un professeur parlait de politiques culturelles. Je pensais à lui lorsque j'étais seule – je souriais en relisant les messages que nous nous étions envoyés après notre rencontre. Je pensais à lui avec les autres – je me demandais s'il utilisait Tinder, comme le faisaient mes amis et mes flirts, et s'il l'utilisait avec plus ou moins de succès qu'eux. Je pensais à lui en me couchant – *avait-il pensé à moi, au cours de la journée ?* Piotr. Piotr. Piotr... Je ne pensais qu'à Piotr. Je me demandais pourquoi cet inconnu que je ne voulais plus revoir prenait tant de place dans mon esprit, pourquoi je n'arrivais pas à contrôler mes pensées. *Peut-être tout ceci n'était-il qu'un caprice ? Peut-être ne supportais-je pas l'idée de ne pas avoir un homme à ma botte ? Surtout un homme aussi exceptionnel que Piotr ? Peut-être espérais-je qu'un être aussi exceptionnel que lui pourrait terrasser la monotonie qui rythmait le cours de ma vie ? Peut-être m'ennuyais-je juste profondément, et voulais-je l'utiliser, comme j'utilisais les autres, pour me divertir ne serait-ce que quelques heures ? Peut-être la solitude me pesait-elle trop, et peut-être me suis-je imaginée, l'espace d'un instant, en duo avec cet être exceptionnel ? Peut-être méprisais-je les autres, tout autour de moi, tous ces autres qui parvenaient à m'influencer avec leurs conseils médiocres pour une vie médiocre ? Peut-être réprouvais-je l'idée d'avoir raisonné rationnellement, plutôt que d'avoir fait confiance à mon instinct – mon instinct qui me guidait vers Piotr ?* J'ignore quelles sont les véritables raisons qui ont propulsé Piotr dans mon esprit... Le fait est que je n'ai pas pu m'empêcher de revenir vers lui.

Alexandra :
Bonjour, ça va ?
Je suis allée voir l'expo de Grayson Perry
aujourd'hui – tu connais ?

Piotr :
Ça va et toi ? Non, je connais pas. C'est qui ?

Je lui envoyai un lien présentant l'exposition et glissai par la même occasion :

Alexandra :
*Tu es d'accord pour qu'on se voie
à la fin de la semaine ?*

Piotr :
*Ouais. Écris-moi quand et où
et j'arriverai à cette place.*

Alexandra :
Je te dis ça demain.

Piotr :
*Je regarde sur Grayson Perry.
Je déteste ce genre d'art.*

Alexandra :
Pourquoi ?

Piotr :
C'est de l'art décoratif.

Alexandra :
Pas du tout !!!

Piotr :
Ouais !!!!!!

Alexandra :
Pas seulement.

Piotr :
Totalement.

Peut-être qu'à un moment je pourrai
t'expliquer quel type d'art j'aime.

Alexandra :
C'est pas beau et c'est kitch
mais il y a un message social
et c'est un message positif.

Piotr :
C'est du kitch de merde.

J'aime le kitch.

Il m'envoya la photo d'une sculpture de Jeff Koons figurant un gros cochon entouré de petits anges pour illustrer son propos, puis une photo de la série « Made in Heaven » présentant Jeff Koons et Cicciolina entourés de papillons.

Alexandra :
Я люблю *Cicciolina.*

Piotr :
Super kitch.

J'aime aussi Cicciolina

Piotr partagea une photo de Cicciolina à la piscine avec Koons qui portait un bébé dans les bras.

Piotr :
Grayson Perry n'est pas kitch.
Il est lisse et lâche.

Koons est kitch.

J'annonçai qu'il était temps pour moi d'aller dormir. Je coupai mon téléphone, mais je n'arrivai pas à trouver le sommeil. Parler avec Piotr m'avait stimulée, mais aussi apaisée, d'une certaine manière. Même si nous n'étions pas d'accord – nous n'étions sans doute d'accord sur rien –, même si notre discussion était légère et que je devais passer pour une idiote en parlant d'art avec lui, échanger avec Piotr m'avait rendue plus joyeuse, me semblait-il.

Je lui écrivis le lendemain, comme je le lui avais promis, pour convenir d'un rendez-vous.

Alexandra :
Bonjour ! Stanislav joue de la
musique au théâtre. Il dit que nous
pouvons venir dimanche. ТЫ ХОТИТЕ ?

Piotr :
Bonsoir ! Lundi j'ai un important rdv.
Je dois le préparer dimanche ; je voudrais
qu'on se voie vendredi ou samedi. Je ne
proposerai pas ce qu'on peut faire ensemble,
parce que tu as déjà rejeté ma proposition.
Du coup, je te suivrai si tu me dis où tu veux
qu'on se voie. Mais si tu ne veux pas imaginer
quelque chose, on peut se voir et prendre un
café par exemple. Je serai content de ça aussi.
Bien que, tu m'envoies de très intéressants extraits,
et je pense que tu peux me montrer des
endroits inhabituels à Paris. Mais bien sûr tu décides.

Alexandra :
Je n'ai pas dit non parce que je ne voulais
pas, mais parce que je ne pouvais pas.

Nous pouvons nous voir mardi.
Qu'en penses-tu ?

C'est une longue attente, mais c'est mieux que jamais.

Piotr :
OK, nous nous verrons mardi.

*

Le surlendemain, ce fut Piotr qui écrivit le premier. Il m'envoya des photos de la Banque de France barricadée en prévision d'une manifestation des Gilets jaunes et me demanda ce que je faisais. Je lui répondis que je travaillais sur un devoir qui concernait *les droits de l'homme et les putes*. J'ajoutai la traduction pour qu'il puisse comprendre plus précisément le sujet. Il affirma qu'en russe, ça sonnait comme un poème en une ligne.

Un peu plus tard, dans la soirée, j'eus envie de partager avec lui une de mes lectures sur Lev Landau, un physicien soviétique.

Alexandra :
лев ландау *est-il connu en Russie ?*

Piotr :
Ouais bien sûr. Tu regardes le projet de Ilya Khrzhanovsky ?

J'ai vu un film de ce projet.

Alexandra :
Non, du tout ! что это ?

Il a créé une théorie mathématique de l'amour. Comme moi.

Piotr m'envoya le lien d'un article intitulé « L'histoire dingue et un peu effrayante du tournage d'apocalypse *Dau* d'Ilia Khrjanovski ». J'ignorais tout de l'existence de ce projet.

Alexandra :
Je dois voir ce film !

Piotr :
Théorie mathématique de l'amour ???
C'est un peu bizarre pour moi.

Alexandra :
Oui peut-être. J'avais
pensé à cela pour faire un court-métrage.

L'idée c'est qu'il y a un nombre idéal – un numéro d'amour.
C'est un numéro d'équilibre. Il est personnel. Et toi, et moi,
et les autres répandons des ondes positives ou négatives.
Aucun d'entre nous n'émet la même valeur d'ondes.
Et ces ondes s'additionnent lorsque les humains s'accouplent
et se soustraient lorsqu'ils se séparent. Et parfois,
la somme des ondes correspond au nombre idéal de l'un,
ou de l'autre, ou des deux. Et c'est l'amour.

Piotr :
aaaa-aa c'est difficile.

Alexandra :
Mais ça, c'est ma théorie. Je ne
connais pas celle de Landau.

Piotr :
Je respecte ta théorie. Mais pour
moi le plus important est autre chose.

Alexandra :
Qu'est-ce qui est important ?

Piotr :
L'individu et le pouvoir des prescriptions.

Alexandra :
Sur une autre personne ?

Piotr :
Les gens s'aiment ou ne s'aiment pas.

Ils se veulent ou ne se veulent pas.

Tout le reste n'est que
codes culturels – les prescriptions.

Les gens veulent mais ils commencent
une guerre avec ces prescriptions et
malheureusement, les prescriptions
gagnent plus souvent. Du coup, autour
de nous, tout est tellement froid et solitaire...
C'est le pouvoir des codes culturels.

En suivant les prescriptions, les gens ne
commencent même pas des relations, ils
jouent juste avec les codes culturels.

Alexandra :
C'est quoi un code culturel pour toi, par exemple ?

Piotr :
Presque tout : 3 rdvs (café, dîner, bougies,
fleurs, premier baiser, aller au cinéma
pour un film romantique, etc.) avant le rapport sexuel.
La peur de la femme d'avoir l'air trop facile.
Comment devrait être le premier rapport.
Ce qu'un homme devrait dire à une femme,
ce qu'une femme devrait dire. La jalousie, les soupçons,
les secrets, les révélations, le repentir, le pardon et
encore les soupçons et les secrets, l'adultère
après un mois, après un an ou cinq ans,
des cris, la méfiance, la haine, etc. Tous ces rôles
que nous n'avons même pas imaginés. Je déteste
tout cela, je suis repoussé par tout cela... Eh bien,
la société et les femmes me rendent la pareille.

En principe, je suis condamné à la solitude,
mais je m'en fiche. Se trahir est bien pire.

La solitude de Piotr ne dépendait pas des mêmes causes que la mienne – il était condamné par indocilité tandis que je l'étais par peur –, mais il y avait, chez lui et moi, un malaise semblable. Cette solitude nous était imposée à tous deux par les autres. Par ceux qui le catégorisaient comme fou, sinon dangereux, le privant ainsi de la chaleur humaine dont il avait besoin. Par ceux qui m'avaient lobotomisée au modèle de la femme indépendante. Ceux qui m'avaient dit que les vrais hommes faisaient trop mal, qu'il fallait les éviter à tout prix, et qui me faisaient mépriser les faibles et les lâches. Par ceux que j'avais connus et qui m'avaient effrayée. Ceux qui m'avaient fait mal. Ceux qui m'avaient humiliée. Ceux que j'avais trouvé utiles, mais fades. Ceux que j'avais trouvé inutiles et fades... Le poids de la solitude imposée par les autres était notre premier point commun, à Piotr et moi, et je me sentais tout à coup très proche de lui.

Le baiser contre la vitre

Nous avions rendez-vous à 17 heures et il était 17 h 10. Le bus était bloqué sur le quai François Mitterrand, au niveau du Louvre. J'hésitais à descendre et continuer à pied, mais j'escomptais que le trafic pourrait devenir plus fluide après quelques mètres, une fois qu'on aurait passé le pont. J'estimais qu'il ne me faudrait alors qu'une ou deux minutes pour que le bus me conduise jusqu'au point de rendez-vous. Je craignais que Piotr ne décide de partir si je le faisais trop attendre. Je lui envoyai un message : « Je suis presque arrivée, désolée du retard », en espérant qu'il m'attendrait encore un peu. Ça klaxonnait de partout, tout autour du bus, mais aussi de beaucoup plus loin, me semblait-il, et nous étions toujours complètement bloqués. Je me décidai finalement à miser sur la marche à pied. Je demandai au chauffeur d'ouvrir les portes, descendis du bus coincé par des voitures qui s'entassaient de tous les côtés et fonçai, tête la première, vers l'est. Il ne faisait pas encore nuit, mais la lumière était filtrée par les nuages, bas et lourds. Il ne faisait pas froid non plus, en dépit de l'heure et de la saison. Je n'avais pas pris le temps de fermer mon manteau de laine, ni de nouer mon écharpe. L'air caressait ma poitrine, découverte par la robe blazer que j'avais choisi de porter car c'était la tenue dans laquelle j'étais le plus à l'aise. Je ne parvenais pas à identifier Piotr parmi les quelques silhouettes que j'apercevais au loin. J'espérais qu'il n'était pas déjà parti. Il n'avait pas répondu à mon message. J'avançais plus vite, aussi vite que je le pouvais. Les talons carrés de mes derbies fouettaient le bitume. Je devinais que mes joues rosissaient. Je m'essoufflais. J'annonçai mon arrivée de façon hâtive, alors que j'étais encore qu'à deux cents mètres du Pont-Neuf, notre point de rendez-vous :

Alexandra :
Je suis là ! T'es où ?

Lorsque j'arrivai enfin, Piotr était là, dans le balcon central. Il souriait fort – ses joues creuses étaient toutes plissées. Je souriais, moi aussi – mes yeux étaient presque clos. Il me prit dans ses bras au moment où je m'apprêtais à lui faire la bise. Il me serrait chaleureusement, comme une vieille amie, ou une nouvelle amante.

Je lui proposai de marcher vers Saint-Germain-des-Prés. Il accepta avec enthousiasme. Je remarquai qu'il avait le crâne rasé à blanc. C'était différent de la dernière fois et j'aimais moins. Pour le reste, Piotr présentait exactement comme le jour de notre rencontre. Il portait une longue parka noire, un T-shirt et un jean noirs, des Jordan noires dont il avait retiré les sigles « Nike » et une besace souple en tissu, dont il sortit une bouteille de cognac. Il me proposa d'en boire. J'hésitai. *Boire dans la rue ?* Cela me paraissait bizarre – et peut-être même illégal, mais je ne voulais pas avoir l'air coincé... Je bus donc une rapide gorgée au goulot et lui refilai aussitôt la bouteille. Puis je vérifiai si quelqu'un, autour de nous, m'avait vue faire.

Nous avons tourné dans la rue de Seine. Piotr a bu à son tour, tranquillement, plusieurs fois, gardant la bouteille à la main. Nous nous sommes arrêtés devant la vitrine d'une galerie. Le gérant s'est aussitôt précipité vers la porte d'entrée pour la fermer à double tour – et empêcher cet homme avec une bouteille de cognac à la main de pénétrer dans son écrin. Aucun commerçant ne m'avait jamais fermé la porte au nez. J'étais piquée. En revanche, il me sembla que Piotr n'avait pas remarqué ce qui venait de se passer, ou alors qu'il se foutait tout simplement des réactions affolées à ce qui semblait bizarre et illégal.

Nous avons continué notre chemin sans but précis, faisant de moins en moins attention à ce qui se passait autour de nous. Nous avons parlé de la Russie qui ne lui manquait pas, des touristes de l'Ermitage, des trois petits cochons de Disney, de l'Esméralda de Victor Hugo, de la religion enseignée à l'école en Alsace-Moselle, de l'orthodoxie russe depuis 1991, des origines juives héritées de son grand-père maternel, de quelques histoires de famille honteuses, mais amusantes. Nous avons discuté de nuances de langue russes et françaises – il disait qu'on pouvait parler russe en utilisant seulement cinq mots : блять, хуй, пизда, ебать, сука[2]. Je les ai répétés plusieurs fois pour tenter de les mémoriser. Il trouvait ma prononciation *très mignonne*. Tout était fluide, facile – presque familier – entre Piotr et moi, à mille lieues de la réserve et du formalisme qui accompagnent généralement les premiers rendez-vous. Nous partagions une complicité inattendue pour deux inconnus qui communiquaient dans un français simplifié et qui avaient pour seul point commun d'être condamnés à la solitude.

Piotr furetait entre deux éclats de rire. Je sentais qu'il cherchait le bon moment pour m'embrasser. Je rendais sa chasse plus difficile en tournant la tête lorsqu'il s'approchait, en posant une question aux galeristes lorsque nous nous retrouvions trop seuls... Non pas que je ne voulais pas qu'il m'embrasse, mais je pensais que cela m'amusait de me faire désirer et de le faire attendre un peu. Sans doute était-ce plutôt l'un de ces fameux codes culturels qu'il dénonçait et dont j'étais tout imprégnée... *Ne pas se donner trop vite. Ne pas rendre la tâche trop facile. Ne pas être trop salope.*

Nous passions devant une œuvre de Yue Minjun, un artiste chinois dont j'aimais bien le style néo pop. Piotr était derrière moi, très proche de moi. Ses lèvres effleurèrent mon oreille et s'avancèrent tout près de ma joue. Il posa sa main sur mon épaule...

– Ça, c'est de l'art politique, non ? demandai-je, interrompant ainsi la dynamique qui le portait vers moi.

---

2. salope, bite, con, baiser, chienne

– Non, c'est de l'art sur la politique, répondit-il d'une grosse voix marquée par un accent déraisonnable, en hurlant le mot « art » prononcé à l'anglaise.

– Sur la politique... C'est-à-dire « à propos de » ?

Il acquiesça et prit de la distance. Je me demandais si c'était le thème de l'art qui le rendait tout à coup si sérieux, ou s'il était troublé par ma réaction à sa tentative de rapprochement.

– Je n'avais jamais pensé à cette distinction : l'art politique et l'art sur la politique, dis-je en lui touchant l'épaule à mon tour.

– C'est très important ! Fondamental ! déclara-t-il en prononçant le mot « important » à l'anglaise.

Nous sommes restés quelques instants sans rien dire. Je pensais que c'était le moment, qu'il allait m'embrasser et que je devrais le laisser faire. Mais non – il ne tenta rien. Ce fut seulement après plusieurs autres hésitations de sa part, et quelques simagrées de la mienne, alors que nous étions dans une salle au fond de la galerie Marcel Strouk, devant une lithographie annonçant une Biennale de Venise dans les années 1940, que Piotr m'attrapa par la nuque pour enfin m'embrasser. Sa langue était veloutée et sentait la menthe polaire. Sa peau, les épices chaudes. C'était bon et doux, et intense. Nous sommes restés collés l'un à l'autre, lèvres contre lèvres, langue contre langue, virant de droite à gauche jusqu'à la sortie de la galerie. J'aperçus un employé nous regarder d'un air hautain... *Il y a des gens qui ne savent vraiment pas se tenir...* semblait-il penser. Je fermais les yeux et sniffais l'odeur de la peau de Piotr comme une camée.

– Tu m'as enfin embrassée... Ce n'est pas trop tôt, dis-je en plaisantant, lorsque Piotr détacha ses lèvres des miennes pour ouvrir la porte de sortie de la galerie.

Il sourit, réaction spontanée au ton amical de ma remarque, mais les traits de son visage trahirent une certaine perplexité. Il devait penser qu'il avait été un chasseur peu efficace, qu'il aurait dû être plus entreprenant, plus vif, plus rapide. Il prit ma main.

Je posai ma tête dans le creux de son cou et léchai le bord de son oreille coupée au couteau, quelques années plus tôt, pour un événement artistique rendant hommage à Van Gogh.

Nous avons marché quelque temps dans le quartier, sans jamais cesser de plaisanter ni de nous embrasser, puis avons décidé de nous arrêter au café des Beaux-arts pour prendre un verre. Je me suis assise à côté de lui, à une table de quatre personnes. La salle était totalement vide de clients. Un vieux serveur grincheux nous demanda, depuis le comptoir de bar, ce que nous voulions boire. Piotr commanda un café et moi, un verre de vin.

– Tu proposes de faire quoi, maintenant ? demanda-t-il.
– Je ne sais pas, on peut changer de quartier ?
– Tu connais un quartier intéressant, un quartier que tu aimes ?
– Il y en a beaucoup... J'aime bien Pigalle, Grands Boulevards, le Marais... Beaucoup !
– Pigalle, je n'y suis jamais allé. J'aimerais bien y aller avec toi, dit-il en accentuant le « toi ».
– Si on va à Pigalle, il y a un endroit que j'aimerais te montrer.

Le serveur nous apporta nos consommations. Je bus une grosse gorgée de vin, embrassai Piotr et lui dis que j'avais envie de lui. Il ne comprenait pas ce que cela voulait dire. Je tapai sur Google Translate : « J'ai envie que tu me baises ». Il en profita pour sortir une nouvelle bouteille de cognac de son sac. Il m'en proposa.

– Non, c'est gentil... J'ai mon verre de vin.

Il poursuivit au cognac. Je guettais le serveur, espérant qu'il ne remarquerait pas que Piotr consommait de l'alcool qui venait de l'extérieur. Puis je présentai à Piotr la traduction de mes désirs. « C'est très bien, ça », commenta-t-il, en la découvrant. « Donc... On y va ? »

Je finis mon verre d'une traite et commandai un taxi, direction le cinéma pornographique Atlas, où j'étais allée quelques fois avec des amis, d'abord par curiosité, puis pour me moquer des gros dégueulasses qui se branlaient devant les culs qu'ils ne pouvaient pas avoir.

*

L'Atlas se présentait comme un long couloir, coincé entre un McDonald's et un café Indiana sur le boulevard de Clichy. L'enseigne était parée d'une femme nue aux hanches couvertes d'un linge, allongée devant une planète, encadrée par deux signes en néon jaune et rouge qui indiquaient respectivement « Cine X » et « Atlas ». *Super kitch.* Je tirai Piotr par la main dans le couloir qui menait à la caisse. Nous avons pris deux tickets pour le seul film qui y était projeté et avons pénétré dans la salle obscure. Nous nous sommes assis sur les deux premiers sièges que nous avons trouvés, à côté de l'entrée. J'observais le comportement de Piotr. Il n'était pas mal à l'aise, comme certains l'étaient parfois. Il ne riait pas nerveusement, comme presque tout le monde le faisait. Il était complètement désintéressé par le film projeté – une baise banale entre une blonde et un black –, mais il analysait avec beaucoup de sérieux les possibilités que le lieu nous offrait pour assouvir les envies que nous avions l'un de l'autre. J'interrompis sa réflexion en me mettant à califourchon sur lui pour l'embrasser. Il posa sa main sous ma robe blazer et caressa mes fesses. Je passai la mienne sous son T-shirt. Son torse était brûlant – plus encore que ses mains confortables. Je sentis quelque chose passer dans mon dos et se faufiler sur le côté. Piotr se raidit. J'éloignai mon visage du sien et louchai vers ma droite. Trois gros dégueulasses se tenaient là, juste à côté de nous. L'un d'eux caressait sa bite à travers son jean détendu. Les deux autres nous regardaient avec l'air débile de ceux qui commencent à avoir la trique.

– On part, décida Piotr en me prenant par la main.

Nous nous sommes précipités vers la sortie sans calculer le personnel qui s'étonnait de nous voir partir si rapidement, en nous tordant de rire. Nous avons ensuite avancé sur le boulevard de Clichy sans réellement savoir où nous allions, jusqu'à passer devant le Sexodrome, un mastodonte du cul qui se présentait comme un « love store » de 3 000 m^2... Piotr suggéra d'y entrer.

– Vous avez des cabines privées ? demanda-t-il au caissier, en passant devant tous les clients qui attendaient pour payer.
– Non, elles sont fermées en ce moment.

Nous sommes aussitôt ressortis, sans même remercier ni saluer notre interlocuteur. Nous avons marché quelques mètres en râlant que Pigalle était vraiment un quartier surfait, à la réputation mensongère... Puis, nous nous sommes arrêtés devant le Video Star. La devanture, qui ressemblait davantage à celle d'un vidéo-club rétro, annonçait un « Spécialiste du DVD X » rompu à la « Vente », la « Location », et la « Projection ». Nous sommes entrés. Piotr demanda une cabine privée.

– C'est possible d'y aller à deux ? demandai-je, sans cacher ma surprise.
– Bien sûr, bien sûr ! Allez-y ! Allez-y ! nous pressa le gérant qui n'avait sans doute pas croisé beaucoup d'autres clients ce soir-là.

Nous avons pénétré dans la première cabine, celle qui était derrière le mur mitoyen à la caisse. Elle était noire, sombre et assez grande – on aurait pu y tenir à trois ou quatre. Il y avait un petit écran dans le coin droit, en face duquel étaient disposées deux chaises. Piotr et moi avons enlevé nos manteaux et les avons posés sur le dossier de l'une d'elles, comme nous l'avions fait plus tôt, en arrivant au café des Beaux-Arts. Puis nous nous sommes assis. Nos regards étaient à la hauteur du film projeté sur l'écran – une partouze avec au moins une blonde. J'ignore s'il y avait d'autres femmes que la blonde, s'il y avait plus ou moins d'hommes que de femmes, si le film est resté le même, s'il tournait en boucle, ou s'il a changé pendant le temps que nous sommes restés dans cette cabine. Je n'y ai pas prêté attention. Je me souviens que Piotr a commencé par me toucher la cuisse. Je me suis levée de mon siège et me suis assise sur ses genoux. Nous nous sommes embrassés. C'était assez mécanique. Nous savions pourquoi nous étions dans cette cabine et nous voulions faire ce pour quoi nous étions venus.

Nous nous sommes ensuite embrassés un peu plus intensément. Il s'est mis debout. Il a baissé son jean noir. Sa bite était droite. Elle tendait un peu vers la gauche. Je l'ai saisie et masturbée. Piotr a caressé mes cheveux. J'ai attrapé son poignet droit et claqué sa main sur ma joue. Il a froncé les sourcils, d'un air sceptique – peut-être même réticent. J'ai claqué sa main sur ma joue une nouvelle fois, en souriant. Il a reproduit le geste de lui-même, claquant sa main sur ma joue avec retenue, pendant que je le masturbais. Il m'a ensuite retournée pour que je sois dos à lui. J'ai enlevé ma robe, l'ai négligemment jetée sur l'une des chaises, et me suis accoudée au pan de mur adjacent à l'écran qui diffusait le film porno. Il a baissé mon collant et a titillé mon anus avec l'un de ses doigts pendant qu'il mettait une capote. Il a ensuite plongé sa bite dans mon cul, mis quelques coups lents, puis accéléré le rythme, un, deux, trois-quatre, cinq-six-sept-huit-neuf-dix coups... Pause... Il a repris, avec ardeur, un-deux-troisquatrecinqsixsept... Retiré sa bite de mon cul dans l'élan du septième. Pause. Il respirait fort. Il a attrapé mon bassin. Sa bite a buté contre mon périnée à la recherche d'un trou à fourrer. Je lui ai demandé de changer de capote. Il a reculé. En a cherché une dans la poche du pantalon qui tombait sur ses chaussures. Je fixais le mur auquel je restais accoudée, cambrée au point d'avoir mal aux mollets. Une fille du film porno faisait du bruit. Piotr a approché sa bite couverte d'une nouvelle capote. Il l'a enfoncée dans mon vagin. M'a baisée grave – en plein de coups vifs, en me claquant le cul, en mettant des coups profonds, et en palpant mes seins avec ses deux mains chaudes. Je lui ai demandé de me reprendre en sodomie, parce que je présumais qu'il devait aimer ça, comme tous les hommes. Il hésita car il était sur le point de finir, mais le fit quand même. Il a éjaculé après trois ou quatre coups dans le cul. Il a retiré la capote et l'a jetée au sol. J'ai remis mon collant en me disant que la sodomie ne m'avait étonnamment pas fait mal, que ça avait été normal, alors que je n'aimais pas ça, d'habitude. Je pensai que ça avait dû lui plaire aussi, mais peut-être pas autant que les claques pendant la branlette.

Nous nous sommes installés sur les chaises. Piotr a sorti la bouteille de cognac de son sac. Nous l'avons bue en discutant pendant plus d'une heure, peut-être deux. Je lui ai demandé de me parler de sa vie. Il a raconté quel adolescent il était – farouche et nonchalant, il passait ses journées à traîner dans la rue et dans un cinéma d'art et essai avec les copains de son quartier, jusqu'à ce qu'il décide de devenir artiste, à l'âge de dix-huit ans. Il m'expliqua que c'était très tard pour la Russie, que les artistes s'engageaient dans des formations artistiques spécifiques dès l'enseignement secondaire. Je lui ai dit que c'était différent en France, que les écoles d'art recrutaient après le baccalauréat. Il trouvait que c'était surprenant. Il énuméra certains conflits avec ses professeurs de l'Académie… Notamment avec un jeune professeur qui avait une réputation transgressive dans l'art pétersbourgeois, mais qui s'était scandalisé après que Piotr eut peint un vagin pour illustrer le thème de l'Apocalypse… Le professeur lui avait alors expliqué que l'art contemporain, c'était « respecter les traditions, mais avec une forme bizarre pour que ça ait l'air novateur », et qu'il ne pouvait que condamner sa proposition. Je fis valoir que la réaction était disproportionnée – ce n'était qu'une représentation de vagin, après tout… À ma demande, il a ensuite détaillé les accusations de l'actrice qui l'avaient obligé à fuir la Russie, ainsi que ce qui s'était passé cette nuit-là… Son récit manquait autant de complexité que celui de l'actrice que j'avais lu dans la presse. J'ai pensé qu'il ne me disait pas toute la vérité, mais je ne m'attendais pas à ce qu'il le fasse… Nous nous connaissions à peine et je pouvais comprendre qu'il ne soit pas assez en confiance pour me raconter les faits. Il a ensuite parlé de la relation avec son ex, de comment elle avait dégénéré à cause des *trahisons* de cette dernière. Il a raconté assez précisément la *première trahison*, dans le cadre d'une relation exclusive, avec l'une de ses connaissances. Il a expliqué que leur relation avait alors évolué en une relation libre basée sur la transparence, condition qu'elle n'avait pas respectée en cachant une autre liaison avec un ancien bandit. C'était la *deuxième trahison*. Leur relation libre était alors devenue une sorte de partenariat dans lequel leur intimité était circonscrite à des partouzes avec d'autres filles. Il resta très vague lorsque je le questionnai sur la troisième *trahison*, la plus grave selon lui – celle qui avait finalement tout détruit. Il fit valoir qu'ils n'avaient d'ailleurs plus rien d'un couple depuis ce moment-là.

Je lui demandai quand cette *troisième trahison* avait eu lieu. Il répondit que c'était un an et demi plus tôt. Cela confirmait ce que Stanislav m'avait rapporté, lorsqu'il m'avait annoncé leur séparation, mais je n'y croyais pas. Il me semblait invraisemblable qu'un homme refuse de coucher avec une femme, même à cause de « trahisons ». Il m'a assuré que c'était la vérité, qu'il avait d'ailleurs préféré aller aux putes que de coucher avec elle après sa sortie de prison. Je lui ai demandé comment c'était, d'aller aux putes. Il a détaillé une expérience dans un salon de massage avec une fille à qui il manquait une dent et une autre, plus banale, avec une fille trouvée dans la rue à Belleville. Ces histoires m'amusèrent beaucoup, surtout l'histoire de la fille sans dent. Nous avons ensuite parlé des artistes qui produisaient des œuvres d'art politique qu'il aimait. Je n'en connaissais aucun, peut-être parce qu'aucun d'entre eux n'était français. Il me confia avoir apprécié l'extrait de Desnos que je lui avais envoyé, mais que ce n'était pas *le plus important*. Il disait avoir été touché par le geste, puisqu'il avait compris, à travers celui-ci, que je n'avais pas peur de lui, alors que tous les autres le percevaient comme un monstre de violence. J'ai souri, sans dire que je n'avais pas pensé à tout cela, que j'avais juste trouvé l'extrait fort et que j'avais d'ailleurs, moi aussi, craint sa mauvaise réputation. J'ai oublié ce dont nous avons parlé me concernant...

– On ferme ! annonça sèchement le gérant du vidéo-club, en toquant à la porte de notre cabine.

*

Nous sommes descendus dans la station de métro Blanche. Piotr allait vers Nation, et moi dans la direction opposée, vers porte Dauphine. Nous nous sommes câlinés et embrassés dans le couloir de la ligne 2, où nos chemins devaient se séparer.

– C'était une très belle soirée... J'ai vraiment aimé.
– Moi aussi, je suis content... J'ai vu la vraie Alexandra.
– La vraie Alexandra ?

– Depuis le début, je vois deux Alexandra... Je ne savais pas qui était celle que j'allais voir ce soir.

– Je ne comprends pas ce que tu veux dire.

– Quand tu as annulé ma proposition de rencontre, c'était une Alexandra. Quand tu m'envoies l'extrait de Desnos, c'est une autre – c'est celle de ce soir. Moi, je veux cette Alexandra. La vraie Alexandra !

– Alexandra, c'est les deux Alexandra. C'est tout, répliquai-je, sur la défensive.

– Non, il y a la vraie Alexandra et il y a l'autre Alexandra, l'Alexandra sociale. Celle-là, c'est un artifice.

– Euh... Je crois que tu te trompes. Mais OK.

– Non, non, pas du tout, insista-t-il.

Je le quittai en lui disant que j'allais y réfléchir, même si je ne comptais pas réellement le faire... Son analyse me paraissait tordue et profondément inconfortable. Pourtant, des tas de questions sans réponse commencèrent à se chevaucher dans mon esprit. *Qui était réellement Alexandra ? D'après Piotr ? D'après les autres ? En quoi l'Alexandra sociale était-elle différente de celle que Piotr appelait la « vraie Alexandra » ? Et pourquoi ne pourrais-je pas être les deux, après tout ? Et peut-être même plus ! Pourquoi Alexandra ne serait-elle pas la somme de toutes ces versions – l'Alexandra de Piotr, l'Alexandra d'un autre, l'Alexandra d'un groupe, et l'Alexandra de tous les autres ? Alexandra pourrait alors être une putain de superfemme ! Et moi, qu'est-ce que j'en pensais réellement, au fond ?*

Piotr était sur le quai d'en face. Il me regardait. Il était différent de tous les autres à côté de lui. Magnétique, singulier, remarquable. *Comment avait-il pu voir autre chose que ce que tous les autres voyaient en moi ?* Le métro arriva. Je suis montée dans un wagon et me suis assise sur un siège, près de la fenêtre, sans jamais cesser de le regarder. J'ai déposé un baiser contre la vitre à son intention, juste avant que le train démarre. Nous avons ri ensemble, chacun de son côté. Le métro s'est engouffré dans le tunnel. Piotr n'était plus à portée de vue, mais j'ai continué à rire toute seule, pendant quelques instants. Je me suis ensuite sentie un peu ridicule, lorsque j'ai réalisé que tous les passagers avaient assisté à cette démonstration impudique. *Étais-je vraiment cette fille-là ?*

Des dizaines de messages reçus sur mon téléphone m'éloignèrent de cette lourde interrogation :

Alexandra :
Tout va bien. T'inquiète.

On a baisé.

Joseph :
Sérieux !!! C'était comment ?

Alexandra :
Normal.

Joseph :
Tu vas le revoir ?

Alexandra :
Je pense que oui.

Joseph :
Ah ouais ! Quand même !

Alexandra :
Un plan cul de plus...
Ça peut toujours être utile.

La surprise

Piotr m'avait donné rendez-vous sur la place du Châtelet, en milieu d'après-midi. J'ignorais ce qu'il avait organisé pour ce rendez-vous, mais j'imaginais qu'il allait m'emmener dans un endroit pour baiser. Je misais sur un hôtel miteux qu'on pouvait louer à l'heure près des Halles. Je me disais qu'il n'y avait que cela qui pouvait intéresser un homme ayant rendez-vous avec une femme, surtout une femme qu'il avait déjà baisée, surtout dans ce quartier. Je ne sais pas pourquoi, mais cela ne m'enchantait pas particulièrement.

Piotr m'attendait au café Zimmer lorsque je le rejoignis. Nous nous sommes embrassés pour nous saluer. Il m'a demandé si je voulais boire quelque chose. J'ai décliné. Nous nous sommes donc dirigés vers la sortie.

– Alors, où tu m'emmènes ?
– Tu verras. C'est une surprise.

Surprise pour moi, plaisir pour toi, ai-je pensé en haussant les sourcils d'un air désabusé. Piotr ne le remarqua pas. Il était concentré sur l'application Maps de son téléphone. Je le suivis lorsqu'il prit la première rue à gauche, puis tourna de nouveau à gauche.

– Je crois que c'est là, dit-il avant de porter son téléphone à l'oreille pour passer un appel.

Il n'y avait aucune devanture d'hôtel à l'horizon. J'imaginai qu'il pouvait avoir négocié de passer quelques heures dans l'appartement d'un ami ou d'une connaissance, qu'il devait penser que c'était plus agréable qu'une chambre d'hôtel miteuse pour baiser.

Quelques instants plus tard, deux femmes sortirent d'un immeuble par une grande porte en bois rouge. Elles avaient l'air contentes de voir Piotr et le saluèrent d'une accolade chaleureuse. Il me présenta. L'une des femmes nous dit de les suivre à l'intérieur. Nous nous sommes entassés dans un petit ascenseur. L'autre, qui s'appelait Tania, parlait en russe avec Piotr. Je ne comprenais pas ce qu'elle disait, mais j'avais l'impression, à ses intonations et ses regards, qu'elle le draguait. *Petite conne*, pensai-je. Elle parla ensuite de l'ex, prononça son prénom de Winx. *Sale petite conne irrespectueuse.*

L'ascenseur s'ouvrit. Nous sommes entrés dans un salon dont les murs étaient décorés d'une fresque multicolore. Je ne comprenais pas où nous étions. Piotr demanda à Tania de nous apporter à boire. Il m'interrogea sur ce que je voulais. Je dis *qu'un thé serait bien*. Tania eut l'air d'avoir compris, mais Piotr répéta en russe que je voulais du thé. Elle sortit du salon. *Allez, bouge de là, sale petite conne irrespectueuse*, ai-je marmonné.

Piotr et l'autre femme me parlèrent de la fresque – un hommage aux ballets russes. Je prétendis être impressionnée, mais la fresque ne m'intéressait pas. Je voulais comprendre où nous étions, ce que nous faisions là. J'espérais aussi que nous n'allions pas passer tout l'après-midi avec ces russophones, surtout pas avec la petite conne.

– On est où ? demandai-je finalement, et discrètement, à Piotr.
– Au théâtre, pour [Daaaaohh] ! répondit-il à voix haute.
– Quel théâtre ? Le théâtre du Châtelet ?

La femme acquiesça. Elle regarda sa montre et dit qu'il fallait *y aller*. Nous l'avons suivie pour prendre une nouvelle fois l'ascenseur. Nous sommes passés dans un petit couloir jusqu'à arriver dans une salle de cinéma privée de moins de dix places, disposées sur deux rangs. Deux énormes femmes étaient déjà assises sur la rangée de derrière, au centre. Piotr et moi nous sommes installés devant. La femme nous a souhaité une bonne projection. Elle a éteint la lumière, et elle est sortie de la salle.

– C'est quel film ?

– C'est [Daaoh] ! Tu m'as dit que tu aimais Lev [Landaaoh] ! J'ai pensé que ça pourrait être intéressant pour toi de voir le film d'Ilia Khrjanovski.

– Ahhhh... [Lando] ! Je n'avais pas compris !

Après quelques secondes – le temps qu'il me fallut pour traiter cette information, j'ajoutai :

– Je... Je ne sais pas quoi dire... Je suis touchée... Vraiment.

Je l'embrassais. Il sourit, content que sa surprise me plaise. Je l'embrassai plus fort encore. La projection commença. Elle dura longtemps, au moins trois heures. Je ne regardai rien du film. J'étais fixée sur Piotr, sur son visage cabossé, éclairé par la lumière blanche de l'écran. Je ne comprenais rien du film non plus, tout ce que je pouvais penser, c'était : *Piotr. Il a fait ça pour moi.* Je me blottissais contre lui, le couvrais de baisers – dans le cou, sur les joues, la bouche. Je sentais que j'étais foutue, que je l'aimais déjà. Mais j'étais bien.

Je crois que lui aussi.

*

Piotr et moi sommes sortis de la projection main dans la main. Tout autour de nous me paraissait petit. Les rues étroites et encombrées par de petites voitures achetées d'occasion qui crapotaient, l'une derrière l'autre, patiemment alignées devant les feux défectueux, rouge, vert, orange, rouge, rouge, toujours rouge – toutes alignées dans la morne grisaille parisienne. Les gens étriqués dans leurs vêtements tout juste coquets, les visages ratatinés par les tracas du quotidien, le travail qu'ils n'aimaient pas, qui ne payait pas assez, mais c'était quand même mieux que rien. Les gens écrasés par la solitude – les gens tout seuls, tout petits, tout misérables qui nous regardaient de travers, nous, glorieux, éclatants, dominants, portés par la puissance de notre amour naissant. J'avais le sentiment que rien ne pouvait nous atteindre, que rien ni personne ne pouvait nous faire de mal. Nous étions supérieurs. Nous aimions. Piotr et moi aimions et rien, à ce moment précis, ne me semblait plus impossible.

Il était près de 2 heures du matin lorsque nous avons atterri dans la cour d'un immeuble que Piotr connaissait bien, isolés des regards ignorants des misérables. Nos peaux froides produisaient de la chaleur en se touchant. Sa bite s'enfonçait en moi. Mon cul frais tapait contre son bassin poilu. Je tournais la tête pour l'embrasser pendant qu'il me mettait des coups de reins. Je lui demandais *plus fort, plus profond*. Il y allait plus fort, plus profond, plus vite. Il souffla sur mon visage en éjaculant.

La lumière du hall d'immeuble s'alluma au moment même où nous détachions nos corps l'un de l'autre. Mes collants étaient encore baissés sur mes genoux. Je fermai mon long manteau de laine afin de couvrir mes cuisses nues. Piotr n'avait pas encore eu le temps de se rhabiller, mais il se positionna devant moi, comme pour me protéger de ce qui arrivait... Trois policiers, qui pénétraient dans la cour de l'immeuble.

– Bonsoir, vous habitez ici ? demanda l'un d'eux.
– Non, mais on connaît quelqu'un qui habite ici, répondis-je.
– Les voisins nous ont appelés parce que des inconnus avaient des rapports sexuels dans la cour.
– Des rapports sexuels ? N'importe quoi ! On s'est juste un peu... touchés.
– C'est pas ce qu'ils ont dit.
– Oui, enfin, ils n'étaient pas avec nous.
– Il y a des enfants ici... Donnez-moi vos papiers.
– Tenez. Oui, enfin, les enfants dorment à cette heure-ci, et puis aucun de leurs parents ne nous a demandé d'arrêter de nous

tripoter avant de vous appeler. C'est un peu exagéré de vous faire déplacer pour si peu, non ?

– Monsieur ! Vos papiers !

Les flics notèrent nos identités sur un calepin. C'était la première fois de ma vie que je me faisais contrôler par la police mais, bizarrement, cela ne m'inquiétait pas. J'étais en confiance, avec Piotr à mes côtés et mes perles de bourgeoise aux oreilles.

– Ne recommencez plus, hein ! On a autre chose à faire, nous, dirent-ils finalement, en nous rendant nos cartes.

Piotr en profita pour faire remarquer qu'il était surpris, qu'il croyait que *Paris était la ville de l'amour, pas celle de la surveillance*. J'étais étonnée de n'avoir jamais pensé Paris comme la ville de l'amour.

La première nuit

La première nuit où nous nous sommes allongés dans le même lit, mon lit – un immense lit à baldaquin avec un matelas épais comme les cuisses d'un sumo, un matelas dans lequel on s'enfonçait comme un doigt dans une plaque de beurre tiède, sur lequel reposaient des oreillers décoratifs en broderie, jacquard, perles et une couette en plumes d'oie étouffante –, Piotr se tendit et regarda de tous les côtés, comme pour trouver une issue de secours.

– Ça ne va pas ? demandai-je après avoir remarqué son malaise.
– Je devrais peut-être dormir par terre.
– Mais pourquoi ? Qu'est-ce qui ne va pas ?

Il tira la couette vers lui, puis la repoussa, et se redressa.

– Par terre avec juste... l'oreiller et le drap.

Je lui proposai de dormir dans les bras l'un de l'autre, sur le matelas, avec les oreillers décoratifs par terre et la couette seulement de mon côté. Il accepta. Nous avons dormi ainsi, en position fœtale. Son souffle câlinait mon cou. Je trouvais ça agréable.

*

Le premier jour suivant cette première nuit, nous sommes restés toute la journée dans mon lit qu'il n'aimait pas. Je mangeai des Kinder Bueno et bus du vin. Il opta pour le cognac et le café. Nous faisions l'amour et parlions. Je lui ai dit que je n'avais jamais été amoureuse. Il a répondu que c'était un *beau statement.* C'était vrai, je n'avais jamais été amoureuse, ou peut-être pas aussi intensément que j'aurais voulu l'être... Mais je n'ai pas dit cela parce que c'était la vérité. Je l'ai dit pour le mettre au défi – je savais que les hommes aiment cela, être mis au défi –, et aussi, paradoxalement, pour me rassurer que cela ne risquait pas d'arriver.

*

La première semaine suivant la première nuit, je remarquai que j'avais changé mon côté du lit, pour le lui laisser. Je dormais désormais près de la fenêtre, même lorsqu'il n'était pas avec moi.

*

La deuxième semaine suivant la première nuit, Piotr s'inquiéta que je n'aie toujours pas eu d'orgasme avec lui. Il me baisait plus longtemps – trop longtemps à mon goût –, mais cela n'y changeait rien, je n'avais toujours pas d'orgasme. Je lui disais que *ce n'était pas grave*, que *ce n'était pas important.* Je ne lui dis pas que je n'avais jamais eu d'orgasme. Avec aucun homme. Jamais. Il me questionna pour essayer de comprendre ce que j'aimais, ce qui me faisait jouir. *Les cunnilingus ?* Il n'en faisait pas. Il dit *qu'en Russie, il y avait un certain type d'hommes pour cela, et que souvent, ils étaient payés...* Je dis que ce n'était *pas du tout pareil en France, que c'était plutôt une pratique pour les vieux qui étaient excités d'avoir de la chatte fraiche... Et qu'il n'y avait jamais besoin de les payer pour ça, que les vieux étaient toujours très contents de lécher des chattes de jeunes femmes...* Piotr fut surpris par ma réponse, mais elle l'amusa.

Nous avons ensuite parlé de la façon dont les films représentaient les rapports sexuels entre hommes et femmes, du fait que l'actrice était désormais toujours au-dessus de l'acteur, et que l'acteur faisait des cunnilingus. J'en profitai pour affiner ma théorie en disant que *les vieux faisaient des cunnilingus parce qu'ils étaient excités d'avoir de la chatte fraîche, mais aussi parce qu'ils reproduisaient ce qu'ils voyaient dans les films... Qu'au fond, ce n'était pas réellement pour faire plaisir aux jeunes femmes qu'ils faisaient cela, non, pas du tout ! Ils faisaient des cunnilingus pour s'assurer qu'ils ne se feraient pas traiter de « vieux réac » ou de « mauvais coup » après la baise.* Piotr rigola une fois encore, mais il n'eut pas l'air tout à fait convaincu par mes arguments.

Cette même semaine, il m'initia à Lars von Trier avec *The House that Jack built*. Je fis de même avec Serge Gainsbourg en lui faisant écouter quelques chansons, et lui proposant de regarder *Charlotte Forever*. Nous nous découvrions un goût commun pour les figures romantiques et controversées. Je pensais que si nous aimions les mêmes œuvres, alors peut-être n'étions-nous pas si différents l'un de l'autre, malgré tout.

*

Un matin de la troisième semaine suivant la première nuit, Piotr s'aventura dans ma chambre d'amis, devenue un dressing tellement encombré de vêtements qu'il était impossible d'y circuler. Jusqu'alors, j'avais toujours attendu qu'il soit occupé pour me faufiler discrètement dans cette pièce et en ressortir sans qu'il le remarque. Je ne voulais pas qu'il pose de questions sur cette pièce, et surtout pas qu'il y entre, de peur qu'il me traite de « sale capitaliste de merde », par exemple. Mais il avait suffi d'un instant de négligence au cours duquel j'avais laissé la porte entrouverte pour que Piotr en profite pour y pénétrer. Après avoir découvert ce que j'y cachais, il déclara que ce n'était pas commun, pour une étudiante vivant à Paris, d'avoir une pièce dédiée entièrement à ses vêtements, et qu'il aimait ça.

Au cours de cette troisième semaine suivant la première nuit, il m'offrit un vibromasseur, pour mon anniversaire. Je n'eus pas d'orgasme lorsqu'il l'utilisa sur moi la première fois. Je crois que j'en ai eu un quelques jours plus tard, lorsque je l'utilisai seule.

*

La quatrième semaine suivant la première nuit, je fis savoir à Piotr que je ne voulais pas d'une relation libre, que je ne voulais pas d'autres hommes et que je ne voulais pas du tout, mais alors pas du tout, qu'il ait d'autres femmes que moi.

– Tu veux qu'on soit un couple ? C'est beaucoup plus difficile, tu sais, précisa-t-il.

Je n'en savais rien. Je n'avais jamais été *en couple*, j'avais juste eu *des mecs*. Et je crois que je ne prenais pas ces mots assez au sérieux. Mais je ne voulais pas le partager, avec aucune autre femme.

– Oui, je veux que nous soyons en couple ! Sans personne d'autre.

*

Une nuit, quelques semaines suivant la première nuit, je m'allongeai nue sur le corps de Piotr, mon menton posé sur son torse. J'avais le sentiment que nos corps étaient de trop entre nous, qu'ils étaient des obstacles à la fusion parfaite de nos âmes. Je n'avais jamais eu envie de fusionner avec quelqu'un auparavant.

Je le regardai dans les yeux et murmurai timidement :

– Je t'aime beaucoup, tu sais.

Il demanda quelle nuance le « beaucoup » apportait en français. Je dis que c'était ambigu, que par définition « beaucoup » était plus que rien, mais que ça sonnait moins fort qu'un « je t'aime » sans rien de plus.

*

Un matin après cette dernière nuit, quelques semaines suivant la première nuit, Piotr me dit qu'il m'aimait. Un « je t'aime » sans rien de plus.

J'ai oublié quand, j'ai oublié où, j'ai oublié ce que j'ai répondu, mais nous nous aimions, et nous le disions, l'écrivions désormais sans cesse, jamais trop, sous toutes les formes.

Piotr :
Je t'aime.

Alexandra :
Je t'aime.

Piotr :
JTM.

Alexandra :
Je t'aiiiiiiimeeeeee.

– Je t'aime, ma Alexandra.
– Je t'aime, mon Amour Piotr.

Piotr :
JE T'AIME.

Alexandra :
Je t'aime, Amchik

Piotr :
Tu es toujours dans ma tête.
Mon amoureuse, ma petite envahisseuse.

Alexandra :
Je t'aime. Je t'aime. Je t'aime. Je t'aime...

Piotr :
JE T'AIME MON AM.

Alexandra :
Je t'aime aussi –
déraisonnablement
(c'est-à-dire justement).

Piotr était le premier homme à qui je disais « je t'aime ». Il était le premier à me le dire. Le premier à le penser, aussi – je crois.

*

Quelques jours après ce grand jour, quelques semaines suivant la première nuit, je me demandai si Piotr m'aimait véritablement. Je pensais qu'il était sûrement plus facile de dire « je t'aime » dans une langue qui n'était pas la sienne, et qu'il ne me l'aurait peut-être pas dit dans sa langue maternelle. Je l'éprouvai donc en russe : « Я люблю тебя. »

Il répondit : « я тоже тебя люблю моя любовь Александра. »

Il m'aimait. Piotr m'aimait, moi, son amour Alexandra.

Les gauchistes

J'ai toujours été tolérante, du moins, je me suis toujours efforcée de l'être, surtout à l'âge adulte. Être tolérante m'évitait beaucoup de conflits stériles, beaucoup de conflits tout court, et je n'aimais pas les conflits. Et puis, ça faisait bien d'être tolérante, de respecter et d'accepter les idées, les opinions, les comportements de tous, même ceux qu'on ne partage pas, même ceux qu'on n'approuve pas. Personne n'aime les intolérants.

Piotr trouvait cette posture intenable. *Comment pouvais-je tout respecter, tout accepter, tout tolérer ?* Peut-être parce que tout m'indifférait, au fond, que je me foutais de tout, en réalité. Mais peut-être pas non plus. Cela n'a d'ailleurs plus beaucoup d'importance. Mon inclination à la tolérance a fini par s'écraser devant les amis gauchistes de Piotr, ou plutôt ceux qui se revendiquaient comme tels.

Je rencontrai certains des amis gauchistes pour la première fois lors du procès de Piotr pour son événement *Éclairage*, à l'occasion duquel il avait « illuminé » les fenêtres de la Banque de France. Piotr m'avait demandé de l'accompagner au tribunal pour le soutenir. J'avais immédiatement accepté, touchée de sa proposition. J'avais ensuite pris le temps de réfléchir... *Avait-il réellement envie que je le soutienne, ou voulait-il juste me « montrer » pour faire chier l'ex dont il s'était séparé, l'ex qui voulait le récupérer, l'ex qui serait jugée comme sa complice ?* La faire chier du genre : « *J'ai tourné la page, je t'ai remplacée, regarde comme c'est allé vite, quelques jours, quelques semaines, tu ne vaux décidément pas grand-chose.* »

J'ai compris, par la suite, que Piotr ne réfléchissait pas tellement de la sorte, mais c'était ainsi que je me serais comportée si j'avais été à sa place. Je projetais donc mes préventions sur cet homme si différent de moi – cet homme que je ne connaissais encore que trop peu et que je ne parvenais pas à deviner.

Prenant cette hypothèse au sérieux et ne sachant pas réellement comment me positionner face à elle, je décidai de me préserver en proposant à mon ami Joseph de m'accompagner au procès. Il me semblait alors plus sage d'y aller en groupe, plutôt qu'en couple.

*

Je rejoignis Piotr avant le début de l'audience à L'Industrie, un café qui faisait l'angle du tribunal correctionnel – le nouveau, celui qui ressemble à un aéroport. Piotr était installé à une table à côté de la fenêtre avec un homme d'une cinquantaine d'années aux cheveux longs, emmêlés, à l'allure relâchée. Je levai la main droite pour les saluer. Piotr s'approcha de moi pour me donner un baiser. J'étais fière qu'il m'embrasse devant cette personne – son ami, je devinai. Piotr nous présenta. Il s'appelait Yann. Il était le premier gauchiste.

Peu de temps après arriva Dominique – l'avocate. Dominique était une femme du même âge que Yann, aux cheveux complètement gris et au brushing serré pour l'occasion. Elle était la deuxième gauchiste.

Piotr tendit à Dominique plusieurs feuilles sur lesquelles étaient imprimées des œuvres du Caravage, ainsi que les références artistiques de ses précédents événements. Il voulait que l'avocate montre ces documents au juge. Il insistait sur le fait que l'audience devait être rythmée par le discours de l'art, qu'il fallait uniquement parler d'art, « pas de lois, de droit, de toutes ces merdes de... ».

– Mais oui, mais oui, je sais ce que je dois faire ! souffla-t-elle. Tu m'as déjà tout dit, tout envoyé... Je sais, je sais, Piotr...

L'avocate regarda sa montre. Elle annonça qu'il était temps d'y aller. Nous sommes sortis du café et nous sommes dirigés tous ensemble vers le tribunal. Yann parlait avec Piotr. Joseph m'informa par message qu'il arriverait bientôt en taxi, puisqu'il était tout près de la porte de Clichy. J'étais en train de lui répondre, lorsque l'avocate se glissa à côté de moi :

– Ça va ? Écoute... Ça sera mieux si tu restes un peu à l'écart... Tu restes à l'écart, d'accord ? m'imposa-t-elle avec une douceur infinie dans la voix, totalement en décalage avec l'autorité du propos.

J'acquiesçai stupidement, sous le coup de la surprise – sans doute –, de ma politesse – surtout. Lorsque Piotr s'approcha de moi, quelques instants plus tard, j'en profitai pour l'informer :

– Je vais rester là... Je dois attendre que Joseph arrive.
– On peut attendre ensemble.
– Non, non, allez-y. On se verra dans la salle...

Quoique circonspect, Piotr se laissa embarquer par Dominique et Yann qui le pressaient d'avancer, lui rappelant qu'ils étaient en retard. Il s'éloigna de moi. Dominique était à côté de lui. Yann marchait derrière eux. Je restai seule, au bord de la route, heurtée et désemparée. À ce moment précis, le rejet de Dominique me semblait exprimer le rejet de tous.

Quelques minutes plus tard, Joseph descendit de son taxi. Nous avons traversé le parvis du tribunal, dépassant Piotr qui s'était arrêté pour parler à des journalistes russes. Dominique se collait à lui, de sorte à se trouver dans le champ des objectifs. Yann restait en retrait. Joseph et moi avons rejoint la queue du public qui attendait de passer le premier contrôle de sécurité. L'ex était là, à côté de nous, accompagnée de deux autres personnes. Elle attendait Dominique... et Piotr, inévitablement. Piotr passa devant elle sans la saluer – ni même la regarder. Il franchit le premier barrage de sécurité sans faire la queue. Dominique s'arrêta pour demander à l'ex avec qui elle était. Elle désigna ses deux accompagnateurs.

« D'accord, suivez-moi, mais plus vite ! » répondit Dominique. Tous les cinq rejoignirent Piotr au niveau du deuxième barrage. Joseph me fit remarquer l'inégalité de la situation : les amis de l'ex ne dérangeaient pas Dominique, contrairement à moi. Ils n'étaient pas tenus de *rester à l'écart*, eux. Cette différence de traitement ne me fit pourtant pas réagir. Je n'étais pas révoltée, j'étais accablée par l'injustice.

Piotr se tourna vers le parvis. Il avait l'air de chercher quelqu'un. Puis, m'apercevant faire la queue, il s'écria :

– Alexandra ! Alexandra ! Viens !

Dominique tourna brusquement la tête dans ma direction, puis l'agita de droite à gauche pour mimer un « non ». Je reproduisis le geste.

– Viens ! insista-t-il.

Je maintins le « non » de la tête. Dominique pressait Piotr d'entrer dans le tribunal au motif de quelques arguments que je ne pouvais pas entendre, mais qui finirent de le convaincre d'avancer sans moi.

Joseph et moi sommes finalement parvenus à faire partie de la soixantaine de chanceux admis dans la salle d'audience. Autant furent refoulés, par manque de place. Nous nous sommes assis loin de Piotr, comme si je ne le connaissais pas. Nous sommes ainsi restés séparés jusqu'à la suspension d'audience, quand il me demanda d'aller prendre un café avec lui. Nous ne nous sommes plus quittés ensuite, et jusqu'à l'annonce du verdict.

Aucun débat sur l'art n'eut lieu cet après-midi-là. Dominique ne montra même pas aux juges les images sur lesquelles Piotr avait tant insisté. Il perdit son procès, se vit condamné à un an ferme, pour couvrir la durée déjà passée sous les verrous, deux ans de sursis et des dommages-intérêts de plus de vingt mille euros. L'avocate déclara pourtant à la presse que « la décision était la plus mesurée possible » et que « l'art n'était pas condamné en France ». Piotr était fâché que sa propre avocate se range du côté du parquet et qu'elle fasse sienne, la rhétorique de l'accusation. Moi, je justifiai cette déclaration par le fait que Dominique ne voulait pas apparaître comme l'avocate qui perd ses affaires auprès de sa potentielle future clientèle. Piotr, lui, disait que ne pas perdre n'était pas le plus important, que ce qui comptait, c'était d'être défendu avec conviction – qu'un bon avocat devait faire porter la voix de son client et ne pas contrevenir aux principes de celui-ci. Je comprenais son point de vue, mais je n'étais pas d'accord avec lui. La plupart des gens ne veulent pas être défendus par un avocat loser, même s'il défend dignement son client.

*

Piotr me reprocha, plus tard, à de nombreuses reprises, d'avoir eu « honte » d'être vue avec lui, à l'occasion de ce jour si important. Je n'osais pas lui dire que j'avais été éjectée par son avocate. Je ne voulais pas faire d'histoires. Je me sentais aussi, étrangement, moins légitime qu'elle – elle connaissait Piotr depuis beaucoup plus longtemps que lui et moi n'étions ensemble.

Je n'osai donc rien dire pendant plusieurs mois, jusqu'à ce que je découvre un message dans lequel Dominique convoquait Piotr à son cabinet en présence de l'ex, pour signer une prétendue autorisation de voyage pour leurs enfants. Elle insistait sur le fait que leur présence à tous les deux était *obligatoire*, que c'était *pour le bien des enfants*.

– Qu'est-ce qu'elle raconte ? Il n'y a pas besoin de votre présence à tous les deux, pas en même temps ! Et il est où, ce voyage ?
– À Marseille, répondit Piotr.
– Mais il n'y a même pas besoin d'autorisation de voyage pour aller à Marseille ! C'est en France !
– C'est peut-être une nouvelle règle.
– Piotr, je suis française. Je connais les règles.
– Et alors quoi ? Elle ment ?

– Bien sûr qu'elle ment ! Et même s'il fallait que tu signes un document pour que tes enfants partent en vacances, dans tous les cas, tu n'as pas besoin de le signer en même temps qu'elle... C'est n'importe quoi !

Piotr rédigea un message de réponse :

Dominique, j'ai déjà dit que j'avais donné ma parole
et que jamais je ne parlerai avec elle. Aucune communication,
plus jam...

– Attends... « T'as déjà dit »... Ça veut dire quoi, ça ? Elle t'a déjà proposé de la revoir ?

Piotr réfléchit un instant – sans doute était-il réticent à l'idée de laisser une nouvelle tentative de reconquête de l'ex initier un énième conflit entre nous –, puis il acquiesça – parce qu'il ne voulait pas mentir, surtout pas sur ce thème. « J'en étais sûre ! » me suis-je alors écriée, avant de me lancer dans une tirade où les injures les moins censées – beaucoup de qualificatifs sur les pratiques sexuelles supposées de Dominique –, rivalisaient avec les vérités qui faisaient mal – des allusions à ses échecs professionnels cuisants.

Ça me faisait du bien de dégueuler toute la haine que j'avais enfouie en moi – cette haine que j'avais essayé de contenir depuis le jour de l'audience, lorsque j'avais rencontré Dominique et qu'elle m'avait exclue, puis toutes ces autres fois où j'avais été contrainte de la fréquenter et de supporter ses simagrées. Dominique m'exaspérait parce qu'elle s'autoproclamait féministe, mais qu'elle considérait les autres femmes (surtout les « jeunes avec des gros seins ») comme des moins que rien. Elle me considérait comme telle – une moins que rien passée par là, qui ne resterait pas bien longtemps dans le paysage, qui ne devait pas rester longtemps, peut-être trois mois, comme Vika, l'Ukrainienne que Piotr avait fréquentée après la *deuxième trahison* de l'ex et avec qui ils avaient finalement formé un « trouple ». Dominique était une prétendue gauchiste qui se voulait soutien des Gilets jaunes, mais qui considérait pourtant que les seules personnes dignes de savoir, de comprendre la complexité de notre monde, étaient les bourgeois. Elle n'avait pour amis que des magistrats, des médecins, des architectes – jamais de pauvres, jamais personne issue des classes populaires. Dominique faisait partie de ces gens pour qui la mixité sociale est insupportable parce que inesthétique. Elle détruisait sa vision binaire du monde et la mettait face à ses propres incohérences. Piotr – artiste courageux, rejetant l'autorité du pouvoir politique, aussi bien que celle du marché de l'art – ne pouvait pas se compromettre avec une petite bourgeoise du 16e arrondissement qui se promenait avec des Lady Dior à la main. Piotr devait être avec une gauchiste, une opposante, une dure, une pauvresse qui accepterait de vivre en squat et de voler dans les magasins. Ainsi l'image serait belle, le narratif resterait simple, compréhensible, à portée de tous – à portée de cette piètre gauchiste de Dominique.

Cette volonté de m'éjecter en faveur de l'ex n'était d'ailleurs pas qu'un fantasme de Dominique. L'ensemble des gauchistes qui entouraient Piotr étaient obsédés par l'image. Ils voulaient tous que Piotr soit un martyr qui n'arrive à rien dans *ce monde capitaliste de merde* parce que les *néolibéraux* ne peuvent pas comprendre le génie. Qu'il n'arrive à rien et qu'il n'ait rien – pas même à manger... Et surtout pas l'amour. Un martyr qu'ils inviteraient à dîner de temps à autre pour montrer à leurs amis avocats, pubards, écrivains, qu'ils avaient dans leur entourage un artiste pur, un artiste non compromis, un artiste qui leur donnait un peu de légitimité gauchiste, puisqu'il était leur ami.

*

Yann était photographe. Il écrivait de temps en temps dans des médias dits « indépendants » – des médias qui se voulaient de gauche, eux aussi. Il se prétendait artiste, mais j'ai toujours eu le sentiment qu'il ne comprenait pas grand-chose à l'art. Il était en couple avec Anne, une femme qui travaillait dans le marketing pour leur fournir un toit, un grand appartement de 120 m^2 à

Bonne-Nouvelle et de l'argent pour investir dans quelques maisons – en Auvergne, en Italie et peut-être ailleurs, à terme.

Un soir, alors que nous dînions chez Anne et lui, Yann avait trop bu. Il s'était déjà attaqué au capitalisme, au libéralisme – qu'il confondait avec le néolibéralisme, et au néolibéralisme aussi, d'ailleurs. Je lui demandai s'il avait déjà lu le cours de Foucault, qui distinguait précisément le libéralisme du néolibéralisme. Il me laissa le résumer en quelques points, puis poursuivit sa tirade comme si je n'avais rien dit. Sans doute ne voulait-il pas qu'une libérale ou une néolibérale, ou j'ignore comment il me qualifiait, lui fasse la leçon de Foucault. En réalité, Yann ne m'a jamais demandé ma position politique. Mais puisque j'avais l'air d'une bourgeoise, il lui semblait évident que j'étais une néolibérale. Yann n'a jamais expliqué pourquoi le libéralisme et le néolibéralisme représentaient, selon lui, le mal, mais la perspective que ces idéologies puissent polluer la pureté gauchiste présumée de Piotr pouvait suffire à lui faire péter une durite.

Ce soir-là, après un abus significatif d'alcool, Yann s'en prit indirectement à moi, en accablant Anne – sa femme qui se tuait au travail pour l'entretenir. Il l'insulta, elle – la bourgeoise. Elle – et sa famille de bourgeois. Elle – qui avait le malheur d'avoir un ex-mari bourgeois ou, du moins, plus bourgeois que Yann.

– Mais ouais !... Mais le problème, c'est qu'on est comme ça, nous, les artistes... On aime les bourgeoises, mais bon... Sale bourgeoise ! s'écria-t-il en invectivant Anne. Mais ouais, mais c'est comme ça qu'on pourrit ! À cause des bourgeoises ! On pourrit ! Ha ! Ha ! Ha ! Et quoi ? T'es pas contente ? Sale bourgeoise !

Après quelques minutes de malaise, Piotr annonça calmement *qu'il était tard et que nous allions partir*. Nous avons ramassé nos affaires et nous sommes dirigés vers la sortie de l'appartement. Yann continuait ses délires comme si ni Anne ni moi n'étions les objets, en même temps que les témoins, de ses offenses. « Nous, les artistes purs » contre « elles, les sales bourgeoises ».

– Plus jamais, annonçai-je, une fois installée avec Piotr dans le taxi.

– Il était bourré.

– C'est pas une excuse. C'est ce qu'il pense... Et toi, t'as rien dit.

Cette défiance des gauchistes à mon égard, Piotr ne pouvait pas la nier, mais il avait tendance à la dédramatiser : *Ce n'était pas très important ce que les gauchistes pensaient. Et puis, ils étaient de bonnes personnes, au fond. Et d'ailleurs, n'était-ce pas un peu vrai, ce qu'ils disaient ? Piotr n'était-il pas qu'une petite fantaisie dans ma vie ? Un « voyage exotique » dont je parlerais comme d'un petit coup de folie, quelques mois ou quelques années plus tard, lorsque je serais rentrée dans le rang ? C'était ce que tout le monde autour de moi pensait,* assumait-il. Je niais : *bien sûr que non, les gens ne pensaient pas cela !* La vérité était qu'ils attendaient cela. Ils attendaient impatiemment le jour où Piotr serait relégué au rang de lubie d'un temps révolu.

Mathieu attendait le jour où je lui demanderais à nouveau conseil pour quelques histoires de sexto, plan cul ou amour distant – ces histoires qui l'amusaient tant.

Joseph attendait le jour où je redeviendrais sa meilleure amie sans attaches, prête à toutes les sorties, tous les voyages, tous les divertissements, celle qui l'avait rassuré en lui promettant qu'elle serait toujours là pour lui – toujours lui en priorité.

Mon père attendait le jour où je remplacerais Piotr par un artiste qui accepterait de gagner de l'argent.

Ma mère, celui où j'arriverais à le domestiquer, à en faire un bon décorateur qui vendrait bien ses œuvres et serait aimé des institutions.

Mes collègues attendaient le jour où je ferais passer ma carrière avant Piotr, parce que c'était ce que j'étais censée faire, tout simplement.

Sans doute la rage que j'éprouvais à l'égard des gauchistes qui me rejetaient était-elle également ressentie par Piotr vis-à-vis de mon entourage. Et sans doute mon inclination à comprendre les miens était-elle similaire à son intention d'excuser les siens. Ainsi, grandissaient en lui, confronté à mes proches, la même frustration, le même défaitisme et le même manque de confiance que ceux qui se développaient en moi, face au rejet des gauchistes. Ils nous faisaient douter. D'être trahis et abandonnés. Parce que c'est la norme – cool pour les gauchistes, et plus facile pour les bourgeois... Et d'ailleurs, combien de fois ai-je pensé que tout était plus simple avant de le connaître ?

L’antithèse

Tous les matins de semaine, Piotr se réveillait à 7 h 30. Il quittait mon lit qu’il n’aimait pas et se glissait à pas de loups vers la salle de bains. Il prenait une douche froide, se rasait, et revenait environ trente minutes plus tard pour se blottir à mes côtés. J’aimais sentir sa bite froide contre ma peau étouffée par la chaleur de ma couette en plumes. Il m’éveillait avec des câlins et des baisers sur les épaules. Nous restions ainsi dix, vingt, parfois cinquante minutes, puis je me levais, me préparais et petit déjeunais. Lui, attendait que je sois prête à partir en consultant ses e-mails et autres messages privés :

Fernanda :
Bonjour Piotr, comment vas-tu ?
Le New York Times veut publier le portrait que j’ai fait de toi...
Voyons si cela arrive !
Comment se passe la vie à Paris ?
J’ai entendu dire que tu t’étais séparé d’Oksana,
mais peut-être vous êtes-vous remis ensemble ?
À bientôt, Fernanda

Nous sortions ensemble de l’appartement et marchions vers le métro. De janvier à juin, je prenais la ligne 9, puis la 3 jusqu’à Villiers, où étaient localisés les bureaux d’une association de protection des droits de l’homme dans laquelle j’étais stagiaire. À partir du mois de juin, je prenais la ligne 10 jusqu’à Ségur, pour aller travailler à l’Unesco, où je devais effectuer un autre stage de six mois. Piotr prenait toujours le métro au même endroit que moi, d'abord à Exelmans, puis à Michel-Ange-Molitor. Il traversait ensuite Paris d'ouest en est pour rentrer chez lui, dans des appartements qui lui étaient prêtés par des amis ou des connaissances.

Piotr :
Bonjour Fernanda,
Je suis vraiment très content de lire ton e-mail.
Maintenant, il ne reste que très peu
de personnes autour de moi.
Les gens ont des conflits avec moi
ou ils ressentent tout simplement une haine silencieuse.

Oui, c'est vrai. Nous nous sommes séparés.
Je suis resté tout seul, mais la chance était avec moi.
Alexandra est venue à moi dans mon
désespoir et ma solitude. C'est l'amour.
Mais cet amour est catastrophique.
C'est l'antithèse.
Et je ne sais pas comment cela va se terminer.
Je pense que c'est la nouvelle la plus importante de ma vie.
Les autres choses n'ont presque pas de sens.

À bientôt,
Piotr.

J'avais appris à Piotr qu'il ne fallait pas toujours sauter dans la première rame de métro venue, surtout celles qui étaient bondées. Je lui avais expliqué qu'il fallait d'abord regarder le temps d'attente sur le panneau d'affichage. Si deux métros se suivaient d'une ou deux minutes, alors mieux valait attendre le suivant. Nous appliquions cette technique chaque fois que nous étions ensemble. Nous laissions parfois deux ou trois trains passer parce que nous ne voulions pas nous séparer – pas tout de suite... Et tant pis pour le retard au travail.

Un matin, pour prolonger un peu plus le moment passé ensemble, je lui annonçai que je voulais le présenter à mes parents, puis à ma famille. Je voulais ainsi lui témoigner que j'étais sérieuse avec lui, qu'il n'était pas qu'une tocade, comme tout le monde le pensait.

– Je ne veux pas les rencontrer maintenant. On doit d'abord créer notre propre monde, répondit-il.

– Je ne comprends pas.

– Si on rencontre ta famille sans avoir construit notre propre monde, on entrera dans leur monde à eux. Je ne veux pas ça. Je veux qu'on construise notre propre monde, tous les deux. Et quand il sera stable, alors ils pourront venir dans notre monde, s'ils le veulent... Pas l'inverse.

– D'accord.

Je ne comprenais pas ce qu'il voulait dire. Le monde était ce qu'il était et c'était tout. Je l'embrassai et montai dans la rame qui arrivait.

Fernanda :
Qui est Alexandra ? Une Russe à Paris ?

Chaque jour, j'arrivais à l'Unesco vers 10 heures, parfois même 10 h 30 – personne ne vérifiait jamais les horaires des uns et des autres, et puis les premiers arrivés passaient généralement une heure à la cafétéria du dernier étage avant de commencer le travail. Mon bureau était dans un open-space avec vue sur la tour Eiffel dans lequel une dizaine de stagiaires et contractuels avaient leur poste de travail, eux aussi. En six mois, j'y ai vu passer une trentaine de personnes. Les profils étaient variés, même si une grande partie des stagiaires étaient des étudiants surdiplômés qui approchaient de la trentaine. Aucun d'eux ne voulait postuler à un emploi stable à l'Unesco – c'était trop mal payé, trop précaire, trop chiant, malgré le prestige de l'institution. L'Unesco, c'était bien pour un stage, pour *une ligne sur le CV*, mais pas pour un vrai travail. J'étais de cet avis, moi aussi. Je me foutais un peu de la précarité et du mauvais salaire, car je savais que mon père continuerait de m'aider le temps que j'aie une bonne situation, mais me sentais concernée par l'ennui qui accompagnait la fonction.

Mes supérieurs m'avaient confié plusieurs tâches : mettre à jour l'observatoire sur le droit à l'éducation, établir des rapports pour examiner l'alignement des cadres juridiques nationaux sur les normes internationales des droits de l'homme liées au droit à l'éducation, faire la même chose de façon plus détaillée sur le droit à l'éducation des filles et des femmes. Comme j'avais une bonne compréhension de l'espagnol, je m'occupais principalement des profils des pays hispanophones, mais aussi de certains pays africains et asiatiques. Dans l'ensemble, l'idée était belle. Œuvrer pour les droits de l'homme. Exiger des États qu'ils respectent le droit à l'éducation pour tous, surtout pour les filles et les femmes, surtout dans les pays barbares dans lesquels elles étaient cantonnées aux tâches domestiques – cuisine, ménage, baise. Taper du poing sur la table quand ils ne se soumettaient pas à leurs obligations. Les contraindre, les écraser sous le poids de l'idéal humaniste universaliste. L'idée était belle, vraiment belle, mais sa mise en oeuvre était mortifère.

Chercher les lois sur Internet. Lire les lois sur Internet. Un, deux, trois... huit... dix... vingt textes de loi. Copier/coller les lois pertinentes dans un document ad hoc. Copier/coller sans réfléchir, sans analyser, sans contextualiser, sans rédiger – juste copier/coller. Recommencer avec d'autres pays. L'ennui. L'ennui rythmait mes journées de travail. Mais il y avait pire que l'ennui. Il y avait le sentiment d'être inutile. Je n'ai servi à rien pendant six mois. Je n'ai aidé aucune femme, aucune fille, aucune personne dont le droit à l'éducation n'était pas respecté. J'ai juste copié/collé des lois dans des documents ad hoc. Et certains de mes collègues n'ont servi à rien pendant les dix, vingt, trente années de leur carrière en organisation internationale. Heureusement, la fiscalité leur était avantageuse.

Piotr :
Non, Alexandra est une Française. Pour être plus précis, c'est une bourgeoise française. Avec toutes les composantes

idéologiques et économiques liées à ce statut. C'est l'amour.
Mais l'amour tragique. C'est une tragédie
quand l'idéologie et les prescriptions condamnent
l'amour à la destruction.

Notre amour est un drame politique, économique et social.
Un abîme politique, un abîme économique, un abîme social.
Antithèse. Elle a un grand appartement dans le très prestigieux
16e arrondissement – je n'ai pas de logement. Elle a une pièce
spéciale pour ses vêtements et ses chaussures,
il y a des centaines de choses dedans – j'ai un seul ensemble
pour toutes les saisons. Pour elle, la question de l'argent
n'existe pas en principe – je n'ai pas d'argent du tout
(surtout depuis trois mois) et je dois même voler de la nourriture
dans les magasins. C'est l'hédonisme – et le stoïcisme.
Ce ne sont là que quelques exemples qui constituent cette antithèse.

En même temps, je ne peux pas vivre dans son appartement
et je ne peux pas utiliser son argent. Je ne peux pas,
car cela me mettrait tout de suite dans la position d'un gigolo
et je perdrais ma dignité. Si je perds ma dignité,
je perdrai aussi mon amour. Et elle ne peut pas s'éloigner
de son mode de vie, car cela serait comme si une personne
faisait exploser l'île sur laquelle elle vit pour rester
en pleine mer sans terre sous ses pieds. La pleine mer
avec les prédateurs et les tempêtes, lorsque chaque vague
pourrait être la dernière. Paradoxalement, la vitalité de cet amour
réside dans la préservation de l'antithèse.
Mais l'idéologie et les prescriptions visent à nous séparer
et à un moment, les circonstances autour de nous
deviendront insurmontables.

Je quittais le bureau tous les jours vers 17 h 30. J'appelais ma mère. Elle commençait toujours par me demander comment s'était passée ma journée.

– Normal... Par contre, c'était dégueulasse à la cantine.

Les petites choses

Les disputes commençaient toujours par un mot que j'avais dit, un geste que j'avais fait, un mot qu'il avait dit ou un geste qu'il avait fait. C'était des petits mots et des petits gestes qui paraissaient insurmontables l'espace de quelques minutes ou de quelques heures, des petites choses qui révélaient la fragilité de notre relation.

– Arrête de dire que je suis une bourgeoise comme si j'étais une pestiférée... En Europe, tout le monde a l'esprit bourgeois... Même ceux qui n'ont pas d'argent ! C'est tout ! C'est comme ça ! Je suis comme tout le monde ici ! Et d'ailleurs, tes potes bobo gauchos sont des bourgeois aussi ! Des bourgeois qui n'assument même pas !

Les petites choses pouvaient être un manque de soutien face aux autres, un reproche sur le fait de se laisser faire ou, au contraire, d'être trop offensif face à eux. Cela pouvait être un désaccord sur ce qui valait la peine d'être lu ou ignoré, le fait de s'endormir devant le film préféré de l'autre, de parler sans réfléchir, aussi...

– Pourquoi tu dis « merci » quand tu donnes l'argent pour payer tes courses ? C'est lui qui doit te dire merci, me fit un jour remarquer Piotr.

– Je ne sais pas pourquoi. Je dis tout le temps « merci ».

– Et « merci » en partant : « merci, au revoir ». Deux mercis, quatre mots.

– Je ne sais pas... C'est juste pour être gentille.
– Il ne faut pas être gentil avec tout le monde, sans raison.

C'était plein de détails que je ne voulais pas prendre trop au sérieux parce que je préférais penser que les petites choses ne valent pas grand-chose face à l'amour. Piotr n'était pas de cet avis. Pour lui, les petites choses étaient la face visible des complications qui compromettaient notre relation. Il était convaincu que nous n'avions pas d'avenir commun, que la « vraie Alexandra » finirait par être écrasée par les injonctions des autres et qu'elle le quitterait pour ne pas détonner. Ce sentiment, il l'avait eu dès notre première rencontre, au moment de l'interview. Il était rentré chez lui en pensant que j'étais *honnête* et que mon esprit était encore *pur*, mais il avait prédit que je finirais par devenir comme tout le monde, une fois que j'aurais terminé mes études, que je serais absorbée par ma carrière et ma réussite professionnelle. Il pensait que le système aspirait, séparait et détruisait ses serviteurs. Qu'il allait donc m'aspirer, nous séparer et détruire notre amour.

Piotr me reprochait de perdre mon temps à faire des choses que je n'aimais pas et dont je me plaignais à longueur de journée – jouer à la subordonnée dans des stages sans intérêt, passer du temps dans des soirées et événements qui se ressemblaient tous, avec des personnes que je ne connaissais pas et qui ne voulaient pas me connaître parce que je ne pouvais rien leur apporter. Il ne comprenait pas pourquoi je sacrifiais les grands projets – les projets personnels, les projets d'écriture, les projets de n'importe quelle autre chose qui pourrait me plaire véritablement – pour des petites tâches qui me feraient devenir une fonctionnaire grise, fade et bien-pensante. Je n'avais pas d'argument pour le contredire. J'étais bien consciente que je ne servais à rien, que personne autour de moi ne servait à rien, et que je me destinais à être inutile, mais je ne savais pas quoi faire d'autre. Je n'avais peut-être pas le courage de faire autre chose. Je faisais donc valoir que *j'avais trop fait pour tout balancer en un claquement de doigts... Qu'un jour, je balancerais tout, mais pas tout de suite. Qu'on verrait plus tard, d'ici trois ou cinq ans, quand je saurais vraiment ce que je voulais faire.* Piotr disait ne pas comprendre cet argument. Sans doute ne voulait-il pas faire cet effort pour ne jamais être complice de mon choix – un choix qui m'éloignerait inévitablement de lui et qui ferait deux malheureux : un homme abandonné et une femme ennuyée.

Nos désaccords ne portaient pas seulement sur ce que nous réservait l'avenir, mais aussi – surtout – sur ce qu'était la vie de couple. Piotr avait une vision : un couple était une union dans laquelle deux personnes étaient ensemble – véritablement ensemble –, c'est-à-dire qu'elles construisaient et développaient leur propre monde, un monde avec ses valeurs et ses règles, et ces personnes étaient stimulées par des projets communs qu'elles réalisaient à deux. Piotr pensait que l'amour-passion ne durait pas et qu'être en couple n'avait pas de sens si chacun faisait sa vie de son côté. Il était pour une vie de couple fusionnelle, à tous les niveaux.

Je n'avais, pour ma part, pas de vision particulière de ce que devait être la vie de couple. À défaut d'expérience, j'ignorais ce qui fonctionnait ou ne fonctionnait pas, ce que j'aimais ou n'aimais pas. J'avais donc tendance à vouloir reproduire ce que je voyais autour de moi... C'est-à-dire une vie de couple en un+un, plutôt qu'une vie à deux, comme la concevait Piotr.

Dans la vie en un+un, chacun passait la plus grande partie de sa journée de son côté, à faire des choses qui ne concernaient, voire n'intéressaient pas, l'autre. Chacun avait une vie indépendante à la vie de couple, laquelle était réduite aux tâches domestiques, à l'éducation des enfants, au repos, aux sorties, aux week-ends et aux vacances, parfois. J'imaginais donc mon couple avec Piotr comme une vie dans laquelle chacun de nous aurait sa propre activité : je continuerais mon droit et mes sciences politiques, il s'occuperait de son art et nous passerions notre temps libre à nous détendre et nous aimer. Je n'attendais pas de Piotr qu'il s'intéresse à ce que je faisais, et je ne voulais pas toucher de trop près à son art. J'avais d'ailleurs rejeté l'idée de participer à plusieurs projets de film avec lui. Chaque refus avait occasionné d'intenses disputes au cours desquelles il me reprochait de ne jamais rien créer et de toujours rejeter ses créations. C'était vrai, mais je pensais que c'était plus sain ainsi, chacun de son côté, avec ses propres activités – en un+un.

– Je ne suis pas obligée d'aimer ton art. Je peux aimer l'homme, mais pas l'artiste.
– Mais l'artiste, c'est l'homme ! C'est impossible d'aimer l'un et pas l'autre.

À mesure que les mois passèrent, les petites choses se multiplièrent. Même les petites choses du quotidien devinrent sources de conflit : la température de l'appartement, nos régimes alimentaires respectifs, le moment de coucher ensemble... J'en avais marre qu'il me saute dessus à peine la porte passée, et il ne voulait pas baiser au lit, avant de dormir, car il estimait que c'était un truc de vieux couples. Il proposait que l'on crée des règles pour que notre relation soit originale et qu'elle ne devienne pas banale, comme toutes les autres. Ma proposition de règle, c'était de rester au lit pendant au moins trois heures, un matin par semaine. Il disait que c'était *trop facile, trop mignon, et que c'était nul*. Lui, proposait de trouver un homme pour me faire des cunnilingus – un homme qu'il payerait en nourriture volée dans les magasins. Je disais que c'était une *idée de merde, que je n'aimais pas les cunnilingus d'abord, et que plus personne ne me draguait* depuis que je n'avais que son prénom à la bouche... Nous n'étions d'accord sur rien et nous étions incapables de stopper la dégradation de notre relation. Nous étions incapables de nous rassurer l'un l'autre.

J'en voulais souvent à Piotr d'être si défaitiste et de ne pas croire en nous. Son pessimisme me faisait parfois penser qu'il aurait aimé que notre relation ne survive pas à nos différences, pour l'histoire. Qu'il aurait aimé clamer partout que l'idéologie bourgeoise détruisait tout, absolument tout – même le grand amour. Le temps passait, les disputes se multipliaient et j'étais convaincue qu'il finirait par me quitter, pour l'histoire. Chaque semaine, plusieurs fois par semaine, à chaque rendez-vous, j'annonçais qu'il allait me quitter. Il répondait invariablement qu'il *ne me quitterait pas*. Mais je ne le croyais plus. Je pensais qu'il disait cela pour me faire encore plus mal lorsqu'il déciderait de le faire.

*

Un jour, Piotr me demanda de rencontrer un journaliste pour un portrait de lui. J'acceptai. Comme tout le monde autour de nous, le journaliste ne croyait pas en notre relation. Il ne le cachait pas. Il arguait que mon plan de carrière était incompatible avec l'activité artistique de Piotr. Je dis que *je n'étais pas d'accord – que je ne voyais pas le problème*. Au fond, je restais convaincue que l'amour suffisait, et que mon amour pour Piotr était compatible avec une vie consensuelle. En revanche, ce que je ne croyais plus, c'était que Piotr et moi resterions ensemble longtemps. Car j'étais alors convaincue qu'il me quitterait pour l'histoire et que je passerais pour une pauvre conne naïve et abandonnée aux yeux de tous ceux qui liraient un jour cet article.

Le lendemain de cet entretien, je rapportai à Piotr que le rendez-vous s'était bien passé, même si le journaliste avait émis des doutes sur notre avenir commun. Je l'informai également avoir demandé à ne pas être nommée dans l'article, car *je ne voulais pas que cela me porte préjudice dans le futur*.

– T'as vraiment dit ça ? C'est grave dégueulasse.

C'était peut-être dégueulasse, mais je ne me sentais pas concernée par ce que Piotr ressentait. Je me foutais de ses insécurités – de sa peur, à lui, d'être quitté. Tout ce qui m'importait, c'était mon besoin de me préserver.

Nos peurs se nourrissaient l'une l'autre. C'était lourd, difficile, et il m'arrivait souvent de penser qu'il serait mieux d'en rester là. Mais ensuite, nous nous réconcilions, et Piotr me caressait les cheveux pendant des heures, tandis que je dormais, la tête sur ses genoux... Et je me souvenais pourquoi je l'aimais et pourquoi je n'avais jamais aimé d'autre personne que lui.

La rupture

C'était comme un acte chirurgical – une chirurgie du cœur. Piotr m'a quittée sans aucune émotion, de façon directe et efficace, sans même se justifier d'avoir mal évalué le temps qu'il nous restait à vivre ensemble. Lorsque je lui demandai pourquoi, il répondit :

– C'est trop dur.
– Et c'est tout ?

Il est parti les larmes aux yeux, en détournant le regard pour que je ne le voie pas pleurer. Je ne lui ai pas couru après, comme je l'avais fait quelques semaines plus tôt, pieds nus, à toute vitesse, sur le macadam de la rue Michel-Ange, parce que je m'étais endormie, épuisée par ma journée de travail, après seulement dix minutes à regarder *TwentyNine Palms*, alors que nous avions prévu de passer la soirée ensemble – parce qu'il estimait que nous ne partagions rien, ou pas assez. Cette fois, je n'ai pas couru après lui. « C'est fini. » Il avait suffi de ces trois mots pour me terrasser. Je ne pouvais plus me battre. Je ne pouvais même pas crier et le supplier de rester.

Je m'effondrai dans le canapé sur lequel nous avions l'habitude de nous câliner, en pleurant comme un bébé qui venait d'être mis au monde. Je savais que Piotr n'avait qu'une parole, qu'il avait pris sa décision, et ne changerait pas d'avis.

J'alertai mes parents et mes amis. « Piotr m'a quittée. » Joseph et Mathieu débarquèrent dans l'heure avec du vin et des friandises, comme les amis le font dans les mauvaises comédies romantiques. J'étais agacée qu'on prenne mon grand amour si peu au sérieux. Ils essayèrent de me consoler en disant *qu'il ne devait pas m'aimer tant que cela, pas tant qu'il le disait, s'il me quittait pour de si petites difficultés, que ce n'était pas comme si on s'était trompés*. Ça me rendait encore plus triste. Ma mère était d'accord avec eux. *Il ne ferait pas pleurer sa fille, s'il l'aimait*. Mon père dit que *j'avais tout donné, qu'il ne fallait pas avoir de regrets*. J'avais l'impression qu'il parlait à un joueur de foot qui avait perdu un match. Ils me désolaient tous – ces petites personnes qui n'avaient jamais été amoureuses, misérables petites personnes qui n'avaient jamais connu l'amour véritable.

*

J'écrivis un dernier message à Piotr, le soir de la rupture, lorsque tous mes amis furent partis et que je restai seule, triste et bourrée. Je savais qu'il ne répondrait pas, qu'il ne le lirait même pas, mais je m'en foutais – j'avais mal.

Alexandra :
Je suis triste de te perdre et que tu aies choisi de donner raison à tous ceux qui ne croyaient pas en notre amour. Mais j'ai compris que tu ne changerais pas d'avis. Je continuerai à te soutenir, de loin, dans ton activité artistique. Tu vas me manquer. Atrocement. Et ça va être dur sans toi. Tu es mon premier amour.

Je m'isolai. Je pleurais. Je souffrais. Je pleurais davantage. Je me demandais si Piotr resterait seul, comme il avait prévu de le faire avant de me rencontrer, ou si je deviendrais une autre ex abandonnée, une parmi toutes celles qui me succéderaient. Je pleurais et je buvais pour essayer de me calmer, mais j'avais mal, toujours, tellement mal. La douleur dans la tête comme si j'avais été assommée par une barre de fer, puis tabassée à coups de pied dans la gueule par une bande de gros bras. La douleur dans la poitrine, aux cervicales, dans les jambes. Mal au visage à force de trop pleurer. Mal au dos à force d'être allongée sans vouloir bouger.

Mal aux dents à force de les serrer. Mal partout. La douleur de la rupture, c'est comme le lingchi – le corps immobilisé, attaché, découpé, la chair, les muscles, les nerfs, les petits morceaux, l'ensemble désossé, démembré, même pas décapité. Oui, c'était ça, la douleur que je ressentais, c'était la mort des mille coupures. Je me demandais si Piotr serait resté si j'avais gardé le gosse qu'on avait fait ensemble et dont je m'étais débarrassée après deux semaines de grossesse. Il adorait les enfants et il serait sans doute resté pour l'enfant, mais pas pour moi. J'aurais détesté ce sale chiard pour lequel Piotr serait resté, mais pas pour moi. Je pleurais et je souffrais toujours. J'avais envie de pleurer et de souffrir. Je me souvenais des émotions que j'avais ressenties avec Piotr pour la première fois de ma vie. La chaleur d'un corps aimé, l'affection dont il me couvrait, me remplissait, mon désir de fusion, d'union avec lui, l'enchantement de la vie, rire avec lui, l'écouter chanter Dina Vierny en préparant les pâtes au fromage qu'il mangeait chaque soir, découvrir des mondes inconnus avec lui, rester allongée près de lui, lui et moi pensifs, l'un auprès de l'autre, dormir à ses côtés. Je me sentais stupide de m'être si longtemps demandé ce qui était mieux – dormir seule, dans des draps propres et parfumés, ou dans les bras de quelqu'un. J'aurais préféré dormir dans ses bras sur un matelas plein de merde et de crasse et de pucerons et choper la gale ou la lèpre ou une autre saloperie plutôt qu'être seule dans mes draps parfumés qui n'avaient plus d'odeur, plus aucune odeur depuis que Piotr était parti. Je pleurais car le monde était sombre et qu'il resterait ainsi, désormais. Je pensais à ceux qui étaient morts d'amour, défenestrés, intoxiqués, pendus, déchirés par une balle de revolver. Je pensais à Jeanne, à Camille et à Sylvia – peut-être –, mais pas à beaucoup d'autres. Les femmes meurent-elles quand l'amour les quitte ? Je préférais un monde loin de Piotr, mais un monde dans lequel Piotr existait, à rien du tout.

« Un monde loin de Piotr »... Putain, mais qu'est-ce que j'étais en train de devenir ? Trente ans, résignée, malheureuse (les autres diraient forte) et seule (ils diraient indépendante)... Quarante ans, vieille, bourge, dépressive, qui pleurerait son amour perdu à côté d'un mort-vivant qu'elle n'aime pas ou de plans cul qu'elle méprise... Cinquante ans, vieille, bourge, riche et seule, toujours dépressive, comme une icône

d'un film de Woody Allen, celles que mes amis trouvent « chic »... Comme si c'était chic d'être seule et dépressive, en portant de beaux vêtements... Non, non, non, ce chic, ce n'était pas moi... Je pensai à la jeune fille de quinze ans qui écrivait ses espoirs dans ses journaux intimes, l'adolescente qui parlait d'amour, encore d'amour, toujours d'amour, qui s'était battue pour les baisers de Miralem, pour l'attention de Jonathan, pour l'espoir d'aimer et d'être aimée... *Et elle était passée où, cette Alexandra ? K.O., résignée, prête à tourner la page, à accepter de vivre loin de son premier amour, prête à abandonner l'amour pour de bon et à embrasser une vie pleine de vide.* Je ne voulais pas être cette Alexandra-là.

Alexandra :
Piotr je ne veux pas qu'on abandonne. On est amoureux.

Après trois jours de pleurs et de souffrance, j'étais vidée de larmes, mais pleine de fureur. Je mis en place ce que j'appelais « ma stratégie de harcèlement ultra sophistiquée » pour reconquérir Piotr. J'étais prête à tout pour le récupérer. Je décidai de ne m'arrêter que lorsque nous serions réunis. Mon amour pour lui n'avait aucune limite. Piotr ne savait pas à qui il avait affaire.

Je commençai par lui écrire une lettre que j'envoyai à l'adresse de l'ami chez lequel il résidait :

« Je t'aime et tu me manques. Я люблю тебя и скучаю по тебе. »

Chaque jour, un message sur son téléphone, que je doublais sur Facebook Messenger.

Alexandra :
Je t'aime et tu me manques.

Je t'aime et tu me manques.

Je t'aime et tu me manques.

Ma vie sans toi est terrible.

Je t'aime et tu me manques.

Je t'aime tellement.

L'amour est difficile, mais il faut avoir du courage et ne pas baisser les bras face aux difficultés. Je t'aime.

Je t'aime et tu me manques.

Tu me manques tellement.

Je t'aime et tu me manques.

Je vérifiais des dizaines – peut-être des centaines – de fois par jour s'il ne m'avait pas supprimée de sa liste d'amis sur Facebook. Il ne le faisait pas.

Je demandais également à mes amis d'appeler son numéro de téléphone pour vérifier qu'il n'en avait pas changé. Il ne répondait jamais.

– T'es flippante... #metoo, se moqua Joseph lorsque je lui révélai les tenants de ma stratégie.
– Je m'en fous s'il me metooze. Au moins, il sera obligé de me parler.

J'achetai du matériel pour réaliser une vidéo dans laquelle je voulais raconter notre histoire d'amour, pour la lui envoyer, pour qu'il me voie, pour qu'il ait envie d'être à nouveau avec moi et de m'aimer.

J'enquêtai pour savoir où il habitait, s'il avait changé d'appartement, où je pourrais le trouver. Je voulais l'attendre en bas de chez lui – une fois, deux fois, dix fois... Qu'il craque, qu'il esquisse un sourire, qu'il accepte de discuter.

Je continuai d'envoyer des messages. Un, chaque jour. Parfois plusieurs :

Alexandra :
Je t'aime et tu me manques.

Je suis triste. Tu me manques.
J'aurais aimé que tu m'aimes plus fort.

Je t'aime.

Tu me manques tellement.

Je t'aime et tu me manques.

Je t'aime et tu me manques.

Je t'aime et tu me manques.

Je t'aime et tu me manques.

Tu me manques.

Je t'aime !

Je t'aime et tu me manques.

Je t'aime !

Tu me manques.

Je t'aime et tu me manques.

Je t'aime et tu me manques.

Je t'aime et tu me manques.

Piotr :
Bonsoir Alexandra. On peut se voir
dimanche au Café des Phares,
à 14 heures, si tu veux.

PIOTR AVAIT RÉPONDU.
IL VOULAIT ME VOIR ET JE L'AIMAIS, JE L'AIMAIS !

JE L'AIMAIS TELLEMENT !

Les retrouvailles

Reste belle, digne et ne pleure pas, ne pleure surtout pas, pensai-je en sortant de la station Bastille pour rejoindre le Café des Phares. Il était déjà là, assis sous la verrière, face à la rue. Nos regards se croisèrent lorsque je passai la porte d'entrée. Mon menton s'agita de haut en bas. Mes yeux coulèrent. Je m'assis face à lui en claquant des dents, sans pouvoir m'empêcher de sangloter.

– Désolée, je vais... Je vais essayer de contrôler ça, dis-je en continuant de pleurer.

Il acquiesça par un sourire. Son regard était empreint de tendresse. Il me semblait qu'il était heureux de me revoir.

– OK, soufflai-je, comment vas-tu ?

Il dit qu'il n'allait pas très bien, que cette séparation avait été dure, qu'il avait été très malheureux sans moi. Je lui dis que moi aussi, j'avais terriblement souffert. Il avoua avoir écrit une note dans son carnet : « L'amour brûle des trous noirs dans le cœur ». Je lui dis que c'était très romantique – « mais *romantique genre XIXe siècle* »... Je lui demandai ensuite de reconnaître qu'il avait commis une erreur en me quittant. Il ne dit rien à ce propos, puis :

– Écoute, maintenant, il y a deux chemins possibles pour nous... Le premier, c'est qu'on arrête notre relation. Je serais très triste sur ce chemin, mais si tu préfères ça, on fera comme ça...

– Non, non, je ne veux pas ça, pas du tout...

– Le deuxième chemin, c'est qu'on continue ensemble, mais dans une relation différente, dans laquelle chacun de nous sera libre... Tu pourras faire tout ce que tu veux... Avec qui tu veux...

– Mais je ne veux pas...

– Attends, je dois terminer... Tu pourras faire ta carrière, prioriser ton travail... Nous, on se verra une fois toutes les deux semaines, le dimanche... On ne le dira à personne... Et on continuera comme ça autant que tu le voudras... Si un jour tu veux arrêter cette relation, on arrêtera cette relation... Mais si dans trois ou cinq ans, tu te rends compte que tu en as marre et que tu veux être avec moi, vraiment avec moi, alors on sera ensemble... J'espère qu'on sera ensemble et que tu te rendras compte que les choses qu'on veut sont souvent différentes de ce qu'on avait imaginé, quand on les expérimente dans la vie... Mais c'est toi qui décideras...

– Je n'aime pas cette option non plus... Je ne pourrai pas te voir seulement deux fois par mois, c'est impossible.

– Et on ne devra pas se parler entre ces deux rendez-vous... Pas de messages, pas d'appels, rien... Tu dois te sentir complètement libre pour comprendre ce que tu veux vraiment...

– On ne peut pas juste commencer une vraie relation, à deux ?

– Non, trancha-t-il. Tu dois d'abord être sûre de tes choix.

– Mais c'est de la merde !

C'était de la merde, mais c'était mieux qu'une vie sans lui, alors je choisis le chemin du rendez-vous bimensuel, et j'attendais.

*

Igor était journaliste. Il travaillait parfois avec Joseph. Il avait commencé à m'écrire sur Instagram quand il avait compris, d'une façon ou d'une autre – sans doute parce que je postais des photos et citations apocalyptiques censées caractériser mon *mood* –, que j'étais célibataire. Je lui avais répondu, parce qu'il n'y avait pas de raison de ne pas lui répondre, mais aussi parce que la vie était vide sans Piotr et que je m'ennuyais.

Igor n'avait pas entamé notre échange par une quelconque formule introductive. Pas de « bonjour ». Pas de « ça va ? ». Pas de formule explicative non plus – « Je vous écris parce que vous avez l'air drôle et intelligente »... Non, rien de tout cela. Il m'avait envoyé la photo d'un nu de Lee Miller capté par Man Ray que j'avais postée quelques mois plus tôt. Une approche maladroite que je ne trouvais même pas attendrissante – peut-être parce qu'Igor faisait trop *playboy* à mon goût, ou que tous les hommes qui n'étaient pas Piotr m'exaspéraient.

Je répondis poliment que non, c'était une photo de Lee Miller par Man Ray. Igor me demanda alors si j'aimais l'art. Je répondis que j'aimais bien, que je m'y étais davantage intéressée avec mon ex qui était artiste. Nous avons parlé de Piotr parce que je ne pouvais pas m'empêcher de parler de lui. Le sujet était Piotr, toujours Piotr, et désormais le sujet était ma rupture avec Piotr. Igor fit valoir que lui aussi, il aimait l'art, et qu'il faisait même un peu de photographie. Je lui dis que c'était *cool*, mais je n'en avais rien à foutre. Il m'a ensuite envoyé l'une des photos qu'il avait prises et dont il était fier : un gros plan de la chatte poilue et écartée de son ex.

Igor :
Alors, vous en pensez quoi ?

Alexandra :
C'est une bonne photo.

La photo était dégueulasse, et je ne comprenais pas pourquoi il m'envoyait des photos de la chatte de son ex, c'était une démarche inattendue, et étrange... Mais je ne voulais pas paraître prude, ou pire, rétrograde, et donc je laissai passer.

*

Je savais que Piotr était un obstiné. C'était notre différence de caractère la plus fondamentale – il était obstiné alors que j'étais blasée et indifférente. Je savais qu'il ne lâcherait pas son idée si facilement, qu'il fallait jouer le jeu, ou du moins le convaincre que je respectais les règles, pour qu'il comprenne que mon choix d'une vie à deux, véritablement à deux, était définitif et pour le rassurer que je ne le quitterais pas face à la plus petite difficulté ou la perspective d'une situation plus confortable.

Je réalisai que seulement quelques mois plus tôt, j'aurais été enthousiasmée par une proposition de relation libre, distante et malgré tout romantique avec un homme qui me plaisait, que j'aimais bien. Cette proposition m'aurait rassurée, même si elle ne menait à rien, même si elle n'avait pas de sens – rien n'avait d'ailleurs véritablement eu de sens, ou alors tout paraissait insignifiant après l'expérience de la vie avec Piotr. Je sentais qu'il en serait toujours ainsi – que rien ni personne n'aurait plus jamais de sens en dehors du temps passé avec lui, en dehors des dimanches après-midi que nous allions partager ensemble.

Les gens disent qu'on s'habitue à tout – qu'un aveugle s'habitue à vivre sans voir, un manchot à vivre sans sa main, certains peuvent même vivre avec un seul rein... Et qu'ils arrivent à être heureux malgré tout. Ils auraient dit que je devais m'habituer à vivre avec Piotr deux après-midis par mois, qu'en plus j'avais la vue, les mains et les reins, *que tant qu'on avait la santé, on pouvait s'estimer heureux*, qu'il ne fallait pas se plaindre... Une mentalité de résignés. Jamais je n'aurais pu accepter un peu d'amour, alors que l'amour absolu était à ma portée.

*

Igor m'envoya une série d'autres photos en noir et blanc. La bouche de son ex avec du sperme au coin des lèvres. La poitrine de son ex. Encore la chatte poilue de son ex. Il dit qu'il aimait prendre *ce genre de photos*. Je répondis brièvement *qu'il faisait de bonnes photos*. Sans doute inquiété par mon absence d'enthousiasme, il me demanda si ça ne me dérangeait pas qu'il m'envoie *ce genre de photos*. Je pensai qu'il aurait fallu demander avant de les envoyer, puis répondis que *c'était OK, que j'en avais vu d'autres*. Il me dit ensuite que les poils pubiens l'excitaient. Je fis valoir que je ne voyais pas ce qu'il y avait d'excitant là-dedans et qu'à mon avis, toutes les filles devraient passer leur chatte au laser au sortir de la puberté. Il en profita pour me demander : « Mais non ! Mais vous n'avez quand même pas fait ça ? » Je répondis que *si, et que c'était l'une des meilleures décisions que j'avais prises de toute ma vie*. Plus tard dans la soirée, je le bloquai. Je souris en imaginant la tête qu'il ferait lorsqu'il découvrirait qu'il ne pouvait plus me contacter. *Éloge de la fuite.*

*

Piotr arriva chez moi, un premier dimanche, en début d'après-midi. Tout était prêt pour l'accueillir. L'alcool dans le frigo, le thé noir et le café juste pour lui, s'il ne voulait pas d'alcool... Les vibromasseurs chargés, au cas où il voudrait les utiliser sur moi... Les rideaux de la chambre à demi ouverts, car c'était plus romantique qu'une lumière du jour franche... Mes cheveux ondulés, mes ongles couleur « beige léger », mon kimono en dentelle noire qu'il aimait bien... Un spectacle en plein après-midi, le dimanche dans deux semaines – mon excuse pour le revoir la semaine suivante, sinon il faudrait attendre trois semaines et trois semaines c'était trop long... Joseph, l'alibi qu'il ne pouvait pas consulter puisque personne ne devait être au courant de notre relation... Le sérieux, puis le sourire et le baiser pour qu'il y croie, qu'il pense que je jouais le jeu et respectais les règles, qu'il ne se doute pas que j'avais passé la semaine à réfléchir à une excuse pour rapprocher nos rendez-vous.

Il passa le pas de la porte et me serra dans ses bras. Nous nous sommes embrassés. Nous avions les larmes aux yeux. « C'est fort », dis-je, en passant la paume de ma main sur mes joues pour essuyer mes larmes.

Nous sommes restés tout l'après-midi au lit, à nous aimer et nous raconter ce que nous avions vécu chacun de son côté, au cours des semaines que nous avions passées séparés, depuis qu'il m'avait quittée. Je pensais que j'aurais aimé vivre tout cela avec lui – les petites histoires comme les grandes. J'aurais voulu prendre soin de lui lorsqu'il était tombé malade, marcher avec lui, la nuit, chaque nuit, à la recherche d'une maison abandonnée dans laquelle il pourrait s'installer, critiquer une publication qu'il avait lue sur Facebook, ou encore me moquer de la mauvaise éducation des enfants de ses amis. Je lui demandai comment les gens autour de lui avaient réagi à l'annonce de notre séparation. Ils l'avaient consolé en disant que *ce n'était pas plus mal comme ça*, que *c'était inévitable*, que *nous n'avions rien à faire ensemble*. « Bande de connards », commentai-je. Il répondit que *ce n'était rien, ce que les autres pensaient*. « Je sais. J'taime. – Je t'aime aussi mon Alexandra. »

Il partit vers 20 heures, en acceptant de me revoir le dimanche suivant, parce que trois semaines d'attente, c'était trop long.

Première étape du plan de reconquête de Piotr : accomplie.

*

Moins de vingt-quatre heures après que je l'eus bloqué sur Instagram, je reçus une demande de contact d'Igor sur Facebook Messenger. Je lus le message sans accepter la demande.

Igor :
Alexandra, j'ai vu que vous m'aviez bloqué sur Instagram. Vous ne voulez sans doute plus me parler et vous avez toutes les raisons de ne plus le vouloir. Je voulais quand même m'excuser pour mon comportement. Je n'aurais pas dû vous envoyer ces messages. Pardonnez-moi, s'il vous plaît. Je ne recommencerai pas. Bonne soirée, Igor.

À aucun moment je n'ai pensé que si Igor avait cherché à contacter pour s'excuser, c'était parce qu'il craignait que je l'accuse de harcèlement sexuel ou de divulgation des nus de son ex. Peut-être parce que je ne l'avais pas vu sous cet angle, même si j'étais juriste, même si le mouvement #metoo était en train de vivre ses grandes heures de gloire. Au contraire, j'ai pensé que les excuses d'Igor étaient sincères, qu'il s'était rendu compte qu'il avait été lourd et que je devrais lui répondre pour apaiser sa mauvaise conscience.

Alexandra :
Excuses acceptées.

Igor :
Merci. Je suis soulagé ! J'étais très triste
de voir que vous m'aviez bloqué.

Je répondis que *c'était bon, que nous n'allions pas en faire toute une histoire*. Nous avons un peu bavardé, parce que je n'avais rien d'autre à faire et qu'il voulait être certain que le malaise entre nous était dissipé. J'ai oublié ce dont nous avons parlé. Ça n'avait de toute façon pas la moindre importance.

*

Piotr et moi étions allongés sur mon lit, le deuxième dimanche après-midi, lorsque je lui annonçai :

– Am, j'ai beaucoup réfléchi et je veux vraiment respecter ta création, toute cette création autour de notre relation... Parce que c'est important...
– C'est vrai, c'est important.
– Oui... Du coup, j'ai annulé le spectacle de la semaine prochaine avec Joseph... Parce que je pense que c'était une mauvaise idée de bouleverser les dates pour presque rien, un spectacle quoi... Je pense qu'on devrait garder les dates fixées initialement et les respecter...
– Donc tu veux qu'on se voie la semaine prochaine ?
– Semaine prochaine ? Euh... Aux dates fixées quand on a pris la décision.
– Donc la semaine prochaine.
– C'était ce qu'on avait prévu à la base...
– Ah ! Ma petite arnaqueuse, dit-il en riant. Non, la règle c'est toutes les deux semaines... Donc on se verra dans deux semaines.

– Mais c'est long ! C'est impossible deux semaines ! J'aime pas ces règles et tu m'as même pas demandé mon avis pour décider ça ! Pourquoi c'est toujours toi qui décides de tout dans notre relation ?

– Alexandra, tu décides énormément, énormément de choses dans notre relation.

– J'm'en fous ! Il va falloir trouver une solution car cette dynamique ne me convient pas.

– Si tu peux créer quelque chose de mieux, vas-y, dis-moi.

– Je vais y réfléchir...

Piotr ne le savait pas encore, mais ma création était parfaitement ficelée, et il en était déjà partie prenante. Je boudai quelques instants – une bouderie d'enfant, trop mignonne –, puis m'écriai :

– J'ai besoin de prendre l'air ! J'en ai marre d'être ici ! Viens, on sort...

– Pour faire quoi ?

– Je sais pas... On peut aller boire un verre et... Voir l'exposition de Francis Bacon à Pompidou, par exemple... Comme tu veux... Mais ça pourrait être cool...

Il réfléchit un instant, se dit sûrement que deux refus de suite feraient de lui un rabat-joie, qu'il voulait que les moments passés ensemble soient joyeux, pas conflictuels, qu'il n'aimait pas trop Bacon, mais que ça pouvait quand même être intéressant, et il accepta.

Une fois dans le Marais, j'insistai pour que nous nous promenions longtemps, partout – dans toutes les rues de ce quartier surpeuplé. Je proposai de boire un verre en terrasse d'un café de la rue Vieille-du-Temple, passage obligé de tout flâneur du dimanche. Nous sommes ensuite allés voir l'exposition à Pompidou, puis nous avons traîné dans un café qui faisait l'angle. J'espérai secrètement, tout au long de l'après-midi, que nous croiserions des connaissances. Peu importait qui – juste quelqu'un qui constaterait que nous étions toujours ensemble, quelqu'un qui pourrait même le répéter – n'importe quelle personne qui pourrait briser le secret de notre relation. Ce qui est secret n'existe pas. Je voulais que notre amour existe à nouveau aux yeux de tous.

À la fin de notre rendez-vous, Piotr proposa d'aller voir le nouveau film de Bruno Dumont au cinéma, lorsque nous nous reverrions, deux semaines plus tard. J'acceptai avec enthousiasme, me disant que nous finirions bien par croiser une connaissance au cours de nos sorties publiques – une connaissance qui rendrait désuètes les règles fixées lors de nos retrouvailles et qui me rapprocherait de la *vraie* vie de couple pour laquelle je me battais.

Deuxième étape du plan de reconquête de Piotr : accomplie.

*

Igor m'écrivit un message après ma publication sur Facebook de photos de l'exposition de Francis Bacon. Je ne postais habituellement rien sur Facebook, mais j'avais partagé ces photos parce que je voulais que Piotr les voie et se rappelle le bon moment que nous avions passé ensemble.

Igor :
J'y étais hier...

Alexandra :
Vraiment ? Moi aussi.

Igor :
Juste avant la fermeture. On s'est ratés de peu...

Je crevais d'envie d'ajouter que *oui, j'y étais avec mon mec*, mais il me semblait qu'il était encore trop tôt pour enfreindre si franchement les règles qui régissaient ma relation secrète. De plus, je doutais de pouvoir appeler Piotr, mon mec. *Était-il mon mec ou mon ex ? Ou avait-il un statut hybride de type « mex » ?* Je n'en étais pas certaine. Tout ce que je savais, c'est qu'il était mon amour, et que je devais respecter notre accord, ce qui impliquait de taire notre relation.

Le lendemain, Igor me proposa un rendez-vous au musée Rodin. Je l'acceptai, puis l'annulai, parce que tout ce qu'il disait sonnait creux, que tout ce en quoi il croyait était futile, que je n'avais tout simplement pas envie de le rencontrer et que le musée Rodin, c'est de la merde.

*

J'ai toujours pensé que les gens étaient plus présents, plus gentils, plus lèche-bottes aussi, lorsqu'ils étaient célibataires. J'expliquais cela par l'angoisse de se retrouver seul, d'être isolé. Ce n'était pas mon cas. L'ensemble de mes amis s'accordait sur le fait que j'étais devenue désagréable depuis que Piotr m'avait quittée, et il était impossible pour mes collègues d'ignorer ma désinvolture grandissante vis-à-vis des missions de l'Unesco et de son personnel. Je ne répondais aux e-mails qu'une fois par jour, et plus jamais à ceux de mes collègues qui proposaient que nous déjeunions ensemble. Je bossais mes cours de droit en priorité, et bâclais mon travail en une à deux heures, maximum. J'invitais des connaissances pour faire des pauses en plein après-midi et m'absentais lorsque j'avais des courses à faire... Pour autant, personne ne se plaignait de mon comportement – je faisais le minimum et cela semblait suffire. Je comptais poursuivre sur cette lancée, en attendant tranquillement la fin de mon contrat, six semaines plus tard.

Mais un après-midi, au cours des quatorze jours qui séparaient mes rendez-vous dominicaux avec Piotr, je reçus un e-mail qui allait précipiter mes plans. J'appris que les membres de mon équipe avaient collaboré à la création d'un court-métrage visant à *promouvoir le droit à l'éducation pour tous.* Je découvris le scénario. *L'Afrique... Un bus scolaire se gare devant une école... Tous les enfants en descendent en courant, leurs cartables sur le dos... Ils sont heureux d'aller étudier... Une petite fille sort du bus... Elle ne prend pas le chemin de l'école, comme les autres enfants... Elle n'a pas un cartable sur le dos, comme ses amis... Elle porte des outils et se dirige vers un chantier attenant à la cour de récréation... Elle doit travailler tandis que les autres enfants apprennent à lire et à écrire... Elle pleure en les voyant jouer ensemble à l'heure de la pause... Son droit à l'éducation n'est pas respecté... Elle aussi, elle aimerait pouvoir aller à l'école...* Ma première réaction fut d'espérer que les membres de mon équipe n'allaient pas associer mon nom à ce projet qui pouvait rivaliser avec les plus grandes manipulations d'Edward Bernays. Puis j'ai quitté mon poste de travail et suis allée marcher, sans but concret, dans les couloirs monumentaux du bâtiment toujours complètement déserts... Je réalisai que ce film était la goutte de trop. Pendant presque un an, j'avais fait semblant de croire qu'il était noble de capitaliser sur le malheur des autres et de prêcher la bonne parole. En réalité, je n'étais pas fière de travailler pour une organisation internationale. J'en avais honte. Je savais que ce n'était pas pour moi. Je ne voulais pas le supporter plus longtemps. Ça m'avait déjà trop coûté.

Je me suis assise sur un banc, dans le hall, et j'ai envoyé un message à Piotr, peut-être pour lui prouver que j'avais assez de courage pour prendre ma vie en main, ou parce qu'il était la seule personne avec laquelle je pouvais partager cette nouvelle sans qu'on essaie de me convaincre que j'avais tort, que je pensais « mal » :

Alexandra :
Je vais arrêter mon stage.

Troisième étape du plan de reconquête de Piotr : en cours.

*

Un soir, quelques jours après qu'Igor s'était excusé et avait promis de ne jamais recommencer, apparaissait sur l'écran de mon téléphone une énorme bite écrasée sur un ventre poilu, d'où coulait, au premier plan, une quantité excessive de sperme. Sa bite et son sperme. Je fis une capture d'écran et l'envoyai à mes amis.

Joseph dit qu'il n'était pas surpris. Il me rapporta qu'Igor était un *putain d'obsédé*, qu'il l'avait aperçu avec trois filles différentes le même jour, *et pas des potes hein, des meufs qu'il chopait*. J'arguai que ne pas pouvoir s'empêcher de parler de sexe et d'envoyer des photos de cul ne faisait pas forcément d'un homme un obsédé, qu'il avait peut-être une maladie mentale qui circonscrivait son esprit au seul domaine du sexe et qu'on ne devrait jamais blâmer un malade pour sa maladie. Joseph répondit que j'étais une *peste*. J'aurais bien aimé... Mais je n'ai rien trouvé de mieux à faire qu'ignorer Igor et ne plus lui répondre.

*

Lorsque Piotr arriva chez moi, après deux semaines sans se voir et se parler, il me demanda ce que c'était, ce message que je lui avais envoyé. Je lui répondis que j'allais arrêter mon stage. Il ne paraissait pas transporté par la nouvelle, et se borna à demander *pourquoi :*

– Parce que ça me saoule. Je perds mon temps et j'ai mieux à faire.
– Quoi, par exemple ?
– Peut-être écrire des textes... Je sais pas... Je dois y réfléchir...
– C'est toi qui décides.
– T'en penses quoi ?
– Je pense que cinq semaines, c'est très peu.
– C'est quand même beaucoup... Et puis j'ai déjà envoyé ma demande de rupture de contrat de toute façon.

Je ne voulais pas polémiquer sur cette histoire sans importance. Ce qui comptait, lors de ce troisième rendez-vous dominical, c'était de négocier un nouveau format de relation – une relation avec plus de Piotr.

Nous avons passé le début d'après-midi chez moi à nous câliner, puis sommes sortis nous promener à Saint-Germain-des-Prés, avant d'aller voir *Jeann*e à L'Arlequin. Il était près de 19 heures lorsque nous sommes sortis de la salle de cinéma – déjà presque le moment de se séparer. Je ne voulais pas qu'il parte de son côté, et moi du mien. Pas cette fois. Je voulais que nous rentrions ensemble. Je lui proposai d'aller boire un verre. Il accepta. Et alors, j'attaquai :

– Écoute. J'ai pas besoin d'attendre pour savoir que je veux être avec toi... Je veux qu'on soit ensemble, comme avant. Non ! Pas comme avant. En couple comme avant, mais un vrai couple, un couple vraiment ensemble, comme on ne l'a encore jamais été.

– Je veux être avec toi aussi, ma Alexandra, mais tu dois décider les choses pour toi, pas pour moi ou pour être avec moi.

J'entamai alors une tirade improvisée dans laquelle j'arguai que ça n'avait aucun sens, que je n'avais jamais rien fait pour moi, jamais ! « Gentille, polie, droits de l'homme, bonne fille, sympa... Tu crois que c'est pour moi ? Non, c'est pas pour moi ! » Je jurai que je m'en foutais de plaire aux autres et que tout le monde m'aime bien si ça me faisait perdre la seule personne que j'aimais réellement. J'admis que je ne savais pas encore ce que je voulais faire de ma vie, mais que je savais que je ne voulais pas le découvrir avec eux, que je voulais l'expérimenter avec lui, *Piotr*...

– On est malheureux quand on est séparés. On est faits pour être ensemble. Je veux qu'on soit ensemble.

Je sentis qu'il était touché, même s'il ne répondit rien. Aucune réaction passionnée. « Alors ? » insistai-je. Il réfléchit longuement, puis déclara enfin :

– D'accord... On peut essayer.

Troisième étape du plan de reconquête de Piotr : accomplie.

*

Plus tard, au cours de la soirée, je reçus un énième message d'Igor rabâchant qu'il était désolé et me suppliant de lui répondre. Je râlai de façon un peu théâtrale : « Ahhh ! Encore lui ! Il ne va jamais me lâcher ! » Piotr demanda de qui je parlais. « Un connard de journaliste qui a essayé de me choper... Mais je ne lui réponds plus... Tu veux lire ? » Piotr parcourut la conversation, puis dit :

– Demande-lui s'il serait prêt à se battre pour une femme.
– Arrête, il va trouver ça bizarre... Et il continuera d'écrire après... Mieux vaut ne plus lui répondre...
– Non, demande-lui. Je veux voir sa réponse.

Alexandra :
Bonsoir. Vous seriez prêt à vous battre pour une femme ?

Igor :
Vous répondez enfin !

Alexandra :
Répondez à la question.
Vous seriez prêt à vous battre pour une femme ?

Igor :
C'est une drôle de question... Mais oui,
je suis prêt à me battre pour une femme.

– Il dit que oui ! « Je suis prêt à me battre pour une femme. » Regarde ! m'exclamai-je.

Piotr lut le message.

– Dis-lui qu'on a rendez-vous dans une heure.
– Euh... T'es sûr ?
– Dis-lui qu'on a rendez-vous dans une heure et que tu lui envoies l'adresse un peu plus tard.

Alexandra :
D'accord. Dans ce cas, RDV dans une heure... À 00H.
Je vous envoie l'adresse dans quelques minutes.

Igor :
Haha pas de problème.

Je m'écriai succinctement : « J'hallucine ! », « ce type est un malade ! », « tu crois vraiment qu'il va venir ? », « non, je ne peux pas croire qu'il viendra, comme ça, en pleine nuit, sans savoir ce qui l'attend, pour une fille qu'il ne connaît même pas »... Piotr me demanda de me taire et de le laisser réfléchir à un lieu de rendez-vous dans le quartier, qui ne soit pas mon adresse. Je proposai de donner un numéro au hasard, quelque part sur le trottoir d'en face. Piotr fit remarquer qu'il y avait justement un hôpital sur le trottoir d'en face, que c'était très drôle de donner rendez-vous pour une bagarre devant un hôpital. Nous riions et plaisantions comme de jeunes insouciants qui préparent un mauvais coup, lorsque Igor nous interrompit :

Igor :
Alors ? J'attends...

Alexandra :
Rendez-vous devant l'hôpital Henri Dunant,
95 rue Michel Ange, 75016.

Igor :
À côté de la porte de Saint-Cloud ?

Alexandra :
Oui. Dans une heure.

Plus le moment du rendez-vous approchait, plus Piotr devenait sérieux, moins je trouvais cette histoire amusante. *Et si Igor venait vraiment, prêt à en découdre ?* Ce qui me semblait impossible dix minutes plus tôt me paraissait désormais probable. *Après tout, il avait relancé pour connaître le lieu de rendez-vous...* Je pensais qu'il n'aurait sans doute pas répondu, s'il ne comptait pas venir... Qu'il aurait fait le mort... *C'était flippant d'évoquer la mort avant une potentielle bagarre... Peut-être qu'il était habitué à se battre ? Peut-être qu'il aimait ça ?* Il m'avait dit qu'il faisait de la boxe. *Et s'il venait, capable d'en découdre ? Et s'il blessait Piotr ?*

– Je dois faire quoi, moi ?
– Rien. Tu peux même rester ici si tu veux.
– Non ! Je viens avec toi.
– Il est quelle heure ?
– Ah ! Il a écrit ! Il a écrit « ... » il y a trois minutes ! m'exclamai-je en découvrant un nouveau message d'Igor.
– Il est quelle heure ? reprit Piotr, imperturbable.
– 23 h 48... C'est dans douze minutes.
– OK. On va descendre, mais on arrête de parler à partir de maintenant. Je dois me concentrer.
– Je suis choquée qu'il ait réécrit...
– Prends ton téléphone. Je laisse le mien ici. Les clés aussi. Mes poches doivent être vides.

Nous attendions dans la rue, dans la nuit et le froid. Je remarquai que l'hôpital était fermé et qu'en plus, c'était un hôpital pour vieux... Je me dis que la blague sur le lieu de rendez-vous n'était finalement pas si drôle, puisque ce n'était pas un « vrai » hôpital... Un de mes voisins fumait une clope sur le trottoir d'en face. Il nous observait. *Il doit nous trouver louches. Il doit penser qu'on trafique de la drogue ou qu'on attend un trafiquant ou j'en sais rien... Cette histoire va mal finir...* Les minutes passèrent. Je me demandais si le voisin interviendrait pour faire cesser la bagarre... *Si on est deux à s'interposer, on devrait pouvoir les empêcher de se battre... Mais si Igor ne venait pas seul ? S'il venait en bande ?* J'étais sûre que Piotr n'avait pas envisagé cela... Et il m'avait demandé de ne plus parler parce qu'il devait se concentrer, mais j'étais désormais persuadée qu'Igor viendrait avec des potes et qu'ils s'y prendraient à plusieurs pour tabasser Piotr... Je n'ai donc pas pu m'empêcher de l'alerter :

– Je viens de penser... Peut-être qu'il va venir avec d'autres personnes...

– C'est possible... Il est quelle heure ?
– Minuit 12...

Il était en retard de douze minutes, mais je pensais qu'il pouvait arriver d'un instant à l'autre... *Il n'avait d'ailleurs pas envoyé de nouveau message, comme s'il ne pouvait pas utiliser son téléphone, comme s'il était en train de conduire...* Je guettais les lumières des rares véhicules qui tournaient dans la rue Michel-Ange, persuadée, à chaque passage, que c'était Igor qui arrivait, qu'il allait se garer, ou passer une première fois, pour repérer les lieux, avant de venir pour de bon... Piotr faisait de même, sans jamais cesser de bouger ni de marcher pour ne pas être transi de froid. Parfois, il demandait :

– Quelle heure ?
– Minuit 36... Je pense qu'il ne viendra pas...
– On attend encore.

J'espérais qu'il ne viendrait pas... *Trente-six minutes de retard, c'était beaucoup... Mais ça pouvait être une stratégie visant à affaiblir Piotr...* Je réalisai que nous n'avions pas parlé de ce que je devais faire si Piotr perdait... *Comment signifier que je choisissais le perdant ? Cracher à la gueule d'Igor ? Et si je me bavais dessus ? Pathétique. L'insulter ? Ouais, ça, c'était OK... Lui dire que c'était un malade et qu'il me dégoûtait... Ouais, j'étais capable de faire ça... Et si Piotr gagnait... Eh bien, c'était réglé... Partir avec Piotr en laissant Igor gisant sur le sol comme une merde...*

– Quelle heure ?
– Minuit 55... Ça fait une heure... Il ne viendra pas...
– On attend encore cinq minutes.

À une heure tapante, je l'informai que les cinq minutes s'étaient écoulées. Piotr consentit à partir, puisque *ce lâche se cachait... Ouaiiiis ! On rentre ! Main dans la main avec mon Piotr... Débarrassée de cette couille molle d'Igor...* Je n'arrêtais pas de répéter à quel point *ce mec était un lâche, et une grande gueule en plus !* « Il insiste pour avoir l'adresse et après il se dégonfle... Quelle grosse tapette ! »... J'étais inspirée par la situation – Igor, seul sur son canapé, sa virilité et dignité réduites à néant, broyées par sa lâcheté, pulvérisées par sa peur de se confronter à la situation qu'il avait initiée... *C'était plus facile de faire le gars avec une fille qu'avec un Piotr... hein, connard ? Et même pas besoin de bagarre... Juste la menace d'une bagarre avait suffit à l'humilier et me débarrasser de lui... Ça avait été plus efficace que de le bloquer et le fuir sur les réseaux sociaux...*

Une fois passé la porte de l'appartement, Piotr se précipita sur mon ordinateur et écrivit à Igor, depuis mon compte Facebook :

Alexandra :
Je t'ai attendu, fils de pute

T'es pas un homme

Fils de pute

Salope

Prostituée

– T'abuses... C'est pas mon style de parler comme ça !
– C'est ce que tu viens de dire.
– Oui, mais entre nous, pas directement à la personne concernée... Enfin bon, c'est envoyé maintenant... Par contre, je vais le bloquer...

Je bredouillai que *ça faisait plus d'effet comme ça – de l'insulter et de le bloquer, que sinon ça faisait comme si j'attendais encore quelque chose de lui, une réponse, un dernier mot, alors que ce n'était pas le cas...* En réalité, je voulais juste éviter une situation désagréable, fuir un conflit ou esquiver un témoignage de déception d'Igor. C'était comme ça – automatique et incontrôlable –, je ne pouvais pas supporter d'être désagréable – ni avec ceux que je méprisais ni avec ceux qui m'avaient manqué de respect, et pas même avec ceux qui, comme Igor, combinaient les deux fautes.

*

Avant de nous endormir, je fis remarquer à Piotr :

– Tu disais que tu ne jouerais plus jamais au sauveur des femmes en détresse qui se plaignaient des hommes... T'as pas vraiment respecté ta parole, sur ce coup.
– T'es pas une femme, tu es ma femme. C'est différent.

Plan de reconquête de Piotr : Bravo ! Alexandra, vous avez gagné la partie.

Les poulets 1

– Oh, putain ! J'me suis rendormie !

J'attrapai mon téléphone. 10 h 42. Je sautai du lit en pestant : « Putain, putain, putain, quelle conne je suis ! Mais quelle conne ! » et fonçai vers la cuisine. *OK, un thé, vite, puis m'isoler et finir le putain de texte... Mais 10 h 42, putain !...* « J'aurai jamais le temps de le finir avant midi », pleurnichai-je, à voix haute. Piotr arriva dans la cuisine :

– Ne dis pas que t'es conne, d'accord ? dit-il tranquillement.
– Arrrrghhh ! Y a pas de thé ! Y a plus de thé ! Comment je vais faire, putain ? J'ai besoin de mon thé pour écrire.
– Prends un café ?
– J'aime pas le café ! Je bois pas de café ! Je veux du thé !

Il ouvrit les différentes boîtes de thé placées à côté de la théière, sur un plateau en cuivre et miroir, et me présenta une boîte pleine de Lapsang souchong. « Et voilà, mon amoureuse ! » annonça-t-il avec le sourire.

– C'est du thé NOIR ! Je bois pas de thé noir le matin, je veux du thé vert, j'ai besoin de thé vert, pourquoi on n'a plus de thé vert ? On en avait !

Je m'agitais, ouvrais les tiroirs, claquais les portes des placards pour signifier que j'étais sûre de moi, que je n'avais pas fait l'erreur de finir le thé vert sans en laisser pour le matin du jour où je devais rendre ce putain de texte qui, s'il était bon, serait publié dans la *Revue générale de droit international public*... Mais pas de thé ! Alors les portes claquaient, et je renversais les piles de papiers administratifs – je ne sais pas pourquoi, le thé ne pouvait pas se cacher entre des feuilles, mais j'étais énervée, et j'ouvris le frigo, car je ne sais pas, mais peut-être que j'avais commis une erreur... Non ! Piotr avait commis l'erreur de mettre la boîte de thé vert dans le frigo. Mais nooooon ! Pas de thééééé...

– Am ! Viens ici ! appela Piotr depuis le séjour.
– J'ai pas le temps ! Je cherche le THÉ !
– Viens ici, je te dis, insista-t-il.

Je soufflai, puis déboulai dans le séjour, en m'écriant : « QUOI ? » Piotr me regarda avec sérieux en me présentant une boîte de thé. « AH ! Je savais qu'on en avait ! » Je lui arrachai la boîte des mains, fonçai vers la cuisine, et l'ouvris énergiquement. Son contenu explosa. Il y en avait partout – sur le sol, le meuble, le plateau de service à thé, entre les boites vides. « NOOOOOON ! Putain ! NON ! J'ai pas le temps de nettoyer ! J'ai pas le temps, PUTAIN ! » J'attrapai une orange dans la corbeille à fruits et, de rage, la jetai contre le mur. Elle rebondit à peine et tomba piteusement, sans faire d'éclats. *Arrrghhh !* Je balayai les tasses et le plateau en cuivre et miroir d'un revers de la main, fracassant le tout sur le sol de la cuisine. Et voilà, ma colère était concrète, matérielle, elle n'avait plus rien de mesuré. Satisfaction.

J'inspirai profondément et versai deux cuillères à soupe de thé dans la théière, fis chauffer l'eau, et retournai en furie dans le salon. J'avais du thé collé à la plante des pieds. « Fuck cette merde, thé de merde, putain. Am ! Am ! J'ai foutu du bordel partout mais je nettoie pas ! Pas le temps ! » Piotr ne dit rien. Il était assis sur le canapé et lisait un truc, je ne sais pas quoi, mais ça m'énervait qu'il reste si calme alors que j'étais EN RETARD. « Mon ordi ! Où est mon ordi ? » Il ne répondit pas, là non plus. « Ah ! Ici ! OK, ordi... Allume toi, connard ! J'en ai marre de cet ordi qui rame ! » Piotr ne dit toujours rien. Je me précipitai vers la cuisine pour voir si le thé avait suffisamment infusé. Non, eau trop claire. Je retournai vers l'ordi. Barre de progression presque au bout...

Piotr se leva pour aller à la cuisine... Barre de progression au bout. Les applications s'ouvrirent. Spotify, Mail, Facebook Messenger. 10 h 54. « Am ! Tu peux amener mon thé et une tasse ? J'ai pas le temps ! » Ding ! Ding ! Ding ! Des mails. Un mail de mon prof... reçu *hier*. Bla-bla-bla de politesse, « ... *précision faisant suite aux interrogations de nombreuses d'entre vous...* », « ... *votre texte doit m'être envoyé avant le 1er janvier...* »... *1er janvier... pas le 31, 12 h...* « Il a dû oublier ce qu'il avait dit avant les vacances... Mais oui c'est avant minuit du coup », avait écrit une fille de ma promo dans une discussion de groupe sur Messenger... *Ahhhh... Soulagement... Ahhhh... J'avais encore du temps, plein de temps, pour finir et rendre mon texte... Ahhh... Du temps...*

– Am ! Il a changé d'avis ! La deadline, c'est minuit, pas midi !

Indifférent à la nouvelle, Piotr arriva quelques instants plus tard avec un café et une tasse de thé vert pour moi :

– Tu vois, mon amoureuse... C'était pas la peine de se comporter comme un poulet.
– Comme un poulet ? J'étais pas comme un poulet !
– Complètement comme un poulet...
– N'importe quoi ! abrégeai-je.

Je m'éloignai vers la cuisine pour prendre du chocolat, parce que j'étais stressée et que j'avais besoin de me faire du bien avant de commencer à écrire et... La cuisine, le thé, les tasses, le verre, le miroir, le bordel que j'avais mis partout, sans raison, juste parce que j'avais paniqué, pour rien. J'imaginais qu'un poulet aurait pu s'agiter dans ce décor, à ma place. Ouais, l'image du poulet était bonne, il aurait piaulé en agitant ses ailes pitpitpit PITPIT ! PIT !, il serait monté sur le meuble, ses ailes auraient balayé de haut en bas, bas en haut, haut en bas, BAM ! les tasses, le plateau en cuivre et miroir par terre, PITPITPIT ! PIT !... le poulet saute partout, partout dans la cuisine, il danse sur le tapis de verre brisé qui recouvre le sol, PIT ! PIT !... Je me sentais un peu nulle de m'être comportée comme un poulet... Et soulée de devoir nettoyer tout le bordel que j'avais mis.

*

J'envoyai mon texte aux alentours de 19 heures, puis je me préparai pour la soirée du Réveillon. Juan, un avocat que nous avions rencontré par l'entremise de Dominique – depuis peu exclue de notre vie, à ma grande satisfaction –, nous avait proposé de réveillonner chez les parents de sa petite amie, Lola.

Le début de la soirée fut léger et sympathique, une trentaine de personnes étaient réunies dans la cuisine de l'appartement. Il s'agissait principalement d'amis de Lola, qui paraissaient avoir vingt, trente ans maximum. Ils avaient cuisiné et prévu de mignonnes animations : un décompte, des vœux, une piñata... Sur le coup de minuit, l'appartement s'était rempli – à peu près cent personnes nous avaient rejoints. Nous n'avons discuté qu'avec peu d'entre elles : un couple de danseurs de l'Opéra de Paris, un associé de Juan, un réalisateur de films et un couple de professeurs de philosophie que nous avions rencontré quelques semaines plus tôt, à la conférence de Piotr que j'avais organisée à l'École de droit.

Vers 1 heure du matin, Piotr décida qu'il était temps de sortir la bouteille de vodka, ainsi que les oignons qu'il avait apportés pour initier les invités à une tradition russe : la vodka-oignon – un équivalent slave de la téquila-citron. C'était une tradition que je n'aimais pas, mais que je devais endurer chaque fois qu'il y avait quelque chose à fêter.

Piotr disposa les oignons sur une assiette, après les avoir coupés en petites lamelles. Juan versa de la vodka dans des verres à shot. Les gens parlaient, riaient de bon cœur, s'étonnaient de ce rituel qui leur était inconnu. Je fis remarquer que je doutais que cette tradition existe réellement, que je soupçonnais cela d'être une invention de Piotr... Il répliqua que *non ! En Russie, tout le monde buvait de la vodka-oignon*. Piotr demanda du sel à Lola. Puis il présenta les différentes étapes du rituel : *prendre le verre dans une main et l'oignon imprégné de sel dans l'autre, expirer, boire la vodka d'une traite, puis manger l'oignon salé*. Tout le monde joua le jeu et donna son avis : « c'est intéressant », « c'est équilibré », « j'adore ! », « bof », « moi, je préfère la vodka simple », grimace, « on recommence ? »... Tout le monde joua le jeu, sauf moi, qui fis semblant de boire de la vodka, et lui préférai le vin blanc.

Une fois que tout le monde eut sa dose de vodka-oignon pour la soirée, de petits groupes se formèrent, chacun gravitant de l'un à l'autre au gré de ses intérêts – art, cinéma, vie à Paris, différences culturelles... Tandis que Kamila parlait d'ésotérisme au sein du petit groupe dans lequel je me trouvais, je parcourus la pièce du regard pour repérer Piotr. Il était avec un homme que je n'avais pas encore vu. Ils parlaient, mais avaient adopté une drôle de disposition pour cela – côte à côte, sans jamais se faire face. Je devinai que la discussion n'était pas agréable et qu'il fallait que je m'échappe de mon petit groupe pour aller le sortir de cette configuration... Mais, avant même que j'aie eu le temps de bouger, je vis Piotr envoyer un coup de poing vers le visage de l'inconnu. Un coup pas assez fort – ou pas assez cadré – pour le faire chanceler. Piotr attrapa ensuite le type à la gorge, en criant : « Tu ne me dis pas "dégage" ! J'ai été invité ici ! Je dégage pas ! T'as compris, fils de pute ? » Puis un groupe de plusieurs personnes attaqua Piotr par derrière. Cinq garçons et une fille. Certains le tiraient par le T-shirt et la ceinture, d'autres le tenaient par le torse et lui portaient des coups aléatoires, dans le dos ou à l'arrière de la tête... Le type regardait la scène avec intérêt, comme s'il attendait que Piotr soit immobilisé pour venir le frapper. Piotr réussit alors à faire un bond vers la table et à attraper le couteau posé dessus. Le couteau utilisé pour couper les oignons quelques minutes plus tôt. Il le portait droit devant lui en direction du type et cria : « Fils de pute ! Salope de provocateur ! » Les autres, qui continuaient de le tenir et de le frapper, se mirent en plus à hurler : « Couteau ! Couteau ! Il a un couteau ! » Le provocateur est resté quelques instants, puis il a quitté la cuisine par la porte qui menait vers l'entrée de l'appartement. Piotr a alors jeté le couteau sur la table.

Une fois qu'il eut déposé l'arme, le groupe l'a attaqué encore plus virulemment, comme par vengeance. Ils s'agrippaient à ses épaules, ses jambes, et tiraient sur ses vêtements pour le faire tomber par terre... Ils galéraient car ils étaient petits et faibles, mais ils étaient nombreux, et Piotr ne pouvait pas se débarrasser d'eux. Voyant que tous les autres invités demeuraient passifs, je décidai d'entrer dans la bagarre. Je giflai une fille qui frappait Piotr. Elle recula. Piotr élimina un type suspendu à son bras droit en lui donnant un coup de pied. Il sortit de la bagarre en boitillant. Je poussai l'un de ceux qui s'agrippaient au bras gauche de Piotr, tentant de lui faire lâcher prise. Il tenait bon et me mis un coup dans les côtes. J'ai crié : « Lâchez-le, connards ! Il est seul ! Arrêtez, PUTAIN ! » Autour de nous, des voix demandèrent aux autres de se calmer. Les quatre types s'écartèrent finalement, avant de disparaitre.

Je demandai à Piotr ce qui s'était passé. Il dit que « ce fils de pute l'avait insulté ». La situation s'étant calmée, les invités restés dans leur coin pendant la bagarre s'approchèrent pour s'assurer qu'il allait bien. Le professeur de philosophie m'expliqua que *le type à l'origine du conflit était très bizarre et qu'il les avait provoqués quelques instants plus tôt...* Son épouse corrigea : « Il nous a insultés ! Et il a provoqué Juan aussi »... « Et où est Juan ? Et qui sont ces types ? », demandai-je à Lola. Elle ne les connaissait pas. Pendant quelques instants, je glanai des informations auprès de plusieurs personnes... *Les membres de ce groupe n'étaient pas invités ; ils s'étaient incrustés à la soirée, ils s'étaient présentés comme membres de l'extrême gauche – encore des gauchistes de merde, je pensais –, certains soupçonnaient le provocateur d'être un indic, car son mentor était toujours, malgré lui, entouré d'indics.*

L'une des filles du groupe des non-invités interrompit ce moment de répit pour essayer d'initier une nouvelle vague d'agitation. Elle hurla : « C'est n'importe QUUUUOIIII ! Il l'a frappé pour RIEEENNN ! C'est un FOU ! » Je répliquai : « Ta gueule ! » Elle répondit : « Toi, ta gueule salope ! » Je m'approchai d'elle et lui donnai une gifle. Elle riposta en m'attrapant par les cheveux. Une de ses copines essayait de me frapper. Piotr s'interposa. Il eut un mouvement d'hésitation, puis gifla la fille qui me tirait les cheveux. Elle lâcha immédiatement prise et s'enfuit, suivie par son amie, vers le salon. J'engueulai Piotr :

« Fallait frapper plus fort ! » Il répondit que *c'était une fille, qu'il ne pouvait pas la frapper vraiment.* Je lui dis que *c'était bon*, « merci quand même ».

Nouveau moment de répit. Le groupe des non-invités n'était plus dans la cuisine. Les gens autour de moi critiquaient le comportement des deux filles – « des dingues ». Je dis que *oui, qu'heureusement Piotr était intervenu, car elles étaient deux contre moi*, et fis remarquer que ma tenue – robe à paillettes et cuissardes à talons de 14 centimètres – ne convenait pas pour se battre ni se défendre. Nous plaisantions un peu. Je racontai une anecdote ou deux sur les bagarres que je n'avais jamais eues, que j'avais toujours su éviter et... BAM ! Un petit non-invité explosa une bouteille de champagne sur le crâne de Piotr. Le fût de la bouteille vola en éclats à travers la pièce. Les gens se protégèrent le visage. Piotr, loin d'être affaibli par le choc, se mit à courser son agresseur. Le petit non-invité courut se réfugier au salon sans lâcher le col de la bouteille brisée. Piotr le poussa sur le canapé et essaya de le frapper, mais d'autres non-invités se jetèrent sur lui pour l'en empêcher. Le petit gars avec la bouteille s'agitait sous le poids de Piotr et de ses potes. Piotr ne pouvait plus bouger. Lorsqu'il parvint à s'extirper de la masse des non-invités, il était couvert de sang – sur le visage, le cou et les mains. Il y avait tellement de sang qu'en le voyant se redresser, j'ai pensé qu'ils l'avaient égorgé avec la bouteille.

Piotr ne voulait pas en rester là. Il voulait attraper le petit non-invité qui lui avait pété la bouteille sur la tête. Juan, qui était revenu sur les lieux, s'est alors précipité vers lui pour le persuader de ne pas poursuivre. Piotr accepta de ne pas répliquer, mais il insista sur le fait que c'était seulement par respect pour Juan et Lola qui nous avait accueillis. Le groupe des non-invités profita de cet échange pour courir vers la sortie de l'appartement et s'enfuir. Ils laissèrent derrière eux un appartement dévasté – des morceaux de verre brisé sur le sol, le canapé, la table d'appoint... et partout, le sang de Piotr.

Piotr avança vers moi, sonné, mais conscient. Lola, qui était étudiante en médecine, dit qu'il ne fallait pas perdre de temps pour le soigner. Elle alla dans la salle de bains avec deux de ses amies pour prendre des serviettes, de l'alcool, des compresses. Elle pansa les plaies de Piotr – au poignet, à la poitrine... Elle dit qu'il y en avait une très moche près du cou, puis remarqua des bouts de verre enfoncés à l'arrière de son crâne. Elle affirma ne pas pouvoir soigner cette plaie et qu'il fallait aller à l'hôpital.

En sortant de la cour de l'immeuble vers le boulevard Saint-Germain, Piotr salua Juan. Il lui dit de ne pas s'inquiéter, qu'il allait bien et que tout le monde s'était bien amusé à sa soirée. Juan n'avait pas l'air très convaincu.

La voiture que j'avais commandée arriva trois ou quatre minutes plus tard. Je craignais que le chauffeur refuse de laisser Piotr monter, puisqu'il était couvert de sang... Mais il ne dit rien. Nous nous sommes installés à l'arrière :

– Bonsoir, monsieur ! Nous allons à l'hôpital Américain.
– Non. On va chez toi.
– Piotr... Il faut aller à l'hôpital.
– On ne va pas à l'hôpital pour une bagarre avec des fils de pute.
– Mais t'es blessé ! J'ai rien pour te soigner !
– On va chez toi.
– OK. Mais si je ne peux pas te soigner, on va à l'hôpital après, d'accord ?

Piotr ne répondit pas.

Lorsque la voiture a démarré, nous avons aperçu un groupe qui ressemblait à celui du provocateur et de ses petits amis non-invités. Plusieurs camions de pompiers les entouraient et une fille gesticulait dans tous les sens.

*

Je me réveillai vers 9 heures du matin, lorsque Piotr commença à bouger dans le lit. Je remarquai du sang sur la taie d'oreiller. La soirée me revint en un éclair : le sang, le verre, le trou dans la tête, le trou à la poitrine, tout le bordel chez Lola.

– Ça va ? osai-je.
– Ouais. Ça va, répondit-il, en hésitant à peine.
– Mal à la tête ?
– Ça va.
– T'es invincible, mon Am.

Il se leva pour aller dans la salle de bains. Je pris mon téléphone. Plusieurs messages reçus. On nous informait que la police avait passé le reste de la nuit dans l'appartement de Lola, qu'ils avaient été appelés par le provocateur et les petits non-invités.

Alexandra :
C'est une blague ? Ils lui ont pété une bouteille sur la tête.

Il saignait tellement que j'ai cru qu'ils l'avaient égorgé.

Il a des bouts de verre enfoncés dans le crâne.

J'allai immédiatement toquer à la porte de la salle de bains pour rapporter à Piotr ce que je venais d'apprendre :

– Ça va ? Stéphane dit que les mecs ont appelé la police. Que les flics sont restés jusqu'au petit matin chez Lola.
– N'importe quoi. Laisse tomber.
– Ils disent qu'ils sont blessés aussi.
– Je m'en bas les couilles de ces fils de pute.
– Hum... Ça va, ta tête ?
– Ça va.
– Je voudrais que tu ailles voir un médecin.
– C'est pas la peine d'aller voir un médecin.
– T'as des bouts de verre dans la tête ! Tu dois aller voir un médecin ! S'il te plaît. Ça me rassurera.

– Pfff... D'accord.
– Je vais trouver un médecin de garde pour cet après-midi.

Piotr alla voir un médecin, mais il refusa de faire constater ses blessures. Il se reposa pendant le reste de la journée. Je pris soin de lui. Nous avons ri en disant que les non-invités s'étaient pris pour les Beastie Boys dans le clip *Fight for your right (to party !).*

*

Le lendemain matin, je me levai tôt pour aller acheter un nouveau T-shirt, puisque nous avions utilisé le sien comme bandage pour son crâne. Je n'étais pas tranquille. L'histoire des flics m'inquiétait, mais je n'osai pas remettre le sujet sur la table. Pour Piotr, c'était « n'importe quoi », même si c'était une réalité rapportée par une personne présente à la soirée. Je décidai d'envoyer un message à François, chez qui Piotr était domicilié.

Alexandra :
Salut François, si tu as besoin de
joindre Piotr, tu peux me contacter.
On a eu des problèmes à une soirée du
Nouvel An et le téléphone de Piotr est mort.

François :
J'imagine que tu ne m'écris pas pour rien.
Trois flics étaient chez moi il y a une heure,
prêts à défoncer ma porte avec un bélier.
Ils cherchaient Piotr.

J'achetai plusieurs T-shirts et un bonnet, puis courus vers l'arrêt de bus pour rentrer prévenir Piotr.

En arrivant chez moi, je l'informai des nouvelles. Je lui dis que j'avais un mauvais pressentiment, que je sentais que les flics n'allaient pas tarder à débarquer, et qu'il fallait partir. Nous avons pris la décision de quitter l'appartement sans délai et de nous installer à l'hôtel, jusqu'à ce que l'on comprenne ce qui se tramait. Nous avons choisi un hôtel proche de chez moi, afin que je puisse faire des aller-retours réguliers. J'y allais le soir même récupérer des affaires. La gardienne de l'immeuble m'attendait. Elle m'annonça que des policiers en uniforme étaient venus et qu'ils avaient laissé un papier dans ma boîte aux lettres. Une convocation pour le lendemain matin.

*

J'avais dit à Piotr *que ça allait, que je n'étais pas stressée, que j'allais gérer*... Mais c'était la première fois que j'étais convoquée au commissariat... Et même la première fois que j'avais affaire à des policiers. Dans le taxi, j'essayais de me détendre en parlant avec le chauffeur, mais ne parvenais pas à canaliser ma peur... Je ne savais pas de quoi exactement, mais j'avais peur d'aller au commissariat et d'être confrontée à un policier.

La veille, Piotr m'avait dit : « Ce ne sont que des employés de l'État... » J'avais continué le raisonnement : « Des employés de l'État, financés par les impôts que mon père paie, donc les employés de mon père, en un sens... » J'avais dit cela pour me rassurer, mais ça ne me rassurait pas du tout. J'avais peur.

J'entrai dans le commissariat du 5e arrondissement. C'était gris et triste, comme l'idée qu'on se fait généralement d'un service public. On m'a demandé d'attendre. Je me suis promenée dans la pièce, car je n'arrivais pas à rester assise. Une dizaine de minutes plus tard, une flic en civil se présenta. Elle me demanda de la suivre dans son bureau.

– Vous savez ce qui vous amène ici, dit-elle en fermant la porte dernière nous.
– Non, je l'ignore.
– Vraiment ? Eh bien je vais vous le dire... Nous avons reçu les plaintes de trois personnes et les témoignages de quatre autres pour des faits de violence avec arme visant monsieur Pavlenski.
– Violence avec arme ? Euh... OK.
– Ça vous surprend ?

– Oui, quand même... Oui, ça me surprend. C'est Piotr qui est blessé.

– Vous allez me raconter tout ça.

L'interrogatoire dura une heure et demie. Je lui racontai ce qui s'était passé. Les non-invités. Le provocateur qui avait insulté Piotr. Le groupe qui s'était jeté sur lui. Elle me questionna sur l'histoire du couteau. Je lui demandai de quelle histoire elle parlait. Elle me dit que les personnes affirmaient avoir été blessées avec un couteau que Piotr avait dans sa poche. J'hallucinais. Je dis que c'était impossible. Que Piotr n'avait pas de couteau sur lui. Qu'il en avait saisi un dans la cuisine, mais que jamais il n'avait blessé qui que ce soit avec. Elle répliqua que des analyses de tous les couteaux avaient été ordonnées et que si je mentais, de l'ADN serait de toute façon retrouvé sur ceux-ci. J'assurai que je ne mentais pas, que si quelqu'un avait été blessé au couteau, cela aurait causé une panique générale, qu'il n'y aurait pas eu cette escalade progressive, jusqu'à ce que la bouteille soit pétée sur la tête... « Attendez, quelle bouteille ? » m'interrompit-elle. Je compris alors que les non-invités avaient caché leurs méfaits. J'expliquai que l'un d'eux avait explosé une bouteille en verre sur le crâne de Piotr. Elle dit qu'elle avait reçu sept témoignages et qu'aucun ne mentionnait cet épisode. Je répliquai que j'avais des photos pour prouver ce que j'avançais. Je lui présentai les photos que j'avais prises après la soirée, lorsque je bandais la tête de Piotr avec les lambeaux de son T-shirt. Elle se leva précipitamment et fonça vers le bureau de sa collègue :

– T'avais raison... Ils ont menti ! Il faut les reconvoquer.

Je sentais qu'elle était en colère de s'être fait berner par les non-invités. J'en rajoutai une couche : « À ce niveau-là, je ne pense pas que ce soit par inattention... C'est volontaire de leur part d'éluder cet épisode... Cet épisode grave, d'ailleurs... Il aurait pu en mourir. » La flic prétendit être d'accord. Elle nota tout ce que j'avais raconté et me demanda de lui envoyer les photos par e-mail, « surtout celle où on voit bien le bout de verre enfoncé dans le crâne ». Enfin, elle ajouta :

– Bon, et où je peux trouver monsieur Pavlenski, maintenant ?

– Je ne sais pas.

– Comment ça, vous ne savez pas ?

– Je n'ai pas de nouvelles de lui...

– Vous m'inquiétez, là.

– On s'est disputés parce qu'il ne voulait pas aller à l'hôpital, et il est parti de chez moi en me demandant de me calmer... Je n'ai pas eu de nouvelles, depuis ce moment...

– Et vous, vous laissez partir votre compagnon blessé à la tête, en pleine nuit, dans le froid, et vous ne vous souciez pas de ce qu'il devient ?

– Je considère que c'est lui qui est parti, donc c'est à lui de me donner des nouvelles.

– Mais vous ne vous rendez pas compte ou quoi ? Il aurait pu lui arriver n'importe quoi ! Il aurait pu tomber et se fracasser la tête par terre ou... Je sais pas, moi... Tomber dans la Seine !

– C'est vrai... Je ne l'ai pas vu ça comme ça... J'ai pensé qu'il allait rentrer chez lui et que ses colocataires s'occuperaient de lui... Et moi, je ne voulais pas céder la première, car Piotr a un fort caractère... Et je ne veux pas être toujours la première à céder dans notre relation...

– Bon, je vais appeler les hôpitaux de Paris pour voir s'il s'y trouve... Et vous, essayez de le joindre, d'accord ? J'ai besoin de l'auditionner. Et il faut qu'il porte plainte pour le coup de bouteille sur la tête.

– Vous ne connaissez pas Piotr... Jamais il ne portera plainte. C'est contre ses principes.

– Dans tous les cas, je dois l'auditionner. J'ai trois plaintes contre lui... D'ailleurs, la fille que vous avez giflée voulait porter plainte contre vous aussi...

– Ah oui ! Eh bien, je pense qu'elle en mérite une deuxième.

*

En arrivant à l'hôtel, j'expliquai à Piotr qu'il était recherché par la police. Que les non-invités avaient porté plainte contre lui en prétendant qu'il leur avait donné des coups de couteau. Piotr dit que ça ne tenait pas la route. Je répliquai que la flic m'avait montré une photo du provocateur avec un pansement sur la joue, que ça signifiait qu'il avait une blessure au visage. Piotr supposa qu'il s'était fait ça lui-même, a posteriori... Je me souvins de la cuisine, du salon et du bordel, du verre partout, des objets cassés, de la bouteille brisée, et je fis valoir qu'ils pouvaient aussi s'être blessés en s'agitant... Piotr répéta que *c'étaient des fils de pute* et qu'il était *sûr qu'il s'était blessé volontairement pour l'accuser à tort*. J'abrégeai le débat en lui annonçant que la flic le cherchait et qu'elle voulait l'auditionner. Il dit qu'il n'irait pas au commissariat. Je me rangeai derrière sa décision, et fis valoir que je comprenais, que *c'était un mauvais moment, qu'il valait mieux attendre que les non-invités soient réentendus et confrontés à leurs mensonges, mais aussi que les « vrais » invités produisent des témoignages neutres qui prouveraient que Piotr n'avait pas fait ce dont il était accusé*. Piotr affirma que même après ça, il n'irait pas au commissariat – *jamais, que c'était à eux de le trouver s'ils voulaient l'auditionner*.

Je réalisai que les flics n'allaient pas me lâcher, que j'étais la personne sur laquelle ils allaient tout miser pour capturer Piotr. Il me prévint que je devais *être prête*. Que *la vie allait devenir sérieuse*. Qu'il était désormais *en cavale*. Qu'il faudrait faire *très attention, que j'allais être suivie*. Qu'il ne voulait pas être attrapé avant de finir son prochain projet artistique qu'il prévoyait d'appeler *Pornopolitique*. Je lui demandai combien de temps ça prendrait. Il répondit qu'il ne savait pas, qu'il avait encore beaucoup à faire. Je lui proposai de l'aider pour aller plus vite. Il dit que je ne pouvais pas faire grand-chose et que ce n'était pas le moment, de toute façon. Il fallait d'abord lui trouver un endroit où vivre, puisqu'il ne pouvait plus rentrer chez lui ni aller chez moi. Nous avons contacté une amie qui avait un appartement libre porte de la Chapelle. Elle lui permit d'y loger quelques semaines.

Plus tard, Piotr me fit remarquer : « Tu vois, mon Am, c'est dangereux les poulets... Pas les condés, mais les poulets comme ces fils de putes qui se sont agités et qui ont créé cette situation de merde... » Je repensai à la soirée, à cette bande de non-invités qui s'était jetée sur Piotr, qui avait piaillé « Couteau !

Couteau ! Pit ! Pit ! » tout en le tapant ; à cette fille qui piaillait avec sa copine pour créer de l'agitation : « FOU ! Pit ! FOU ! Pit ! Pit ! PIT ! (Coup de bec) » ; au gars avec la bouteille brisée qui courait partout et remuait ses bras dans tous les sens en blessant tous ceux qui se trouvaient sur son passage : « PIT ! PITTPTITPTITPITITPITPIT !!!!! » Une bande poulets. Je ris : « Ouais, c'est vrai ».

*

Les semaines qui suivirent furent difficiles. La relation de couple fusionnelle que j'avais espérée lors de nos retrouvailles avec Piotr était fortement éprouvée par la situation, puisque nous étions obligés de rester séparés la plupart du temps. Piotr vivait reclus dans l'appartement qui lui était prêté, consacrant la majeure partie de son temps à l'élaboration de son projet. Il voulait le finir avant d'être arrêté, puisqu'il estimait possible qu'il soit placé en détention provisoire s'il était capté par les flics et qu'il ne pourrait pas, dans ce cas, réaliser son événement. Je lui rendais visite plusieurs fois par semaine, en fin d'après-midi ou début de soirée, avec la crainte constante, inflexible, d'être suivie et que Piotr soit découvert et emprisonné par ma faute.

La journée et la soirée du 31 décembre m'avaient fait réaliser que se comporter comme un poulet aggravait inévitablement les situations sensibles. J'essayais donc de contrôler ma peur et de me concentrer sur des arguments positifs. Je proposai à Piotr de partir en Italie lorsque son projet aurait vu le jour – je parlais de nous promener à Rome, à Milan et dans les petits villages de Lombardie d'où ma famille était originaire. J'essayais de le soulager dans la réalisation de *Pornopolitique*, en lui proposant des idées qui semblaient correspondre à ce que j'en avais compris et en l'aidant à négocier avec la Cicciolina pour obtenir une interview d'elle. J'essayais de rester calme et d'être constructive, même si la pression afférente à cette situation allait à l'encontre de ma culture de bonne fille sans problèmes. On m'avait appris à être une bonne fille – toujours, en toutes circonstances. À ne pas faire d'histoires – jamais, en aucun cas. D'ailleurs, on m'avait toujours dit que le conflit ne résolvait jamais rien. Qu'il *fallait être plus intelligent* et ne pas répondre aux injures et provocations. Piotr ne jouait pas selon ces règles. Si on essayait de l'intimider, Piotr se levait. Si on lui criait dessus, Piotr criait plus fort. Si on tentait de l'humilier, Piotr tapait. Piotr ne passait pas par quatre chemins. Il ne fuyait pas. Il disait « oui » et « non ».

Certains jours, il m'arrivait de penser que rien de tout cela ne serait arrivé si Piotr avait respecté cet ensemble de règles qu'on m'avait enseignées – s'il s'était laissé insulter sans répliquer. Je me disais que nous aurions pu être heureux, tous les deux, sans problèmes, s'il n'avait pas pris une petite attaque tellement à cœur... Je lui en voulais parfois d'être si intransigeant dans ses principes. Puis je réalisais que je n'aurais pas voulu qu'il soit comme le prof de philo, injurié avec sa femme par un pauvre connard de provocateur, ou comme moi qui m'étais laissée faire presque toute ma vie, sans jamais répliquer. Je sentais, au fond, que Piotr avait bien fait de recadrer ce type, et qu'il n'était pas responsable de la basse-cour qui s'était agitée par la suite... J'étais pourtant irritée que notre vie à deux soit devenue si compliquée et stressante. J'en avais marre d'être sous pression et de devoir toujours tout vérifier – si l'homme qui prenait la même correspondance que moi me suivait, si celui qui était au volant de la voiture garée devant la porte de mon immeuble me surveillait, si les numéros inconnus qui m'appelaient étaient ceux des flics... *Et qu'est-ce que j'allais bien pouvoir leur raconter la prochaine fois qu'ils me contacteraient ?* J'en avais marre de jongler avec les faux numéros – un pour Piotr, un pour l'avocat, un autre pour être joignable quand mon iPhone était coupé... J'en avais marre de changer de faux numéros tous les dix jours et d'être celle qui courait d'un bout à l'autre de Paris pour chercher les affaires dont Piotr avait besoin... J'en avais marre de l'ex avec un prénom de Winx qui avait profité de la situation pour s'installer dans la maison de Piotr, dans la chambre où nous dormions quelques semaines plus tôt – la chambre dans laquelle j'avais installé un lit gonflable pour ne pas dormir à même le sol, et où les couvertures portaient encore l'odeur de mon parfum... J'en avais marre, et même si je faisais tout mon possible pour garder la tête froide et rester calme, je ne pouvais pas m'empêcher de me venger sur Piotr en lui témoignant mon agacement – ma colère, parfois. Je voulais qu'il ressente mon angoisse. Je ne voulais pas être la seule à l'éprouver.

À plusieurs reprises, au cours de ces longues semaines, Piotr me dit qu'il sentait que c'était trop pour moi et que j'allais le quitter. Ces remarques m'énervaient encore plus. Piotr n'avait jamais cessé de sous-estimer la résistance de mon amour aux épreuves de la vie.

Les poulets 2

Ils n'avaient pas été envoyés pour les poulets de la soirée du Nouvel An, mais parce qu'ils voulaient affirmer l'autorité du pouvoir pour lequel ils travaillaient.

Flic :
Gros stp urgent besoin contact ultra secret avec Seb.

Ils n'étaient pas venus seuls, mais avec des photographes qui leur avaient graissé la patte pour procéder à une interpellation dans un lieu dégagé, assez lumineux pour qu'ils n'aient pas besoin d'utiliser le flash.

Flic :
C'est bon.

Ils voulaient de la discrétion. Ils voulaient du naturel. Un homme menotté au sol, écrasé par la puissance des représentants de l'État. Une demoiselle en détresse qui pleurerait, qui hurlerait, qui se débattrait en voyant l'homme qu'elle aime malmené. Je n'ai pas pleuré, je n'ai pas hurlé, je ne me suis même pas débattue. J'étais prête – sur mes gardes depuis des semaines. Ça avait été difficile, mais j'avais appris à me contrôler.

– Les menottes pour elle ?
– Vas-y, vas-y !!
– Non ! NON ! Pas pour elle ! leur interdit un chauve.

J'ironisai. *Il faudrait vous mettre d'accord.* Ils s'agitaient. S'engueulaient. L'un d'eux piaillait plus fort que les autres. Ils n'étaient pas d'accord sur ce qu'ils devaient faire de moi. Piotr n'eut qu'à me regarder pour que je comprenne. Il voulait que je me barre. Je ne voulais pas le laisser – pas si vite... J'étais sûre que je ne le reverrais pas avant plusieurs mois, peut-être des années, mais je savais qu'il avait raison et qu'il fallait que je me barre.

– Vous venez avez nous, annonça finalement l'un des flics tandis que ses collègues embarquaient Piotr dans une voiture de police.
– Je ne viens pas avec vous. J'ai rendez-vous avec mon avocate.
– Vous venez avec nous. On doit vous entendre.
– J'ai déjà été entendue.
– On veut encore vous entendre.
– Envoyez-moi une convocation ?
– Madame, on a été gentils avec vous. Ne faites pas d'histoires.
– Je ne fais pas d'histoires. C'est vous qui en faites.
– Ça suffit, on y va ! Mets ses affaires dans le coffre, ordonna-t-il à son collègue.

Connards, pensai-je, après qu'ils eurent confisqué mes affaires et m'eurent forcée à monter à l'arrière d'une voiture de police. Le mec qui piaillait plus fort que les autres était assis sur le siège avant. Il sautillait d'excitation, ou d'impatience peut-être. Je regardai au-dessus de son épaule. Il pianotait sur son téléphone. Des photos de moi apparurent sur son écran. Je n'ai rien dit. J'analysais. WhatsApp. Messages reçus. C'étaient des photos volées dans la rue, prises plus tôt dans la journée, lorsque son complice paparazzi m'avait suivie. Un autre flic, assis à côté de moi, l'alerta :

– Gros, tu fous quoi ! Range ton tél !

Il envoya un dernier message, puis s'exécuta.

Lorsque nous sommes arrivés au commissariat, un autre paparazzi nous attendait. Il nous photographia à la sortie des véhicules, sans même se cacher.

– Pas de photos, PUTAIN ! hurla l'un des flics en se cachant le visage.
– Tu prends pas d'photos ou j't'attaque ! PIGÉ ? menaça un autre.

Les flics nous poussèrent, Piotr et moi, vers l'entrée des gardés à vue.

– Fais chier, putain ! Fais chier ! s'écria l'un d'eux.

Je ne sais pas ce qui les faisait le plus chier : risquer de perdre l'exclusivité sur la diffusion des photos de notre arrestation ou d'être identifiés par des journalistes qui n'étaient pas leurs complices, risquer un scandale, d'être mis à pied, de ne plus pouvoir exercer en tant que flics, parce que même si la fonction autorise beaucoup d'irrégularités, la corruption – lorsqu'elle est rendue publique – force la condamnation... Je ne sais pas, mais je remarquai que certains d'entre eux commençaient à stresser.

– J'vais le voir, annonça l'un des flics.
– Ouais ! Va l'voir ! Va l'voir !
– J'viens avec toi. L'bâtard là !
– Et nous ! On fait quoi avec eux ? Vous déconnez là, les gars ! cria le chauve.
– Eh ouais, faut s'ressaisir les gars ! Allez !

Les flics paniqués par la présence du paparazzi obéirent, car le chauve était leur chef et qu'ils ne pouvaient pas faire autrement. Ils poussèrent Piotr dans une cellule, puis me demandèrent de m'asseoir sur une chaise. Je restais sous leur surveillance.

– Je peux récupérer mon sac, s'il vous plaît ? demandai-je poliment.
– NON ! s'écria celui qui avait des photos de moi dans son téléphone.
– Calme toi, gros, glissa l'un de ses collègues.

Il ne répliqua pas. Il me regardait fixement, agressivement, mais je devinais qu'il n'était pas confiant. Je me tournai vers Piotr. Nous n'avons pas parlé, mais je crois qu'il comprit ce que mon sourire signifiait. Il y avait encore pire que les poulets : il y avait les poulets mouillés.

L'enfer

J'ai grandi dans une famille pour laquelle la prison représentait la face terrestre de l'enfer, un environnement pour lequel aller en prison était la pire des choses qui puisse arriver – pire que développer un cancer ou une maladie incurable. Bref, j'ai grandi dans une famille normale qui regardait, chaque jour, la télévision.

Les membres de ma famille pensaient que la prison n'était pas pour eux car ils étaient de bons citoyens (le simple fait que mon père reçoive une amende pour excès de vitesse inquiétait ma mère, *elle ne savait pas pourquoi, mais elle n'aimait pas cela*), et ça les rassurait un peu de se dire que l'enfer terrestre n'était pas pour eux. La prison, c'était pour les violeurs, les pédophiles *qu'on devrait castrer*, les meurtriers, les proxénètes... Les ordures, quoi... Ah ! Et peut-être aussi pour les dealers lorsqu'ils abusaient, parce que *la drogue, c'est mal*. Mes parents étaient scandalisés qu'un artiste ait fait onze mois de prison en France... En Russie, ils pouvaient comprendre, puisque *Poutine est un fou, un dictateur*, mais en France, ce n'était pas normal... *La prison, ce n'est pas pour les artistes*. L'idée d'un artiste en prison n'était pas insupportable pour eux parce qu'ils avaient un haut respect et une connaissance aiguë des pratiques controversées de l'art contemporain, mais parce qu'elle déstabilisait les règles du jeu social auxquelles ils croyaient : la prison n'était pas toujours que pour les ordures, il pouvait y avoir des exceptions... Des artistes, et qui d'autre, après ça ? De bons citoyens comme eux ? Comme leurs enfants ?

Ma relation avec Piotr m'a apporté un autre point de vue sur ce qu'était la prison – le point de vue d'un homme qui l'a vécue deux fois, dans deux pays différents. Piotr a toujours dit que la prison n'était pas l'enfer sur terre, qu'on y vivait décemment, et que les détenus étaient de bons gars, bien organisés – qu'ils avaient même des téléphones et du shit. En revanche, il disait qu'il valait mieux être en quartier général, plutôt qu'en quartier spécifique, car être isolé était compliqué à la longue – *compliqué pour la tête.* Je faisais remarquer que *quand même, la violence dans ce genre d'endroits... Il paraît que les pédophiles sont tabassés, ou même pire... violés !* Il maintenait que c'était n'importe quoi, que les violeurs et les pédophiles étaient séparés des autres détenus, que les administrations pénitentiaires s'organisaient pour qu'il n'y ait pas de violence parce qu'ils ne voulaient pas de problèmes, que pour eux, surveiller était *une fonction, et que le moins ils rencontraient de difficultés pendant leurs heures de travail, le mieux c'était.* Cela me semblait logique, mais quand même... *Et la propreté ! Ça devait être dégueulasse, non* ? Piotr disait que ça allait en prison, que *la garde à vue et le dépôt*, c'était le pire en termes de conditions de détention, que *c'était dur, vraiment...* Je voulais croire Piotr, parce qu'il devait mieux savoir que les autres qui n'avaient jamais connu l'univers carcéral, mais je restais sceptique, parce que pendant toute ma vie, on m'avait dit que la prison était un enfer.

Et puis je me suis retrouvée en garde à vue et au dépôt. L'étape que tous les prisonniers veulent abréger le plus possible. Comment atterrit-on au dépôt, quand on est une bonne fille de bons citoyens ? Eh bien, personnellement, je dirais que c'est mon rapport aux hommes qui m'a conduite au dépôt – ma tendance à les prendre un peu pour des cons, et à m'organiser pour ne pas être la victime dans le rapport de force qui nous lie, à un moment donné, au cours d'une relation. En termes juridiques, ils traduisent cela par « atteinte à l'intimité de la vie privée » d'un homme par conservation de conversations, photos et vidéos pornographiques qu'il aurait filmées et envoyées. En gros, on m'a reproché d'avoir conservé les photos et vidéos de la bite de Benjamin au cours de notre relation épistolaire. Je sais, c'est absurde, pas très sérieux comme infraction... Du coup, je dis souvent que je suis poursuivie pour avoir détruit la vie d'un ex. Ça fait plus d'effet. Les gens trouvent ça cool – surtout les filles –, et ça les met juste assez mal à l'aise pour ne pas avoir envie de poser davantage de questions.

En réalité, je n'ai jamais eu l'intention de détruire la vie d'un ex. J'étais bien trop peureuse pour cela. Et je ne crois pas avoir un jour eu la possibilité de le faire. J'ai presque toujours été, dans toutes mes relations avec les hommes, la partie faible. C'est d'ailleurs sans doute avec Benjamin que j'ai le plus été en situation de faiblesse présumée. Il est donc assez ironique que ce soit lui qui ait finalement revendiqué être ma victime... Enfin... Il n'a pas concrètement dit qu'il était ma victime – sans doute était-ce trop douloureux pour lui. Il a dit qu'il était la victime de Piotr, et que moi, je l'avais juste trahi – *que j'avais trahi sa confiance*. Je ne suis pas d'accord avec cette accusation. De mon point de vue, on ne peut pas trahir un traître notoire.

La dernière fois, Joseph m'a rapporté avoir croisé Benjamin dans la rue. Il m'a dit : « Il m'a fait trop pitié ». J'ai demandé pourquoi il lui avait fait pitié. Il ne savait pas exactement pourquoi, mais *c'était comme ça*... « Peut-être parce que c'est un loser », a-t-il ensuite ajouté. Je ne lui ai pas demandé pourquoi il trouvait que Benjamin était un loser. Je ne suis pas sûre qu'il le sache lui-même. Je ne suis pas sûre qu'il m'aurait dit la vérité, non plus. Au fond de moi, je pense que si Joseph a pitié de Benjamin, c'est parce qu'il s'identifie à lui, d'une certaine façon. D'un point de vue social, des valeurs, ou parce que Joseph envoie lui aussi des photos de sa bite à des inconnus rencontrés sur les réseaux sociaux et qu'il flippe de savoir ce qu'elles deviennent... Ont-elles disparu dans l'abîme des messages privés de ses conquêtes ? Sans doute, pour certaines. Ont-elles été utilisées par certains à des fins de séduction ? Absolument. Un plan cul potentiel a un jour envoyé à Joseph une photo de sa propre bite, prétendant que c'était la sienne. Il était fou de colère que l'image de sa bite soit revendiquée par un autre. Risquent-elles de se retrouver entre les mains d'un artiste qui décide de les utiliser pour son nouveau projet artistique ? Pourquoi pas. Pourraient-elles être utilisées pour inaugurer le lancement de la première ressource pornographique mondiale avec la participation d'officiels, politiciens et représentants du pouvoir ? Peu de chances pour la bite de Joseph, mais c'est ce qui s'est passé pour la bite de Benjamin. Cette bite est ainsi devenue l'objet de fantasme de tous les commentateurs de la vie politique française, puis internationale, l'objet de polémiques de tous les mauvais journalistes, l'objet du délit de l'institution judiciaire, mais surtout l'objet du nouveau projet artistique de Piotr.

Ainsi, le reste de ma vie devait-il être lié à l'œuvre de Piotr – et à Piotr lui-même, puisque « *son art, c'est lui !* ». C'est ce qu'il cria après m'avoir révélé le projet, dans un café du boulevard de Bonne-Nouvelle, et que je hurlai en retour que « *j'allais être grave dans la merde, qu'il me mettait grave dans la merde pour son art de merde !* ». Ça, c'était sous l'effet du choc. L'effet de voir ces vidéos que je méprisais en ligne, ces vidéos qui me renvoyaient, en tant que destinataire, à la fille que j'avais été – la fille passive, par politesse, parce que c'était plus facile, qu'elle n'aimait pas le conflit, qu'elle estimait que ce n'était pas grave et qu'après tout, tout le monde le faisait, qu'elle ne voulait pas passer pour une coincée, qu'elle était pour la liberté sexuelle, qu'elle ne voulait pas avoir l'air d'être une traditionnaliste – la fille qui n'aurait jamais dit *vas-y, mec, range ta bite de merde...* J'aurais préféré que tout cela soit balayé sous le tapis, ne plus jamais y penser, et évoluer avec Piotr en oubliant la fille que j'avais été, cette fille avec ses histoires passées. Mais ce déni, c'était également un réflexe que je condamnais. La fuite constante de la réalité, un comportement que je ne voulais plus avoir... Et je ne voulais pas être un censeur, non plus... Enfin, tout cela, ce sont des explications que j'ai formulées a posteriori. Ce que j'ai pensé, sur le moment, pour trancher, était plus simple : *Vais-je privilégier le confort de Benjamin à la volonté de Piotr ? Vais-je me ranger du côté d'un ancien plan cul ou de celui de l'homme que j'aime ?* J'ai gueulé cinq minutes, j'ai paniqué plusieurs heures, mais j'étais du côté de Piotr et de son œuvre dès la première seconde, avant même qu'il me la révèle, à moi et au monde entier.

Je fis promettre à Piotr de me protéger et lui jurai, en retour, de le soutenir. Pourtant, une résistance en moi me faisait espérer que ce nouvel événement serait un échec. Que personne n'en entendrait jamais parler. Que personne n'en parlerait. Que ce serait une œuvre ratée. Mais Piotr savait créer des « événements » – pas de simples performances, ou de banales actions, de véritables événements. Et *Pornopolitique* a sans doute été l'œuvre de Piotr dont le monde aura parlé avec le plus d'émotion. Dans la rue, à toutes les terrasses de café, tous les deux mètres, j'entendais parler de « l'artiste russe », « la bite de... », « t'as vu la vidéo ? »... Tous les deux putains de mètres, c'était surréaliste. Dans toutes les émissions, tous les journaux, tous les magazines, partout sur Internet... Piotr a ouvert le JT de la première chaîne de télévision européenne. Un artiste a ouvert un JT... C'est un hommage qu'on ne réserve habituellement aux artistes que pour annoncer leur mort.

J'ai tenu ma promesse jusqu'au bout et je ne regrette pas de l'avoir fait. Piotr a également fait son possible pour que mon identité ne soit jamais révélée et je dois avouer que j'ai cru, jusqu'au bout, que c'était possible. Je pensais que ce n'était pas important, pour les gens, de savoir qui était la fille qui avait un jour reçu ces vidéos. Il a fait son possible pour ne pas m'impliquer, mais ça n'a pas suffi.

Après trois jours de folie et – je dois le reconnaître – d'une certaine euphorie, j'étais arrêtée en même temps que Piotr, séparée de lui et placée en garde à vue. J'y ai passé trois jours : deux dans les locaux de la police judiciaire, puis vingt-quatre heures au dépôt. Du coup, je pense pouvoir dire ce que c'est, en gros, que la prison – parce que j'ai eu un avant-goût de ce qui est réputé en être l'une des pires versions. Et rien, absolument rien ne s'est passé comme ce qu'on voit à la télévision.

*

La première expérience significative, c'est de se retrouver dans une voiture de police, avec trois policiers. Il y avait le gyrophare. Les mecs ne s'arrêtaient à aucun feu, ne respectaient aucune limitation de vitesse. Ils avaient leurs petits défis personnels. « *Trocadéro-Assemblée nationale en moins d'une minute trente ? Je peux le faire... Allez, putain ! Avance connard !* » Je dois dire que j'ai trouvé le voyage en voiture assez cool – c'était comme dans les films ou, du moins, c'est ce sur quoi j'ai préféré me focaliser, car je savais que l'étape suivante serait la perquisition.

La perquisition est flippante, même lorsqu'on n'a rien d'illégal à cacher. On a tous toujours des trucs à cacher à cinq hommes qui agissent en bande organisée. Par exemple, je n'avais pas pensé à cacher mes vibromasseurs, ni à m'en débarrasser. J'aurais dû. Cela leur aurait évité de faire des blagues douteuses et de rire comme des collégiens en les prenant dans les mains et en se les refilant. Il y avait aussi mon journal intime d'adolescente, dont ils ont forcé le fragile petit cadenas. J'aurais préféré que des vieux de cinquante piges ne lisent pas mes secrets de jeunesse. 28 avril 2003 : *Je voudrais aimer, si seulement il m'aimait !* [...] *Mais qui pourrait bien m'aimer ?...* Dans l'autre, 26 juillet 2006 *: Miralem, Miralem, Miralem...* Des cœurs de toutes les couleurs. 20 juillet 2009 : *Aujourd'hui, j'ai dit à mes parents que j'annulais l'école de commerce de Lyon, qu'on devait en trouver une à Paris. Il y a six heures de train entre Lyon et Luxembourg et à peine deux entre Paris et Luxembourg. Je ne peux pas vivre à six heures de train de Jonathan.* Jonathan avec un cœur... *La honte, putain.* Pour le reste, c'est-à-dire les conversations graveleuses entre potes et les photos de famille honteuses, les miennes étaient déjà loin, bien loin de chez moi. De même que celles que les flics cherchaient, à savoir les photos et vidéos issues de mes conversations avec Benjamin – loin, bien loin de chez moi.

Dans l'ensemble, les flics étaient assez respectueux de mes affaires. Ils ne balançaient pas tout par terre, remettaient à leur place les objets qu'ils avaient pris, arrangeaient convenablement ce dans quoi ils fouillaient. J'avais le sentiment que c'était un privilège. D'ailleurs, ils m'ont laissé boire un verre de vin pendant la perquisition. Je pense que c'était également un privilège, qu'ils ne laissent pas boire de vin à tous les gardés à vue perquisitionnés. Je me suis demandé si c'était parce que j'étais blanche, bourgeoise, ou parce que c'était une affaire sensible. Peut-être un peu des trois.

*

Je fus ensuite placée dans une cellule en béton. J'étais seule dans cette cellule. Seule, entre trois murs et une vitre blindée. Le lit, c'était une avancée de mur en béton, avec un matelas de trois centimètres de haut, en plastique jaune. La couverture, en laine, jaune aussi. Il y avait une fontaine défectueuse. Elle crachait de l'eau comme un karcher, éclaboussant au moins la moitié de la cellule lorsqu'on l'activait. Les chiottes, c'était un trou, derrière un mur censé nous isoler de l'objectif de la caméra – oui, il y avait une caméra pour me filmer, vérifier que je ne me suiciderais pas avec mes collants. On me les avait laissés. Encore un privilège. Une fliquette m'a dit *qu'ils n'avaient pas l'habitude d'avoir des filles comme moi* en garde à vue. Là encore, je ne savais pas si ça voulait dire blanche, bourgeoise, ou impliquée dans une affaire sensible. Peut-être les trois en même temps.

*

Dans les reportages, les gens disent souvent qu'en cellule, on a le temps de réfléchir à nos conneries. Je pense qu'ils mentent, pour se donner une bonne image. Ou peut-être qu'ils veulent dire par là qu'ils réfléchissent aux conneries qu'ils vont raconter aux flics – ça, c'est plus probable. Je ne saurais pas expliquer pourquoi, mais dès qu'on se retrouve en garde à vue, les flics deviennent nos ennemis. C'est instinctif. On a envie de les provoquer, de se moquer d'eux et de leurs règles à deux balles. Ils nous le rendent bien, en sabotant nos auditions, en nous privant de l'assistance d'un avocat, en donnant de fausses informations à la presse. C'est comme ça, c'est le jeu. Pour ma part, je n'ai pas eu beaucoup de temps pour réfléchir aux conneries que j'allais leur raconter. Ma seule activité fut de dormir. Seize à dix-huit heures par jour. Les lumières allumées en continu ne m'en empêchaient pas, puisque j'avais un manteau pour cacher mon visage. Et puis, lorsque j'étais réveillée, tout ce à quoi je pouvais penser, c'était Piotr.

Dans un premier temps : *où est Piotr ?* La réponse à cette question, je l'ai obtenue dès le premier soir. Piotr était au même endroit que moi, pas très loin. J'avais entendu sa grosse voix qui portait au-delà des murs en béton et des portes blindées, lorsqu'il avait été escorté jusque dans sa cellule. *Que fait Piotr ?* J'essayais de comprendre ce qu'on faisait de lui, où on l'emmenait – première audition, deuxième audition, médecin. Je compris rapidement qu'on ne le laissait pas consulter son avocat. Je pensais à quel point je l'aimais, à quel point je voulais le voir. Je voulais qu'il sache que j'étais tout près de lui et que je l'aimais, que je l'aimais à la folie. Je criais parfois dans ma cellule « Piotr ! Piotr ! Piotr ! », mais il ne répondait jamais. Ma petite voix ne portait pas aussi loin que la sienne. Il ne m'entendait pas et ne savait probablement pas que j'étais là, dans la rangée de cellules de derrière, à seulement quelques mètres de lui.

*

Mes auditions de garde à vue se terminèrent par un conseil, peut-être une mise en garde, difficile à dire. Une tentative de manipulation, de toute évidence.

– Vous êtes une bonne fille, vous pouvez encore vous sortir de... ça. Réfléchissez ! Regardez sa vie ! Regardez ce qui est arrivé à son ex ! Vous voulez vivre la même chose ? Ce n'est pas pour vous, tout ça. Vous voulez tout perdre ? Si je peux me permettre... Vous avez l'âge d'être ma petite sœur... Quittez-le. Tant qu'il en est encore temps. C'est le moment.

Je fixais, impassible, la gueule de poulet mal farcie de cette fliquette – les yeux gonflés par la fatigue, la bouche de travers à force de faire la gueule, les cheveux dans tous les sens parce qu'elle s'agitait trop, pour rien, pour avoir le sentiment qu'elle servait à quelque chose, qu'elle existait. *Regarde-toi avant de glouglouter comme une dinde ! Tu crois que j'ai envie d'être comme toi ? Dans ta vie de merde, avec ton job de merde qui ne paie pas, ton job que t'aimes pas mais tu ne sais rien faire d'autre, ta vie de merde avec ton mari que t'aimes pas et qui t'as jamais aimée, ton mari qui te trompe, et tes enfants que tu détestes parce que ce sont les siens, et que le petit dernier lui ressemble, ta vie de merde avec ton appartement de merde dans lequel tu te sens à peu près bien, quand tu regardes la télé et que tu ne penses à rien, que t'oublies à quel point ta vie, c'est de la merde, parce que t'as une vision sur le monde encrassée, figée par un trop plein de merde dans ton crâne de poulette débile. Garde tes conseils pour toi, j'en veux pas, je veux pas être comme toi...* Je ne répliquai pas, et tournai la tête vers mon avocate, assise à côté de moi, pour l'inviter à intervenir.

– Vous pouvez me laisser deux minutes avec ma cliente ?

La fliquette se leva sans rien dire. Elle se dirigea vers une autre pièce pour imprimer mon audition.

– Quelle pauvre conne !
– À mon avis, ils veulent t'emmerder, donc ils vont t'envoyer au dépôt. Mais tu n'as rien à craindre. Tu seras relâchée.
– Et Piotr ?
– Apparemment, il n'a toujours pas d'avocat. Mais il va bien, ne t'inquiète pas. Et il ira bien.
– Je crois, oui. J'espère.

*

Le soir même, j'étais envoyée au dépôt, comme l'avait prédit mon avocate. Un flic est donc venu me chercher dans ma cellule. Il m'a passé les menottes et m'a emmenée dans un couloir, devant la porte d'un ascenseur et là, je l'entendis... J'entendis sa voix. Je reconnus le bruit de ses baskets qui tapaient lourdement sur le sol au rythme de ses pas. Il arrivait. Il était là. Menotté – lui aussi –, escorté – lui aussi –, par deux flics. Piotr était près de moi. Il m'embrassa très fort. Deux flics nous dirent d'entrer dans l'ascenseur. Ils vinrent avec nous.

– Mon Am ! J'ai essayé de t'appeler mais tu ne m'entendais pas. Je t'entendais, moi, avec ta grosse voix... Mais toi, tu ne pouvais pas m'entendre.

Nous avons rigolé. Il me dit qu'il fallait crier plus fort, et surtout qu'il fallait le faire au moment où les flics ouvraient la porte de la cellule.

– Tu es belle ! Tu es digne.

– Avec mes menottes... J'essaie de ne pas avoir l'air trop pitoyable, mais je ne ressemble à rien.

– Non, tu es belle. Vraiment belle.

Ses yeux pétillaient. Je crois qu'il le pensait vraiment.

Les flics nous conduisirent ensuite dans une pièce avec des bancs. Ils nous dirent d'attendre. Nous nous sommes assis côte à côte. Ils n'essayèrent pas de nous séparer.

– Je croyais que tu m'avais quitté, dit-il.

– Quoi ? Jamais ! Je t'ai dit que je ne te lâcherais pas.

– Mais là, c'est plus extrême... La garde à vue. Trois jours. Le jour de ton anniversaire.

– Je m'en fous. Je n'y ai même pas pensé, à mon anniversaire. Je n'ai jamais pensé à te quitter. Pas une seule seconde. La seule chose qui m'importait, c'était de te revoir. De savoir comment tu allais, aussi.

– Je t'aime.

– Je t'aime aussi.

Nous nous sommes embrassés.

– Écoute. Tu vas sortir demain, après avoir vu la juge d'instruction.

– Je sais.

– Moi, je vais aller en prison.

– Je sais.

– Peut-être pour longtemps.

– Arrête... Je ferai tout pour que tu sortes rapidement.

– On ne pourra pas se parler pendant longtemps. Ils vont nous bloquer.

– Mais ils n'ont pas le droit...

– Ils s'en foutent du droit. Regarde. Le droit, c'est juste un outil et ils le manipulent mieux que les autres. S'ils veulent interdire, ils trouveront une raison pour interdire.

– Mon Am...

– Écoute-moi, chuchota-t-il. Pendant le temps que je serai en prison, on pourra avoir une relation libre, tu auras le droit de voir qui tu veux, je ne...

– Arrête. Non. Je ne veux pas. Je ne veux pas d'autres hommes.

– Ça sera difficile.

– Je ne veux pas d'autre homme que toi. Seulement toi.

– Tu es sûre ?

– Je suis sûre. Je t'aime.

– Je t'aime aussi.

Il paraissait ému. Je sentais qu'il était rassuré que je m'engage à l'aimer, même loin de moi, même en prison. Il avait l'air touché que je verbalise enfin qu'il était le seul que je voulais, le seul que j'aimais et que j'aimerais. Nous étions heureux, vraiment heureux d'être ensemble, à ce moment précis, au dépôt, mais aussi fondamentalement ensemble. Une équipe. Un duo. Nous étions ensemble, tous les deux. Pas en 1+1. À deux. Et c'était bon, tellement bon...

Les flics finirent par interrompre notre moment de bonheur pour nous placer en cellule. Au moment où ils m'éloignèrent de lui, Piotr hurla :

– ALEXANDRA ! JE T'AAAAAAIME ! JE T'AAAAAIME !

Sa voix raisonna dans tout le dépôt. J'entendis son voisin de cellule lui demander s'il se trouvait là à cause de sa femme. J'ignore ce que Piotr lui a répondu.

*

Le lendemain, le juge d'instruction nous a libérés sous contrôle judiciaire, en nous interdisant toute forme de contact l'un avec l'autre, pour une durée indéterminée. Plusieurs mois, sans doute. Peut-être une année, peut-être plus. S'il était prouvé que nous nous parlions, ou pire, que nous nous voyions, nous allions en prison. J'ignore ce qu'imaginait cette juge en prononçant une telle interdiction – pensait-elle réellement que deux personnes qui s'aiment peuvent se priver l'une de l'autre pendant si longtemps ? Peut-être, tout simplement, voulait-elle juste donner l'impression à sa hiérarchie de bien faire son travail... Je n'en sais rien, et je m'en fous, au fond. Piotr et moi voulions être ensemble et personne ne pouvait nous en empêcher.

Les cons

J'ai longtemps pensé que si rien ne tournait rond dans le monde, c'était parce que nos dirigeants prenaient les gens pour des cons. Mon idée, c'était que les gens n'étaient pas cons, et qu'ils détestaient leurs dirigeants de les prendre pour des cons puisque, justement, ils n'étaient pas cons. Je m'étais trompée. Avec *Pornopolitique*, j'ai compris que les gens n'étaient peut-être pas encore assez cons pour accepter d'être pris pour des cons, mais qu'ils étaient quand même cons – vraiment très, très cons.

Je sais que « con » n'est pas un terme qui devrait être utilisé à la légère, que certaines personnes pourraient être offensées d'être qualifiées de vagins. Mais en l'occurrence, le terme *con* est assez modéré pour exprimer le niveau de connerie dont il est question. Pour éviter toute controverse, je vais toutefois expliciter ce que j'entends par « con » : un con est une structure physique et organique dirigée par une masse nerveuse creuse, dépourvue d'esprit et d'intellect, une masse nerveuse qui se laisse fourrer par toute la connerie du monde pour combler le vide qui la caractérise. Le con est un trou à connerie. Souvent, la connerie est contenue quelque temps, puis elle est expulsée par le con autour d'un verre, quand celui-ci a trop bu – la connerie et l'alcool combinés ont une sorte d'effet explosif très nocif et polluant. Mais parfois, elle germe au fond du trou, se développe et se reproduit. Et là, c'est le pire : de nouvelles conneries naissent du con, lequel devient prétentieux, fier de lui-même – fier de produire de la connerie.

Le premier à s'être fait traiter de con, c'est Benjamin. Le fondateur d'un média gauchiste devenu macroniste l'a ainsi qualifié parce qu'il estimait qu'il fallait vraiment être con pour se branler face caméra au travail et envoyer les vidéos de sa branlette à la première fille venue, abordée sur Instagram. Je suis sceptique quant au fait d'avoir été la première venue, mais j'étais certainement l'une des filles abordées sur Instagram – aucun doute sur ce point. À ce titre, je peux me permettre de dire que je ne suis pas d'accord avec le fondateur du média gauchiste devenu macroniste sur le fait que Benjamin soit un con. Benjamin n'est pas vraiment un con. En revanche, Benjamin sait très bien prendre les gens pour des cons. Les véritables cons sont en fait ceux qui se sont laissé fourrer par sa complainte.

Ceux qui répétaient à qui mieux mieux que Benjamin était comme ces adolescentes dont *la vie était détruite* parce qu'elles avaient, lors d'un moment de sujétion, envoyé des vues de leur corps nu à leur petit copain sur Internet, des adolescentes qui se voyaient exposées publiquement dans leur nudité après leurs ruptures avec les petits copains, des jeunes filles qui se suicidaient même, parfois, face à la dureté de l'épreuve... En somme, ceux qui ont voulu ériger un vieux de quarante-cinq piges en saint patron des adolescentes, sans jamais les consulter, cela va de soi, parce que les cons se foutent de ce que pensent les jeunes femmes, ils veulent juste les utiliser.

Ceux qui ont parlé de « revenge porn » plutôt que de « pornodivulgation » – et ça, c'est chaud parce que ce sont principalement des juristes ou des avocats qui se sont exprimés de la sorte. Évidemment, ce ne sont pas des avocats sérieux, seulement des avocats cons qui ont dit ça... D'ailleurs, ils ne l'ont pas vraiment dit – ils l'ont juste écrit sur Twitter. Du coup, je les appelle les « avocats-Twitter ». Ce sont les avocats sans clients qui passent leurs journées sur Twitter à critiquer leurs confrères qui ont des clients, leurs confrères qui parlent dans les médias parce qu'ils défendent des causes d'intérêt public et aussi les clients de leurs confrères parce qu'ils leur en veulent de ne les pas les avoir désignés, eux... Alors oui, c'est vrai, « revenge porn », ça claque plus, ça ramène sans doute plus de followers que « pornodivulgation »... Mais la popularité sur le web ne change pas un triste destin. Les avocats cons resteront des avocats sans clients, condamnés à errer sur Twitter.

Et puis, il y a aussi ceux qui étaient obsédés par la bite de Benjamin. Ceux pour qui *Pornopolitique* était égal, en tout et pour tout, à la bite de Benjamin, alors que *Pornopolitique*, c'était un concept, un projet, la suite logique d'une séquence artistique, qu'il y avait une fresque monumentale de onze femmes, une déclaration d'intention, un écrit sur la pensée du marquis de Sade et la participation de la Cicciolina – une icône ! Mais non, les misérables petits Français se foutent des icônes si elles ne sont pas françaises. Ils préfèrent parler de la bite d'un bureaucrate que du destin d'une icône. Je dois le dire, j'étais un peu vexée que ma contribution sur la Cicciolina comptabilise en tout et pour tout 352 vues alors que les vidéos de bites de Benjamin en cumulaient plus de 4 millions... D'ailleurs, je n'ai jamais vraiment compris pourquoi, alors qu'il y avait deux vidéos, les cons parlaient toujours de « la vidéo de bite de Benjamin » – ah non, pardon ! les cons disaient « vidéo intime », pas « de bite »... Pourtant, se faire gicler le dard face caméra, ce n'est pas vraiment de la douce intimité, c'est plutôt de la pornographie bien crue, bien rance... Ma conviction, c'est que les cons d'intimistes n'ont sans doute jamais rien vu du projet *Pornopolitique* – mais que, fidèles à la connerie, ils n'ont pas pu s'empêcher de chier sur ce qu'ils ne connaissaient pas.

Je n'oublie pas non plus ceux qui ont attaqué Piotr comme des chiens enragés. Ceux qui lui ont reproché d'être russe : *« Sale Russe ! Retourne dans ton pays ! »* C'est vrai, Piotr est russe – mais il faut vraiment être un con (ou un putain de nazi) pour reprocher sa nationalité à un Russe qui a fui son pays. Ceux-là, c'étaient souvent les mêmes que ceux qui se moquaient de lui parce qu'il avait un accent étranger et qu'il faisait des fautes de français... Mais bon, il faut dire que c'est propre à ces connards de nationalistes de n'être jamais contents... Si on parle leur langue en faisant des fautes, ils gueulent... Et si on parle sa langue d'origine pour ne pas faire de fautes dans la langue des nationalistes, ils gueulent aussi...

Le truc, c'est qu'il n'y pas que les cons de nationalistes qui ont révélé leur connerie en s'en prenant à Piotr, il y a également l'armée de disciples de John Edgar Hoover – celle qui l'a accusé d'être un activiste, et l'un des pires – un rouge ! Assez ironiquement, il s'agissait souvent de personnes se revendiquant progressistes, des personnes pour qui, ils sont réputés pour cela, les questions d'identité sont sacrées... Les petits Hoover n'avaient pourtant aucun remords à rayer l'identité d'un artiste pour le figer dans une autre qui n'était pas la sienne – celle d'un activiste. Au début, je me suis demandé si les gens disaient cela parce qu'ils étaient « cons » du genre stupides, mais innocents : ils avaient un jour entendu ce terme, ils trouvaient que ça sonnait bien, ils étaient trop stupides pour se rendre compte qu'ils disaient de la merde, et ils répétaient donc cette merde à longueur de temps, sans même se rendre compte qu'ils contrevenaient ainsi à leurs grands principes et discours sur l'identité. Puis je me suis rendu compte qu'ils ignoraient systématiquement l'opinion des historiens de l'art – Boris Groys, Nicolas Bourriaud, Viktor Misiano, toute autre personne qualifiée pour parler d'art contemporain... Ce que les professionnels de l'art pensaient de *Pornopolitique* était méprisé, car les cons méprisent l'art, et encore plus l'art contemporain – c'est trop compliqué, trop bizarre, trop excessif ; c'est juste bon pour une page entre la rubrique sportive et l'horoscope.

Ces cons-là, ils ne veulent pas de l'art, ils veulent du fait divers et de la politique. C'est pourquoi ils ont préféré promouvoir la parole de propagandistes – comme celle de cette vieille peau qui a invoqué, je cite : « la cuvette des WC de Duchamp », dans une émission de radio... Personne ne lui a fait remarquer que *Fontaine* est un urinoir, pas une cuvette de chiotte, parce que ce n'est pas important pour les cons. Eux, ce qui les intéresse, c'est l'espionnage, la Russie de Poutine, le FSB... « La piste russe devient plus visible. Alexandra De Taddeo connaîtrait le russe, elle a fait un mémoire sur les intérêts russes dans l'Arctique, elle fut collaboratrice éphémère de Fréquence Protestante où elle a interviewé un dignitaire de l'ambassade de Russie. On suit ! ». C'est ce que la propagandiste experte en sanitaires a twitté à mon propos. Et ça, les cons ont adoré. Ils n'ont pas arrêté d'en parler – d'en parler et de l'écrire, et de tout faire pour s'en convaincre et en convaincre les autres. Moi, j'ai juste trouvé ça drôle, parce que je n'avais pas d'autre choix que de trouver ça drôle. Mais si j'avais été une espionne, je crois que ce qui m'aurait vraiment amusée, ça aurait été de les terminer au Novichok.

Certains soirs, lorsque j'étais en colère contre mes proches pour m'avoir répété ce qui était dit de moi et que je voulais ignorer, j'imaginais tous les sévices que j'aurais pu faire endurer aux sales cons qui m'injuriaient et me diffamaient. Au début, c'était soft – j'ai juste imaginé attaquer à la bombe lacrymo un journaliste qui m'avait tour à tour qualifiée d'espionne, de pute et d'« Emma Bovary 2.0 ». J'imaginais l'attendre à la sortie du média de merde pour lequel il bossait. Une fois repéré, j'aurais crié : « Eh ! Tête d'œuf ! » et envoyé un jet de lacrymo en plein dans sa gueule de con. J'avais trouvé que la bombe la plus efficace, c'était la Fox Pepper Spray. Sur YouTube, un type avait présenté un test du produit et un tout petit jet d'une seconde l'avait plongé dans une détresse physique totale pendant environ 40 minutes. Je me suis dit que si j'appuyais assez longtemps sur le déclencheur, le gars pourrait pleurer et suffoquer, et peut-être même se rouler par terre et appeler à l'aide pendant une heure, voire un peu plus... Une heure, ce n'était pas cher payé pour les torrents de merde qu'il avait dégueulés sur moi, mais l'imaginer en train de chialer à mes pieds me faisait du bien.

Ensuite, il y a eu cette autre journaliste, celle qui a voulu me faire passer pour une folle – la pauvre folle que le gentil petit Benjamin avait eu le malheur de croiser un jour, la folle qu'il ne fallait surtout pas croire parce qu'elle était folle. Avec un vice à toute épreuve, elle a affirmé qu'une expertise psychologique avait été ordonnée par une juge d'instruction après ma seule prise de parole publique sur l'événement – sous-entendu, en réaction à cette prise de parole. À ce moment-là, je n'étais plus vraiment naïve quant aux intentions des uns et des autres. Je n'ai pas cru un seul instant qu'elle ignorait que c'était une requête systématique dans ce type de dossiers, que cette demande avait d'ailleurs également été présentée pour Piotr et, surtout, je ne croyais pas qu'elle n'avait pas vu la date sur le document – date qui précédait de plusieurs jours la diffusion de mon interview. J'ai pensé qu'elle savait tout cela, mais qu'elle avait préféré mentir, et j'avais la rage contre elle. *Mais qu'est-ce qu'on peut faire, dans ces cas-là – lorsqu'on a affaire à des personnes qui répandent sciemment le mensonge autour d'eux ?* Je me suis dit qu'une personne qui n'avait pas besoin de voir la vérité en face n'avait sans doute pas besoin de ses yeux, alors j'ai imaginé qu'on devrait crever les yeux de cet énergumène. J'ai cherché « crever les yeux au Moyen Âge » sur Google pour découvrir des techniques brutales du châtiment d'aveuglement. Pieu, fer rouge, vinaigre en ébullition, acide... Peu importait la méthode, imaginer le supplice de cette journaliste mytho m'apaisait. Je pouvais ensuite bien dormir.

Et puis, il y a aussi eu le cas du fonctionnaire mis au placard qui a attendu que je sois placée en garde à vue, sans possibilité de me défendre, pour clamer à tout-va *qu'il me connaissait, que j'avais essayé de le « piéger » en lui proposant une interview, que mon but était en fait de le séduire mais qu'il était trop malin, qu'il ne s'était pas laissé faire – qu'il n'avait donc jamais donné suite à mes sollicitations*. Ça m'a énervée car ce petit con mentait : il m'avait reçue, moi et une camarade, dans les locaux de son entreprise et cette interview avait eu lieu. Son mensonge m'a énervée, mais ce qui m'a véritablement mise en colère, c'est que tout le monde a cru à son intox, sans jamais se dire que quand même, ce tout petit homme de 1,60 m, sans cheveux sur le crâne et avec une tête de Gremlins, peut-être qu'il mentait, qu'il prenait ses désirs pour une réalité... Mais non, le petit homme s'est tellement agité que tout le monde a admis son intox comme une vérité et on m'a tellement, tellement opposé son mensonge, que j'ai commencé à développer une haine féroce à son endroit. Le genre de haine qui a commencé avec l'écriture d'un texte injurieux et qui a fini par me faire loucher sur la batte de baseball dans le placard. Les seules fois où l'existence du petit homme ne m'a pas mise en colère sont celles où j'imaginais que je le chopais dans la rue et que je frappais la batte à deux mains contre son crâne, encore et encore, à peu près autant de fois qu'il avait répété son mensonge... Et encore et encore, car il l'a vraiment beaucoup, beaucoup propagé... Et la tête explosait mais je continuais, parce qu'il continuait de répandre ses intox... Encore, jusqu'à ce que son cerveau soit réduit en bouillie... Et c'était l'image de son sang rouge sur le macadam qui finissait par me faire sourire et me calmer un peu... Jusqu'à la fois suivante, quand il recommençait et que j'imaginais encore que je lui pétais le crâne, et ça m'apaisait quelque temps... Jusqu'à ce qu'il recommence, car les cons recommencent toujours.

La seule parade que j'ai trouvée pour me préserver des cons, c'est d'imaginer leur élimination. Certains jours, j'ai véritablement envisagé de laisser aller ma rage et de réaliser mes plans de représailles sadiques. Ça m'arrive encore quelques fois – chaque fois que les cons décident d'expulser leur trop-plein de connerie et de le déverser sur moi... Et ça devrait encore m'arriver quelques fois... Les cons pensent qu'ils peuvent tout se permettre et que tout ira bien parce qu'ils savent que je suis une bonne fille, au fond.

L'attitude

Toute ma vie, j'ai voulu plaire à tout le monde, surtout aux hommes. Il paraît qu'enfant, j'étais un véritable tyran domestique qui persécutait les femmes de ma famille. Je pleurais et hurlais dès que ma mère s'approchait de mon père, ou que ma belle-sœur touchait mon grand frère. Mon père et mon frère étaient à moi ! Ils ne devaient s'intéresser qu'à moi ! Je dois dire que cette persécution était assez efficace. Personne n'aime voir les petites filles pleurer, surtout pas les hommes.

À l'école, il y avait toujours quelques garçons qui étaient amoureux de moi et qui volaient les bijoux de leurs mères pour me les offrir. Aucun de ces garçons ne m'a jamais intéressée, pas plus que les bijoux de leurs mères. Je trouvais pourtant toujours de nouvelles façons de me distinguer, à leurs yeux, des autres petites filles. J'interdisais, par exemple, que l'on m'achète des pantalons. Je ne voulais porter que des robes ou des jupes, alors que toutes les autres petites filles préféraient les pantalons ou les caleçons pour pouvoir courir plus vite à la récré. Moi, je ne courais jamais à la récré... Sauf quand les petits garçons me pourchassaient pour m'arracher des *bisous sur la bouche*. Dans ce cas, je courais quelques mètres pour tenter de leur échapper... Mais les petits garçons arrivaient toujours à m'attraper et à me faire des *bisous sur la bouche*... Alors je criais : « Tu m'as enlevé mon rouge à lèvres ! Maîtresse ! Maîtresse ! Axel m'a fait un bisou sur la bouche et il a enlevé tout mon rouge à lèvres ! »

La maîtresse avait fait savoir à ma mère qu'elle n'appréciait pas que je porte du rouge à lèvres pour aller à l'école. Ma mère lui avait répondu que *c'était mon choix, qu'elle ne voulait pas m'en empêcher, si c'était ce que je voulais.* Je suis donc allée à l'école, chaque jour, à partir de mes trois ans, avec le rouge à lèvres de ma mère, puis le mien, sur les lèvres. Le rouge à lèvres, c'était aussi un truc qui me distinguait des autres petites filles – aucune autre n'en a porté avant le collège.

Beaucoup de petites filles de l'école se liguaient contre moi ou m'attaquaient parce que j'étais toujours en avance sur elles dans l'affirmation de ma féminité. Je me souviens de Fanny qui m'avait dit que « je me la pétais trop », lorsque j'arrivai avec ma première paire de talons compensés en CE2... Fanny était l'une de mes meilleures amies, mais elle complotait toujours contre moi avec les autres filles. Je ne dirais pas que je me foutais de ce qu'elles pensaient de moi – ce ne serait pas vrai. Mais je préférais plaire aux garçons plutôt qu'à cette bande de petites pestes.

À l'adolescence, les quelques amies qui se sont succédé dans ma vie se sont presque toujours montrées malveillantes à l'égard de ma féminité. Charline, par exemple... Charline était le genre d'amies qui voulait que je fasse des faux pas. Elle me conseillait toujours de porter les vêtements les plus ternes, ceux qui me valorisaient le moins, ceux qui pouvaient même me rendre moche. Mais à l'âge de dix-huit ans, je savais déjà très bien ce qui m'allait, ce qui ne m'allait pas, ce qui marchait pour attirer le regard des hommes et faire enrager les filles... Je ne me laissais donc pas influencer par ses mauvais conseils. Dans le même temps, le manque de subtilité de Charline était amusant. Lui demander de choisir pour moi entre deux tenues que je pourrais porter était devenu un jeu pour me moquer d'elle avec d'autres amis, surtout avec Nicki. Celle-ci m'aidait à trouver la tenue la plus laide d'un magasin – une robe grise en jersey de piètre qualité ou inadaptée à ma morphologie – et la plus sensationnelle (souvent dans un autre magasin) – une robe de designer dorée, à sequins, la robe de rêve de toutes les adolescentes des années 2000.

– J'hésite... T'en penses quoi, Cha' ?
– Oh ! La première ! Sans hésiter...
– Elle me fait quand même un gros cul, non ?
– N'importe quoi ! T'étais trop belle... L'autre non, c'était bizarre... Elle t'allait pas bien.

Le vice de Charline se révélait systématiquement, sans aucune surprise. Et même si je ne choisissais jamais la robe qu'elle me conseillait de porter, elle m'indiquait immanquablement le mauvais choix, espérant probablement que je finirais un jour par choisir la mauvaise tenue – celle qui me rendait moche.

À cette époque, j'avais un goût prononcé pour les talons trop hauts, les robes trop courtes, les dos nus, les épaules dénudées, les couleurs vives et surtout, les sequins. J'aime toujours les tenues tape-à-l'œil mais je n'en porte plus aussi souvent. Entre-temps, Johann a mis de l'ordre dans ma féminité.

Johann m'a longuement expliqué que ce n'étaient pas mes tenues, ou les centimètres de peau dévoilée qui me rendaient féminine et attirante, mais *mes hanches, mes pommettes, mon grain de beauté près des lèvres* et surtout *l'attitude*. L'attitude, je ne l'avais pas, mais il me l'a apprise. Si je devais décrire cette attitude, je dirais que c'est de la désinvolture qui peut être perçue comme de l'arrogance. Cette attitude, c'était sur les hommes qu'elle devait être efficace. Tous les hommes – les jeunes, les vieux, les beaux, les laids, ceux qu'on veut, et même ceux qu'on ne veut pas.

Les femmes disent souvent qu'elles ne font rien pour provoquer les regards des hommes dans la rue ou dans le métro... Mais moi, j'ai appris à les provoquer. Et j'aimais cela, les provoquer. S'asseoir quelque part, n'importe où, fixer quelques instants un homme seul, celui qui est face à soi, debout ou assis sur le siège d'en face... Le regard devait être doux, mais fixe. Entrouvrir les lèvres, pas la bouche béante, juste un tout petit peu... Ça devait être subtil – c'était le truc de Johann, d'entrouvrir subtilement les lèvres. Ne pas sourire quand il regardait, détourner juste la tête – en l'agitant un peu, comme lorsqu'on a été dans le vague quelques instants –, puis ne plus le regarder du tout... Lire son livre, regarder ailleurs mais ne plus le regarder du tout... Pendant cinq, dix minutes... Quand il commençait à douter qu'on l'ait vraiment regardé, ou qu'il se désole qu'on l'ait regardé mais pas trouvé assez bien, le regarder à nouveau, plus brièvement cette fois... Et détourner la tête en souriant. Il était cuit. Il suivrait lorsqu'on descendrait du wagon... Il demanderait le numéro de téléphone et proposerait de se revoir. Il serait en retard au travail, mais ce n'était pas grave, puisqu'il avait réussi à avoir le numéro de la fille du métro. Ensuite, le faire douter qu'il vaille la peine qu'on ait envie de le revoir. Le faire douter qu'il vaille la peine qu'on couche avec lui. Le faire douter qu'il vaille la peine qu'on veuille coucher une seconde fois... Malgré ce qu'ils diront, les hommes adorent les femmes arrogantes. L'arrogance de la femme réveille un truc en eux – ils veulent se frotter à elle, gratter cette arrogance qui les irrite, ou la réduire en miettes. Le truc de la femme, c'est de ne pas se laisser réduire en miettes par l'homme irrité. Je n'étais pas super au point à ce niveau-là... Alors, le plus souvent, je fuyais.

Puis j'ai compris qu'il y avait un truc imparable pour adoucir les hommes et ne pas trop les irriter. Le truc, c'était de montrer une petite faiblesse après plusieurs vagues d'arrogance. Les hommes adorent les biches à la patte fêlée. Pour ceux qui en valent la peine, faire chauffer leur pull sur le radiateur pour qu'ils puissent affronter le froid du petit matin, alors même qu'on les fout dehors parce qu'on n'en peut plus de voir leur gueule et leur bite molle. Pour les autres, faire une confession, révéler une souffrance, une maladie. Mon truc, c'était de dire que j'étais épileptique et que c'était le soleil qui me faisait faire des crises. Et là, je pouvais avoir été la plus odieuse de toutes les femmes que le type avait connues, il avait envie de me prendre dans les bras, de me cajoler, et d'en savoir plus... *Ça arrive souvent ? Ça te fait quoi ? Il faut faire quoi si tu en fais une ?* Il était cuit.

Et puis, plaire aux hommes a fini par m'ennuyer. J'ai donc voulu plaire à tout le monde, c'est-à-dire que je voulais être consensuelle. C'est-à-dire que j'étais toujours souriante, même quand j'étais désespérément triste. C'est-à-dire que j'étais toujours polie et toujours gentille, même avec les grossiers personnages. C'est-à-dire que je ne disais jamais la vérité. C'est-à-dire que je ne donnais jamais mon avis, sur rien – au risque de ne plus plaire. C'est-à-dire que je faisais toujours preuve de neutralité. A... mais B... donc A et B ! Le monde n'irait pas bien loin avec ce genre de raisonnements, mais c'est ce que les gens aiment. Et je pense que j'ai finalement réussi à plaire à tout le monde, même aux femmes, alors que je n'avais jamais rien fait pour essayer de plaire aux femmes en particulier.

J'ai compris que je plaisais à tout le monde, même aux femmes, lorsque j'ai réalisé qu'il y avait toujours des équipes de femmes pour m'inviter à les rejoindre, à l'université ou au travail. Je leur plaisais donc, au premier abord. Pour leur plaire sur le long terme, c'était plus compliqué. La plupart du temps, mon attitude finissait par me poser des problèmes avec les femmes avec lesquelles je collaborais. Il m'a semblé, à un moment, que montrer une petite faiblesse, une petite sensibilité, à ces femmes qui prenaient ma désinvolture pour de l'arrogance, marchait aussi bien qu'avec les hommes, qu'elles s'apaisaient lorsque je leur montrais une patte fêlée... Mais je me suis toujours sentie mal à l'aise à l'idée de dévoiler mes failles à des femmes... Plus mal à l'aise qu'avec les hommes. Je n'ai donc pas assez de recul pour certifier que cette méthode est infaillible pour plaire aux femmes après le premier regard... Tout ce que je peux gager, c'est que j'étais sur la bonne voie. Je voulais plaire à tout le monde et je plaisais à tout le monde, au moins pour quelque temps.

Mais ensuite, j'ai rencontré Piotr et j'ai voulu plaire à Piotr, seulement à lui. Progressivement, les hommes dans le métro ont cessé de me regarder, les hommes dans la rue aussi. Au début, je ne le remarquais même pas. Puis, quand je m'en suis aperçu, ça ne m'a pas dérangée. Je m'en foutais de ne plus plaire aux autres hommes. Sauf quand je m'engueulais avec Piotr. Là, il m'énervait encore plus. *Tous ces hommes auxquels j'ai renoncé, pour lui ! Toute cette attention qu'on ne m'accorde plus, à cause de lui ! Est-ce que les hommes pensent encore à moi ? Est-ce qu'ils me regardent ? Ils ne me regardent plus et ne pensent plus à moi à cause de lui et il me saoule avec son caractère de merde et il ne comprend rien et il ne me comprend pas et... Arghh !*

Mais les engueulades, c'était ponctuel, ça durait seulement quelques heures, ou quelques jours pour les plus sérieuses. Le reste du temps, tout ce qui comptait était Piotr. Plaire à Piotr. Faire des trucs que je n'aimais pas pour lui plaire. La sodomie, par exemple. Je n'ai jamais aimé ça, la sodomie – alors que c'était sa pratique sexuelle de prédilection. Mais j'ai accepté la sodomie avec Piotr, j'ai même parfois réclamé la sodomie parce que je savais qu'il aimait cela. Il y a bien sûr plein d'autres trucs que j'ai faits et que j'ai dits pour lui plaire – des trucs dont je ne me souviens même plus, parce que c'était simulé et que j'ai finalement arrêté de le faire. J'ai cessé de mentir à Piotr pour lui plaire quand j'ai su qu'il m'aimait véritablement et qu'il ne me quitterait plus.

Je dis souvent que toute ma vie, j'ai eu un gros problème avec ma féminité car je l'utilisais de façon malicieuse pour plaire. En révélant à Piotr que j'avais presque tout simulé pour lui plaire, j'ai appris que les hommes abusaient également de leur masculinité pour plaire aux autres. Piotr m'a ainsi avoué qu'il se forçait à des rapports sexuels alors qu'il en avait déjà trop eu et qu'il n'en avait plus du tout envie, mais il pensait que cela me plairait qu'il soit toujours performant, toujours prêt à copuler, toujours – chaque fois que je le touchais ou que je le stimulais. Le toucher ou le stimuler sans arrêt était aussi un truc que je faisais pour lui plaire – pour lui montrer que j'avais envie de lui et que j'étais toujours ouverte pour sa bite. Finalement, ces postures nous pesaient, et je suis soulagée que nous ayons rompu avec ces mystifications collectives, en affirmant nos individualités, en nous disant la vérité.

Et puis, après avoir cessé de vouloir plaire aux autres, j'ai même accepté de leur déplaire. Déplaire, c'est beaucoup plus violent que ne pas plaire. Moi, j'ai déplu lorsque tout le monde m'a demandé de dire ce que je ne pensais pas – dire que j'étais désolée pour Benjamin –, et de faire ce que je ne voulais pas – je devais condamner Piotr pour m'avoir mise dans la merde (en réalité, tout le monde disait *« pour avoir détruit ma vie »*), mais en fait, non. Je n'avais plus envie de mentir et tromper pour plaire à tout le monde, parce que j'aimais Piotr, et qu'il était la seule personne à qui je voulais plaire, et que je pouvais le faire sans avoir besoin de mentir ou de simuler. Alors j'ai dit non, aux flics, aux avocats, aux conseillers en communication, aux parents, aux frères, aux amis, aux connaissances, aux journalistes, aux trolls sur Twitter... J'ai dit *non, je ne dirai pas ce que je ne pense pas pour avoir l'air gentil, ou pire, poli – je ne mentirai pas pour plaire à tout le monde*, et j'ai dit ce que je pensais vraiment. J'ai dit que je n'avais rien à dire à Benjamin parce que je m'en branlais de son triste sort, et j'ai dit que j'aimais Piotr, et j'ai dit tout ça avec le sourire, parce que c'est amusant de voir la panique dans le comportement des gens, même ceux qui vous veulent du bien, lorsqu'on dit la vérité.

Puis, on m'a dit que tout le monde, absolument tout le monde, me détestait, que c'était *un carnage*, que *rien n'allait dans mon attitude*, qu'elle était *choquante*, que *ce n'était pas comme cela qu'on devait se comporter pour plaire aux gens*. Je savais pertinemment comment il fallait se comporter pour plaire aux autres, puisque pendant des années, j'avais su plaire à tout le monde. Mais je n'ai pas pris le temps de me justifier, d'expliquer, de discuter les critiques de tous ces cons – pas tout de suite, parce que je m'en foutais sur le moment. Le seul avis qui m'importait était celui de Piotr. Je savais, au fond, qu'il ne pouvait pas me détester comme tous les autres, puisqu'il m'aimait. Mais les autres ne me détestaient pas vraiment non plus, puisqu'ils ne me connaissaient pas. Je craignais de l'avoir déçu, ou d'avoir porté préjudice à son événement. Je craignais qu'il se range du côté des autres, contre moi. Mais Piotr n'était pas comme tous les autres, c'était l'une des raisons pour lesquelles je l'aimais, peut-être même la raison pour laquelle je l'aimais – celle qui déterminait toutes les autres :

Piotr :
Mon amoureuse, ton interview était super !
Ton sourire les rend fous... C'est très fort.

*

J'ai déplu à tout le monde le jour où j'ai cessé de simuler. C'était la première fois de ma vie que je ne me sentais pas comme une demi-femme et putain. Qu'est-ce que c'était bon !

L'amour

« Quand la pauvreté entre par la porte, l'amour sort par la fenêtre. »

C'était la citation qui trônait sur le mur de la cuisine de l'ancienne maison d'édition du magazine *Actuel*, dans laquelle Piotr et moi nous étions réfugiés pour vivre notre amour interdit. C'était un monument de trois étages qui, comme tout monument, avait une histoire. On nous a raconté que des figures de la noblesse des XVIIe et XVIIIe siècles y avaient vécu, que Casanova y avait séjourné, mais que c'était surtout dans les années 1970, lorsque Jean-François Bizot avait décidé d'y installer sa maison d'édition et tous ses amis, que l'histoire de cet hôtel particulier était devenue intéressante, différente de celles des milliers d'autres belles demeures cachées dans les cours pavées de Paris et sa proche banlieue.

Jean-François est décédé il y a une quinzaine d'années. C'est sa veuve, Mariel, qui nous a accueillis et nous a fait découvrir, à travers l'histoire de cette maison, le personnage de son défunt propriétaire, l'homme qu'elle avait aimé. De Jean-François, elle nous dit qu'il était un grand homme, un visionnaire fasciné par les mouvements culturels qui s'étaient développés aux États-Unis – qu'il avait d'ailleurs importé l'esprit underground en France. Tout un étage de la maison était rempli d'archives d'*Actuel*, le magazine qu'il avait créé et qu'il avait fait vivre au gré d'expériences inédites et d'un humour tapageur. Mariel répétait souvent que Jean-François pensait que le changement social et politique ne pouvait venir que de l'art, et plus largement de la culture. C'était sa conviction. Il y avait donc consacré sa vie. Jean-François semblait avoir été un idéaliste et pourtant, c'est ce proverbe désolant qui m'a laissé le plus fort souvenir de cet homme que je n'ai pas connu.

*

En six mois passés sur les bancs de leur cuisine, j'ai eu le temps de beaucoup réfléchir à l'amour et l'argent qui entraient et sortaient des portes ouvertes et des cœurs cavaleurs. Très vite, j'ai réalisé que je n'étais pas d'accord avec Jean-François. De ce que j'avais vu depuis que j'étais enfant, c'était plutôt l'argent qui était jeté par la fenêtre, lorsque l'amour quittait le foyer. Autour de moi, les gens ne s'aimaient jamais très longtemps et essayaient de combler le manque d'amour par des petits plaisirs qui s'achetaient avenue Montaigne, en bijouterie, ou dans le complexe hôtelier d'une île paradisiaque. Je ne suis d'ailleurs pas sûre que les gens autour de moi se soient, un jour, réellement aimés.

*

Chez Mariel et Jean-François, j'ai cherché à comprendre d'où venait ma foi en l'amour sans compromis. La généalogie est devenue mon passe-temps favori et j'ai cherché, dans la mienne, une belle histoire d'amour – l'histoire de quelqu'un qui serait sorti du rang de la vie prévisible et rationnelle. J'ai découvert que certains de mes ancêtres étaient des personnes très respectables : des maires, des militaires, des chefs d'entreprise qui tenaient leur commerce sur plusieurs générations, des écuyers, des notaires... Des noms, des dates, des fonctions, mais aucune histoire d'amour. Aucun d'eux n'a marqué l'histoire de notre famille pour avoir aimé dignement.

J'ai ensuite cherché, parmi mes amis, ceux qui auraient pu comprendre mon catéchisme, ceux qui pourraient le respecter, aussi. Mais personne autour de moi n'aimait véritablement, et personne ne semblait pouvoir aimer remarquablement, non plus.

Et puis, je me suis souvenue de Carolina, une fille que j'avais rencontrée au lycée et que ma bande de copines avait d'abord taxée de « folle », parce qu'elle nous paraissait trop originale – trop « bizarre ». Cette fille éperdument romantique dont j'étais finalement devenue proche, plusieurs mois, puis quelques années durant, avant que nous ne quittions toutes les deux Metz pour des horizons différents. Je me rappelais la complicité qui nous avait liées, lorsque nous étions adolescentes, les nuits passées à parler d'amour, à lire l'amour, à écouter des chansons d'amour, à nous murer dans un silence obscur lorsque nos parents se levaient pour écouter derrière les portes, essayant de capter ce qui nous animait. Je souriais en pensant à notre romantisme obsédant, débordant, parfois débridé. Je racontai à Piotr cette fois où elle était revenue des États-Unis pour postuler dans une école d'art dramatique à Paris et que j'avais accepté de l'héberger pour quelques jours. Elle était arrivée chez moi avec de la glace, du vin et un plan pour revoir son ex, un jeune acteur avec lequel elle avait couché, plus d'une année auparavant, et qui l'avait ensuite ignorée.

Le plan était assez audacieux pour avoir été imaginé par une jeune fille de dix huit ans. En quelques points : mon appartement n'était plus le mien, mais celui de la famille de Carolina. Je n'étais plus Alexandra, mais Mackenzie, une australienne en voyage à Paris qui séjournait dans ledit appartement. Carolina avait créé et alimenté le profile Facebook de Mackenzie avec les photos d'une jolie fille trouvées sur Tumblr. Par le biais de Messenger, et en se faisant passer pour Mackenzie, elle avait proposé à son ex une rencontre. Il avait accepté. Je devais jouer le rôle de Mackenzie l'espace de quelques minutes, en attendant que Carolina, censée rentrer chez elle à l'improviste, ouvre la porte de l'appartement et se retrouve nez à nez avec son ex, qui ne pourrait ainsi plus l'ignorer.

Le plan a été exécuté et il a fonctionné. Je me souviens que la première chose que l'ex m'ait dite, lorsque Carolina est arrivée dans l'appartement pour le surprendre, fut : « Mackenzie ! Il faut partir, je connais cette fille ! Elle est folle ! Allez, suis-moi

Mackenzie ! Tu es en danger... Non, je ne peux pas... Je ne peux pas te laisser seule avec elle. Elle est folle ! Je te jure ! » J'avais du mal à garder mon sérieux, car je sentais qu'il jouait, qu'il ne pensait pas vraiment ce qu'il disait, mais qu'il savait que l'ensemble sonnait bien, qu'il aimait l'intrigue dans laquelle Carolina l'avait dirigé, que c'était une bonne histoire – une histoire qu'il raconterait pour faire valoir que sa vie n'était pas trop chiante, et pour impressionner les autres. Tout le monde aime les bonnes histoires, après tout.

Carolina était la seule personne qui, dans mon entourage, avait le courage de prendre des risques pour vivre de telles histoires, pour que celles-ci ne demeurent pas seulement des rêves, des fantasmes, des fictions. Je ne suis pas sûre que Carolina ait encore vécu sa grande histoire d'amour, mais ce dont je suis certaine, c'est qu'elle est la seule personne que je connaisse à pouvoir, un jour, connaître le véritable amour.

*

Comme Carolina, j'ai moi aussi été traitée de folle par mes proches, à de nombreuses reprises, depuis que j'ai rencontré Piotr. Au début, c'était juste des « t'es folle ! » ou des « hannn mais vous êtes fous tous les deux ! » suivis de petits rires étouffés, balancés par-ci, par-là. Puis, après la garde à vue et la mise en examen, ils n'ont même plus eu besoin de verbaliser qu'ils me prenaient pour une folle. Le malaise, les regards en coin, les petites tapes qu'ils croyaient se donner discrètement lorsque je ridiculisais la solennité tragique qu'ils essayaient d'imposer... Tout dans leur attitude transcrivait ce qu'ils disaient dans mon dos : « elle est devenue folle », ou « c'est lui qui l'a rendue folle » (ma mère l'aurait formulé ainsi). Toute cette petite bourgeoisie corsetée a expliqué mon choix d'aimer Piotr par la folie. Pourquoi l'avoir choisi, lui qui incarnait tout ce qu'ils détestaient, tout ce qui les effrayait, aussi ? Pourquoi moi, « une brillante jeune femme à qui toutes les portes étaient ouvertes » accepterait-elle de tout perdre, de se retrouver en prison, peut-être, pour lui ? Seule la folie semble pouvoir expliquer cela, lorsqu'on ne connaît pas l'amour.

À mon avis, ce sont pourtant les gens qui me traitaient de folle qui avaient tourné cinglés. Mon petit frère, par exemple. Il a débarqué dans la maison familiale bourguignonne pour détruire à peu près tout ce qui se trouvait dans ma chambre, déchirant les photos de moi et Piotr, taguant mes pots de crèmes d'un : « tu me le paieras » ou « souviens-toi comment finissent Roméo et Juliette » et laissant une Encyclopédie sur mon lit – l'Encyclopédie de la famille. Mon petit frère assume que je suis folle d'être avec un homme comme Piotr et de le soutenir dans ses extravagances. Il dit aussi que j'ai sali son nom – notre nom. Du moins, c'est ce que tout le monde me répète, puisque mes frères et moi ne nous parlons plus. Je réplique toujours qu'il peut changer de nom et prendre celui de ma mère, si mon nom est trop souillé à son goût, mais personne n'ose le lui répéter, de peur qu'il pète un câble. Je fais alors valoir qu'il serait judicieux de questionner sa santé d'esprit – *est-il « normal » que tout le monde ait peur de répondre au caprice d'un gosse de vingt-cinq ans ? Et d'ailleurs, ne peut-on pas considérer qu'il a été pris d'une crise de folie en détruisant tout dans la maison de mes parents ?* Pourtant, personne ne le fait jamais. C'est toujours moi qui suis taxée de folle.

Lorsque l'épisode du saccage de ma chambre est arrivé, je vivais déjà cachée dans la maison de Mariel et l'ombre de Jean-François. Il m'est alors arrivé de me demander, lorsque Mariel décrivait à quel point Jean-François aurait trouvé Piotr phénoménal, s'il aurait pu comprendre quelque chose me concernant, ou s'il aurait préféré penser que j'étais juste la copine un peu folle de cet artiste phénoménal. À mesure que les mois dans leur monument passaient, et que l'intimité de Jean-François m'était confessée, je me demandais si cet homme si charismatique, cet homme que tout le monde avait voulu connaître, cet homme qui n'avait laissé personne indifférent... Je me demandais si Jean-François avait un jour connu l'amour. J'avais compris que Jean-François avait été aimé... Il avait même été plus que cela... Jean-François avait été adoré. Mais Jean-François avait-il réellement accepté de lier son destin à celui d'une femme ? Aurait-il pu tout perdre pour cette femme ? Aurait-il lâché ne serait-ce que le confort de son hôtel particulier pour la chaleur des bras de la femme aimée ? Ou aurait-il pensé que la femme aimée ne serait pas restée sans confort, que l'amour n'était rien, ou pas grand-chose, à peine une création de notre cerveau – comme mon père le pensait –, et que les femmes n'étaient que des êtres vénaux – comme le laissait croire ce proverbe qui trônait dans la cuisine ?

À aucun moment, je n'ai demandé à Mariel si elle pensait que Jean-François aurait pu tout faire pour elle, et si elle aurait pu tout faire pour l'amour de Jean-François. Sans doute cela n'avait-il plus vraiment de sens de poser la question, puisqu'il n'était plus là. Je n'ai même jamais demandé à Mariel ce qu'elle pensait de l'amour, avec et après Jean-François. Je n'ai, en réalité, jamais parlé d'amour avec quiconque – si ce n'est avec Carolina, à l'époque, et avec Piotr, désormais. J'ignore pourquoi. Peut-être parce que l'amour a mauvaise réputation de nos jours. Qu'il est exclu du système de valeurs dominant, au profit de la sécurité, du confort, de la tradition familiale. Peut-être parce que notre vision de l'amour est trop significative, qu'on préfère se cacher derrière des histoires pour ne pas révéler trop de nous. Peut-être parce que l'amour est trop subjectif, que c'est un sujet trop conflictuel... Piotr et moi n'avons pas la même vision de ce qu'est l'amour, mais ce que nous ressentons tous les deux, c'est que c'est la réalité de deux personnes unies face aux autres. Pour moi, l'amour est la force qui unit deux personnes et qui les fait se sentir invincibles. Je ne crois pas que les amoureux soient invincibles, mais je sais qu'ils sont convaincus que leur amour est réalisable envers et contre tout, contre tous. Je sais que je peux tout surmonter avec Piotr. Rien ne m'effraie, tout est expérience. Je sais aussi que l'amour permet de surmonter joyeusement les plus grandes difficultés. Dans notre cas, les difficultés ont même résolu les problèmes fondamentaux de notre relation. Tout est devenu évident – les priorités se sont naturellement hiérarchisées, avec notre amour à son apogée. Nous avons enjambé les difficultés avec amour, et une nouvelle relation – plus simple, plus sereine, plus intime – a commencé.

Piotr, lui, n'en démord pas : l'amour est une catastrophe, semblable à une catastrophe naturelle – un séisme, une avalanche, un ouragan, une coulée de boue... L'amour peut tout détruire, autour de lui. C'est vrai que notre amour a beaucoup détruit. Certains diront qu'il a ruiné des vies, des carrières, des réputations. D'autres affirmeront qu'il a brisé des amitiés, des relations... Que c'est sans doute le pire. Ils diront que s'il est destructeur, c'est qu'il est mauvais, néfaste, toxique, irrespectueux – irrévérencieux. En toute honnêteté, je me fous de ce que notre amour a détruit et de l'avis de tous ceux qui condamnent l'effet destructeur de l'amour. L'amour est l'ultime principe de sélection physique et moral. Ceux qui choisissent de l'ignorer sont les insensibles, ceux qui méritent de crever les premiers.

*

Jean-François est mort trop tôt, à soixante-trois ans, disaient ceux qui l'ont connu... Je n'ai jamais demandé à Mariel quelle valeur avait l'amour dans la vie de Jean-François. Je ne sais donc pas qui de lui ou de son fric est véritablement regretté.

Piotr

Depuis dix-huit mois, Piotr et moi vivons ensemble, dans notre premier appartement. C'est un petit espace tout blanc, du sol au plafond, avec juste une grande table en bois des années 1930, des chaises Monobloc des années 1950, un vieux matelas posé au sol et des livres que j'ai emportés de mon ancienne adresse. Seuls les livres apportent de la couleur dans ce monochrome de blanc. Ceux qui nous rendent visite constatent que j'ai perdu 25 m^2 et une baignoire en quittant mon appartement d'étudiante pour celui-ci. Je ne l'avais même pas remarqué. Ils s'inquiètent de savoir où je vais mettre toutes mes affaires. Je leur dis qu'il y a une grande armoire pour les ranger, et que je vendrai ce qui ne rentre pas et dont je n'ai pas besoin. Pour eux, qui achètent des montres de luxe et des appartements à crédit sur vingt-cinq ans, c'est de la dégradation. Pour moi, c'est une délivrance.

D'autres de nos visiteurs se disent surpris que Piotr vive dans un cadre si clair et épuré, lui qui ne porte toujours que du noir, lui dont la personnalité est réputée sombre et tortueuse. Je comprends qu'ils ne savent rien de Piotr, qu'ils ignorent tout ce que je connais – son calme, sa douceur, sa bienveillance, ses yeux qui brillent quand je lui fais des bisous dans le cou. Les mots doux avec lesquels il me berce à longueur de journée. Son sourire plissé, sincère, qui m'est si familier.

Nous avons partagé plus de quatre années de relation et près de trois années de vie commune – trois années fusionnelles, pendant lesquelles nous avons tout fait ensemble, du soir au matin, pendant lesquelles nous ne nous sommes pas quittés plus de quelques heures d'affilée. Les journées sont calmes et répétitives, mais je ne m'ennuie jamais. Presque chaque jour, je ressens de nouvelles sensations qui m'émeuvent. Ce matin, lorsqu'il m'a prise dans ses bras et que j'ai posé mon oreille sur sa tempe – le battement de son cœur résonnait dans ma tête. La semaine passée, quand je le regardais travailler des images pour une exposition – la tendresse que je ressentais en remarquant que ses sourcils froncés accentuaient ses rides au front, cinq rides, trois petites et deux grandes. Le mois dernier, lorsque nous étions allongés l'un à côté de l'autre, prêts à nous endormir, et que je comptais que nous ne respirions pas au même rythme, que son expiration était 1,7 fois plus rapide que la mienne. Chaque fois que je le regarde et que ma gorge se noue, que ma tête se serre comme si j'allais faire un AVC, parce que je l'aime trop fort, que mon corps a du mal à gérer cette force... La vie du moment est calme, mais elle reste bouleversante, autant que les coups d'éclat que nous avons connus, et ceux que nous attendons encore.

De mon adolescence à mes trente ans, je n'ai cessé d'imaginer des situations qui n'existaient pas, qui n'existeraient jamais, car je trouvais la fiction toujours plus intéressante que la réalité. Les personnes que je côtoyais dans le réel étaient plus magnétiques dans mon imagination, plus stimulantes dans les projections que je me faisais d'elles. Et puis, j'ai trouvé Piotr. La réalité est devenue inimaginable et je n'ai jamais été plus heureuse que dans le vertige de notre amour.

Être amoureuse était ce que j'avais toujours le plus voulu. Être amoureuse du fond du cœur – quand le cerveau peut dérailler complètement de la trajectoire de la rationalité, qu'il peut nous libérer du joug de la normalité. Même lorsque je m'interdisais d'aimer, une petite part de moi a toujours cru en l'amour comme principe fondamental, mais il m'avait toujours manqué l'inspiration pour aimer absolument. Et puis, Piotr...

Piotr est la première personne à me connaître véritablement. Il sait que je ne suis pas froide et fatale, comme mes amis le pensent, ou veulent le penser. Que je ne suis pas mielleuse et conformiste comme mes parents aimeraient que je le sois. Que je ne suis pas indifférente, ni volage comme certains hommes ont pu le croire... Il m'arrive de penser que j'ai perdu mon temps avec ces gens qui ne me connaissaient pas, qui ne voulaient pas vraiment me connaître, que je n'ai pas cherché à connaître, non plus. Je n'ai rien connu de toutes ces personnes, pas même des hommes qui m'ont donné de l'affection. Je n'ai rien connu d'eux, si ce ne sont les postures dans lesquelles ils se sont murés. Tout, entre nous, dans ma vie, n'avait toujours été que postures et impostures. Et puis, Piotr a fait tomber le décor. Il est le seul à avoir perçu la véritable Alexandra, à avoir voulu creuser pour la révéler, pour l'aimer. Il est le seul à m'avoir aimée au plus près de ce que je suis véritablement.

Même si j'avais toujours voulu l'amour, j'ai toujours craint de me laisser aller à lui. J'avais étrangement peur de me perdre en aimant quelqu'un d'autre et ce, alors même que je ne savais pas qui j'étais. Je ne sais toujours pas précisément qui je suis ni ce que je veux être, mais je me sens rassurée de le découvrir aux côtés de quelqu'un qui m'aime, et que j'aime.

L'amour fait peur, quand on ne l'a jamais connu, parce qu'on répète stupidement qu'il est dangereux, toxique, traumatique, destructeur. Je sais désormais que c'est faux, que c'est toujours la peur, jamais l'amour, qui détruit ceux qui s'aiment. La peur du risque, la peur de se mettre en danger, la peur de souffrir, la peur d'être abandonné, la peur d'être trahi, la peur de perdre le contrôle, la peur de l'inconnu, la peur du jugement, la peur des conséquences, la peur de l'autre... Toutes ces peurs qui nous organisent, qui articulent nos relations et agencent nos pensées... Toutes ces peurs qui m'ont gouvernée, presque toute ma vie... Ces peurs qui m'ont isolée, qui m'ont éloignée de l'amour... Ces peurs qui auraient pu détruire mon amour avec Piotr.

Résister à la peur, quand celle-ci est une pierre angulaire de son système de valeurs, est une lutte de chaque instant. La peur reste nichée en nous, affaiblie, peut-être, domestiquée, certainement, mais toujours présente, prête à nous foudroyer au moment opportun. Les grandes victoires de l'amour n'éradiquent pas la peur, mais elles aident à la surmonter, lorsque celle-ci pointe sournoisement le bout de son nez. Lorsque la peur nous fait considérer, encore et toujours, tout le mal que les autres vont penser de nous, l'amour nous aide à l'ignorer, à nous rappeler que la seule personne qui compte pense les plus jolies choses à notre propos. Lorsque la peur nous conforte dans le statu quo, qu'elle nous incite à rejeter le changement, l'amour nous accompagne sur la voie de l'évolution. Lorsque la peur nous fait imaginer le pire, l'amour nous rassure : tout ira bien, aux côtés de l'être aimé... Tout va mieux avec Piotr.

Je ne me demande jamais où j'en serais si je n'avais pas rencontré Piotr, s'il n'avait pas stimulé cet instinct de vie en moi que j'essayais d'étouffer. Personne ne veut imaginer sa mort, et encore moins la prévoir lente et torturante, comme celle des morts-vivants qui dépérissent dans notre monde et le dégradent tragiquement, en bûchant toujours, s'accouplant souvent, se reproduisant au bout d'un moment, parce que tout le monde le fait et que donner vie à un monstre, ou pire, un infâme, est la seule prise de risque qu'ils s'autorisent. Je ne me le demande jamais, parce que c'est évident : je serais comme eux, si Piotr ne m'avait pas tirée hors de leur réalité.

J'ignore ce que l'avenir nous réserve, si nous serons toujours ensemble ou si cela sera seulement longtemps, si nous resterons tous les deux ou si nous serons plus nombreux, ici ou ailleurs, proches ou privés l'un de l'autre. J'ignore combien de bouleversements nous emporteront. Combien de difficultés nous vaincrons, combien de fois, encore, nous nous sauverons. J'ignore tout de l'avenir et encore tellement de la vie, mais j'ai connu l'amour et rien, je crois, ne me fait plus peur.

Table des matières

L'amour est mort

Vive l'amour !

pcacmb
édition pré-presse
livres numériques

44400 Rezé

Imprimé en France par
CPI Brodard & Taupin
en mai 2023

Dépôt légal : mai 2023
N° d'impression : 3053269
ISBN : 978-2-3507-6164-0
PV 140